故事館

故事館

西遊記

經典文學之旅系列

吳承恩◎原著
劉敬余◎編著

目錄

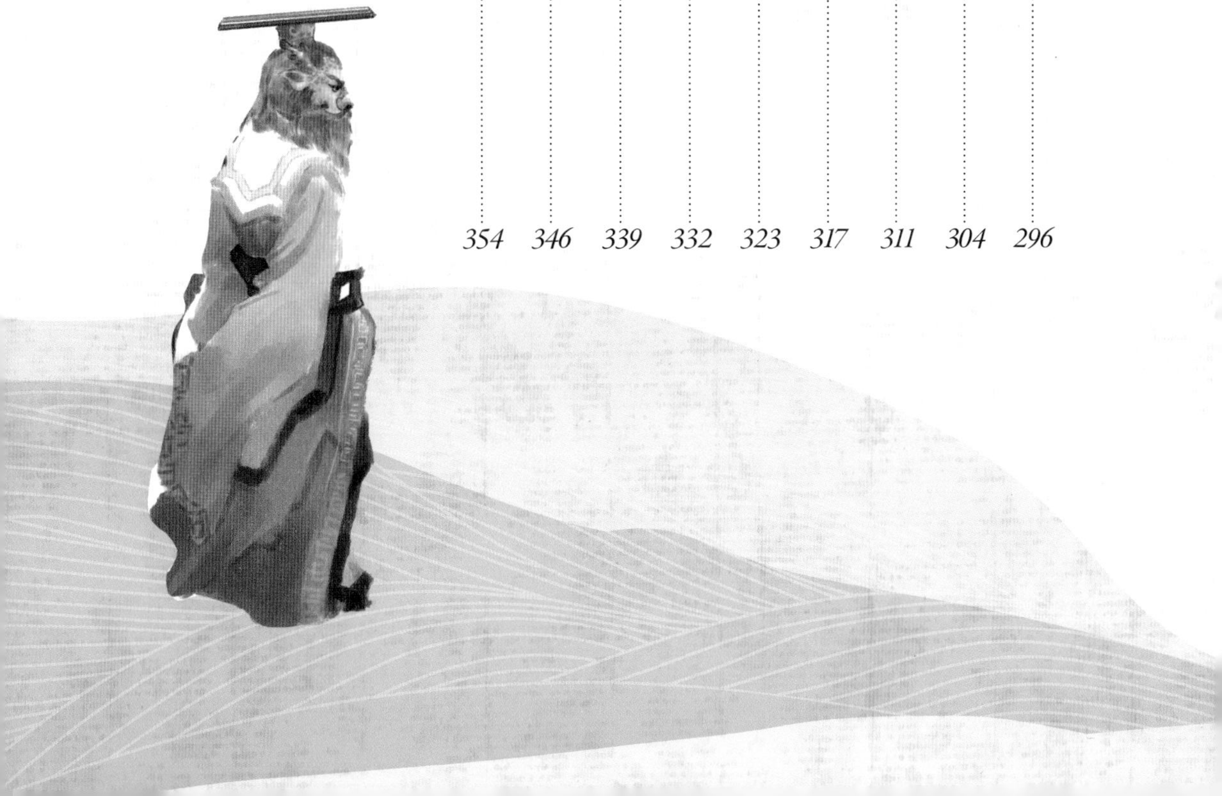

好評推薦

「熱愛閱讀的孩子不會變壞，認識歷史更能創造未來，從經典文學培養孩子們的文學力，更徜徉在想像力與創造力樂園，跳脫框架的美好人生。」

——Choyce 親職教養作家

「經典的文學：古代至今時雋永的悅讀記憶，最美麗的華文珍藏、傳承一代再一代，書座的風景！」

——林文義 散文作家

審訂序

以故事，走進真實人生

這套書含括四部經典，《西遊記》帶給我們一趟魔幻之旅，跟著主角們踏上成長與蛻變之路；《紅樓夢》的人物與故事，讓我們看盡世間百態與無常；《水滸傳》中好漢的反抗與生活的無奈，是真實人生的殘酷；《三國演義》則帶我們走一趟三國時代，看看風雲的英雄，引領整個時代。

有些人會覺得古典小說過多真實人性與殺戮的描繪，這適合孩子閱讀嗎？實際上，讓每個人提早瞭解世界的殘酷反而是好事，殺戮反抗、權謀算計、世事無常，不會因為我們躲避它，它就消失在生活中，我們越是善良，越需要瞭解外在的無常與殘忍，才能在變成一個大人的同時，理解外在的現實，卻也選擇善良。

除了瞭解真實的人性外，少年階段，能夠多閱讀古典名著，是相當重要的涵養與薰陶，能讓我們認識古典小說中的時代背景、古典知識，增進我們對文化的認知；此外，現今學子們的基礎教育，強調閱讀素養，但閱讀素養非一蹴可幾，須從少年時期開始培養，而閱讀古典名著就是奠定閱讀素養有效的方式。

文化的薰陶、教育的栽培都極為重要，然而，我認為閱讀古典名著還有最重要的事，那就是趣味、好玩，孩子不喜歡閱讀名著，很大一部分是覺得不有趣，認為這些書枯燥乏味。但其實經典名著都通過時間的考驗，才能流傳至今成為經典，其中蘊含了豐富的人生故事與哲理，若能夠有人從中帶領和陪伴青少年閱讀，使他們更瞭解書中人物特質、故事背景、趣味性的知識，其實孩子就能感受到閱讀的魅力。

這四部經典《西遊記》、《紅樓夢》、《水滸傳》、《三國演義》在保持小說原著的基礎上，也做了一定程度的白話潤飾和刪修，更適合青少年閱讀，加上插圖、小註解、白白老師的國學小教室，我相信大小朋友們閱讀起來不會覺得艱澀，反而能優游古典小說中。

前言

家喻戶曉的經典角色：孫悟空、唐三藏、豬八戒與沙悟淨

《西遊記》的主要內容，是描述孫悟空保護唐僧到西天取經，歷經九九八十一難的故事。唐僧的原型就是唐朝初年，前往天竺國拜佛求經的玄奘法師。他的本名是陳禕，玄奘則是他的法名。唐貞觀元年（西元六二七年），年僅二十五歲的玄奘上書請求西行求法，雖然未獲得允許，但他已下定決心，於是「私往天竺」。他從長安出發，途經中亞、阿富汗、巴基斯坦，長途跋涉五萬餘里，歷盡艱難險阻到達天竺。玄奘在那裡學習了兩年多，貞觀十九年（西元六四五年）才回到長安，帶回佛經六百多部。

唐僧的這趟傳奇旅程被撰寫成《大唐西域記》。後來的人們又運用自己豐富的想像，在其中融入許多故事，使得唐僧的經歷越來越脫離歷史事實，更添神話色彩，到了明朝，便孕育出我們今日人人愛讀的《西遊記》。

《西遊記》的作者是吳承恩（此點仍有爭議）。《淮安府志》說吳承恩「性敏而多慧，博及群書」，但是仕途不順，《西遊記》是他中年（或說晚年）所創作的作品。全書塑造了四個經典角色——孫悟空、唐僧、豬八戒、沙僧。第一主人公孫悟空，是一個具備忠、信、仁、勇、智等多種高尚特質的英雄，他身上匯聚了儒家、佛家、道家宣揚的高貴品德。因此孫悟空這號人物至今仍是最經典的小說形象之一，深受不同年齡層的人們喜愛。

有鑑於目前許多學生在閱讀古典名著時遭遇的各種困難，本書的編寫原則是為了幫助學生克服閱讀障礙，獲得輕鬆的閱讀體驗。在編寫方面，以夾註的方式對小說中的生僻字詞標注注音、難解的字詞補充說明，並解析古代文化常識等。與同類書相比，本書具有以下顯著特點：

注重細節，敘述生動，邏輯嚴謹，為以後閱讀原著打下良好基礎

對於學生來說，直接閱讀《西遊記》具有相當大的挑戰和困難。因此本書秉承「尊重原著」的理念，在強調故事性的同時，盡量保留原著的敘事邏輯和故事細節，為讀者以後接觸原著打下良好的基礎。

採取夾註的形式，方便閱讀

根據學生對古典文學名著學習的需求，以及閱讀過程中遇到的困難之處，採用夾註的形式，不僅對小說裡的生僻字詞標注注音，解釋難解字詞，並且對小說中出現的一些人物、官職、相關傳說、天文地理、文化知識等也提供必要的說明。文中的夾註簡潔明瞭，讓學生能無障礙地閱讀，更深入地理解作品內容。

豐富有趣的知識專欄，使閱讀更有趣，富有知識性

書中插入了「西遊好奇問」、「延伸小知識」、「趣味小講堂」等多種知識專欄，這些專欄有些結合內容，有些啟發擴散性思考，有些連結相關知識，使閱讀更加豐富有趣。

最後，希望閱讀本書的每位讀者都從中獲得樂趣，同時提高自己的閱讀素養和能力。

第一回

美猴王橫空出世

相傳，盤古開天闢地之後，世界被分成東南西北四大部洲，分別叫作東勝神洲、西牛賀洲、南贍部洲和北俱盧洲。這本《西遊記》說的就是東勝神洲發生的一段傳奇故事。

東勝神洲的海外有個傲來國，在傲來國的海上聳立著一座巍峨俊拔的大山，名叫花果山。此山據說自開天闢地之時就已存在，是傳說中仙境十洲三島*#的發源地，滿山花草佳木、珍禽異獸不計其數，是塊不可多得的風水寶地。

在花果山的山頂，有一塊巨大的仙石，高三丈六尺五寸，對應著一年三百六十五天；周圓二丈四尺，對應著一年二十四節氣。仙石自天地形成之時就矗立在那裡，每日飽經風吹日曬，天長日久已經漸有靈性，竟神奇地長出了眼耳口鼻，有了人的模樣，更意想不到的是，仙石體內還育有一個仙胎。

一天，仙石突然崩裂，從中滾出個渾圓似球的石卵，遇風又變成了個石猴。雖然這石猴是從石頭裡生出來的，卻是活的，五官俱備，四肢皆全。他像嬰兒一樣學爬學走，一會兒就練得身手矯健，四處奔跑跳躍。石猴高興得像孩童跪拜父母一樣向天地磕頭跪拜，因為他是天地所生，天地就是他的父母。

石猴抬頭望向天空，從眼睛裡射出兩道金光，直沖雲霄，驚動了天庭的統治者玉皇大帝。玉皇大帝便駕雲來到了靈霄寶殿，召集群仙，想弄清楚人間到底發生了什麼事。他命令順風耳和千里眼趕去南天門查看一下情況。順風耳能耳聽八方，千里眼能眼觀千里，兩人很快便查明了情況，回到靈霄寶殿回稟玉帝說：「臣奉旨查看，金光所發之處是東勝神洲的海外小國，名叫傲來國，那裡有座花果山，山上有塊仙石產下了一隻石猴，石猴正在那裡跪拜天地，那兩道金光就是從他眼睛裡射出來的。如今他喝了凡間的水，吃了凡間的果實，過一會兒就不會發出金光了。」玉帝聽了這才覺得安心，說道：「石猴這樣的凡間之物，是吸收了日月精華降生的，不值得大驚小怪，不用去管他。」

石猴在花果山過得好不快活，每日奔跑跳躍，四處玩耍遊蕩，餓了就摘樹上美味的果子，渴了就喝山間清甜的泉水；他也不覺得孤獨，狼蟲虎豹是他的夥伴，鹿是他的朋友，獼猿是他的親人。晚上，他就在山崖上睡覺，白天則遊覽群山，鑽探洞穴，真是「山中無甲子†，寒盡不知年」。他們就這樣無憂無慮地生活了許多年。

一日，天氣酷熱難當，石猴和群猴一起在樹蔭下嬉戲避暑。雖然天氣炎熱，但也不妨礙猴子們愛玩的天性，只見他們有的在樹上攀枝跳躍，採花覓果；有的在玩扔石塊、抓石子，或者刨沙坑、堆寶塔的遊戲；有的在追蜻蜓、撲螞蚱，扯葛藤編帽子；有的在互相捉蝨子，捋毛髮。他們這樣玩耍怎能不熱呢？於是一群猴子你追我趕地來到清涼的山澗旁。只見澗水奔流，氣勢非凡，引得眾猴紛紛好奇，這無窮無盡的水是從哪兒來的呢？閒來無事，眾猴決定去尋找澗水的源頭。

群猴沿著山澗流經的山石攀爬，不一會兒便來到了一股飛瀑前。眾猴拍手叫道：「好水！好水！這

※古代傳說神仙所居住的地方。十洲為祖洲、瀛洲、玄洲、炎洲、長洲、元洲、流洲、生洲、鳳麟洲、聚窟洲，三島的原型為三神山，即蓬萊、方丈、瀛洲。

＃編按：本書生僻字注音以深咖啡標色，註釋則以藍字標色。

†古代用甲乙丙丁等十個天干和子丑寅卯等十二個地支相配，以六十為一個週期，來紀年月日。這裡指曆日。

水流到山腳，直通大海，但不知瀑布後面是什麼。」眾猴雖好奇，但是都不敢跳進瀑布看個究竟。眾猴紛紛議論說：「哪個有本事的，敢鑽進去找到水的源頭，出來又沒受傷，我們就拜他為王！」眾猴連呼了三聲，石猴忽然從混亂的猴群中跳出，高聲叫道：「我敢進去，我敢進去。」

石猴閉目蹲身，縱身一躍，跳入了轟隆的瀑布中。等他睜開眼睛抬頭四處查看，裡面竟是個很大的山洞，並無水流，眼前是一座鐵橋。流水從橋下穿過，倒掛流出。石猴跳上橋頭，東瞧瞧西看看，只見眼前的山洞裡，石床、石桌、石凳、石碗、石盆、石鍋、石灶，樣樣齊備，更有青松梅花，滿地的奇花異草，像個仙人住處。鐵橋的正中間有個石碑，石碑上**鐫**(ㄐㄩㄢ)刻著一行楷書大字：「花果山福地，**水簾洞洞天**＊。」發現了這樣的好地方，石猴不免歡天喜地，急忙轉身往外走，又是一個縱身，跳出水簾洞外。

石猴滿臉得意之色，對眾猴說道：「我進去看過了，裡面真是個天造地設的好地方，寬闊不說，足以容得下千百之眾，而且家當一應俱全，真是個安身的好去處，可免得我們天天風吹日曬，受暑熱冬寒之苦。」眾猴聽了個個喜不自勝，都嚷嚷道：「你先走，我們跟著你進去。」眾猴一個個爭先恐後地跟著石猴跳進了水簾洞。

到了洞中，果如石猴所言別有洞天。群猴哪見過這等世面，看著各樣家當如同寶貝，搶盆奪碗，占灶爭床，一陣混亂。石猴端坐在高處的一個石椅上看著群猴你爭我奪，只等群猴爭得筋疲力盡才大聲說道：「剛才你們說哪個有本事進得來，出得去，不傷分毫，就拜他為王。現在我不僅做到了，而且為你們找了這麼個能夠睡安穩覺的好地方，你們要說話算數，拜我為王。」眾猴聽了，按照年少老弱排列，一齊跪拜石猴，喊著：「千歲大王。」石猴如願做了大王，但美中不足的是群猴有時候會稱他「石猴大王」，石猴覺得這個稱呼太俗氣了，於是將石字隱去，自稱「美猴王」。

美猴王領著一群猿猴、獼猴、馬猴等，白天在花果山遊玩，晚上在水簾洞休息。群猴相處得和睦融洽，過上了神仙般逍遙自在的生活。

一日，美猴王看著群猴嬉戲玩耍，忽然神情憂傷地掉下眼淚來。群猴見了慌忙圍了過來，問道：「大王為什麼這麼傷心？不妨說來聽聽，也許我們可以幫你。」美猴王說道：「我雖然玩的時候很開心，卻常常為未來感到憂慮。」群猴笑道：「大王，你是多慮了，咱們在這花果山衣食無憂，每天四處遊玩，沒有麒麟統轄，也不受鳳凰管束，自由自在，這不是很快活嗎？」美猴王嘆了口氣，說道：「你們說的這些都是眼前的事情，將來我們老死之後，到了地府還得歸閻王管。我們雖然在這世上走了一遭，但是卻不能再繼續享福了。」群猴聽了不覺悲從中來，全都捂著臉大哭了起來。

群猴正在大哭之時，一個老態龍鍾的通臂猿猴走了出來，說道：「大王果然是個有心之人。聽說在這世上只有神、仙、佛生而不死，與天地同壽。」美猴王激動地問道：「你知道神、仙、佛住在什麼地方嗎？」通臂猿猴說：「聽說，他們住在南贍部洲的仙山古洞之中。」美猴王聽了哪裡還等得及，準備第二天就出發尋仙訪道。第二天一大早，群猴就張羅著美酒佳餚為猴王送行。群猴你一杯他一盞輪流給猴王敬酒，猴王喝得酩酊大醉，想不到一覺就睡到了天亮。到了第三天，群猴早就按照猴王的吩咐紮好了松枝木筏，準備了瓜果，並取來竹竿做篙（ㄍㄠ）†，美猴王這才動身。大海波滾浪湧，竹筏隨著波浪時浮時沉，群猴看得心驚膽戰。美猴王雖不在乎這些兇險，卻不知去向何處，只能任憑海風吹著筏子將他帶到茫茫大

* 道教指神仙居住的地方。

† 撐船用的竹竿。

海之中。

海上連著刮了好幾天的東南風，將筏子吹到了一個小漁村。海邊有人在捕魚、打雁、淘鹽，美猴王看了覺得稀奇，見水變淺忙跳下筏子上了岸。他走到那群人跟前，做了個鬼臉，本想打聽這是什麼地方，結果嚇得這群人四散奔逃，因為他長得太像妖怪了。一個沒來得及逃跑的人被美猴王拿住，剝了衣衫，問明瞭地界，原來他已到了南贍部洲地界。美猴王學著人的模樣穿上衣服，搖搖擺擺地行走在鄉間鬧市之中，學人的行為禮儀，還模仿人說話。美猴王一心訪仙學道，想要長生不老，但是他遇到的人都不是修道的，而是一些重名貪利的俗人。

美猴王在南贍部洲待了八九年，卻連神仙的影子都沒看見，於是他再次出海，歷經千難萬險來到了西牛賀洲地界。美猴王發現了一座秀麗無比的高山，林深霧繞。美猴王凝視間，突然聽到山林深處傳來人的歌聲，仔細一聽那人唱的歌詞中有仙有道，美猴王喜出望外，心想，原來仙人就藏在這裡呀。他順著聲音尋找過去，原來那唱歌的是一個樵夫。美猴王上前學著人作揖說道：「老神仙，弟子有禮了。」樵夫聽了連忙轉身說道：「不敢當，我是個粗人，哪是什麼神仙哪。」美猴王問道：「我剛聽你唱『相逢處，非仙即道』，你不是神仙，怎麼能說出神仙的話來？」樵夫笑著說：「不瞞你說，我唱的這首詞叫《滿庭芳》，是

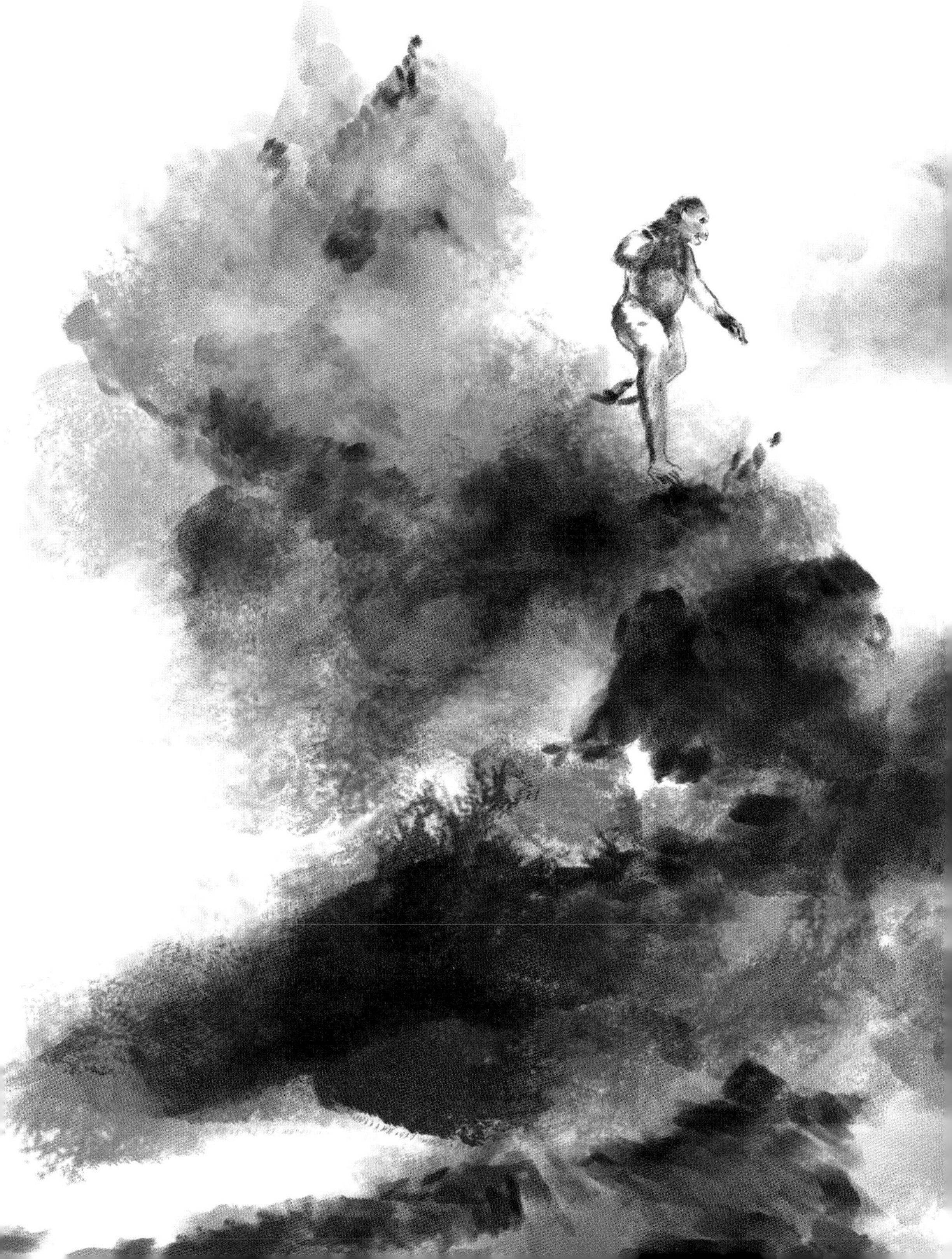

一個神仙教我的，讓我遇到煩惱時就念念這首詞，一來散散心，二來解解乏。」真是踏破鐵鞋無覓處，得來全不費工夫。猴王聽了心中大喜，忙問道：「那神仙住在哪裡？我好去拜訪。」樵夫說：「不遠，此山叫靈臺方寸*山。山中有座斜月三星†洞，洞中就住著一個神仙，人稱須菩提祖師。你順著那條小路，向南走七八里就到了。」猴王順著樵夫指點的道路，獨自尋訪神仙去了。

西遊好奇問

為什麼說菩提祖師是《西遊記》中最神祕的人物？

普提祖師既然稱「祖」，說明他是一個同如來佛祖、太上道祖（太上老君）、地仙之祖（鎮元子）一個級別的人物。他不僅法力深不可測，而且其來歷也沒人能說得清楚。他究竟是哪一門哪一派之祖，至今都無從考證。人們只知道他是道佛參半，貫通一體。他既然知道孫悟空學了諸多神通必然會惹事，卻還要親傳密授，也頗為奇怪。總之，這菩提祖師身上藏了諸多祕密，可以說是《西遊記》中最神祕的人物了。

白白老師的國學小教室

《西遊記》的世界觀

《西遊記》裡紀錄盤古開天闢地，盤古為中國神話中開天闢地的神。相傳宇宙世界原為渾沌一片，是盤古左手拿鑿，右手拿斧，劈開了天地。

盤古開天闢地後，《西遊記》的世界大致分成了天界、人間、陰間三大部分，劇情會紀錄孫悟空大鬧天庭、闖陰間修改生死簿，唐僧等人在人間歷經八十一難取經，轉變天界、人間、陰間的空間。

而第一回中描述《西遊記》的世界被分成東南西北四大部洲，分別叫作東勝神洲、西牛賀洲、南瞻部洲和北俱盧洲。東勝神洲是孫悟空出生的地方，西牛賀洲則為印度、中亞，南瞻部洲則是當時的中國，北俱盧洲在書中則是略提到名字而已。

隨著主角們的遊歷，《西遊記》的空間描繪橫跨了許多界，令故事更加繽紛奇幻。

＊靈臺舊時指心，方寸指心或心神。

†「心」字的象形體。

第二回

拜師菩提學神通

美猴王走了七八里遠，只見日月光輝下，煙霞散彩，能聽見鶴鳴之聲，看見鳳凰飛翔。萬節修篁、千株老柏掩映著一座洞府，洞門緊閉。猴王四處打量，回頭一看，只見山崖旁立著一座石碑，有三丈多高，八尺多寬，石碑上刻有一行大字：「靈臺方寸山，斜月三星洞。」猴王暗中欣喜找對了地方，他在洞府外徘徊了很久，見無人出來，自己也不敢貿然去敲門，於是一會兒折了竹子耍棍，一會兒又跳上松樹摘松子吃。突然「呀」的一聲，洞門打開，走出個仙童，高聲叫道：「是誰在門外搗亂？」猴王趕緊從樹上跳下來，躬身說道：「仙童，我是來拜師學道的，不敢在此搗亂。」仙童笑問：「你是來學道的嗎？我家師父正在登臺講道，讓我出來開門，說有個修行的來了，想必就是你了？」猴王回道：「是我，是我。」仙童道：「那你跟我進來吧。」猴王整理好衣服，跟著仙童進入了洞府。

洞府裡是一座座樓臺仙闕（ㄑㄩㄝˋ）*。猴王跟著仙童來到瑤臺之下，只見那菩提祖師端坐在瑤臺上，還有三十名小仙侍奉左右。美猴王見了慌忙跪在地上，砰砰地不停磕頭，嘴裡一個勁地念道：「師父，師父，弟子一心向道，請收下弟子吧。」菩提祖師問道：「你是何方人氏，說明白鄉貫姓名再來拜師。」猴王趕緊回答：「弟子是東勝神洲傲來國花果山水簾洞人氏。」菩提祖師說：「原來只是一個撒謊搗亂之徒，哪裡是來學仙修道的？給我趕出去。」猴王聽菩提祖師要將自己趕出去，慌忙磕頭說：「弟子是個老實人，所說句句實話，絕不敢欺騙師父。」菩提祖師說：「東勝神洲離這裡隔著南贍部洲，兩重大海，你如何能到這裡？」猴王磕頭說：「弟子漂洋過海，遍訪各方，歷經十數個年頭，才找到這裡的呀。」

菩提祖師說：「既然你是歷經千難萬險而來，那就罷了。你姓什麼？」猴王說：「弟子無性，有人罵我，我也不生氣；有人打我，我也不惱怒，只是不停地給別人賠禮道歉而已。」菩提祖師說：「不是這個性，我來問你，你父母姓什麼？」猴王說：「我沒有父母。」祖師問：「人人都有父母，難道你是樹上生的？」猴王說：「我雖然不是樹上生的，卻是石頭裡長出來的。花果山上有一塊巨石，一天突然崩裂，我就出來了。」祖師聽聞，暗暗高興：「這麼說，你是天地所生，那你起來走一走給我看看。」猴王縱身跳起，拐呀拐地來回走了兩遍。菩提祖師笑道：「你走起來彎腰駝背，身形猥瑣**鄙陋**†，像個吃松果的猢猻。我給你取個姓，把『猻』去了獸旁，就姓『孫』吧。」猴王聽了滿心歡喜：「好！好！好！多謝師父，今日我也有姓了。希望師父再賜個名字，這樣也好稱呼。」祖師說：「我們門中有十二個字，分派起名，到你已是第十輩了。」猴王說：「不知是哪十二個字。」菩提祖師說：「這十二個字乃是廣、大、智、慧、真、如、性、海、穎、悟、圓、覺。排到你，正好是『悟』字，我給你起個法名，就叫『孫悟空』吧。你覺得如何？」猴王歡喜道：「好！好！好！從今天開始我就叫孫悟空了。」

猴王得了姓名，拜了菩提老祖為師，高興得上躥下跳，拜謝祖師。祖師讓眾人領孫悟空出了大殿，並吩咐眾人教他打掃庭院、接人待客的禮儀。到了二門外，悟空拜了眾位師兄，安排了住處。第二天一早，悟空就開始和師兄一起學習語言禮貌、講經論道、習字焚香，閒時就掃地除草、養花修樹、挑水砍柴、奉

＊ 皇宮門前兩邊的觀望臺，借指帝王的住所。

† 矮小醜陋。

茶做飯，日日如此，不覺已在洞中過了六七年。一天，祖師召集眾人登臺講道。孫悟空在旁聆聽，似有所得，不免高興得抓耳撓腮。菩提祖師看見，就問：「悟空，你為什麼在那裡手舞足蹈，不聽我講道？」悟空說：「弟子誠心在聽師父講道，聽到妙處，喜不自勝，所以情不自禁地就手舞足蹈起來了，請師父**恕***罪。」菩提祖師說：「你既然能聽懂我講的精妙之處，那我問你，你在斜月三星洞待了多少日子了？」悟空說：「弟子也不知道來了多久，只記得常去後山砍柴，那裡有一棵桃樹，開花結果，我在那裡吃了七次桃。」菩提祖師說：「那山叫作爛桃山，你吃了七次飽桃，說明你來這裡已經有七年了。你想要跟我學些什麼道法呢？」悟空說：「弟子想學些有道術的。」

菩提祖師說：「『道』字門中有三百六十傍門，只要認真修行都可以學成**正果**†。我教你『術』字門中之道，可以請仙**扶鸞**※、問蔔**揲蓍**‡，能趨吉避凶，你可願意學？」悟空問：「學『術』門之道能得長生嗎？」菩提祖師說：「不能。」悟空說：「那我不學。」菩提祖師又要教悟空「流」字、「靜」字、「動」字門中之道，悟空問明白學這些道術都不能使他長生不老，所以不肯學。菩提祖師見悟空這也不學那也不學，就跳下高臺，手持戒尺在他的頭上打了三下，倒背著手，走了進去，關上了中門。眾人都埋怨悟空得罪了師父，悟空也不懊惱，只是滿臉賠笑，他領會了師父的用意，所以不與眾人爭執。原來菩提祖師打他三下，是要他夜裡三更時分來見，倒背著手，將中門關上，是讓他從後門進來，祕傳道法。

這天夜裡，悟空與眾人一起睡下，閉著眼睛默默計算著時間，估摸到了三更時分，輕輕地起來，穿好衣服，沿著舊路來到後門。後門半開半掩，悟空心中暗喜：「師父果然是要祕傳我道法，所以將門開著。」悟空側身進屋，來到菩提祖師床前，看到祖師蜷身側臥正在熟睡，不敢驚動，一直跪在床前。過了一會兒，悟空看菩提祖師醒了，忙叫道：「師父，弟子在此跪候多時了。」菩提祖師其實早已知道悟空一直跪在地上，他只是故意裝睡想考驗悟空學道的誠心。於是他穿上衣服，盤腿坐起，假裝……生氣地問道：「你這猴子，不去睡覺，到我這裡做什麼？」悟空說：「師父昨天暗示弟子今晚三更時候，從後門進來傳我道法，所以弟子才敢大膽進來。看您睡著了，弟子一直跪在床前等您醒來。請師父傳我個長生之道吧。弟子一定不忘師父大恩。」菩提祖師十分高興，說：「能參透我的暗示，說明我們有緣，你過來，我傳你一個長生妙道。」悟空磕頭拜謝，跪在床前，洗耳恭聽。

悟空聽了師父的傳授，又在心中默念一遍，牢牢記住了口訣，拜謝了師父。此時，天已微明，悟空趁眾人還沒有起床，按原路返回了住處。從此，他天天獨自修行祕法。過了三年，菩提祖師再次登臺講道，又將孫悟空叫來，傳授他七十二般變化。原來學長生不老之術是非常之道，會有天雷、陰火、贔風§之難，躲得過就能與天地同壽，躲不過就身形俱滅。菩提祖師為了悟空能躲過這三難，就將七十二般變化傳授給他。

一天黃昏，菩提祖師與弟子們在三星洞前修煉，問悟空說：「悟空，你學成了嗎？」悟空說：「多謝師父教誨，弟子現在已經能騰雲駕霧了。」說完，悟空將身子一躍，連翻了幾個跟頭，離地有五六丈高，腳踏雲霞，三里的路程走一個來回竟要花一頓飯的工夫，隨後落在師父跟前，說：「師父，我已經學會騰

※ 原諒，寬容。
† 指修行成功
‡ 一種求神以問吉凶的方法。
‡ 古代一種以數著草數占卜吉凶的方法。
§ 巨風的意思，在道教中贔風是所稱大三災之一的風災名。

雲駕霧了。」菩提祖師笑著說：「你這哪裡是騰雲，只能算是爬雲而已。一天遍游天地四方那才算得上是騰雲。」悟空聽了，磕頭說：「師父您大慈大悲，傳我騰雲之術吧。」菩提祖師見孫悟空剛才要連翻幾個跟頭才能騰雲，所以傳了他筋斗雲，而一個筋斗就是十萬八千里。其他人聽了取笑道：「悟空，你要是會了筋斗雲，當個**鋪兵***，送文書，遞報單，不管在哪裡都能找口飯吃。」悟空對於眾人的消遣也不放在心上，他默默背著口訣，潛心修煉。終於，悟空學會了筋斗雲，還常常駕著筋斗雲飛來飛去，無拘無束，好不自在。

春去夏來，一日，大家在松樹下彼此切磋道法。眾人問道：「悟空，師父附耳傳授你的躲避三災變化之法你都學會了嗎？」悟空本來就有意在眾人面前賣弄，決定在眾人面前炫耀一番，笑著說：「師父傳授加上我晝夜勤修，早已都學會了。你們說什麼我就能變什麼。」眾人讓悟空變松樹，悟空念動咒語，就變成了一棵松樹。眾人見了紛紛鼓掌喝彩，還要悟空變這變那。不想，這番動靜驚動了菩提祖師。祖師拿著手杖出來喝道：「是誰在大聲喧嘩？」眾人忙凝神屏氣，悟空也變回原形，藏在眾人中。有人說：「不瞞師父，我們剛才和悟空鬧著玩，讓他展示一下七十二般變化。」於是菩提祖師斥退眾人，只留下悟空，說：「我教你的法術，怎可在別人面前賣弄？」悟空連忙磕頭：「師父恕罪，弟子以後不敢了。」菩提祖師說：「你從哪裡來，就回到哪裡去吧。」悟空說：「師父，您的傳道之恩弟子還沒有報答呢！」但是祖師心意已決，說：「你也不用報恩了，你走吧，只要別在外面惹出什麼大禍就好。」

悟空望著師父，無可奈何，只能拜謝師父，與眾人辭別。臨行前，菩提祖師不放心這個天不怕地不怕的徒弟，又提醒他說：「你這一去，必定會惹出大禍，到時你千萬不要說出是我的徒弟。你若是說出半

---

* 古時遞送緊急公文的士兵。

個字來，我就知道，到時定將你剝皮拆骨，魂魄打入地獄，永世不得翻身。」悟空從此不敢提到師父半個字。悟空駕著筋斗雲，依依不捨地離開了。

孫悟空駕著筋斗雲，不到一個時辰，就到了花果山。悟空正滿心歡喜準備招呼群猴，卻聽見一片悲哭之聲，於是邊跑邊喊：「孩兒們，我回來了！」群猴紛紛從山崖的石頭上、草叢中、樹林裡跳了出來，將猴王圍在中間，泣不成聲地對猴王訴苦道：「大王，你怎麼走了這麼久哇？我們留在這裡，天天盼望你能回來。最近有一個魔王橫行霸道，想要搶占我們的水簾洞，小的們拼死抵抗，可還是讓他捉走了很多孩兒。幸虧大王回來了，要不然我們和洞府也都要被人搶走了。」悟空聽了大怒道：「什麼妖怪敢如此欺負你們，我定去找他報仇。」原來這妖怪名叫混世魔王，會騰雲駕霧，群猴見他來時或風或雨，或雷或電，卻不知他到底是何來頭，只知道這混世魔王居住在花果山北邊。悟空讓眾猴稍等，說完，就跳上筋斗雲，一路向北尋去。

不一會兒，只見下方有一座險峻大山。孫悟空正在觀看景致之時，聽見有人說話，便循著聲音來到一個陡崖之前，找到了混世魔王的住所——水髒洞。洞外還有幾個小妖在跳舞，他們見了悟空就跑。悟空叫道：「我乃花果山水簾洞洞主，你家的混世魔王，時常欺負我的孩兒，我特來找他，比個高下。」

小妖聽了，急忙跑回山洞報告：「大王，不好了！那花果山水簾洞洞主找上門來了。」混世魔王聽見小妖吵嚷，笑道：「不要慌張，早就聽那群猴子說他們有一個大王，我今天正好會會那個大王，你們把我的兵器取來。」混世魔王領著一群小妖出了洞府，高聲叫道：「哪個是水簾洞洞主？」悟空罵道：「你這妖怪，眼睛好大，怎麼看不見老孫？」混世魔王笑道：「你身高不滿四尺，又沒有兵器，竟敢如此倡狂，要和我比個高下是嗎？」悟空罵道：「你這妖怪原來沒眼，你看我小，要大也不是什麼難事；你看我沒兵器，我的拳頭能夠到天上的月亮，你吃俺老孫一拳。」說著，孫悟空一個縱身，劈頭蓋臉地就打了過去。混世魔王和孫悟空拳腳比畫了幾十個回合，被打得只有招架之功，毫無還手之力。混世魔王哪裡肯吃虧，拿起大刀就朝孫悟空的腦袋砍去。

孫悟空巧妙地躲過混世魔王的大刀，拔了一把毫毛朝空中一噴，叫一聲「變」，就變成了兩三百個小猴。原來，孫悟空修道得了仙體，全身八萬四千根毫毛都能隨意變化。群猴將混世魔王團團圍住，抱的抱，扯的扯，鑽襠的鑽襠，扳腳的扳腳，踢打撏毛，摳眼睛，撚鼻子，抬鼓弄，把混世魔王死死地困住了。孫悟空奪了混世魔王的刀，讓小猴子們散開，將混世魔王一劈兩半。然後他領著小猴子們殺進洞裡，剿（ㄐㄧㄠˇ）*滅了一群妖怪。猴王將毫毛一抖，小猴子們又都消失了，剩下沒有變回的原來是被混世魔王掠來的猴子，有三五十個。孫悟空說：「孩兒們，你們受苦了，我帶你們回家。」孫悟空念著咒語，群猴只覺得瞬間騰空，又瞬間腳踏實地，原來已經回到了花果山水簾洞。群猴相見，個個歡天喜地，然後拜了猴王。這一天，水簾洞裡熱鬧非凡，群猴為孫悟空接風洗塵大擺宴席。

*討伐，消滅。

延伸小知識

混世魔王的前世今生

本書中的混世魔王趁孫悟空不在時霸占了花果山，但最終被學藝歸來的孫悟空用法外分身術擊殺。其實，在中國古代小說裡有很多「混世魔王」。比如《紅樓夢》裡的賈母就說賈寶玉是家裡的混世魔王，此外，還有《水滸傳》裡的地煞星樊瑞，《隋唐演義》裡的第一福將程咬金等等。現在，混世魔王則用來比喻擾亂世界，給人們帶來嚴重災難的人。有時也指成天吃喝玩樂，到處胡鬧、有錢有勢的富家子弟。

白白老師的國學小教室

孫悟空的本領

孫悟空的招牌本領是七十二變，這是菩提祖師傳授給孫悟空變身法術。「七十二變」後來多用作成語使用，意指「變化多端的策略、手法和方法」。

此外，孫悟空還能駕馭筋斗雲，能飛騰十萬八千里。「筋斗」之意，有種說法認為源自百姓俗稱的心中「咯噔一下」，「咯噔」與「筋斗」、「斤斗」音近，均指「念頭」。人的念頭、意念可以瞬間翻越、騰飛十萬八千里。

孫悟空會七十二變、騰雲而飛，都讓他在《西遊記》中顯得法力無邊、神通廣大，令後世讀者對他無比欣羨和佩服。

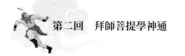

第三回 悟空大鬧龍宮地府

自剿滅了混世魔王，奪了一口大刀，猴王天天練習武藝，並教群猴砍竹為標，削木為刀，日日操練。一日開始，猴王時常坐在一旁發呆。原來猴王擔心群猴在這花果山練兵習武，終究有一天會驚動人王、禽王或獸王前來問罪，群猴只有些竹竿木刀，只怕無還手之力，思量著必須尋得一些鋒利劍戟（ㄐㄧˇ）才行。一日，猴王向眾猴說了自己的擔心，眾猴聽了驚恐道：「大王，你考慮周到，只是去哪裡尋找鋒利劍戟呢？」這時，四隻老猴說話了：「大王，我們聽說過了大海向東二百里是傲來國國界，這個國有無數軍民，一定有很多金銀銅鐵。大王去買些兵器，教我們演練，也好守護這洞天福地。」悟空聽聞大喜，立刻跳上筋斗雲，眨眼間就過了二百里水面。果然看見一座城池，街道上人來人往，好不熱鬧。

悟空心想，城裡一定有很多現成的兵器，還不如使個法術弄上幾件兵器來得快。於是他念起口訣，念動咒語，朝地上吹了口氣便是一陣狂風，飛沙走石，街上的行人一會兒便散盡了，家家緊閉窗門。孫悟空這才降下雲頭進了城，徑直來到兵器館、武庫中，只見裡面有刀槍劍戟等無數兵器，悟空拔下一把毫毛，變出千百個小猴子，把兵器搬了個精光。

群猴正在水簾洞外玩耍，忽然聽見風聲大作，只見半空中有無數個猴精，嚇得忙躲了起來。孫悟空按下雲頭，將身一抖，收了毫毛，無數兵器散落一地，叫道：「小的們！都來拿兵器！」群猴見是大王回來了，都跑了過來，撾（ㄓㄨㄚ）斧爭槍，搶刀奪劍，扯弓扳弩，吆喝著耍弄了一天。

第二天，悟空召集群猴，統計了猴數，一共四萬七千多猴。早就聽到風聲的花果山七十二妖王，紛紛前來參拜猴王，每年定期進貢。從此以後，孫悟空領著群猴和各路妖怪日日操練，並把花果山造得如銅牆鐵壁。

孫悟空從傲來國拿了無數兵器，卻沒有一件用得順手。正在他苦惱之際，四個老猴問道：「大王乃是仙聖，普通兵器當然不好使。不知大王能去水裡嗎？」孫悟空笑道：「我上天入地無所不能，沒有我去不了的地方。」老猴說道：「鐵板橋下的水直通東海龍宮。大王何不去向龍王要件稱手的兵器？」

孫悟空來到橋頭，使了閉水法，念了口訣，鑽入水中，一直遊到了東海海底。正當他尋找龍宮之際，忽然撞見一個巡海的**夜叉**[**]。夜叉問他：「你是何方神聖？說了我好去通報。」悟空說：「我乃花果山天生聖人孫悟空，是你們家龍王的鄰居，難道不認識我嗎？」夜叉聽了急忙回去通報：「大王，外面有個花果山天生聖人孫悟空，說是龍王您的鄰居。」東海龍王敖廣聽了與龍子、龍孫、蝦兵以及蟹將來到宮門外迎接。

孫悟空進了龍宮，龍王命人獻茶，問道：「上仙何時得道，有何神通？」悟空說：「我出生以來就出家修行，修得個長生不老。近來教孩兒們練習武藝，無奈沒有件稱手的兵器，聽說你這龍宮裡有許多寶貝，特來求一件。」龍王見孫悟空神通廣大，不敢得罪，便叫了**鱖**（ㄍㄨㄟˋ）都司拿了一把大刀。悟空見了忙說：「我不會使刀，送件別的兵器吧。」龍王又叫**鲌**（ㄅㄛˊ）大尉，領**鱔**（ㄕㄢˋ）力士，抬出了一杆九股叉。悟空拿在手裡耍了

* 古代的一種兵器，是戈和矛的合成體。
† 同「抓」，用指或爪撓。撾是個破音字，又讀ㄨㄛ，東南亞有一個國家叫老撾，與中國是鄰國。
** 佛教中指惡鬼，後用來比喻相貌醜陋、兇惡的人。

一下，說道：「這件兵器太輕了，又不稱手，還是再送件別的兵器吧。」龍王笑著說：「上仙，你可知這九股叉有三千六百斤重哩！」悟空說：「太輕了，不稱手！」龍王見悟空如此神通，很是驚訝，又讓鯿(ㄅㄧㄢ)提督、鯉總兵抬出一柄重達七千二百斤的畫杆方天戟。悟空接在手裡，拋了幾下，又耍了幾下，說：「還是太輕了。」龍王這才害怕起來：「上仙，我宮中只有這柄方天戟最重，可再沒別的兵器了。」悟空笑道：「龍宮裡怎麼會沒有寶貝呢？老龍王你再去找找看。」龍王說：「我這裡真的是沒有別的兵器了。」

說話間，龍婆、龍女從後面閃了進來，對著龍王耳語，不知說了些什麼。原來，龍宮海藏裡的一塊神鐵霞光豔豔，瑞氣騰騰，龍婆、龍女向龍王提議把這塊神鐵送給猴子，好快點打發了。老龍王依言，對孫悟空說道：「我這龍宮裡確實有件寶貝可送給你當兵器。」悟空說：「那拿出來給我看看。」龍王搖手笑道：「這裡沒有人能抬得動它，還是上仙你親自去看看吧。」龍王領著孫悟空來到海藏中間，只見金光萬道。龍王指著發光處說：「那發光的就是。」悟空上前一摸，是根鐵柱子，約有斗粗，二丈多長。悟空兩手握著說道：「這根鐵柱子太粗太長了，再短些細些就好了。」說完，鐵柱就變短了幾尺，細了一圈。悟空拿在手上掂了掂說：「再細些就更好了。」鐵柱子應聲又細了一圈。悟空大喜，定睛一看，原來兩頭是兩個金**箍***，中間是一段烏鐵，靠近一頭金箍的地方刻著「如意金箍棒」。原來這如意金箍棒是大禹治水時拿來測量海水深淺的一塊神鐵，重一萬三千五百斤。

悟空心中暗喜：「想必這寶貝能通人意。」他一邊走一邊念：「再短再細些。」拿出來只有二丈長短，碗口粗細。悟空拿著金箍棒耍了幾下，水晶宮被攪得搖搖晃晃，嚇得龍子龍孫、蝦兵蟹將**魂飛魄散**†。悟空笑著對龍王說：「多謝龍王給了我這麼好的寶貝。只是我有了這件稱手的兵器，卻沒有合適的衣服，索性你再送我一副**披掛**⁑，我一併謝了。」

龍王推說沒有披掛，悟空哪能輕易被騙，犯了猴性，賴著不走了，甚至還要和龍王動起手來。龍王見這猴子潑皮耍賴，只好擂響鐵鼓，撞響金鐘，邀來南海龍王敖欽、北海龍王敖順、西海龍王敖閏。

不一會兒，三海龍王果然前來相見。龍王見了三位賢弟說了猴王要兵器之事，三海龍王大怒，南海龍王敖欽提議，將猴子拿下治罪。西海龍王敖閏建議先湊副披掛打發了悟空，再上天庭告狀。東海龍王敖廣害怕金箍棒的威力，覺得敖閏之計可行。於是北海龍王敖順拿了一雙藕絲步雲履，西海龍王敖閏拿了一副鎖子黃金甲，南海龍王敖欽拿出了一頂鳳翅紫金冠。東海龍王敖廣大喜，忙領著三位龍弟見了孫悟空，將金冠、金甲、雲履奉上。悟空穿戴好，揮舞著如意金箍棒，一路耍著出了龍宮。

群猴正在鐵板橋邊等候，忽見孫悟空跳出水面，立在橋頭，渾身上下金光燦燦。群猴見了不禁稱讚：「大王，你這身披掛金光閃閃，實在是太漂亮太威武了。」悟空得意揚揚，跳上寶座，將如意金箍棒豎在中間，群猴摸來摸去，有些猴子用盡全身力氣也拿不動，嘖嘖稱奇道：「這東西這麼重，大王你是怎麼拿回來的？」悟空走下寶座來到中間，一把拿了如意金箍棒，笑著對眾猴說：「這叫如意金箍棒，重一萬三千五百斤。東海龍王不識貨，才被我拿了來。這如意金箍棒，能通人意，可變大變小。你們都讓開，讓我變了給你們瞧瞧。」悟空拿著金箍棒說小就變小，細如繡花針，藏入耳朵裡；說大就變大，有斗粗細。悟空來到水簾洞外，連聲說長，如意金箍棒就長到萬丈之高，上抵三十三天，下至十八層地獄。把那些狼蟲虎豹、

＊ 緊緊套在東西外面的圈。

† 形容非常害怕。

＊＊ 盔甲。

滿山群怪、七十二洞妖王嚇得魂飛魄散，磕頭禮拜。悟空收了法術，將如意金箍棒變作一根繡花針，藏在耳朵裡，領著群猴回了水簾洞，各路妖王紛紛前來拜賀。當日大開旗鼓，響振銅鑼，水簾洞裡廣設珍**饈**(ㄒㄧㄡ)*百味，椰液葡漿歡飲。此後，猴王將洞內事務交給那四個老猴，自己每日騰雲駕霧，遨遊四海，廣交朋友，與牛魔王、蛟魔王、鵬魔王等六王稱兄道弟。

一日，孫悟空與牛魔王等六兄弟歡宴，喝得**酩酊**†大醉。孫悟空送六王出去，就靠在鐵板橋邊的松蔭下睡著了。美猴王夢見兩個人拿著一張批文，寫著「孫悟空」，走過來將繩索套在自己身上，自己就一路跟著他們**踉踉蹌蹌**(ㄌㄧㄤˋ ㄌㄧㄤˋ ㄑㄧㄤˋ ㄑㄧㄤˋ)**來到一座城下。

孫悟空漸漸地醒過酒來，不知自己身處什麼地方，抬頭一看，那城上有一個鐵牌，寫著「幽冥界」三個大字。這時孫悟空才明白過來，問那兩人：「幽冥界是閻王住的地方，我怎麼會到這個地方？」那兩個勾魂鬼回答道：「你的陽壽已盡，我倆得了閻王的命令，要將你的魂魄索來地府。」悟空聽了笑道：「我老孫超出三界之外，不在五行之中，已經不屬於閻王管轄，怎麼偏偏趁我喝醉時來抓我呢？」那兩個勾魂鬼哪裡知道孫悟空的手段，硬拉扯著孫悟空，要把他帶到冥王殿。

孫悟空忍無可忍，大怒之下從耳中掏出了如意金箍棒，一舉手就將兩個勾魂鬼打成肉醬，隨即便一路打入城中。牛頭鬼和馬面鬼看見兩個勾魂鬼被打死，嚇得落荒而逃，趕緊找地方躲了起來。眾鬼卒見狀跑的跑躲的躲，還有一些鬼卒跑到**森羅殿**‡向閻王匯報。**十殿閻王**§聽到鬼卒通報孫悟空大鬧地府，慌忙整理好衣服前去查看，見了孫悟空高聲叫道：「上仙留名！上仙留名！」孫悟空揪著一個閻王的領子說：「你們不認識我，為什麼派人來抓我？」十殿閻王聽了連忙說：「上仙息怒，天下同名同姓的人太多，想必是弄錯了。」悟空怎肯**善罷甘休**§§，說道：「勾人魂魄這種事勾魂鬼能搞錯嗎？你們快將生死簿拿來給我看看。」十殿閻王聽了，就請孫悟空進了森羅殿，命掌案的判官趕快去拿生死簿。

那判官不敢怠慢，很快捧出五六本文書，文書分為十類，判官一本接著一本，一類挨著一類仔細查看，但裸蟲、毛蟲、羽蟲、昆蟲、鱗介類都沒有孫悟空的名字。判官翻看半天，最後才翻開猴屬類的生死簿。原來猴子與人長得很像，但沒有人名；和裸蟲相似，又居無定所；和走獸一樣，又不屬於麒麟管；和飛禽比，又不屬於鳳凰管，於是單獨有一個生死簿。悟空見判官查了半天毫無結果，一把奪了生死簿，自己逐一查看，直至翻到一千三百五十號才看到自己的名字，上面寫著：孫悟空，乃天產石猴，該壽三百四十二歲，善終。

悟空一心想長生不老，才歷經千難萬險學了神通，看到這裡他決定要將自己的名字從生死簿上消掉。悟空道：「快拿筆過來！」判官聽了孫悟空的吩咐，慌忙捧了毛筆過來，蘸滿濃墨遞了過去。悟空接過筆，將生死簿上猴屬類裡的所有名字一併畫掉了。悟空勾完便甩了生死簿說道：「了賬！了賬！從今以後猴子都不屬於你管了。」悟空拿著金箍棒，一路打出幽冥界。十殿閻王見孫悟空法力了得，都不敢吱聲，只能去翠雲宮，拜見地藏王菩薩，商量上天告狀。

※ 珍奇名貴的食物。

† 形容醉得迷迷糊糊的樣子。

⁑ 走路不穩，跌跌撞撞。

‡ 閻王居住的殿堂。

§ 十殿閻王是民間流傳主管地府十殿的十個掌控者，分別為：一殿秦廣王、二殿初江王、三殿宋帝王、四殿伍官王、五殿閻羅王、六殿變成王、七殿泰山王、八殿平等王、九殿都市王、十殿五道輪轉王。

§§ 好好地了結糾紛，不鬧下去。

悟空打出城，忽然被一根草絆了一跤，猛地醒來，原來是南柯一夢。悟空伸了個懶腰，眾猴見大王睡醒後都圍了過來，問道：「大王您昨天喝了多少酒？睡了整整一天，這才醒過來。」悟空回答：「我夢見兩個人勾我的魂魄，把我帶到了幽冥地府，我這才醒悟過來。於是大顯神通，與十殿閻王爭吵，閻王乖乖地拿了生死簿給我看，我把我的和你們的名字全部畫掉了。從今以後，你們就不屬於閻王管轄了。」眾猴聽了，紛紛磕頭拜謝。

趣味小講堂

南柯一夢

南柯一夢，出自唐朝李公佐《南柯太守傳》中的典故。書中記載，一個叫淳于棼的人喝醉酒，就在庭院的槐樹下睡著了。在夢裡，他來到一個叫槐安國的國家，並做了南柯郡的太守。後來，檀羅國攻打南柯郡，淳于棼的軍隊輸了，接著他的妻子也因重病死了。這一切的不幸，讓淳于棼不想在南柯郡繼續住下去，他就回到京城。可是，在京城裡，有人在國王面前說淳于棼的壞話，國王沒有查證，就把他抓起來送回原來的家鄉。一離開槐安國，淳于棼就醒了，才知道原來這是一場夢。

白白老師的
國學小教室

孫悟空的如意金箍棒

金箍棒是孫悟空的兵器，原為大禹治水時遺下的天河定底神珍鐵，乃太上老君所製，放在東海。因為能隨孫悟空的心意變化大小，所以稱為「如意」金箍棒。

金箍棒除了是孫悟空的兵器，某種意義上也是孫悟空自己的象徵。早年孫悟空用金箍棒大鬧天庭，反抗束縛的規範，此時的他追求自由和獨立的尊嚴；但踏上西經路程的他，則用金箍棒降妖除魔，以此保護師父、捍衛人間正道，此時的他追求天地正義。

金箍棒的用途不同，就象徵孫悟空心性的轉變。青少年時期的我們可能也追求自由和獨立，想反叛整個世界、證明自己，急於成為一個大人；但真正的成熟，應該是能保持獨立外，也像一個圓一樣，圓融整個世界。

第四回　花果山自封齊天大聖

東海龍宮奪寶、大鬧森羅殿，孫悟空仗著自己的神通隨心所欲，卻不知自己早已種下禍根。一日，玉皇大帝在靈霄寶殿召集群仙上早朝，邱弘濟真人突然上奏說殿外東海龍王敖廣有事啟奏。玉皇大帝傳旨讓敖廣進殿，讓引奏仙童取了敖廣的奏摺來看。玉帝看完了大怒，打算派天兵擒拿妖猴。正在這時，又有葛仙翁天師啟奏說十殿閻王之一的秦廣王有事啟奏。玉帝看完秦廣王的奏摺後更是怒不可遏，傳旨速派天兵捉拿妖猴。

眾仙好奇這妖猴為什麼如此厲害，竟有這般道行。千里眼、順風耳說：「這妖猴是三百年前的天產石猴。不知這些年在何方修煉得道，可降龍伏虎，大鬧地府，銷去死籍。」玉帝說：「哪路神仙願意下界收服妖猴？」太白金星忙站出來說：「上天有好生之德，這石猴既然已經得道成仙，何不降一道**招安**＊聖旨，讓他上天庭，封他個小官，接受天庭管束，如他不服管束再擒拿也不遲。」玉帝聽太白金星說的話有理，就讓文曲星官修了一份詔書，讓太白金星前去招安妖猴。

太白金星領了聖旨，駕著祥雲來到花果山水簾洞，對著洞外的猴子們說：「我是天庭派來的使者，請你們大王上天庭。」小猴們忙通報了孫悟空。孫悟空一聽是天庭的使者，心中大喜：「正好我這兩天尋思著

＊招撫，招降。統治者勸誘反抗者歸降。

要上天去，想不到就有人來請我了。」悟空叫道：「快請進來。」孫悟空忙整理好衣冠，去門外迎接。太白金星見了孫悟空，說明瞭來由，希望馬上一同上天。孫悟空吩咐了四個老猴看好家，便駕著筋斗雲和太白金星上了天庭。

孫悟空駕著筋斗雲把太白金星遠遠地落在身後，很快便來到了南天門外。他正要進去，卻被增長天王等人攔住。孫悟空見不肯放行，正要打鬥之際，太白金星及時趕到才解了圍。太白金星領著孫悟空來到靈霄殿。孫悟空見了玉帝既不行禮，也不跪拜，眾仙議論紛紛，覺得妖猴失禮，罪該處死。玉帝倒也不計較，說：「孫悟空是下界妖仙，不知參拜之禮，其罪可免。」玉帝讓文選武選兩位仙卿查看哪裡缺少官職，可以授封孫悟空。武曲星君上奏說：「禦馬監正缺個正堂管事。」玉帝遂傳旨封孫悟空一個叫作「**弼**（ㄅㄧˋ）**馬溫***」的職位。

孫悟空被封了官位後喜不自勝，在木德星君的陪同下前去禦馬監赴任。一眨眼，半月有餘，有一天，閑著無事，孫悟空與眾監官宴飲。正在歡飲之際，孫悟空問道：「你們知道『弼馬溫』這個官到底有多大嗎？」眾人說：「你這個官沒階沒品。」孫悟空說：「沒品，那『弼馬溫』一定是個很大的官了？」眾人又說：「不大，不大，是個未入流的官。」孫悟空問道：「什麼是未入流的官？」眾人說：「未入流的官其實就是最低最小的官。」孫悟空聽了不禁火冒三丈，**咬牙切齒**†地叫道：「天庭這般**藐**（ㄇㄧㄠˇ）視老孫，我在花果山稱王，竟哄騙我來做個替他們養馬的官，這『弼馬溫』我不做了。」說著，孫悟空取出金箍棒一路打到南天門。眾天兵知道孫悟空是個天官，也不敢阻擋，讓他出了南天門。

片刻之間，孫悟空駕著筋斗雲就回到了花果山。各洞妖王和群猴正在操練，孫悟空叫道：「小的們，老孫回來了。」群猴見猴王回來了，開心得不得了，擺宴席為猴王接風洗塵。俗話說，天上一日地上一年，孫悟空一去十數年，眾人都以為此次猴王是得意榮歸，卻哪裡知道孫悟空受了窩囊氣。悟空對著群猴說：「那玉帝不會用人，他見我長得這副模樣，就封我做了一個不入流的『弼馬溫』，老孫心中惱怒，不做這個官也罷。」眾猴說：「大王回來得好，在這洞天福地稱王，自由快活，幹嗎給玉帝當馬夫呢？」孫悟空心中煩悶，只好借酒解悶。

眾人歡飲之際，有兩個獨角鬼王前來投靠孫悟空，孫悟空喜得兩員大將。鬼王說：「大王神通廣大，為何要給玉帝養馬？不如在這花果山做個『齊天大聖』，有何不可？」悟空聽了非常高興，他吩咐四個老猴快點製作**旌旗**（ㄐㄧㄥ ㄑㄧˊ）[**]，並在上面寫上「齊天大聖」四個大字，立杆張掛。自此以後，孫悟空自稱「齊天大聖」，不再稱王。

玉帝得知孫悟空棄官下界，派了托塔李天王與哪吒三太子領天兵天將捉拿孫悟空。托塔李天王率兵來到花果山，命巨靈神為先鋒前去引孫悟空出洞。巨靈神手持宣花斧，來到水簾洞前，見一群狼蟲虎豹精在那裡掄槍舞劍，大喝一聲：「你們這群孽畜，快把弼馬溫給我叫出來，早點投降便罷，否則我一斧砍下去，你們非傷即殘。」小妖們聽了，慌忙回去報告孫悟空。

孫悟空聽說天庭派了天兵天將，忙讓小猴子取來披掛，戴上紫金冠，穿上黃金甲，蹬上步雲履，拿上如意金箍棒，帶著群猴來到水簾洞外，擺好陣勢。巨靈神見了孫悟空，厲聲說：「你這個潑猴，還認得

---

* 傳說在馬廄中養猴子能有效地避馬瘟，此處指官名。

† 由於極端憤怒或忍住極大的痛苦而咬緊牙齒。

** 古代用羽毛裝飾的旗子。

我嗎？」大聖說：「你是哪路毛神？快快報上名來。」巨靈神趾高氣揚地說：「我是托塔李天王部下的先鋒，巨靈天將。奉玉帝聖旨，前來捉拿你這妖猴。你快束手就擒，敢說半個『不』字，就叫你頃刻化為塵土。」大聖聽巨靈神大言不慚，罵道：「你這個小毛神，不要誇口，我本打算一棒子打死你，但是這樣就沒人回去報信了，所以暫且留你性命。你快回去，對玉帝說，他有眼無珠，老孫本事通天，卻讓我替他養馬。你看我這旗子上寫的字，若封我做這個齊天大聖，天下就可太平無事，若不然，我就打上靈霄寶殿，讓他玉帝之位也坐不成。」

巨靈神看到水簾洞外果然飄揚著一面旗幟，上面寫著「齊天大聖」四個大字。巨靈神冷笑著說：「你這潑猴，竟敢自封『齊天大聖』，先吃我一斧。」說完就拿起斧子砍了過去。孫悟空也毫不示弱，舉起如意金箍棒就迎了上去。兩人在空中大戰了幾個回合，孫悟空朝著巨靈神的頭就是一棒，巨靈神慌忙舉起宣花斧招架，只聽得喀嚓一聲，斧柄斷成了兩截，巨靈神見勢不妙，落荒而逃。猴王笑著說：「膿包，我這次就饒了你，快回去報信吧。」

巨靈神狼狽逃回營門，見了托塔李天王，下跪請罪：「弼馬溫果然神通廣大，末將不是他的對手，敗下陣來，回來向您請罪。」李天王大怒，下令將巨靈神推出去斬首。站在一旁的哪吒太子連忙說道：「父王不要生氣，暫且饒了巨靈神的性命，讓我前去捉拿潑猴。」李天王點頭同意了。

孫悟空正準備收兵，只見哪吒一人前來挑戰，笑著說：「你是誰家小孩？到我這裡，有什麼事情？」哪吒喝道：「妖猴，我是托塔李天王三太子哪吒，奉玉帝之命，前來捉你。」悟空笑著說：「三太子，你還沒斷奶，怎麼敢這樣說大話？我今天留你性命，只要玉帝封我旗子上的官銜，我自會歸順天庭，否則我一定打上靈霄寶殿。」哪吒罵道：「妖猴，憑你有什麼神通，敢取『齊天大聖』的名號？先吃我一劍。」悟空笑著說：「我就站著不動，讓你砍上幾劍。」哪吒見孫悟空目中無人更是氣不打一處來，大喝一聲「變」，隨即化身三頭六臂，手持斬妖劍、砍妖刀、**縛**(ㄈㄨˊ)※妖索、**降**(ㄒㄧㄤˊ)妖**杵**(ㄔㄨˇ)†、繡球兒、火輪兒六種兵器，揮舞著朝孫悟空打來。孫悟空見狀，心想：「這小子倒會些法術，但不要猖狂，看我怎麼收拾你。」孫悟空也變成三頭六臂，金箍棒一晃變成了三根，和哪吒較量了起來。兩人各顯神通，鬥了三十個回合也沒分出勝負。孫悟空眼疾手快，拔下一根毫毛，說聲「變」，就又變出一個孫悟空來。假孫悟空掄著金箍棒就朝著哪吒打去，而真孫悟空趁著兩人打鬥之際跳到哪吒背後，朝著哪吒左臂就是一棒。哪吒招架不住，負傷而逃。

哪吒逃回來見了李天王，喘著粗氣，**戰戰兢兢**(ㄓㄢˋ ㄓㄢˋ ㄐㄧㄥ ㄐㄧㄥ)⁑地說道：「父王，弼馬溫真是厲害，孩兒這般法力也打不過他。」李天王**大驚失色**‡道：「這妖猴如此神通廣大，我們如何取勝？」哪吒說：「那妖猴說只要玉帝封他做『齊天大聖』，他就歸順天庭，否則他就打上靈霄寶殿。」李天王說：「既然他這麼說，我們暫且回稟玉帝，到時再率領更多的天兵天將捉拿妖猴也不遲。」

牛魔王等聽說孫悟空打敗天兵天將得勝而歸紛紛前來賀喜。水簾洞裡，推杯換盞好不熱鬧。孫悟空甚是得意地說：「小弟我既然稱了齊天大聖，你們也以大聖稱呼吧。」於是牛魔王自稱平天大聖，蛟魔王自稱覆海大聖，鵬魔王自稱混天大聖，獅駝王自稱移山大聖，獼猴王自稱通風大聖，**禺狨**(ㄩˊ ㄖㄨㄥˊ)王自稱驅神大聖。

※ 捆綁。
† 兵器的一種。
⁑ 因害怕而發抖。
‡ 形容十分慌張，臉色都變了。

托塔李天王和哪吒三太子領著眾將來到靈霄寶殿，向玉帝稟報：「我等奉旨下界捉拿妖猴，想不到那妖猴神通廣大，請玉帝再派天兵天將捉拿孫悟空。」玉帝說：「區區一個妖猴有何本事？」站在一旁的哪吒三太子站出來說：「請玉帝赦免我等死罪，那妖猴使一根鐵棒，先是打敗了巨靈神，然後又打傷我的胳膊。妖猴還揚言封他做『齊天大聖』他就歸順天庭，否則就打上靈霄寶殿。」玉帝大怒：「這妖猴如此倡狂，眾將還有誰願去捉拿妖猴？」一時間竟無人應答。這時，足智多謀的太白

金星見狀站出來說：「妖猴只知道口出狂言，卻不知輕重。現在加派天兵天將恐怕一時也難以將他收服，要不然玉帝降一道聖旨，封他做個有官無祿的齊天大聖。」玉帝不解地問：「怎麼個『有官無祿』？」太白金星笑著說：「封他做齊天大聖，卻不讓他管事，也不給俸祿，慢慢地等他收拾了邪心，不再作亂，天地也就太平了。」玉帝覺得太白金星的辦法既能降伏妖猴，又能不失天庭威嚴，就答應了。玉帝隨即降下一道聖旨，讓太白金星再去花果山。

太白金星出南天門，降下雲頭來到花果山水簾洞外。群猴一見是太白金星，就將他五花大綁。太白金星高喊：「快去通報你家大聖，玉帝降旨讓我特來請他上天庭。」管事的猴子通報了孫悟空，孫悟空心想：「不如來個先禮後兵，先聽一聽玉帝老兒有何話說，料想他也不敢算計俺老孫。」於是讓手下大張旗鼓，擺隊歡迎。太白金星被眾猴推搡著進入了水簾洞，見了孫悟空笑著說：「玉帝不知大聖神通，讓大聖委屈做了個弼馬溫，這次我奉玉帝旨意，封大聖做『齊天大聖』，請大聖不計前嫌，化干戈為玉帛。」悟空聽了自然歡喜，忙問：「不知天庭有沒有『齊天大聖』的官銜（ㄒㄧㄢˊ）*？」太白金星回答說：「大聖放心，老漢是親自向玉帝請旨，絕不會哄騙大聖。」

悟空隨著太白金星來到南天門外，天兵天將相迎，二人直接來到了靈霄寶殿。玉帝見了孫悟空說道：「孫悟空，我今天封你做『齊天大聖』，這可是眾天神想都不敢想的極高榮譽，我已經命人在蟠（ㄆㄢˊ）桃園右邊建了座齊天大聖府作為你的府邸，從今以後你要修養心性，不能再胡作非為。」孫悟空連連道謝，就跟著五斗星君去齊天大聖府上任去了。

＊職務和級別的名號。

西遊好奇問

你知道蒲松齡筆下的「齊天大聖」是什麼樣的嗎？

蒲松齡寫的《聊齋志異》中有一篇短篇小說，題目就叫《齊天大聖》。《齊天大聖》講的是一個名叫許盛的人跟著哥哥去福建做生意，到了當地聽說有一座廟很靈驗，於是便決定去祭拜一下。可當兄弟倆見到神像發現原來是小說《西遊記》裡的「齊天大聖」時，覺得被騙了，於是兄弟倆就都掃興而歸了。誰知回去以後兄弟倆接連得病，許盛的哥哥還病死了。人們認為這是因為他們得罪了齊天大聖，許盛於是抬著哥哥的棺材來到大聖廟，指著神像罵道：「猴子，你要真的是神仙，就讓我哥哥復活過來，我拜你為師，不然我跟你沒完。」當晚，齊天大聖就找到許盛對質，還顯了神通救活了他哥哥。於是許盛和齊天大聖成了好朋友。齊天大聖還帶他一起遊天宮，並從財神那裡拿了十二顆價值連城的石頭給他。後來，許盛靠著變賣這些石頭不僅脫了貧，還發了家。從此他們兩兄弟便和齊天大聖成了好朋友，每次到福建做生意的時候，都要去大聖廟坐一坐。

白白老師的 國學小教室

齊天大聖的叛逆與自我

「齊天」就是和天等齊、和天平列的意思。孫悟空自稱為「齊天大聖」，是想和天庭平起平坐，含有藐視天庭的意思。

《西遊記》雖為神魔小說，但實則暗喻現實社會，天宮在《西遊記》裡是封建社會中王權、政治官職的象徵。天宮的最高統治者是玉皇大帝，依序還會有眾神不同的階級排列，而天宮是正方形的，有四個大門，分別是南天門、東天門、西天們、北天門，而南天門是最重要的大門，眾神出入天宮，大多需要通過這道門。天宮的設計和地上的皇宮極為類似，明清的皇宮最高統治者是皇帝，依序也有百官階級，皇宮建築也是正方形的設計。所以《西遊記》中的天宮即是人間王權的象徵。

而孫悟空自封齊天大聖，大鬧天庭，都是張揚個性和自我的象徵，具有一種彰顯自我的反抗意識。

第五回 蟠桃會大聖闖禍

自從被天庭封了齊天大聖，孫悟空在齊天大聖府過得很滋潤，早晚都有專人服侍，三餐山珍海味，晚上安睡無慮，總之無事擾心，自由自在。大聖閑著無事，經常與各路神仙推杯換盞，稱兄道弟。時間長了，不免會有些人看不慣。一天，許旌(ㄐㄧㄥ)陽真人向玉帝啟奏：「陛下，齊天大聖，閒來無事，整天四處閒逛，與眾仙稱兄道弟，不如給他一件事管，免得日後惹出事來。」玉帝覺得這樣也好，免得孫悟空打擾眾仙修行，於是派孫悟空掌管大聖府旁邊的蟠桃園。

孫悟空來到蟠桃園，正要進入查看，卻被園中的土地*攔住，孫悟空向土地說明瞭來意後，土地隨即領著他進入了園內。園中桃樹無數，仙桃壓滿枝頭，顆顆飽滿，鮮紅欲滴。大聖一路看，一路問。原來蟠桃園中的桃樹都是王母所種，共有三千六百株。其中前面的一千兩百株，三千年一熟，人吃了可以成仙得道；中間的一千兩百株，六千年一熟，人吃了可以長生不老；後面的一千兩百株，九千年一熟，人吃了可以與天地日月同壽。大聖聽聞天地間居然有這樣的仙物，非常開心，自此再也不四處遊玩了，而是隔三岔五就來蟠桃園查看一番。

一日，孫悟空見桃樹枝頭的仙桃快要成熟，想自己先嘗個鮮，只是土地等仙人跟著不好下手，於是心生一計說道：「你們先去忙吧，我在這裡休息一會兒。」眾仙走後，孫悟空忙脫了衣服，爬上大樹，摘了許多又大又紅的仙桃，坐在樹上就大口吃了起來，直到痛快吃飽了才回府。此後，孫悟空隔三差五就會來蟠桃園偷吃一番，享盡仙桃美味。

時間一晃，天界即將舉辦蟠桃盛會。一日，七仙女奉王母娘娘†的命令去蟠桃園摘仙桃。七仙女來到蟠桃園，看見土地等仙人站在門外就說：「我們奉王母娘娘的懿旨，來這裡摘桃，請讓我們進去。」土地隨即說：「幾位神仙姐姐稍等片刻，今年玉帝派齊天大聖管理蟠桃園，容我先去稟報大聖，再放你們進去。」土地找了一圈也不見人。七仙女說：「我們是奉旨來摘桃的，找不到大聖，也不能空手而回吧。」於是土地只好讓七仙女進園摘桃，等找到了大聖再將此事稟告他。

七仙女便提著籃子進入蟠桃園開始摘桃，先在前面的桃林裡摘滿了兩籃，又在中間的桃林摘滿了三籃。七仙女走到了後面的桃林，只見一些樹上的桃子稀少，其中一棵桃樹的枝頭上有個半紅半白的大桃子。七仙女中的青衣仙女拉住桃枝，紅衣仙女準備去摘這個大桃子的時候，卻不料這個大桃子突然變成了猴子。原來大聖吃飽了，變作一個大桃在樹枝上睡覺，卻被七仙女驚醒了。大聖隨即取出金箍棒大喝道：「你們是何方妖怪，竟敢偷摘仙桃？」七仙女被嚇得慌忙跪下說：「大聖，我們是奉王母娘娘的命令，來蟠桃園摘桃，為蟠桃盛會做準備。事先沒有通報大聖，請大聖恕罪。」大聖聽了很好奇，又問：「這蟠桃盛會請的都有哪些神仙？」仙女回答：「蟠桃盛會請的是西天佛祖、菩薩、聖僧、羅漢，南方南極觀音，東方崇恩聖帝、十洲三島仙翁，還有五斗星君、上八洞、中八洞、下八洞神仙等。」齊天大聖笑著說：「王母

＊土地神。

†娘娘，古代對皇后或宮妃的敬稱。宋代宮廷內侍奉于皇帝身邊的侍者們對皇后的稱謂，含有尊敬和親切感。宋代以後，作為宮廷用語固定了下來。

娘娘有請我齊天大聖嗎？」仙女說：「我們不曾聽說。這只是上次蟠桃盛會所請的各路神仙，今年蟠桃盛會我們也不得而知。」大聖說道：「既然你們也不知道，那我去別人那裡打探消息。」說完，孫悟空口念咒語，說了一句：「住！」七個仙女就被定住了。

大聖出了蟠桃園直奔**瑤池**＊，路上正好撞見去赴蟠桃盛會的**赤腳大仙**†，問明白了去蟠桃盛會的各路神仙，大聖心生一計，抓著赤腳大仙笑著說：「玉帝讓老孫邀請你們先去通明殿參加典禮，然後再去赴宴。」赤腳大仙是個憨厚老實之人，雖然覺得好生奇怪，往年都是在瑤池參加典禮和宴會，但還是朝通明殿飛去了。

大聖駕著雲，變成赤腳大仙的模樣來到瑤池。各路神仙還沒有到，殿內宴會用的東西已擺得整整齊齊，美酒佳餚讓大聖不住地流口水。隨即大聖拔出幾根毫毛，變作瞌睡蟲將幾個仙官童子等都弄睡著了，然後大吃痛飲一番，直到吃得肚撐酣醉，將宴會現場攪得杯盤狼藉，亂七八糟。大聖搖搖擺擺地走著準備回府睡覺，卻模模糊糊來到了兜率宮。

大聖看著眼前的府邸覺得奇怪，怎麼跟之前的不一樣，仔細一看，原來是兜率宮，心想：「兜率宮在三十三天的離恨天之上，是太上老君的住處，我如何來到了這裡？正好，一直想來看望太上老君，這次順便拜訪也好。」隨即整理一下衣服跌跌撞撞地進去了。大聖在兜率宮轉了一圈也不見太上老君，也沒有其他人。原來太上老君正與燃燈古佛講道，眾人也跟隨著前去聽講。大聖來到了丹房，只見丹爐左右放著五個葫蘆，大聖心中暗喜：「這五個葫蘆裡裝的一定是金丹，今天也該俺老孫的好運氣來了，趁太上老君不在，我吃幾粒嘗嘗鮮。」於是，大聖將葫蘆裡的金丹倒了出來，吃豆子似的就都吃光了。

等酒醒了，大聖才想起今天所闖的大禍，攪亂蟠桃會、偷吃金丹，揣度著：「這如果讓玉帝知道，恐怕不會有好果子吃，不如回花果山。」孫悟空來到西天門，使了個隱身之法，駕著筋斗雲回到了花果山。眾猴見猴王回來了，個個歡天喜地。大聖說：「我這次上天庭，玉帝果然奉我做了齊天大聖，卻不想那王母娘娘舉辦瑤池蟠桃盛會不請俺老孫，俺老孫就先到瑤池，偷喝了玉液瓊漿，偷吃了山珍海味，後來又去兜率宮偷吃了金丹，這才回來。」眾猴大喜，忙安排瓜果美酒為孫悟空接風，大家一起歡飲，比過年還熱鬧呢。

七仙女被孫悟空施了定身術，七天之後咒語才能失效。七仙女提著籃子回奏王母說：「我們姐妹去蟠桃園摘桃，卻被齊天大聖施了定身術，所以才回來晚了。」王母問：「你們摘了多少仙桃？」七仙女回答說：「我們只摘了兩籃小桃，三籃中桃，大桃一個也沒摘到，想必都被大聖偷吃了。大聖還問我們蟠桃盛會都請了哪些神仙，我們將上次蟠桃盛會所請的各路神仙說了一遍，結果他無緣無故就將我們定住，不知去向。」

王母聽了七仙女的話後十分生氣，立刻將蟠桃園發生的事告訴了玉帝。王母正和玉帝說話的時候，瑤池的仙官前來奏報：「不知什麼人攪亂了蟠桃盛會，玉液瓊漿和山珍海味都被偷吃光了。」說完，又有四個天師上奏：「太上道祖來了。」玉帝隨即和王母出殿迎接。太上老君看上去十分氣憤，見了玉帝和王母忙說道：「老道為陛下丹元大會準備的九轉金丹，不知被什麼人偷去，特來稟報玉帝。」玉帝聽了大為震驚，竟然有人敢去兜率宮偷東西，這件事可非同小可。一會兒，齊天大聖府的仙吏又來稟報：「孫大聖昨天出

＊ 天界第一重天，乃王母頤養生息之天庭別府。

† 仙界的散仙，喜愛四處雲遊，以其赤腳裝束最為獨特。據說赤腳大仙身上帶有不屬於六界的異寶，因此他不懼百毒。

去遊玩，至今未歸，不知去向。」眾人正在焦頭爛額的時候，只見赤腳大仙風塵僕僕地趕來奏報：「臣昨日去赴蟠桃會，途中遇見齊天大聖，他說玉帝有旨，眾人先去通明殿參加典禮再去赴宴。於是臣先去了通明殿，想不到左等右等也不見玉帝和王母，所以才急著趕來這裡問明情況。」玉帝大怒道：「這妖猴竟敢假傳聖旨，快派人將妖猴抓來審問。」

玉帝派的人怎麼也找不到孫悟空，於是將遍訪的情況上報玉帝：「臣等奉旨調查，原來偷吃仙桃、攪亂蟠桃會、盜取九轉金丹都是齊天大聖所為。」玉帝大怒，下令托塔李天王和哪吒三太子率領四大天王、二十八星宿、**九曜**＊星君、十二元辰、五方**揭諦**†、四值功曹、東西星斗、南北二神、五岳四**瀆**ㄉㄨˊ、普天星相，共十萬天兵，布下十八道天羅地網捉拿妖猴。

托塔李天王領旨帶著十萬天兵將花果山圍得水泄不通，天上地下布下了十八道天羅地網，然後派九曜星君前去捉拿大聖。九曜星君來到水簾洞外，見了群猴厲聲問道：「造反的齊天大聖在哪裡？我是天庭派來捉拿他的，快叫他出來投降，若敢說半個『不』字，就讓你們一起死無葬身之地。」群猴嚇得亂作一團，一些機警的猴子慌忙地跑回水簾洞通報說：「不好了，大聖，外面有九個兇神惡煞的天神說要拿你問罪。」

水簾洞裡，大聖正在與七十二洞妖王和四健將分飲仙酒，聽了小猴們的話，大聖笑著說：「他們只敢在門外叫罵罷了，不用管他們，我們只管喝酒。」過了一會兒，又有小猴跑進來報告：「大聖，他們已經打破洞門，殺進來了。」大聖大怒：「這些毛神，我不與他們計較，他們倒上門欺負我來了。」隨即命令獨角鬼王率領七十二洞妖王出陣迎戰，他帶領四健將隨後就到。

獨角鬼王等人並不是九曜星君的對手，幾個回合下來就被打得落花流水。眾人正招架不住之時，只聽大聖叫道：「讓開！」隨即拿著如意金箍棒就打了出來。九曜星君被打得連連敗退，穩住了陣勢說道：「好你個不知死活的弼馬溫，你犯下十惡之罪，又偷吃仙桃，攪亂蟠桃大會，偷取金丹，更是罪上加罪，你可知罪？」大聖笑著說：「這些事都是我幹的，你們想要如何？」九曜星君說：「我們奉玉帝之命特來抓你，你要是認罪服法，也免得其他生靈喪命，否則，就踏平你的花果山。」大聖見他們出言如此倡狂，大笑著說：「你們這些小毛神不要口出狂言，有什麼本事儘管使出來，先吃俺老孫一棒。」九曜星君雖然人多，但還是被孫悟空打得筋疲力盡、心力交瘁，最後趕忙拖著兵器狼狽逃回。

托塔李天王見九曜星君敗下陣來，隨即下令四大天王和二十八星宿一同出戰。孫悟空見眾天神前來，讓獨角鬼王、七十二洞妖王與四健將在洞外擺開陣勢準備迎戰。這一戰，雙方從早上八九點打到日落西山。托塔李天王和哪吒三太子也前來助陣。獨角鬼王與七十二洞妖王全被天神捉了去。大聖見天色將晚，這樣纏鬥下去也不是辦法，於是拔了一把毫毛，變作上千個「大聖」將眾天神打退。

眾天神拿住了七十二洞妖王，各自得了犒賞。李天王下令天兵天將圍困好花果山，以免孫悟空逃脫，等明日再戰。

＊指日、月、火、水、木、金、土、羅睺、計都。

†梵語，去經歷的意思，此處指神將。

延伸小知識

蟠桃的相關傳說

傳說凡間享用過「仙果」蟠桃的，一位是周穆王，再有一位就是漢武帝。傳說周穆王路過昆侖山，曾經受過西王母的款待，並在瑤池上飲酒賦詩，盤桓多日。後來，周穆王再次途經昆侖山，四處尋找瑤池蟠桃園，卻怎麼也找不見，只好戀戀不捨地離去。

據《漢武帝內傳》記載，元封六年四月，西王母曾與漢武帝相會，送給漢武帝四個蟠桃，漢武帝吃後只覺通體舒泰，齒根生香，便想在皇宮花園栽種。西王母告知：中夏地薄，蟠桃種之不生。此後，漢武帝貪戀蟠桃美味，曾三次派大臣東方朔長途跋涉，西上昆侖，偷摘蟠桃。漢武帝還把吃過的桃核一個個謹慎地收藏起來，一直傳到明代。據明代《宛委餘編》記載，元洪武時，元代所藏蟠桃核，長五寸，廣四寸七分，上刻「西王母賜食武帝蟠桃於承華殿前」十四個字。

白白老師的
國學小教室

孫悟空大鬧天庭的真意

孫悟空大鬧蟠桃會讓玉皇大帝生氣捉拿他，是天庭緝捕他的最後一根稻草。但若我們細究孫悟空為什麼要打亂蟠桃盛會呢？只是因為他叛逆不羈、任性妄為嗎？其實他起初只是想偷吃蟠桃，真正讓他開始肆意亂為的原因，追根究柢是因為眾仙都收到蟠桃盛會的邀約，卻唯獨他孫悟空沒有收到邀請，這對心高氣傲、又已經選擇接受天庭招安的孫悟空來說，是非常難堪的事情，這才埋下了孫悟空大鬧蟠桃盛會的根本原因。

孫悟空的任性，是在反叛天庭的虛偽和表面的禮教，天庭雖然封孫悟空官職，但不是真心要封他做官為仙，只是暫時安撫他，並未發自內心尊重孫悟空。所以我們不能只看到孫悟空表面的任性，也要注意到這個虛偽而封閉的天庭壓抑了孫悟空的真心。

第六回 小聖施威降大聖

南海觀世音菩薩應王母娘娘邀請，前來參加蟠桃盛會，想不到到了瑤池，看見的卻是杯盤狼藉的景象。幾位大仙正在議論此事，見觀世音菩薩到了，就將近來發生的事情說了一遍。觀音菩薩以及幾位大仙來到通明殿，赤腳大仙等仙人將玉帝派天兵天將捉拿大聖未果之事說了，觀世音菩薩說：「我要見見玉帝，麻煩你們通報一下。」玉帝聽人通報觀音大士到了，忙起座迎接。觀世音菩薩來到靈霄寶殿，與玉帝、王母娘娘、太上老君行了禮，就問玉帝：「今年的蟠桃盛會如何？」玉帝說：「蟠桃盛會每年都是歡歡喜喜的，想不到今年妖猴作亂，讓眾仙失望了。」菩薩問：「那妖猴是何來歷？」玉帝說：「妖猴是東勝神洲傲來國花果山的天生石猴，不知從哪裡學了神通，大鬧地府，自銷死籍。上天有好生之德，招他上天庭，封他做了齊天大聖，想不到這妖猴惡性不改，又惹出攪亂蟠桃會、盜取金丹等諸多事端，所以派了十萬天兵捉拿他，不知結果如何。」

觀世音菩薩命惠岸行者前去助陣。原來這惠岸行者是托塔李天王的二太子木叉，從小隨觀音菩薩修行。托塔李天王見到木叉來了很激動，二人寒暄之時，孫悟空率領著猴兵在門外叫戰。木叉問明父親情況之後，便請令出戰。木叉拿了兵器前去與孫悟空比試，二人大戰了五六十回合，木叉逐漸感到胳膊酸麻，抵擋不住，狼狽敗下陣來。托塔李天王只得派了大力鬼王與木叉一同回了天庭請求援兵。

玉帝聽了二人的稟報，笑著說：「這猴精能有多大本事，十萬天兵都拿他沒有辦法。你們還有誰前去助陣？」話剛說完，觀音菩薩說道：「陛下，貧僧舉薦一神，定能捉拿妖猴。您的外甥顯聖二郎真君*，他曾誅殺六隻惡怪，神通廣大，況且他還有梅山兄弟以及手下一千二百草頭神。只是他聽調不聽宣，您可以降一道調兵的旨意，讓他前去助陣，必然能捉住妖猴。」玉帝聽了菩薩的這一番話才想起灌江口的外甥二郎神，於是命令大力鬼王攜帶調兵的聖旨前往灌江口。

二郎神接了調兵的聖旨不敢怠慢，召集了四太尉和手下諸將，使了神通急忙越過東洋大海，來到花果山。只見天羅地網將花果山圍得水泄不通，二郎神立馬讓托塔李天王將照妖鏡立在空中，以防止孫悟空逃跑，他前去捉拿孫悟空。二郎神領著眾人來到水簾洞外，見群猴擺好了陣勢，陣勢之中立著一杆大旗，大旗上寫著「齊天大聖」四個大字，於是大喝道：「妖猴，有什麼本事竟敢自稱齊天大聖？」群猴見了天兵天將忙跑進洞內稟報。孫悟空聽說又有一群人在外叫戰，立即變出金箍棒，穿好黃金甲，蹬上步雲履，戴上紫金冠，奔出洞外。

孫悟空看見為首的二郎神相貌清奇，笑道：「你是哪裡來的小將，就敢在此撒野？」二郎神見孫悟空盛氣淩人，大聲喝道：「你這個傢夥，有眼無珠，竟然認不得我。我就是玉帝的外甥，昭惠靈顯王二郎是也。今天，我特奉玉帝之命，到這裡捉拿你這個不知死活的弼馬溫。」孫悟空笑道：「我記得當年玉帝的妹妹思凡下界，與姓楊的一個男子生了一個兒子，這個孩子後來用巨斧劈開桃山救出他的母親，想必這個男孩就是你吧？我想要罵你幾句，可是我們無冤無仇；我要打你一棒子，可惜一棒子下去就會要了你的

* 二郎神的母親是玉帝的妹妹，思凡下界，與凡間一個姓楊的男人成婚，生下了二郎神。玉帝依天條將二郎神母親壓在桃山底下思過。楊二郎長大後「斧劈桃山」，救出母親。

性命。你年紀還小，趕快回去，讓四大天王出來與我大戰。」二郎神哪裡肯讓孫悟空小看，也不做口舌之爭，說著就朝孫悟空打去。孫悟空側身躲過二郎神的槍，忙舉起金箍棒朝著二郎神劈了過去。

孫悟空手中的金箍棒使得像翻騰的飛龍，二郎神手裡的槍也使得如鳳舞。二人在空中大戰了三百個回合也不見勝負。二郎神搖身一變，變成身高萬丈的巨人，兩隻手舉著神槍朝大聖的頭劈過去。大聖也毫不示弱，使出神通，也變成一個身高萬丈的巨人，舉起金箍棒迎面還擊。隨著二郎神前來的四太尉和諸將見二人打得難分難解，便趁機攻打水簾洞。眾猴哪裡是他們的對手，被打得丟盔棄甲，躲的躲，逃的逃。孫悟空與二郎神打鬥之時，突然看見群猴被打得四散奔逃，忙虛晃一棒，抽身準備前去相助。二郎神見孫悟空準備逃跑，就跟著追了過去，口中還大罵：「你往哪裡跑，趁早歸降，饒了你的性命。」孫悟空也不理會，只是朝著水簾洞趕去。

孫悟空趕到水簾洞外，正好遇上了四太尉，四太尉攔住了他的去路，而他的身後則是緊追不捨的二郎神，情急之下，孫悟空搖身一變，變作一隻麻雀，飛到樹梢頭。四太尉見孫悟空眨眼之間就不見了，忙向二郎神大喊：「妖猴逃跑了，妖猴逃跑了。」二郎神來到水簾洞外，見眾人不知孫悟空的蹤跡，他卻並不慌張。只見二郎神睜開鳳目，掃視一周，發現孫悟空原來變作了一隻麻雀。二郎神也搖身一變，變作一隻雄鷹，抖開翅膀，就朝孫悟空撲去。孫悟空見自己被二郎神發現了，忙又變作一隻大鶖老，沖天飛去。二郎神也搖身一變，變作一隻大海鶴，鑽入雲霄。

孫悟空見二郎神緊追不捨，忙飛入山澗之中，變成一條魚，藏在水中。二郎神追至山澗，不見了孫悟空的蹤跡，心中認定孫悟空一定是變成魚蝦藏在水裡了，於是二郎神變作魚鷹在溪流上空盤旋，四處尋找孫悟空。這時，孫悟空又變作一條大魚正在順流遊動，發現前方有一隻飛禽，長得像鷺鷥*，頭頂卻沒有羽毛，像一隻老鸛，腿又不紅，料到這一定是二郎神變的，於是魚尾一擺，打了個大水花掉頭遊走。二郎神看見水面突然出現一個大水花，水裡遊著一條似鯉魚，尾巴卻不紅，像是鱖魚，卻沒有花鱗，猜到一定是孫悟空變的，於是立即俯衝下去叼那條魚。孫悟空見情勢不妙，躥出水面，化作一條水蛇遊到岸邊，鑽入草中。二郎神見沒有得手，正在尋找孫悟空蹤跡之時發現一條水蛇鑽進了草叢之中，於是急忙又變作一隻灰鶴，鶴嘴就像鐵鉗一樣，朝著孫悟空啄了下來。說時遲那時快，孫悟空變作一隻花鴇呆呆地立在岸邊。二郎神見狀，變回原身，拿出一個彈弓，朝著花鴇的頭打了一下。

孫悟空趁著機會，滾下山崖，俯在地上變作一個土地廟——張著的大口就是廟的廟門，牙齒就是門扇，舌頭就是廟裡的菩薩像，眼睛就是窗戶，露在外面的尾巴變成了一根旗杆。二郎神趕到山下，見一座小廟，覺得好生奇怪，便睜開鳳眼，仔細查看了一番，發現這廟果然是猴子變的，他大聲笑道：「你這猴子，竟然變成廟宇來騙我。我見過無數廟宇，沒有發現一座廟宇後面還豎著旗杆。看我不搗破這破廟的窗戶，踢開破廟的大門。」孫悟空聽二郎神識破了法術，還要打壞自己的眼睛和牙齒，不等二郎神有所動作，就跳到空中，不見了蹤影。

這時，四太尉和諸將趕了過來，問二郎神拿住了妖猴沒有。二郎神說道：「剛才妖猴變作一座廟宇被我識破，結果他縱身一跳不見蹤影，奇怪，奇怪。你們先四處巡查，我去李天王那裡詢問一下妖猴的下落。」二郎神找到了托塔李天王，見他拿著照妖鏡四處照射，便問道：「天王，你看到妖猴了嗎？」李天王說：「我拿著照妖鏡四處查探，並沒看見孫悟空逃到天上來。」二郎神知道孫悟空變化多端，讓李天王再仔細查

＊一種水鳥。

探一番。李天王拿著照妖鏡朝下方又照了一遍，笑道：「那猴子逃出了包圍圈，朝你的灌江口逃去了。」

孫悟空使了隱身法逃脫了天兵天將的包圍來到灌江口，變作二郎神的模樣，進入廟裡。鬼判等人見了一個個磕頭迎接。眾人正小心伺候之際，不一會兒外面又有人跑進來說：「外面又來了個二郎神爺爺。」鬼判等人見了一個個目瞪口呆*，驚愣地看著兩個二郎神。孫悟空見了二郎神變回原身，笑道：「你的廟已經姓孫了。」二郎神怒不可遏，舉起三尖兩刃神鋒就朝孫悟空劈來。孫悟空也揮舞著金箍棒，兩人打出了廟門，一會兒天上，一會兒地下，且行且戰，一路從灌江口打回了花果山。

大力鬼王宣完聖旨回到了天庭。玉帝、觀音菩薩等人在靈霄寶殿等待消息。但是等了一天還沒有消息，於是玉帝、太上老君與觀音菩薩一同來到南天門查看下界的情況。菩薩說：「二郎神已將孫悟空圍住，只是還無法擒拿，讓我助他一臂之力。」太上老君說：「你先不要動手，讓我來助他捉拿妖猴。」說完，老君從袖子中拿出一個圈。這圈名叫「金剛琢」，又叫「金剛套」，是用錕(ㄎㄨㄣ)鋼煉成，被老君用還丹點成，一身靈氣，能變大變小，水火不侵。

在孫悟空正與二郎神、四太尉打鬥的時候，太上老君趁機把金剛套朝孫悟空扔了過去，孫悟空被打中了頭部，摔了一跤。二郎神的哮天犬趁勢跑過去，咬住了孫悟空的腿肚子，孫悟空被扯住又摔了一跤。二郎神等眾神立馬撲上去把孫悟空按住，用繩索綁了，又用鉤刀穿了孫悟空的琵琶骨†，讓他無法變化逃跑。眾神歡天喜地將孫悟空押回了天庭。

* 形容受驚而愣住的樣子。
† 胛骨，位於胸廓的後面。

西遊好奇問

二郎神有七十三變嗎？

有人認為二郎神有七十三變，要比孫悟空多一變，所以才能降得住孫悟空。為什麼二郎神會多出來一變呢？有一種解釋認為，二郎神身邊有一只能千變萬化的狗，所以就多一變。其實，二郎神的師父教他的變化之術叫八九玄功，有七十二變，絕無七十三變之說。

第七回

大鬧天宮被壓五行山

大力鬼王與眾天兵將孫悟空押到斬妖臺，綁在降妖柱上。二郎神來到靈霄寶殿稟告玉帝說：「陛下，臣已經將妖猴擒住，聽候發落。」玉帝隨即降旨，即刻將孫悟空斬首。可是任憑天兵天將刀砍斧剁，都傷不了孫悟空半根毫毛。一旁的南斗星見兵器殺不了孫悟空，命令各路火神放火燒死孫悟空，但是把鐵柱都燒紅了，孫悟空還是安然無恙。南斗星又找來雷公，對孫悟空一頓雷打雷劈，但是孫悟空仍是毫髮未傷。大力鬼王等人見了無不驚駭，向玉皇大帝啟奏道：「陛下，這妖猴不知從哪裡學的本領，居然刀砍斧剁、雷劈火燒都奈何不了他。這如何是好？」站在一旁的太上老君上前說道：「陛下，那猴子偷吃蟠桃，偷喝仙酒，又盜吃仙丹，已經煉成了金剛不壞之身。不如把他放在貧道的八卦爐中，用**文武火***來**鍛燒**†，煉出我的金丹，他自然就化為灰燼了。」於是，玉帝讓天兵把大聖押下斬妖臺，交給了太上老君。

太上老君帶著孫悟空回到兜率宮，解開他身上的繩索，拿掉穿入他琵琶骨的鉤刀，將他推入八卦爐中。太上老君隨即命童子在爐下架起火，用扇子不停地扇，爐裡的火越燒越旺。原來這八卦爐分別是**乾**、**坎**、**艮**(ㄍㄣˋ)、**震**、**巽**、**離**、**坤**、**兌**‡八個卦位。大聖學道之時，學了些奇門八卦之術，遂將身體鑽在「巽宮」

* 時大時小的火。
† 燒煉。
‡ 八卦，依序代表天、水、山、雷、風、火、地、沼澤。

的位置，「巽」屬風，有風就無火。可是風把煙吹來，熏紅了大聖的一雙眼睛，使大聖煉成了「火眼金睛」。

這一燒就是七七四十九天，太上老君覺得時間已到，於是命人打開爐門準備取出金丹。大聖正無比難受的時候，忽然感到一線光明，於是猛地縱身一躍，跳出丹爐，呼啦一聲，一腳蹬倒了八卦爐。太上老君等人不知孫悟空還能活著，在毫無防備的情況下被他打倒在地，然後大聖拿著金箍棒，出了兜率宮，一路朝靈霄寶殿打去。九曜星官、四大天王招架不住，天兵天將無一能敵，一直打到靈霄寶殿之外。幸好佑聖真君調來了三十六員雷將，把大聖圍在中間，眾人拿著刀槍劍戟、鞭錘斧鐽紛紛向他揮來，大聖搖身一變，變成三頭六臂，拿著三根金箍棒，一陣揮舞，眾人都不敢接近。殿外的打鬧聲早已驚動了玉帝，事已至此，玉帝也顧不上面子了，趕緊傳旨讓游**奕**靈官和**翊**聖真君去西方請如來佛祖。

二人十萬火急地趕到西天靈山雷音寶**剎***面見如來佛祖，將孫悟空大鬧天宮之事講述了一遍，說：「玉帝特派我們前來請您前去救駕。」如來佛祖即讓阿**儺**、迦葉二尊者跟隨前往天庭。不一會兒，佛祖就來到了靈霄寶殿外，聽到靈霄寶殿內爭鬥之聲震耳欲聾。佛祖說道：「眾雷將暫且退下，放孫悟空出來，讓我問問他有何法力。」大聖見眾雷將收了兵器，也就收了法象，現出原身，怒氣衝衝地厲聲喊道：「你是哪裡來的和尚，竟敢問俺老孫有何本事？」如來笑著說：「我是西方極樂世界的釋迦牟尼尊者，**南無**阿彌陀佛。聽說你在天庭不服管教，屢犯天條，不知你師父是誰，又是何時修成仙道，怎麼會如此蠻橫無理？」大聖道：「我是花果山天生石猴，神通大著呢。玉皇大帝的位子俺老孫也想坐一坐。」

如來佛祖聽了，冷笑一聲說：「原來你只是個成了精的猴子，怎敢說出這樣的大話。玉帝自幼修煉，歷經一千七百五十劫，每劫十二萬九千六百年，你算算，他修了多少年月，才能坐上這玉帝之位。你這個剛修煉得道的猴精，竟敢口出狂言，還不趁早投降！」大聖聽了更不服氣了，說：「玉帝雖然修煉這麼多劫數，但是也不能一直占著這個位子。常言道『皇帝輪流做，明年到我家』，你只要讓玉帝搬出去，把天宮讓給我，俺老孫才會善罷甘休，否則我要把天庭鬧得天翻地覆。」

佛祖見孫悟空如此蠻橫，問道：「你有什麼能耐，敢占天宮，奪玉帝的寶座？」大聖笑著說：「俺老孫有七十二般變化，長生不老之身。我還會駕筋斗雲，一個筋斗就是十萬八千里，為什麼不能坐玉帝的寶座？」佛祖笑著說：「你既然有如此神通，那我和你打個賭。如果你能逃出我的手掌心，就算你贏，我就讓玉帝搬到西天去住，將天宮讓給你；你要是逃不出我的手掌心，你就到下界去，再繼續修煉，你敢和我打這個賭嗎？」

大聖聽了暗笑，心想：「這和尚恐怕是個呆子吧，我老孫一個筋斗十萬八千里，他的手掌不過一尺長，難道我會逃不出他的手掌心嗎？」於是大聖問道：「你這和尚可做得了玉帝的主？」如來佛祖說：「做得！」隨即伸開右手。悟空見佛祖的手掌跟一片荷葉差不多大，除此之外也沒什麼不同。大聖收了金箍棒，縱身跳到佛祖的手上，喊道：「老孫去也！」一下子就無影無蹤了。佛祖用**慧眼**[**]觀看，只見猴王像風車一樣，不停地翻著筋斗。大聖一路前進，忽然看到五根肉紅色的參天大柱，笑著說：「這裡應該就是天的盡頭了，回去讓那和尚做證，玉帝的寶座就是俺老孫的了。」大聖返身準備回去，又想了想說：「我得留下一些記號，回去了也好有個憑證，免得那和尚耍賴。」大聖拔了一根毫毛變成毛筆，蘸了蘸口水，

＊ 佛教的寺廟。

† 佛教敬語。意為歸命、敬禮。

＊＊ 慧眼為佛教所說的五眼之一，五眼是指肉眼、天眼、慧眼、法眼、佛眼。

在柱子上寫下「齊天大聖到此一遊」，寫完還在第一根柱子下撒了泡猴尿。大聖得意揚揚地跳上筋斗雲，回到了原處。

大聖見了佛祖說：「我回來了，你讓玉帝把天宮讓給我吧。」佛祖說：「你這個撒尿的猴精，你還沒有逃出我的手掌心呢。」

大聖笑著說：「我到了天的盡頭，見到五根參天大柱，還在那裡留了記號，你敢和我一起去看看嗎？」

佛祖說：「不用去了，你低頭看看。」

大聖睜著火眼金睛，低頭一看，佛祖右手的中指上寫著「齊天大聖到此一遊」，大拇指丫裡還有猴尿的臊氣。大聖大吃一驚，說：「怎麼會有這樣的事，我明明將字寫在天柱上，怎麼會在你的手指上？一定是你有未卜先知*的法術，所以在這兒騙我。等我再去看看。」

大聖急忙要跳出佛祖的手掌心，佛祖哪裡還能讓他逃脫，手掌一翻，將猴子打下人間，然後五指化作金、木、水、火、土五座連體大山，喚作「五行山」，將大聖壓在了山下。

玉帝見狀大喜，擺下宴席，叫來眾神，同謝佛恩。這宴席上不僅有龍肝鳳髓，玉液蟠桃，還有仙子奉獻歌舞，大家正在享受「安天大會」的喜慶吉祥，突然一個巡視靈官來報：「那大聖正在推翻大山，頭已經出來了。」於是佛祖從袖中取出一張帖子，上面寫著「唵(ㄢˇ)、嘛、呢、叭、吽(ㄡˋ)」，遞給阿儺，讓他貼在五行山頂上。尊者拿著帖子來到山頂，將其緊緊地貼在一塊四方石上。五行山隨即就像生了根似的，所有的縫

* 沒有占卜便能事先知道，形容有預見及先見之明。

隙都合上了，大聖將手伸出來，任憑他怎麼掙扎，就是動彈不得。

如來告別了玉帝和眾神，與兩位尊者出了南天門，又發慈悲心，念動咒語，叫來五行山的土地神和五方揭諦，讓他們在這兒看山，大聖餓了，就餵他些鐵丸子，渴了就給他些熔化的銅汁，等他災難到頭，自然會有人救他。

趣味小講堂

如今的五行山景區

山西、河南兩省的晉城、新鄉、焦作三市之間真有一座五行山。站在五行山俯瞰中原大地，左腳下是新鄉的南太行景區，右腳下是焦作的雲臺山景區。景區內五座山峰挺拔雄偉，代表金、木、水、火、土五行，平均海拔一千三百多公尺，景區森林覆蓋綠達九八%，是天然的綠海氧吧。

白白老師的國學小教室

孫悟空翻不出如來佛的手掌心

孫悟空有七十二變、騰飛十萬八千里的筋斗雲，卻翻不出如來佛的手掌心。

孫悟空為猿猴，象徵人的「心猿」，人的心念生生滅滅，每一刻都在變化，人也時常執著自我、自以為是。而如來佛的手掌心象徵宇宙的真理、法則，是因果循環之道，任憑人的本領再大，也難逃因果循環和世間不變的真理。

第八回

菩薩路上降妖魔

如來回到靈山大雷音寺，一日，講完佛法，對菩薩、金剛等眾人說：「這世上有四大部洲，人心善惡不同。東勝神洲的人，敬天禮地，人心寬容平和；北俱蘆洲的人，因糊口好殺生，沒有大非大惡；西牛賀洲的人，善於修身養性，所以人們大多長壽；南贍部洲的人，好殺生，貪淫樂禍，生活在水深火熱之中。我這裡有三藏真經，《法》一藏，談天；《論》一藏，說地；《經》一藏，度鬼。三藏共計三十五部，一萬五千一百四十四卷。我想要度化東土的人，只是你們中間哪個願意前去東土，尋找一個佛門弟子，讓他跋涉千山萬水，來西天求取真經？」

站在佛祖身邊的觀音菩薩站出來說：「弟子願意去東土尋找這個取經之人。」如來大喜，囑咐說：「你前去東土要一路查看道路，計算路途遠近，好叮囑那取經人。取經人要跋山涉水，途中會遇到無數兇險，我給你五件法寶。」如來命阿儺、迦葉取來一件錦襴[*]袈裟、一根九環錫杖和三個金箍。菩薩接過法寶，佛祖說道：「袈裟、錫杖交給取經之人，三個金箍雖是一模一樣，但用途不同。我傳你『金緊禁』咒語三篇，途中若是遇到神通廣大的妖魔，可將此箍戴在他頭上，做取經人的徒弟。」

觀音菩薩受了法旨，帶著惠岸行者變成凡人前往東土大唐。二人來到流沙河時，見河面特別寬闊，河水波浪滔天。突然，河裡跳出一個妖魔，一頭亂蓬蓬的頭髮，長相十分兇惡，手裡拿著一根寶杖，上來就要捉菩薩。惠岸行者見狀與妖魔大戰起來，幾十回合，不分勝負。妖魔問道：「你是哪裡來的和尚，竟敢在此撒野？」惠岸行者說：「我是托塔李天王的二太子木叉，觀音菩薩身邊的惠岸行者，今天和我師父去東土大唐尋找取經人。你是何方妖魔，敢在此阻攔菩薩去路？」原來，這妖怪本是天庭靈霄寶殿下侍鑾輿（ㄩˊ）的捲簾大將，因在蟠桃會上失手打碎了**琉璃盞**†，被玉帝貶下凡間，在這流沙河棲身，誤將凡人打扮的菩薩當成獵物。

聽惠岸行者這麼一說，妖怪忙丟了寶杖，給菩薩磕頭，謝罪道：「菩薩，我今天糊塗，衝撞了您，請您不要怪罪。我不是妖怪，我本是天庭的捲簾大將，被貶在此。」菩薩說：「你在這裡傷天害命，只會罪上加罪。我前去東土尋找取經人，你不如**皈依****佛門，給取經人做徒弟，將來也好修成正果，不知你願不願意？」捲簾大將聽了感激不盡，答應菩薩做取經人的徒弟，一路保他西天取經。於是菩薩拿出剃刀給他摩頂受戒，取名沙悟淨，讓他在流沙河安心等候取經人。

菩薩與惠岸行者告別了沙悟淨繼續上路。二人走了多時，來到一座高山，正準備駕雲過山，突然狂風大作，閃出一個妖怪。這妖怪長得十分醜陋，大耳朵像蒲扇，長嘴獠牙，手拿釘**耙**（ㄆㄚˊ）‡，見了菩薩舉耙就打。木叉忙上前擋住，喝道：「你這不知死活的妖怪，看棒！」兩人纏打在一起。菩薩在半空中拋下蓮花隔開二人，那妖怪見了問道：「你是哪裡來的和尚，敢捉弄俺老豬？」木叉說：「你這妖怪竟然不認得南

---

* 上下衣相連的服裝。

† 由琉璃做成的盛東西的器皿。琉璃被譽為中國琉璃、金銀、玉翠、陶瓷、青銅五大名器之首，佛家七寶之一，到了明代已大抵失傳，只在傳說與神怪小說裡有記載。

** 歸順依附。

‡ 鐵制的有釘狀齒的耙，這裡指一種兵器。

海觀世音菩薩。」那妖怪一聽是觀世音菩薩，丟下釘耙，一邊磕頭一邊說：「菩薩恕罪。」菩薩說：「你這豬妖，為何擋住我的去路？」豬妖慌忙解釋說：「菩薩，我不是豬妖，而是天庭的天蓬元帥。只因酒後戲弄嫦娥，被玉帝貶下凡間，不料竟投了個豬胎，所以長成這個模樣，因此在這裡做了妖怪，吃人度日。幸好今日撞見菩薩，望菩薩搭救老豬。」

菩薩問：「你這山叫什麼？」豬妖說：「這山叫福陵山，山中有個雲棧洞。洞裡原來有個卵二姐，她見我有些武藝，所以招我做了個『倒插門』。不到一年，卵二姐就死了。我只好一個人守著洞，靠吃人度日，請菩薩恕罪。」菩薩說：「你既然犯了天條，被貶下界又造殺孽，不會有什麼好結果。你以後要是一心向善，我倒可以給你指條路。」豬妖大喜，說道：「多謝菩薩，老豬以後一定一心向善，望菩薩指點出路。」菩薩說：「我奉如來旨意去東土大唐尋找取經人，取經之路千難萬險，你可以做他的徒弟，一路保護他西天取經。」豬妖一聽，滿口答應道：「老豬願意做取經人的徒弟，保他西天取經。」於是菩薩給豬妖摩頂受戒，說他長得像豬，就姓豬，替他起了個「豬悟能」的法名，並吩咐他以後只能吃素，不可再吃三厭五葷，在福陵山專心等候取經人。菩薩和木叉辭別豬悟能，騰雲駕霧走了多時，正趕路之際，就聽見空中有一條玉龍在痛苦地呻吟。於是菩薩上前問道：「你是哪裡的龍王，在這裡受罪？」玉龍說：「我是西海龍王敖閏的兒子，因為縱火燒了殿上的明珠，父王上奏天庭，告我犯了忤逆*之罪。於是玉帝命人將我吊在這裡，打了三百鞭，擇日就要問斬，懇請菩薩搭救我的性命。」觀音菩薩一聽，就去靈霄寶殿見了玉帝，說：「陛下，貧僧奉如來旨意，去東土大唐尋找取經人，正好遇到那小白龍，懇請玉帝饒他一命，賜予貧僧，好讓他將功贖罪，給那取經人做個腳力。」於是玉帝傳旨將小白龍押送交給了菩薩。小白龍謝過菩薩的救命之恩，然後按照菩薩的吩咐躲在那鷹愁澗裡等候取經人。

救了小白龍後，菩薩領著木叉又奔東土大唐而去，行至五行山時，菩薩降落山頂，見山頂處有一帖子，上書「唵、嘛、呢、叭、咪、吽」六字真言。菩薩和木叉在山頂說話，早已驚動了齊天大聖。大聖大聲喊道：「誰在說話，說俺老孫的壞話呢？」菩薩一聽，來到山下，只見大聖被壓在山下動彈不得，於是說道：「姓孫的，你可認識我嗎？」大聖睜開火眼金睛，點頭說道：「我當然認得你，你不就是南海觀世音菩薩嗎？多謝看顧，俺老孫被壓在這裡度日如年，也沒有一個人來看過我，菩薩你是從哪裡來，要到哪裡去？」菩薩說：「我奉佛旨，去東土大唐尋找取經人，經過這裡，所以特來看你。」大聖說：「如來將我壓在五行山下五百多年，望菩薩能救俺老孫出去。」菩薩說：「你罪孽深重，救你出來，恐怕你又要惹出事端。」大聖說：「我已經悔改了，希望菩薩指條出路，俺老孫願意皈依佛門。」

菩薩聽大聖要皈依佛門，滿心歡喜，於是說道：「你要是有皈依之心，我到了東土大唐找到取經人，一定教他前來救你。你給他做個徒弟，一路保護他去西天取經。你可願意嗎？」大聖忙答應道：「弟子願去，願去。」於是菩薩準備給他取個法名。大聖說：「我已經有名字了，叫孫悟空。」菩薩大喜，於是領著木叉去東土大唐尋找那取經人。

＊不孝敬父母。

趣味小講堂

中國最早的《玄奘取經圖》

在甘肅瓜州境內西夏時代的洞窟裡，出現了目前中國最早的《玄奘取經圖》，這些壁畫都是以唐僧和孫悟空兩個關鍵人物進行刻畫的。以榆林窟第二窟西壁北側的「取經圖」為例，身披袈裟的唐僧站在激流滾滾的岸邊，雙手合十，禮拜觀音。他身後的孫悟空毛髮披肩，頭戴金箍，一手牽白馬，一手舉額前遙望觀音，白馬僅露馬頭。畫家把猴子頑皮、機敏、野性未泯的性格特徵，刻畫得維妙維肖。

白白老師的國學小教室

英雄也會犯錯

這回故事中出現取經團隊的基本介紹，可以發現每個人都因為犯錯，所以需要踏上取經之路來彌補過錯。

沙悟淨在蟠桃會打翻琉璃盞、豬八戒酒後戲弄嫦娥、小白龍縱火燒明珠、孫悟空大鬧天庭，他們犯了這些過錯，進而需要去取經、守護唐三藏。

因為犯錯，需要取經彌補，這部分是值得注意的地方。故事裡承認英雄會犯錯，而過錯也唯有自己能承擔。

而他們會踏上取經，起初都是逼不得已的，並不是認為取西經是件有意義的事，這也影響了後面故事的脈絡，因為不是發自內心想取經，師徒間會常常發生爭執或嫌隙。

師徒間起初的爭執，也是他們取經路上的磨練，從彼此不合猜忌，到一致同心以取經為目標，並且認同自己在做的事，這是取經團隊最大的轉變和成長。

每個人在追求生命意義的時候，起初或許都是為了外在的訴求和規範，若能轉化為內在的自我肯定和價值，就是最豐盈、成熟的生命狀態。

第九回

唐僧踏上取經路

菩薩和木叉駕雲來到長安城，變作普通的和尚進入城裡。他們走在長安的大街上，見街旁有一座土地神廟，於是進去，那土地神被嚇得心驚膽戰，忙磕頭請入。土地又急忙通知城隍*、社令等神前來拜見菩薩。菩薩說：「我奉佛旨前來尋找取經人，暫且借土地神廟住幾日，等尋到了取經人，我們就回靈山。你們切不可走漏了消息。」眾神聽了菩薩吩咐，點頭稱是，於是各自回了廟宇。

菩薩在長安城裡查訪了多日，都沒有找到真正有德行的高僧。一天，聽說唐太宗宣揚佛法，選舉高僧，於是菩薩和木叉變作兩個和尚來到大會上，見法師陳玄奘正在宣講佛法，菩薩掐指一算，發現玄奘是如來弟子轉世，十分高興。於是菩薩將錦襴異寶袈裟和九環錫杖交給木叉拿到街市上叫賣。有和尚看了想買，問多少錢。菩薩說：「袈裟五千兩，錫杖兩千兩。」和尚聽了大驚，說：「你們兩個是瘋和尚吧，這兩件要賣七千兩，真是兩個傻子。」菩薩也不辯解，徑直來到了東華門。

宰相蕭瑀正好散朝歸來，騎著馬由眾人護送正喝退路上的行人打道回府，菩薩和木叉也不躲避，拿著袈裟和錫杖迎面而來。宰相蕭瑀見那袈裟金光閃閃，忙讓人去問價錢。菩薩說：「袈裟五千兩，錫杖兩千兩。」蕭瑀聽聞，說：「你這兩件寶物有何好處，竟然要價這麼高？」菩薩說：「穿我的袈裟，不墮地獄，不遭災難。如果遇到了皈依我佛、誠心拜佛的人，貧僧也可將這寶物贈送給他。」蕭瑀下馬，說：「長老，我大唐皇帝十分好善，正在舉行『水陸大會』，你這袈裟正好可送給那陳玄奘†法師。我這就帶你進宮面聖。」

於是，菩薩和木叉跟著宰相蕭瑀進了皇宮，唐太宗聽說了這兩件寶物的好處，也十分高興。菩薩說：「見陛下好善敬佛，何況那玄奘法師素有德行，這兩件寶貝我願奉上。」唐太宗命光祿寺準備素宴酬謝菩薩和木叉，菩薩堅決不受，離開皇宮飄然而去。第二天，唐太宗把玄奘宣入宮中，把袈裟和錫杖送給他。玄奘披上袈裟，手拿錫杖，只見那袈裟閃閃發光，宮殿裡頓時滿堂生輝。太宗十分高興，讓玄奘披著袈裟，拿著錫杖，由兩隊儀從護送，從大街回到寺廟去。一路轟轟烈烈，長安城裡的人都爭著來看，不停地誇獎說：「這個法師好哇，真像是活佛下凡。」

轉眼又到了佛經聖會，唐太宗率領文武百官，帶著皇親國戚，早早來到寺裡，聽玄奘法師宣講佛經。菩薩和木叉也化作僧人來到寺裡。玄奘坐在高臺上，講了一會兒佛法，這時，菩薩上前，拍著寶臺高聲叫道：「那和尚，你只會講小乘佛法，可會說大乘佛法嗎？」玄奘聽了，心中驚喜，跳下高臺，對菩薩施禮說：「老師父，弟子這裡講的都是小乘佛法，卻不知道什麼是大乘佛法。」菩薩說：「你這小乘佛法，無法超度死者升天，我有大乘佛法三藏，能超度死者升天，幫人擺脫苦難，修行之人還能長生不老。」

唐太宗聽了，讓人將兩個和尚找來。那僧人見了太宗，也不行禮，只是抬起頭問道：「陛下找我有什麼事？」太宗認得他們，問道：「你是前天來送袈裟的和尚吧？」菩薩說：「正是。」太宗說：「你來此

＊城隍是中國宗教文化中普遍崇祀的重要神祇之一，是冥界的地方官，職權相當於陽界的縣長。城隍本指護城河，祭祀城隍神的例規形成於南北朝時。唐宋時城隍神信仰滋盛。宋代列為國家祀典。元代封之為祐聖王。明初，大封天下城隍神爵位，分為王、公、侯、伯四等，歲時祭祀，分別由國王及府州縣守令主之。

†俗名陳褘，與鳩摩羅什、真諦並稱為中國佛教三大翻譯家。

處聽法，吃些齋飯也就算了，為何對我的法師胡言亂語，擾亂經堂？」菩薩說：「那玄奘法師說的是小乘佛法，無法超度死者升天，我有大乘佛法三藏，能超度死者升天，幫人擺脫苦難，修行之人還能長生不老。」太宗聽了非常高興，問道：「那大乘佛法在哪裡？」菩薩說：「在西天天竺國大雷音寺我佛如來處。陛下可派人去那西天拜佛求經。」說完，菩薩和木叉跳到空中，踩著祥雲，現出本相。太宗等文武大臣見了，忙跪地膜拜，嘴裡念著「南無觀世音菩薩」。只見空中飄落下一張帖子，上面寫著：「禮上大唐君，西方有妙文。程途十萬八千里，大乘進殷勤。此經回上國，能超鬼出群。若有肯去者，求正果金身。」太宗問道：「誰肯領朕旨意，上西天拜佛求經？」玄奘法師站出來，上前行禮說：「貧僧願效犬馬之勞，為陛下求取真經，以保我大唐江山永固。」太宗聽了高興不已，上前扶起玄奘說：「法師不怕路途遙遠，一路跋山涉水，為朕分憂，朕願與你結為兄弟。」說完，太宗就來到寺裡的佛像面前，與玄奘拜了四拜，稱他為「禦弟聖僧」。玄奘感激地說：「貧僧何德何能，能受陛下如此厚愛，我這一去，一定排除萬難，去西天取得真經，如果到不了西天，取不到真經，我死也不敢回國，寧願墮入地獄。」

第二天一早，唐太宗召集了文武百官，寫了取經的通關文牒，用了通行寶印，隨即宣玄奘上朝，說：「禦弟，今天是出行的吉日。這是通關文牒。朕有一個紫金缽盂*，送給你路上化齋時使用。再送你兩個僕人一路上照顧你，還有一匹千里馬，這樣你西去之路就會快一點。」玄奘謝了恩，牽著馬就準備出發了。唐太宗與眾多官員一直把他送到長安關外，太宗命人拿來一壺酒，問玄奘：「禦弟雅號是什麼？」玄奘說：「貧僧是出家人，不敢稱號。」太宗說：「菩薩講西天有三藏真經，禦弟就號作『三藏』如何？」玄奘謝了恩，接過禦酒，剛要送入口中，太宗伸出禦指拾了一撮塵土，彈入他的酒杯，問玄奘說：「禦弟這一去，幾時能回？」三藏說：「西天離我大唐萬裡，這一去一回恐怕要三年時間。」太宗說：「日子久遠，路途艱辛，御弟喝下這杯酒，寧念本鄉一撚土，莫愛他鄉萬兩金，希望你早日回來。」三藏喝下酒，拜謝了太宗，出關去了。

延伸小知識

玄奘與唐僧的區別

歷史上真有「玄奘」其人，他出生於「精研儒術」的官宦之家，一開始他的二哥在洛陽淨土寺出家，他就時常去找二哥學習佛法。後來家道日漸衰落，玄奘便在十三歲出了家。玄奘並不像《西遊記》中所描述的唐僧那樣，父親被害，母親迫不得已把他放入江中被和尚收養而出家。後來，玄奘穿越崇山峻嶺，獨自走過了數萬里的險程，到達了印度，與小說中經常痛哭流涕、優柔寡斷的唐僧形象截然相反。

＊代和尚用的飯碗，底平，口略小，形稍扁。

白白老師的
國學小教室

取經之路的地名真實存在嗎？

《西遊記》紀錄唐僧等人取經路上發生的故事，而這條取經之路，一路上會經過許多地理位置，比如黃風山、流沙河、火焰山、車遲國、女兒國等，這些地方是真實存在的嗎？

真實歷史裡唐三藏是從長安出發，再經由河西走廊，走甘肅、新疆，再轉向中亞，最終到達印度取得西經。但是書寫《西遊記》的作者是明代位於東南沿海一代的文人，不見得見過黃沙大漠、中亞和印度的異域風情，所以《西遊記》裡的地理環境大多還是參雜了文人的想像和渲染。

但《西遊記》中的一些地理位置也具有真實歷史的模樣，例如流沙河是真實存在的地名，位在今天甘肅敦煌以西的哈順戈壁，實則是一片沙漠，但在《西遊記》中卻被描述成「衰草斜陽流曲浦，黃雲影日暗長堤。」添入了江南河海的模樣。

《西遊記》的地理是江南文人對異域風光的想像，雖然不符合現實，但卻增添了《西遊記》異想空間。

第十回　大聖逃出五行山

話說玄奘騎上駿馬，帶著兩個僕人起程。他們走了兩三天，遇到一座山嶺。突然吹來一陣狂風，一個兇惡的魔王把玄奘和僕人都抓了去，並將兩個僕人吃了。玄奘在朦朧中看見一位老人，解開了他身上的繩索。老人告訴他，那幾個妖怪是野牛精、黑熊精和老虎精，因為他本性元明，所以妖怪吃不了他。老人帶著玄奘脫離了險境，隨即化作一陣清風，跨上一隻白鶴，騰空而去了。其實這位老人是天上的太白金星，看玄奘有難便前來搭救他。玄奘朝天拜了一拜，牽上馬，艱難地繼續前行，走了好久，仍然沒見到一戶人家。玄奘感到孤獨無助，心中難過。突然前面跳出兩隻猛虎，後面又有幾條長蛇。那匹馬嚇得癱倒在地上，玄奘也只能聽天由命了。正在絕望時，他看見前面的猛虎和後面的長蛇都慌忙逃跑了。就在這時，一位手拿鋼叉、腰裡掛著弓箭的獵人從山坡前走出來。獵人來到玄奘面前說：「長老不要怕，我是這山裡的獵人，叫劉伯欽，綽號鎮山太保。」玄奘隨伯欽回家休息，一夜無事。

第二天，太保將玄奘送到了半山腰，正要與他分別，突然聽到山腳下喊聲如雷：「師父！師父！」二人嚇得臉色煞白，四處尋找。跟隨的家童說：「肯定是山下那只老猴。」太保恍然大悟說：「是他！」

這山叫五行山。王莽篡漢*時，天降此山，山下壓著一個神猴，不怕寒暑，有土地神管著他，餓了餵他鐵丸，渴了給他喝銅汁。這肯定是那老猴在叫喊。長老別怕，我們去山下看看。」唐僧牽馬下山，來到山下，就看到石縫中間果然壓著一隻猴子，露著頭，正笑嘻嘻地向玄奘招手說：「師父，你怎麼現在才來？讓老孫我好等啊！你快救我出來吧，我好護送你上西天取經。」玄奘上前一看，這猴子頭上堆著苔蘚，滿臉污垢，十分狼狽。

唐僧上前問道：「你為什麼叫我師父？」悟空說：「我是五百年前大鬧天宮的齊天大聖，被佛祖壓在這裡。菩薩讓我等候取經人，讓你救我出去，一路保護你西天取經。」唐僧聽了，滿心歡喜，說：「可是我沒有斧頭，怎麼救你出來呢？」悟空說：「不用斧子，山頂上有佛祖如來的金字壓帖。你只要上去將帖子揭下，我自然就能出來了。」唐僧於是艱難地爬上山頂，果然看到一塊四方大石上貼著六字真言，閃著萬道金光。唐僧跪下拜了幾拜，才上前將其輕輕揭下。悟空高興地叫道：「師父，你快下山躲得遠遠的，俺老孫要出來了，免得傷到你。」唐僧下山走了六七里遠，悟空叫道：「再走遠一點，再走遠一點！」唐僧又走了好遠。這時，只聽到一陣山崩地裂的響聲，眾人都嚇得捂住腦袋。過了一會兒，山崩地裂之聲才漸漸消失。

正在唐僧驚魂未定的時候，悟空早已跳到他的面前，跪在地上磕頭說：「師父，徒弟出來了！」唐僧回過神來，問道：「徒弟，你姓什麼？」悟空說：「我姓孫，叫孫悟空。」唐僧高興地說：「你這名字正合我們的宗派。我再給你起個諢名，叫行者，好嗎？」悟空說：「好！好！」悟空收拾好行李，扶唐僧上馬。他們和劉伯欽告別後，繼續趕路。過了山頭，兩人正走著，突然從樹林裡跳出一隻猛虎咆哮著撲過來。唐僧騎的馬被猛虎一嚇，將唐僧摔了下來，悟空忙扶起唐僧，說：「師父別怕，它是送衣服給我的。」悟空放下行李，從耳中掏出金箍棒，迎著猛虎照頭一棒。猴王又拔下一根毫毛，吹口仙氣，叫聲「變」，變出一把尖刀，剝下一塊四四方方的虎皮，圍在腰間當衣服。原來那猴王從五行山下出來，赤條條的沒有衣服，這下倒得了一件虎皮裙。

師徒二人繼續趕路。唐僧騎在馬上，問道：「悟空，你剛才打虎的鐵棒怎麼不見了？」悟空笑著回答說：「師父，我這鐵棒是東海龍宮裡的寶貝，叫天河鎮底神珍鐵，又叫如意金箍棒，能夠隨聲變化，可大可小。我剛才把它變作一個繡花針藏在耳朵裡了。」唐僧聽了心中暗喜，又問：「剛才那老虎見了你，怎麼一動不動？」悟空說：「不瞞師父，別說是只虎，就是條龍，見了我也不敢無禮。俺老孫有降龍伏虎的手段，翻江倒海的神通，剝這虎皮，有什麼稀罕，等到了關鍵時候，師父再看我本事吧！」唐僧聽了，心中大喜，慶倖有這麼個神通廣大的徒弟。二人趕路，不覺已經天黑，來到一戶人家投宿。一位老者出來開門，見悟空一臉凶相，腰間掛塊虎皮，像個雷公，嚇得大叫：「鬼來了！鬼來了！」唐僧連忙上前攙住老人說：「老人家別怕，這是我的徒弟，不是妖怪。」老人抬頭看見唐僧面貌清奇，才稍微鎮靜些，問道：「你是哪裡來的和尚，怎麼帶個惡人到我這裡來？」唐僧施禮說：「我是東土大唐來的和尚，到西天拜佛求經的。路過此地，想借宿一晚。」於是老人將二人請進屋，準備了齋飯。吃飯的時候，唐僧通過和老人聊天得知，原來這老人小時候還曾在五行山下餵悟空吃過野果。解除了誤會，大家相談甚歡，老人還給他們燒了洗澡水，拿來針線。孫悟空將師父的一件白布短小直裰（ㄉㄨㄛˊ）†穿在身上，將虎皮脫下，連接一處，打一個摺子圍在腰間。

* 王莽，漢元帝皇后侄，新朝建立者。西漢元帝去世後，年幼的漢平帝繼位，王莽為輔政大臣，出任大司馬，後篡位稱帝，改國號為「新」。

† 直裰起源于宋代，是一種寬大而長的衣服，元明時期，直裰的形制有所變化，大襟交領，下長過膝。多用於士庶男子。

第二天一早，吃過齋飯，師徒兩人告別了老人，繼續上路。沒走多遠，路上闖出六個強盜，拿著長槍短劍，大喝一聲：「和尚哪裡走！趁早留下馬匹，放下行李，饒你性命！」唐僧嚇得魂飛魄散*，跌下馬來。悟空把師父扶起來說：「師父放心，他們只是送衣服送盤纏給我們的。」於是悟空拿出金箍棒，把六個強盜全都打死了，剝了他們的衣服，拿了他們的盤纏。唐僧生氣地說：「你怎麼把他們打死了？他們雖然是強盜，但也罪不至死。你無故傷人性命，全無一點慈悲好善之心，怎麼能做和尚？」悟空爭辯道：「師父，我不打死他們，他們可要打死你呢！」唐僧說：「我們出家人，絕不行兇，就算死了，也只是一條命，你卻傷了六條性命。既然入了佛門，就不能隨意傷人性命！」悟空想想以前大鬧天宮也不知道傷了多少人命，也沒人來管，如今只是打死了六個強盜就要被人這樣教訓，忍不住發火道：「你既然這麼說，我也不做和尚了，不去西天了，我回去就是了！」說完，跳上空中，轉眼就不見了。

唐僧只得一個人收拾好行李，也不騎馬，一手拄著錫杖，一手牽著韁繩，孤零零地往前走。沒走多遠，看見山路前有個老婦人，手捧一件棉衣，上面有頂花帽。唐僧連忙側身讓路。老婦人問：「你是哪裡來的長老？」唐僧說：「我是從東土大唐來，去西方拜佛求經的。」老婦人說：「西方路途遙遠，你一個人怎麼去呢？」唐僧說：「前日收了個徒弟，可是他生性頑劣，不服管教，我才說了他幾句，他就走了。」老婦人說：「我這有衣帽各一件，等你徒弟來了，給他穿上吧。我還有一篇咒，叫作緊箍咒，你要暗暗地記牢，不要讓別人知道。如果他還不服你管教，你就默念此咒，他就會聽話了。」唐僧低頭拜謝。老婦人現了本相，化作一道金光，往東邊去了。唐僧這才發現老婦人原來是觀音菩薩，急忙朝東邊拜了幾拜，隨後把衣帽藏在包袱中間，坐在路旁，誦記咒語，來回念了幾遍，爛熟於心。

悟空離開唐僧，駕著筋斗雲來到東海龍宮，龍王聞聲出來迎接，將大聖請進殿裡，命人端茶水。悟空坐在椅子上回頭一看，瞧見牆壁上掛著一幅畫。悟空好奇地問道：「這是什麼畫，說的是什麼故事？」龍王說：「這幅畫叫『圯橋三進履』，說的是漢朝的黃石公坐在圯橋上，故意將鞋丟到橋下，讓張良去取。如是三次，張良都沒有任何怨言。於是黃石公才授予張良天書，讓他去輔佐漢朝。張良果然能夠運籌帷幄之中，決勝千里之外。漢朝奪得天下後，張良棄官歸隱，悟道成仙。大聖，你如果不保唐僧取經，到底還是個妖仙，修不成正果。」悟空聽了沉默良久，龍王接著說：「大聖不可貪圖享樂，誤了前程。」悟空不耐煩地說：「不要多說了，老孫去保他就是了。」說完，悟空辭別了龍王，回到了唐僧身邊。

此時，唐僧正在路旁坐著，抬頭看見悟空，說：「你去哪兒了？我也不敢走，只好在此等你。」悟空說：「師父，你餓了吧，我去化些齋飯。」唐僧說：「不用了，包裡還有些乾糧，你拿缽盂接些水回來就行。」悟空解開包袱，看見幾塊粗麵燒餅，拿出來遞給唐僧，又看見一件棉衣和一頂花帽，就問師父是哪兒來的。唐僧說：「這是我小時候穿的，戴上帽子後不用教就會念經，穿上衣服不用學就會行禮。」悟空說：「好師父，把這衣帽送我吧！」唐僧說：「你要穿得下，就送你吧！」於是悟空脫下舊夾襖，穿戴上了新衣新帽。唐僧見他戴上了帽子，放下乾糧默默念起緊箍咒。這時，悟空大聲喊道：「頭痛！頭痛！」唐僧又念了幾遍，把悟空疼得在地下打滾，把帽子都抓破了。

唐僧怕他把金箍扯斷，停下不念。這時，悟空的頭也不疼了，往頭上一摸，好像一條金線緊緊勒在頭上，生了根似的，取不下也扯不斷。他從耳朵裡取出針狀的金箍棒，插入箍裡，也撬不開。唐僧怕他撬斷了，又念起來，悟空疼得直翻跟頭，發現是唐僧在念咒，忙說：「師父別念了，我疼死了！」唐僧停下來

＊形容非常害怕。

說：「你以後可聽為師的教誨了？」悟空說：「我聽！我聽！」他嘴上答應，心裡卻另有打算，舉起金箍棒就要朝唐僧打來。唐僧慌得趕緊又念了兩三遍。這猴子跌倒在地，丟了鐵棒，說道：「師父，我知道了！我一定聽話了，你別念了，別念了！」唐僧說：「你怎麼還敢打為師？」悟空說：「我不敢打師父，請問師父，這咒是誰教你的？」唐僧說：「是剛才一個老婦人教我的。」悟空聽了大怒：「不用說了，肯定是那觀音菩薩，她怎麼這麼害我！等我到南海打她去！」唐僧說：「這咒是她教我的，你去找她，她念起來，還不疼死你。」悟空聽師父說得有理，也不敢動，只得跪下哀求說：「這是她管我的方法，想讓我跟你去西天取經。我隨你去就是了，師父千萬別再念了！」自此，悟空便死心塌地跟隨唐僧去西天取經了。

西遊好奇問

為什麼唐僧平時不穿錦襴袈裟

錦襴袈裟是佛祖給觀音菩薩讓其傳給取經人的，佛祖說：穿我的袈裟，免墮輪迴。菩薩也說：「這袈裟，龍披一縷，免大鵬蠶噬之災；鶴掛一絲，得超凡入聖之妙。但坐處，有萬神朝禮；凡舉動，有七佛隨身。」這樣一件寶袈裟唐僧為什麼平時不穿呢？原來菩薩也曾告誡：「這袈裟，閒時折疊，遇聖才穿。閒時折疊，千層包裏透虹霓；遇聖才穿，驚動諸天神鬼怕。」唐僧平時不穿就是怕引來不必要的麻煩。

白白老師的國學小教室

唐三藏克制孫悟空的緊箍咒

緊箍咒是唐三藏用來克制孫悟空的咒，又名定心真言，是如來發明，經觀音菩薩傳授給唐僧。

緊箍咒在《西遊記》裡具有特殊的意義，因為孫悟空是「心猿」的象徵，人心容易散漫浮動，而緊箍咒則具有約束、修心的意涵，能讓人克制自己的慾望、浮躁的意念。

所以整部《西遊記》隱喻著心猿歸正、修心正身的寓意。

第十一回 鷹愁澗小白龍變白馬

正值寒冬臘月，寒風凜冽，孫悟空一路護送唐僧西行。師徒二人所經之處都是懸崖峭壁，崎嶇山路。趕路之際，唐僧忽然聽到嘩啦啦的水流聲。唐僧問道：「悟空，這是哪裡的水聲？」悟空回答說：「我記得這裡名叫蛇盤山，山裡有一個鷹愁澗，一定是澗裡的水聲。」原來這鷹愁澗澗闊水深，水清如鏡，鷹雀常將水中的影子誤認為是同伴，於是往往墜入水中而亡，所以名叫鷹愁澗。

唐僧順著水聲騎著馬來到澗邊的山崖上，正觀看之際，突然山澗裡巨浪翻湧，從中鑽出一條白龍，直躥上山崖，朝唐僧撲去。悟空見勢不妙，丟下行李，抱起唐僧就跑。白龍追不上孫悟空，轉身將唐僧騎的白馬一口吞下肚，鑽入水中，不見了蹤影。悟空把唐僧背到安全的高處，再回來牽馬拿行李的時候，發現行李還在，馬卻不見了。悟空想馬一定是被嚇跑了，於是打了個口哨，跳到空中，**手搭涼棚***，用火眼金睛四下查看，卻尋不到馬的蹤跡。於是他只好拿了行李回來，對唐僧說：「師父，我們的馬沒能找到，一定是被那條白龍吃了。」唐僧不信，說：「悟空，那白龍怎麼能把那麼大匹馬連同**鞍轡**(ㄆㄟˋ)†一起都吃了？白馬一定是因為受到驚嚇，所以跑到哪個山谷裡去了，你再找找。」悟空說：「師父，你不知俺老孫這雙火眼金睛，一千里之內，蜻蜓的翅膀我都能看見，別說是一匹馬了。」唐僧聽了傷心地說：「既然白馬被那妖怪吃了，這一路西行萬水千山，我可怎麼走哇？」說著，竟流下淚來。悟空見師父這副模樣，不免又氣又煩，大聲說道：「師父，你一個堂堂男子漢怎麼能哭哭啼啼，你就坐在這兒等著，俺老孫去找那白龍算帳，讓他還我們的馬。」唐僧聽悟空要去找那妖怪算帳，忙扯住悟空的衣服說：「徒弟呀，你去哪裡找他？這荒山野嶺的，萬一那妖怪突然躥出來，把我也吃了，那豈不是人馬兩亡！」聽完這話，孫悟空更生氣，心想這唐僧簡直是個膿包，忍不住暴跳如雷，喊道：「你太難伺候了，你又想騎馬，又不讓我找那白龍算帳，難道就這樣看著行李，一直坐到老嗎？」

唐僧坐著不停地擦淚，孫悟空在旁生著悶氣。就在這時，師徒二人突然聽見天空中有人說話：「大聖不要煩惱，唐長老也不要悲傷，我等是觀音菩薩派來相助你們的。」唐僧聽了，急忙行禮。悟空問道：「你們是哪路仙佛？快報上名來！」眾神依次回答說：「我們是六丁六甲、五方揭諦、四值功曹、十八位護教**伽藍**⁑，每日輪流值班聽從聖僧調遣。」於是孫悟空讓今日值班的六丁神將、日值功曹和五方揭諦保護唐僧，自己拿著金箍棒，**抖擻**（ㄉㄡˇ ㄙㄡˇ）‡精神，駕著筋斗雲來到鷹愁澗。

孫悟空來到鷹愁澗，見水波平靜，大罵道：「潑泥鰍，快還我們的馬。」白龍吃了唐僧的馬，正在鷹愁澗裡閉目養神，突然聽見澗邊有人叫罵，按捺不住心頭之火，躥出水面。大聖一見他，掄著棒子，劈頭就打。那白龍也有些本事，張牙舞爪，上前就抓。他們在澗邊來來往往，纏鬥多時。白龍漸漸感到體力不支，抵擋不住，一個轉身，又鑽入水中，任悟空怎麼叫罵，卻再不出來了。

---

* 將手掌遮在眼睛上方眺望。

† 鞍子和駕馭牲口的嚼子、轡繩。

⁑ 指寺院的護法神。

‡ 煥發，振作。

悟空無可奈何，只好回去見唐僧，說：「那妖怪打不過俺老孫，鑽進水裡不出來了。」唐僧說：「你前幾天打虎時，還說有降龍伏虎的手段，今天怎麼制伏不了那妖怪呢？」孫悟空性急，最怕被別人看低，被唐僧一番搶白，於是發狠道：「好，我再去和他比個高下！」悟空再次來到鷹愁澗，使出翻江倒海的神通，將金箍棒伸入水中，把鷹愁澗攪得天翻地覆。白龍在水底被攪得暈頭轉向，心想：「真是禍不單行，剛剛才擺脫了觸犯天條的死罪，又倒楣撞見這麼個糾纏不休的傢夥。」白龍越想越氣，咬著牙又跳了出去，罵道：「你是哪裡來的猢猻，這麼欺負人？」悟空說：「你別管我從哪兒來，還了我的馬，就饒你性命。」白龍說：「馬早被吞進肚裡了，難道要我吐出來不成？不還你，你又能怎麼樣？」悟空說：「那你就給我的馬償命吧。」說完，兩人又在山崖下纏鬥了數個回合。白龍實在抵擋不住，就變成一條水蛇，鑽入草中不見了。

悟空在草中找了一圈，沒見水蛇的影子，急得他**七竅生煙***，於是念動咒語，叫來當地的土地神和山神，向他們詢問白龍的來歷。二神說：「菩薩數年前尋訪取經人，途中救了一條白龍，讓他在此等候取經人，不准**為非作歹**†。他平常只有餓了才會上來捉些鳥雀、**獐**(ㄓㄤ)鹿充饑。不知今天怎麼衝撞了大聖。」悟空將二人的打鬥和他們一說，土地神說：「大聖不知，這鷹愁澗有千萬個孔竅相通，如果他不出來，肯定找不到他。大聖也不要發怒，只要能將觀音菩薩請來，他肯定會現身的。」悟空帶著土地和山神來見唐僧，將事情的前因後果說了一遍。這時，金頭揭諦站出來說：「大聖，還是小神去請菩薩吧！」悟空聽了大喜，說：「那有勞了！你快去快回。」那揭諦乘著祥雲，往南海去了。

金頭揭諦來到南海，向菩薩稟明情況。於是菩薩和揭諦一起駕著祥雲，一會兒便趕到了蛇盤山。孫悟空正在澗邊叫罵，見菩薩來了，急忙跳到空中，對菩薩喊道：「好個大慈大悲的菩薩，怎麼總是想著法害我？」菩薩笑著說：「你這大膽的潑猴，真是不識好歹，我讓取經人救你性命，你不謝我，怎麼還倒怪我？」悟空說：「你既然放我出來，就讓我逍遙自在多好，讓我服侍唐僧也倒罷了，怎麼還送他一頂花帽，騙我戴在頭上受苦？讓這金箍長在老孫頭上，還教他念什麼緊箍咒，讓我的頭疼了又疼，你這不是害我嗎？」菩薩聽了，笑道：「你這猴子！那唐僧手無縛雞之力，他如何能管得住你，只怕你再闖出什麼禍來。你不服管教，又怎能修得正果？只有這樣，你才好安心保唐僧去西天取經。」

孫悟空聽菩薩說的句句在理，心有不服卻也無話可說，於是又說道：「以前的事俺老孫也就不計較了，你為什麼讓那條白龍在這裡為非作歹，還吃了我師父的馬？」菩薩笑著說：「你這猴子，先不要忙著怪罪我，聽我把事情的原委講給你聽。」原來鷹愁澗裡的白龍頗有些來歷，他本是西海龍王敖閏的兒子，因縱火燒毀了龍宮裡的明珠，觸犯天條，犯了死罪，是觀音菩薩親自向玉帝求情饒了他的性命，讓他在這裡等候取經人。去西天取經路途遙遠，沒有馬唐僧是到不了西天的。菩薩將事情的原委說完，悟空說：「他躲在水裡不出來，可如何是好？」菩薩叫來揭諦，吩咐了幾句，讓他前去叫白龍出來。

揭諦來到澗邊，喊道：「敖閏龍王三太子，快快出來，觀音菩薩在此。」話音剛落，小白龍果然躍出水面，變成人形，來到空中見了菩薩便跪拜說道：「多謝菩薩救命之恩，我在這裡等候多日，可一直沒有取經人的消息。」菩薩指著孫悟空說：「這不就是取經人的大徒弟嗎？」小白龍見了悟空，對菩薩說：「我昨天肚子餓，吃了他的馬，他功夫了得，我打不過他，只能躲在水底。他一直在外面叫罵，卻沒有說半點取

＊ 形容氣憤、焦急或乾渴至極，好像耳目口鼻都冒火。七竅，指兩耳、兩眼、兩鼻孔和口。

† 做各種壞事。

經的事。」悟空見他惡人先告狀，質問白龍說：「你又沒問我姓甚名誰，我怎麼會說？」兩人你一句我一句爭論了起來。

菩薩止住二人的爭吵，來到小白龍身邊，將他頸上的明珠摘下，用楊柳枝蘸了玉淨瓶裡的甘露，往他身上一灑，吹口仙氣，叫聲「變」，那白龍就變成了一匹白馬。菩薩交代了一番，轉身要回南海。悟空拉著菩薩不放說：「俺老孫不去了！不去了！這一路崎嶇艱險，保護一個凡僧，什麼時候才能到西天哪？不是被累死，就是被煩死，不去了！不去了！」菩薩見悟空耍潑，苦笑著說：「你剛剛脫離天災，就如此懶惰，日後怎麼修成正果？西去之路兇險無比，我賜你件寶物。」說完，菩薩摘下三片楊柳葉，放在悟空腦後，叫聲「變」，變成了三根救命毫毛，教他說：「路上遇到緊急危難的時刻，可隨機應變，救你性命。」悟空得了寶物喜不自勝，才謝了菩薩，牽著馬回去見師父。

悟空帶著白龍馬來見唐僧。唐僧見這匹白馬不似從前，問道：「悟空，這白馬怎麼比之前的白馬更加膘肥體壯呢？」悟空笑著回答說：「師父，這可是匹龍馬，是那鷹愁澗裡的白龍所變，乃觀音菩薩所賜，你這一路西行，有白龍馬保駕護航，日後就不怕了。」唐僧聽了又驚又喜，雙手合十拜謝了菩薩，才起身與悟空一起上路。二人牽著馬來到澗邊，卻不知如何過河。這時，他們正好看見一個漁翁，撐著一個枯木筏子，順流而下。悟空招呼漁翁過來，幫他們渡了河。唐僧解開包袱，拿出錢要給漁翁，老漁翁把筏子一撐，說：「不要錢，不要錢！」轉眼間就划遠了。唐僧合掌道謝。悟空說：「師父不要謝他了，你不認得他嗎？他是這澗裡的水神，早都沒來接我，我不打他就不錯了，哪裡還敢要錢哪？」唐僧半信半疑，也不再多說，繼續騎馬趕路，向西而去。

延伸小知識

猢猻

《西遊記》裡的猢猻，只是對猴子的一種統稱。實際上，猢猻是北方猴的一種，身上有密密的絨毛，一般生活在我國的北部山林中，耐寒能力極強。另外，猢猻也多用於貶義，比如「樹倒猢猻散」，說的是猢猻依靠大樹生存，可是大樹一倒，猢猻就散開各自逃命。用以諷刺有權勢的人在位時身邊會圍著一大群人，可一旦他們倒臺，那些依附於他們的人就紛紛散去。

第十二回

觀音院寶袈裟被偷

師徒二人日行夜宿，走了兩個月，路上只是遇到些豺狼虎豹，倒也算太平。一晃就到了初春時節，草木復蘇，山林漸漸顯出綠色的生機。一天，夕陽西下時，唐僧勒馬遙望，只見遠處山谷裡好像有樓臺殿閣。師徒二人策馬前去，到門前一看，果然是一座寺院。二人正想進門，裡面走出一群和尚，唐僧見了連忙問好，和尚還禮，問說：「請問方丈從哪裡來？」唐僧說：「貧僧從東土大唐而來，是去往西天拜佛求經的，路過此地，想借宿一晚。」

和尚請他們進來，悟空也牽著馬過來了，和尚見了悟空的樣貌有些害怕，問唐僧：「那牽馬的是個什麼東西？」唐僧說：「小聲點，他性急，聽見了非跟你急不可。他是我的徒弟。」和尚打了個寒戰，小聲說道：「這麼醜，師父幹嗎收他做徒弟？」唐僧說：「他的樣貌雖醜，但有很多本領。」正說著，一群人進了山門，見正殿上寫著四個大字「觀音禪院」。唐僧大喜，趕緊上殿對著菩薩金像誠心磕頭。悟空拴了馬，放了行李，跑到殿裡去撞鐘。唐僧拜謝結束，悟空還在撞鐘，眾人不解，悟空笑著說：「你們知道什麼，我是做一天和尚撞一天鐘*。」

鐘聲驚動了院中眾僧，院主聽聞有大唐高僧借宿，請唐僧去後房喝茶，又為他們安排了齋飯。吃完飯，兩個小童攙扶著一個老僧出來，和唐僧行過禮，坐下來聊天。老僧說：「聽聞你是東土大唐來的高僧，我特地出來拜見。」唐僧說：「是我那個徒弟胡說，讓您見笑了。」老僧說：「不敢不敢！敢問從東土大唐來此，要多少路程？」唐僧說：「出了長安，一路走來，經過西番哈咇國，足有一萬多里，才到達貴處。」老僧說：「枉我活了二百七十歲，連院門也不曾出過。真是坐井觀天，虛度一生啊！」

老僧說完，叫小童獻茶，一個小童端著一個羊脂玉的盤子，上面有三個法藍鑲金的茶盅；又有一個小童，提著一把白銅壺，斟了三杯香茶。唐僧見了讚不絕口：「真是好寶貝呀！」老僧說：「讓高僧見笑，高僧來自天朝上國，廣覽奇珍異寶，不知道可帶著什麼寶貝呀，能否讓弟子也開開眼？」唐僧說：「路途遙遠，身邊沒帶什麼寶物。」悟空一旁插話說：「師父，我前日在包袱裡看到的那件袈裟，不就是件寶貝嗎？」眾僧聽了，一個個冷笑。老僧說：「說到袈裟，我們每人都有二三十件，我做了二百五六十年和尚，足有七八百件了！」說完叫人打開庫房，抬出十二個櫃子，將袈裟一件件抖開掛起，讓唐僧看，都是刺繡鑲金的，在燈光照映下燦爛奪目。悟空看了，笑著說：「這些袈裟加起來也比不過我師父的，這就拿出來給你們瞧瞧！」唐僧一把拉住他，輕聲說：「徒弟，不要跟人鬥富，在外恐惹是非。」悟空說：「看一看袈裟會惹出什麼是非？師父多慮了。」說完，悟空打開包袱，拿出錦襴袈裟，頓時紅光四射，滿院彩氣。眾僧見了，不禁發出一片讚嘆之聲。

老僧從來沒見過這樣的寶貝，頓時起了歹心。他走上前跪在唐僧面前，眼中含著眼淚，說：「可惜天色已晚，老僧老眼昏花，看不清楚長老的這件寶貝，真是沒有緣分哪！」唐僧忙攙起老僧，不知如何接話，孫悟空問：「你想如何？」老僧說：「不知能否讓我拿到後房，細細地看上一夜，明早送還？」唐僧聽了，心裡一驚，埋怨悟空說：「你看，都是你闖的禍！」悟空笑說：「師父，就讓他看，有俺老孫怕什

＊指過一天算一天，湊合著混日子。比喻遇事敷衍，得過且過。也有無可奈何，勉強從事的意思。

麼？」悟空說完把袈裟包好，遞給老僧。老僧高興地接過袈裟，吩咐眾僧把禪房打掃乾淨，安排他們師徒休息。

老僧將袈裟騙到手，在燈下細看，突然號啕痛哭，慌得眾僧人都不敢先睡。有兩個親信徒孫上前問道：「師公，你為什麼哭哇？」老僧哽咽著說：「我哭與這寶貝無緣哪。我雖然有幾百件袈裟，可怎麼抵得上這一件哪？要是我能穿上它，就是死也瞑目了。」眾僧說：「這有何難？師公想穿，我們明天就留下他們，他們住一天，你就穿一天，他們住十天，你就穿十天。」老僧說：「就算是留他們半年，也只能穿半年，也不能長久哇！」這時，有個叫廣智的和尚獻計說：「師公要想長遠也容易，咱們找些會使刀槍的，趁他們睡著了結果了他們的性命。」老僧抹了眼淚，說：「好！好！好！」這時，有個叫廣謀的和尚說：「此計不妙。那個毛臉的和尚似乎不容易對付，萬一不成，反招殺身之禍。我有一個不動刀槍之法，咱們放火燒了那禪房，那兩個和尚肯定活不成！如果有外人看見，就說是他們自己不小心，起了火。這樣也能掩人耳目。袈裟不就是我們的傳家寶了嗎？」眾人覺得這真是一條妙計。幾個僧人查探禪房內唐僧二人已經熟睡，於是眾僧搬來乾柴。

二百多個僧人一起，不多會兒就把禪房四周都堆滿了柴。悟空聽到外面的響動，一骨碌爬起來，想要出門查看，卻怕驚醒了師父，於是就變成個蜜蜂，飛了出去。他看見一群僧人正在搬柴運草，圍住禪房準備放火呢！悟空心裡暗笑：「果然如師父所說，這些僧人想要害我們性命，奪我們的袈裟。」悟空拿出金箍棒正準備動手，但轉念一想：「要是我一棒把他們打死了，師父醒來又要怪我濫殺無辜！算了，不如將計就計！」想到這兒，悟空一個筋斗跳上了南天門，找到廣目天王，向他借了避火罩，來到禪房上方，用這個罩子罩住了唐僧、白馬和行李。悟空自己到那老僧住的房子上面坐著，保護袈裟。那些人一開始放火，悟空立刻念起咒語，刮起一陣風，把那火刮得到處亂著，不一會兒，整個觀音院都變成一片火海了。那些和尚一個個**捶胸頓足***，叫苦連天。

不想，這場大火驚動了不遠處的一個妖怪。觀音院正東南二十里處，有座黑風山，山中有個黑風洞，這妖怪正在洞中睡覺，突然覺得窗門透亮，以為是天亮了，爬起來一看，原來是寺院方向著火了。妖怪大驚失色，連忙趕去搭救。這妖怪平日經常去寺院聽佛法，與老僧有些交情。他趕過去一看，果然是火光沖天，觀音院都快燒成灰燼了。妖怪正準備前往老僧住處，發現後房屋脊上有一個人放風，於是悄悄地來到後房，只見桌上有一個霞光四射的包袱，解開一看，竟是一件錦襴袈裟。這妖怪知道這可是佛門的寶貝，立刻起了貪財之心，於是趁火打劫，拿著袈裟溜回了黑風洞。

這場大火一直燒到天亮才熄滅，悟空看時候差不多了，就收了避火罩，一個筋斗又跳上南天門將避火罩還給了廣目天王。悟空來到禪房前，變成蜜蜂又飛了進去，看那唐僧還在熟睡呢！悟空把師父叫醒，唐僧穿好衣服，開門一看，昨天的樓臺殿宇只剩下一片灰燼了，大驚失色，急忙問悟空。悟空說：「昨天寺院失火，是我護住了禪房，看師父睡得香，就沒有驚動。」唐僧說：「你有本事護住禪房，怎麼不救救別的房？」悟空笑說：「師父你不知道哇，昨天那老僧拿了我們的袈裟，設計要燒死我們，要不是我警覺，估計要被燒成灰了！」唐僧聽了，心裡害怕，問：「那袈裟在哪裡，不會燒壞了吧？都是你這猴子惹的禍，我可要念那緊箍咒了！」悟空慌了，忙求饒道：「師父莫念，袈裟還在那老僧的房間裡，等我去拿來。」

---

* 用拳頭打胸部，用腳跺地，形容非常焦急、懊喪或極度悲痛的樣子。也說頓足捶胸。

師徒二人來到老僧的後房準備取袈裟，卻聽見一片悲哭之聲。原來，那老僧見丟了袈裟，又燒了寺院，又氣又急，撞牆死了。眾僧一見他們，一個個嚇得魂飛魄散，喊著：「鬼呀！」一起跪在地上磕頭。悟空讓他們交出錦襴袈裟，眾僧卻不知袈裟在哪兒，將寺院翻了個遍還是沒有袈裟的影子。唐僧氣得要念緊箍咒，悟空跪地求饒，眾僧也為他求情。悟空心想：「袈裟難道是被妖怪偷了去？」於是悟空問眾僧：「你們這附近可有什麼妖怪嗎？」眾僧回答說：「我們這裡正東南二十里有座黑風山，山中有個黑風洞，洞裡

有個黑風怪。黑風怪常常來聽院主講佛經。」悟空一想，肯定是這妖怪偷了袈裟，於是吩咐眾僧保護好唐僧，駕上筋斗雲，直奔黑風山。

白白老師的國學小教室

善惡一念之間

有人認為《西遊記》是一部宣揚佛法的書，那為何這回故事要描寫僧人謀財害命的醜態呢？

《西遊記》的故事內容經過了幾百年慢慢形成，並非完全出自一人之手，它的中心主旨究竟在宣揚什麼思想，其實並沒有一定的標準答案，書中的內容融合了儒、釋、道的精神內涵，而非單一宣傳某一宗派的思想。

在這回故事中提及僧人謀財害命的醜態，更能顯現人心的醜陋。表面上宣揚仁義道德的名門正派，可能也有不堪的醜態。書中描述的不僅僅是妖怪會作惡，人也會為非作歹，甚至和妖怪同流合汙。

人心會入魔，一念之間落入惡，就會如同妖魔。《西遊記》寫出師徒魔幻的歷險，卻也用現實的筆觸刻劃人性。

第十三回 孫悟空大鬧黑風山

悟空駕著筋斗雲來到黑風山，春天的黑風山樹木青蔥，鳥語花香，風景令人**心曠神怡**＊。悟空按下雲頭尋找黑大王的洞府，卻不知那黑風洞在什麼地方，正走著，忽然聽到芳草坡前有人說話。悟空躲在一塊石頭後面觀看，只見三個妖魔在草地上席地而坐，高談闊論。這三個妖魔其中一個是黑臉大漢，另一個打扮成道士模樣，還有一個穿一身白衣，打扮成秀才的模樣。孫悟空聽了一會兒，原來他們在談論修煉仙丹的事情。突然，那個黑臉大漢笑著說：「後天是本大王的生日，兩位到時候一定要賞臉，去我洞府坐坐呀！」**白衣秀士**†說：「年年參加大王的壽宴，今年當然也不例外，到時一定準時赴宴。」黑臉大漢高興地說：「我昨夜得了一件錦襴袈裟，這可是佛家的寶貝，我還準備辦個佛衣會，你們一定要來捧場啊！」其他兩人連忙恭喜黑臉大漢，眾人大笑。

悟空一聽，師父的袈裟果然被這個黑臉大漢偷了，忍不住跳出來，雙手舉起金箍棒，大喝一聲：「你們這幫盜賊，偷了我的袈裟，還要辦什麼佛衣會！還不快把我師父的袈裟交出來！」說完照頭一棒。三個妖怪突然聽見喊殺聲，嚇得撒腿就逃。白衣秀士跑得不快，被悟空一棒子打死了，變成一條白花蛇。道士也駕著雲逃得不見蹤影，那黑臉大漢也化作一陣風逃走了。

悟空追著黑臉大漢來到山林深處，轉過一座山峰，在一座陡峭的山崖前找到一座洞府。悟空趕到洞前，見洞口的兩扇石門關得很緊，洞門上方的門**楣**（ㄇㄟˊ）＊＊上寫著「黑風山黑風洞」六個大字。悟空喊道：「妖怪快開門，將我師父的袈裟送出來，否則老孫打破你的洞門，將你這一洞妖子妖孫趕盡殺絕。」洞裡的小妖聽見門外有人叫罵，打開門對孫悟空叫道：「你是什麼人，竟敢在此撒野？」悟空罵道：「快讓你家黑大王將我師父的袈裟交出來，否則將你們這群妖怪一鍋端了。」小妖一聽是來要袈裟的，連忙關了洞門前去報告。

黑風怪剛從芳草坡回來，屁股還沒坐穩，就聽小妖報告說有一個毛臉雷公嘴的人在外面叫罵。黑風怪罵道：「這**廝**（ㄙ）‡來得這麼快，既然他送上門來，就讓我收拾了他。」於是穿上披掛，拿著一杆黑纓槍，走出門來，大喝一聲：「你是哪兒來的和尚，敢在我這裡放肆？」悟空仔細一看這黑風怪，體胖腰圓，臉黑如炭，不禁笑著說：「你這妖怪面如黑炭，想必是一個挖煤的吧。」黑風怪沒理會悟空的恥笑，喝道：「你這廝滑頭滑腦，本大王沒時間和你廢話。」於是悟空罵道：「你這黑妖精，偷袈裟的毛賊，快還你老外公的袈裟來！」

黑風怪挺挺胸**脯**（ㄆㄨˊ），冷笑道：「袈裟是在我這兒，你是哪裡來的和尚？有什麼本事，敢說這樣的大話？」悟空說：「我是齊天大聖孫悟空，唐僧的徒弟，要說我的手段，說出來讓你嚇破膽呢！」黑風怪聽了大笑道：「原來你就是那大鬧天宮的弼馬溫哪！」悟空最恨別人叫他弼馬溫，立刻火冒三丈，拿起金箍棒劈頭就打，那黑風怪側身躲過，拿起長槍，劈手相迎。二人鬥了十幾個回合，不分勝負。眼看到了中

＊心情舒暢，精神愉快。

†德才兼備的人，這裡指年輕人、秀才。

⁑門框上邊的橫木。

‡小子，傢夥。

午，黑風怪氣喘吁吁*，拿槍架住鐵棒說：「我們先不打了，等我回去吃飽了再繼續。」說完，黑風怪虛晃一槍，逃回洞裡，關了石門。黑風怪回了洞就吩咐小怪們向各山魔王發出請帖，安排佛衣會的宴席。

悟空在外面敲不開門，只得回到觀音院，向唐僧說了經過。悟空在觀音院吃了齋飯，然後吩咐眾僧好好伺候唐僧，又駕著筋斗雲，來到黑風山。一個小妖怪拿著木匣，悟空見了一棒將其打死，打開木盒一看，裡面裝著黑風怪邀請觀音院長老參加佛衣會的請柬。悟空罵道：「好你個老僧，竟然與妖怪為伍，難怪能活二百多歲。」悟空心想：「既然得了這個請柬，俺老孫不如將計就計。」於是悟空變成觀音院長老的模樣，朝黑風洞趕去。

悟空來到黑風洞，叫開了洞門。看門的小妖見是觀音院金池長老，於是忙通報黑風怪：「大王，金池長老來了。」黑風怪覺得奇怪，他的生日是後天，這金池長老怎麼這麼快就到了，想是來討還袈裟的，於是忙命人將袈裟藏了起來，這才讓小妖請金池長老進去。悟空跟著小妖進了黑風洞，過了前門，視野頓開。洞裡原來是一處世外桃源，花團錦簇，蜂飛蝶舞，好一處仙境。見了金池長老，黑風怪慌忙上前迎接，請他上座。黑風怪說：「今日派人去寺裡送信，請老友後天來此一聚，怎麼老友今天就來拜訪？」悟空笑著說：「老僧在外巡遊，聽說大王得了一件寶貝袈裟，特地趕過來瞧一瞧。」黑風怪隨即笑著說：「老友真會開玩笑，這袈裟原來是唐僧的，他現在就住在你的觀音禪院，你難道沒見過？」悟空回答說：「貧僧曾借那寶袈裟想仔細觀賞一番，因為夜裡看不清楚，便沒有展開；想不到夜裡寺院就失了火，就更沒有機會觀賞了。現在我聽說寶袈裟落到了大王的手裡，這才趕來想開開眼。」

二人寒暄之際，一個巡山的妖怪回來了，報告黑風怪說：「大王，不好了，派去送請柬的小妖被人打死了，請柬也不見了。」黑風怪轉眼看著孫悟空，笑道：「我就覺得奇怪，原來是你這個弼馬溫。」說完，拿起槍來就刺向孫悟空。悟空知道無法再隱瞞，立刻變回真身，拿出金箍棒，架住黑風怪的槍。兩人從中廳打到天井，鬥到門外，再打上山頭，只打得飛沙走石，一直到紅日西沉。黑風怪說：「我們今天不打了，明天再戰，定要分出勝負。」隨即化作一陣清風，溜回洞裡，關上石門不出來了。

悟空無可奈何只得返回觀音禪院。第二天，天剛剛亮，唐僧就催著悟空去找袈裟。但這次孫悟空並沒有去黑風洞，而是駕著筋斗雲向南海飛去。一會兒，到了南海，悟空見到菩薩就說：「我師父路過你的禪院，你接受人間香火，卻怎麼縱容一個黑熊精在那裡作惡，偷了我師父的袈裟，我今天特地來找你討還袈裟。」菩薩說：「你這猴頭，黑熊精偷了你師父的袈裟，你怎麼來問我要？要不是你將寶貝拿出來賣弄，怎麼會被人偷去？你還喚風燒了我的禪院，還敢到我這裡來興師問罪†？」悟空聽了，知道菩薩早已知道所有的事，慌忙磕頭說：「菩薩恕罪，老孫錯了。只是那妖怪不肯還我袈裟，師父又要念那緊箍咒，望菩薩大發慈悲，幫我捉拿那妖精吧！」菩薩說：「那妖怪是有些本事，不比你差，也罷，我就跟你下去走一遭吧！」

菩薩和悟空一起駕著祥雲，來到黑風山。正走著，看見山坡前走出一個道人，拿著一個玻璃盤，放著兩粒仙丹。悟空定睛一看，認出這個道士正是那天和黑風怪一起坐在草坡上說話的那個道士。悟空不由分說，抄起金箍棒就朝他砸去，道士躲閃不及，被一棒砸頭當場斃命。菩薩責怪悟空說：「你這潑猴，他又沒偷你的袈裟，與你無冤無仇，怎麼無端傷人性命？」悟空說：「菩薩有所不知，他是那黑熊精的朋友，

＊形容呼吸急促，大聲喘氣。

†指大鬧意見，集合一夥人去上門責問。

今天是去給他祝壽的。」悟空說完把那道人提起來看，原來是一隻蒼狼。悟空看見地上有兩粒仙丹和一個玻璃盤，拿起來一看，盤子底下刻著「淩虛子製」。悟空心念一轉頓生一計，對菩薩說：「我有一計，就請菩薩變成淩虛子，我變成其中較大的一粒仙丹，菩薩將這仙丹獻給那黑熊精，我自會在他肚裡使些手段，讓他乖乖交出袈裟，如何？」菩薩笑著說：「你這猴子，滿肚子鬼點子，我就依你說的做，但你不要惹是生非。」說完，搖身變成淩虛子的模樣，捧著盤裡兩粒仙丹。悟空見狀，也搖身一變，化作了一粒金丹。

菩薩捧著仙丹來到黑風洞，守洞的小妖急忙進洞稟報。黑風怪急忙出洞迎接，高興地說：「淩虛兄大駕光臨，黑風洞真是**蓬蓽增輝***呀。」菩薩笑著說：「小道敬獻仙丹一粒，祝大王千壽！」說著，把較大的那粒遞給黑風怪，黑風怪高興地接過來，剛放到嘴裡，那藥丸就一下滾進了肚子裡。悟空在他肚裡現了原形，疼得那黑熊精在地上直打滾。菩薩見狀，就現了真身。

菩薩問黑熊怪袈裟在哪裡，趕緊拿出來。黑熊怪見淩虛子原來是菩薩，忙磕頭求饒，一旁的小妖嚇破了膽，按照黑熊怪的吩咐把袈裟拿了出來，交給了菩薩，悟空這才從黑熊怪的鼻孔裡出來。黑熊怪從地上爬起來，拿起兵器就要打悟空，菩薩見狀，往黑熊怪頭上丟了個箍。菩薩默念咒語，黑熊怪頭疼不已，丟了兵器滿地打滾。菩薩訓斥道：「孽畜，你如今可願意皈依嗎？」黑熊怪滿口求饒說：「我願皈依，請菩薩饒命！」

悟空嫌菩薩囉唆，舉棒要打死偷袈裟的黑熊怪，菩薩急忙制止他說：「饒他性命，我自有安排。」悟空不明白菩薩為什麼要留一個妖怪的命，問道：「這妖怪與那觀音院的金池長老**沆瀣**（ㄏㄤˋ ㄒㄧㄝˋ）**一氣***，為非作歹，留著他有什麼用？」菩薩說：「我那落伽山後無人看管，我帶他去做個守山大神。悟空，你快拿著袈裟回去吧，好好保護唐僧，不要再惹事了！」說完，菩薩帶著黑熊精，回南海去了。

西遊好奇問

菩薩為什麼救黑熊怪？

黑熊怪是《西遊記》裡最幸運的妖怪之一，他不僅沒有被孫悟空打死，而且還獲得菩薩搭救，成了守山大神。為什麼黑熊怪會如此幸運呢？首先，不得不說和其他妖怪動不動就要吃唐僧肉相比，黑熊怪只是偷了唐僧的袈裟，不是個十惡不赦的妖怪。另外，黑熊怪的洞府在觀音院（供奉觀音菩薩的寺廟）附近，他和菩薩是鄰居，可見黑熊怪因為與菩薩有這樣一種緣分，菩薩才會搭救他。

＊謙辭，表示由於別人到自己家裡來或張掛別人給自己題贈的字畫等，自己感到非常光榮。也說蓬蓽生輝。

†原比喻氣味相投的人聯結在一起，後比喻臭味相投的人勾結在一起。

第十四回 高老莊收豬八戒

唐僧收好袈裟，拜謝了菩薩，第二天一早又踏上了西天取經之路。二人走了六七日，一天，天色將晚，唐僧遠遠望見一座山莊，悟空正想去探個吉凶，忽見一個少年，他身穿藍棉襖，頭裹白紗布，背著包袱，帶著傘，向這邊趕來。悟空上前一把將他扯住，問道：「你到哪裡去？這是什麼地方？」少年苦苦掙扎，口裡嚷著：「你是看我好欺負，幹嗎拉著我問？我才不告訴你！」悟空賠著笑說：「施主不要生氣，與人方便，自己方便。」少年見悟空一直抓著自己，掙脫不得，只得嘆口氣說：「這裡是烏斯藏國地界，前面的山莊叫高老莊。你快放了我吧！」

悟空說：「看你這樣打扮，像是要出遠門，你得告訴我去哪兒，幹什麼？我才放你！」少年十分無奈，只能實話實說。原來這年輕人是高太公家的家人，名叫高才。高太公有一個小女兒，年方二十，三年前被一個妖怪占了。小姐如今還被妖怪關在後宅，任何人都無法靠近。高太公給了他幾兩銀子，讓他去尋找高人，捉拿妖怪。高才前前後後找了三四個人，想不到都是些膿包。高太公剛才罵了他一番，讓他再去請捉拿妖怪的人。悟空一聽，說：「遇到我是你的造化。你回去告訴你家主人，就說已經找到能降妖的高人了。」那少年半信半疑，說：「你可別說大話，要是降不住那妖怪，我可又要倒楣了！」悟空說：「俺老孫從不說大話，你只管帶著我們去就行。」少年也別無他法，只能提著包袱，轉身回去。

高太公聽說門外有從東土大唐來的聖僧，心想這遠道而來的和尚，說不定真有些本事，趕忙換上衣服出來迎接。見到唐僧，高太公恭敬地作了個揖，轉而要給悟空作揖時，卻被悟空的模樣嚇了一跳。高太公一把揪過高才，輕聲說：「家裡已經有一個妖怪，怎麼又找個毛臉雷公來害我？」孫悟空把高太公的話聽得一清二楚，說：「你這個老頭兒，竟喜歡以貌取人，俺老孫雖是長得醜，但一身本事。」高太公怕得罪悟空惹出是非，忙請唐僧和悟空進了屋。

悟空問高太公如何招惹了這妖怪，高太公將事情原委說了一遍。原來這高太公膝下只有三個女兒，兩個女兒都已經嫁人，想把小女兒翠蘭留在身邊，招個女婿。三年前，有個大漢上門，說是上無父母，下無兄弟，願做他家女婿。高太公見他模樣倒還精緻，有力氣，又無牽無掛，就招了他。一開始，他也勤快，耕田耙地不用牛，收割莊稼不用刀，滿身的力氣好像使也使不完。只是食量也很大，每頓要吃三五斗米飯，早飯能吃百十來個燒餅。要說他幹得多吃得多也沒什麼奇怪，可怕的是他會變臉。他剛來時是個黑胖的大漢，後來變成長嘴大耳，腦後還長一溜鬃(ㄗㄨㄥ)毛，看著就像個豬的模樣。如今他還會飛沙走石，把鄰里左右都嚇得不得安生。高太公想退掉這門親事，那妖怪一生氣，把翠蘭關在後院裡，半年也不讓她和家人見面。

高太公說著說著忍不住泣不成聲，悟空安慰道：「老人家你儘管放心，我今天夜裡就把那妖怪抓住，讓他寫了退親文書，還你女兒。」高太公十分高興，忙擺上一桌齋飯，請唐僧師徒用齋。吃完飯，天也黑了，悟空手拿金箍棒，由高太公領著到後院查看。到了門前，悟空一棒將鎖砸下，推開門，裡面卻黑洞洞的，沒有一點聲音。高太公壯著膽喊了一聲，翠蘭聽出父親的聲音，這才有氣無力地應了一聲：「爹爹，我在這裡。」悟空循聲一看，那姑娘臉色蒼白，頭髮淩亂，看著十分虛弱。翠蘭奔向高太公，父女二人抱頭痛哭。悟空向翠蘭打聽了妖怪的最近動向，翠蘭抽泣著說：「那妖怪晚上來，早上走，雲裡來霧裡去的，也不知道住在哪裡。」悟空聽了，讓高太公先帶翠蘭回前院敘舊，自己變成翠蘭的模樣在屋裡等妖怪。

不一會兒，只聽屋外狂風大作，等那陣狂風過去，從半空中來了個妖怪。悟空仔細一看，這妖怪長得的確難看，黑臉短毛，長嘴大耳。那妖怪見了翠蘭上來就抱，想要親熱。悟空見豬嘴湊過來，先是用手一堵，又用力將豬精推開，變成翠蘭的聲音說：「看你那急樣，你先把衣服脫了吧。」豬精倒是很聽話，竟真的脫了衣服躺在床上。孫悟空繼續說：「父母打我罵我，說我嫁了個醜丈夫，我的這個醜丈夫不講禮節，不見親戚，整日雲裡來霧裡去，壞了高家名聲。」豬精不高興地回答說：「我雖然長得醜，但想要變得英俊一些也不難，可是這樣變來變去實在麻煩。當初你爹親口答應了這樁婚事我才留下的，他現在又說這種話。我原本住在福陵山雲棧洞，姓豬名剛鬣（ㄌㄧㄝˋ）*。他們要是再問起，你就告訴他們。」

悟空聽了，暗自笑道：「這妖怪真笨，幾句話就把他的老底套了出來。」悟空接著說：「今天我父母請了一位法師，要來抓你呢！」妖怪聽了說：「我有三十六般變化，九齒釘耙，就算是九天蕩魔祖師†下界我也不怕他！」悟空說：「他們說請的是五百年前大鬧天宮的齊天大聖孫悟空。」妖怪一聽這名，心裡害怕，說：「如果是這樣，那我還是先回去吧，看來我們是做不成夫妻了。」悟空問：「你怎麼一聽說是他，就要走哇？」妖怪說：「你不知道，那弼馬溫有些本事，我估計打不過他，不要壞了我的名聲。」他開門就要走，悟空一把將他扯住，把臉一抹，現出原形，大喝一聲：「你個妖怪，哪裡走！看看我是誰？」豬精轉臉一看，只見悟空齜牙咧嘴*，火眼金睛，手拿金箍棒，嚇得急忙化作一陣狂風脫身而去。悟空駕著雲追趕豬精，來到一座山洞外，見一座石碑上寫著「雲棧洞」三個字。那妖怪又現了本相，進洞拿出一柄九齒釘耙迎戰。悟空問道：「你是哪裡來的妖怪，怎麼知道老孫的名號？」妖怪說：「我本是上界的天蓬元帥，只因醉酒調戲了嫦娥，被貶下界來。不料錯投了豬胎，成了現在的這副樣子。」悟空一聽，恍然大悟，說：「原來如此，難怪你知道我的名號。」妖怪接著說：「你這該死的弼馬溫，當年闖禍連累了我們多少人，今天又來欺負我，先吃我一耙。」只見那金箍棒與九齒釘耙在黑夜裡碰撞出無數火花。

幾十個回合下來，妖怪氣空力盡，抵擋不住，又化成一陣狂風，逃回洞裡去了。悟空追到洞外，那妖怪將洞門緊閉，天大亮了也不出來。悟空怕唐僧等人著急，駕雲先回高老莊去了。悟空跟唐僧他們說了事情的經過，眾人聽說妖怪原來是天蓬元帥下凡，更加害怕了。高太公跪下懇求悟空：「長老幫忙幫到底，一定要捉住那妖怪呀，老夫我願意將這家產與長老平分。」悟空說：「這事包在俺老孫身上，我剛剛是試試他的本事，這回我一定將他抓住。」說完，悟空又駕著雲來到洞口，用金箍棒將洞門打碎，口裡罵道：「你這豬頭，快出來與老孫比試比試。」那妖怪還在洞裡睡覺，聽著門口的響聲和罵聲，不得已又提著九齒釘耙，抖擻精神，出了門對著孫悟空大罵：「你這個弼馬溫，真是多管閒事，還把我的大門打破了！讓你看看我這耙的厲害。」說完就往悟空頭上打去，悟空就把頭伸在那裡，也不躲閃，一耙下去，連頭皮都沒破一點。妖怪嚇得手麻腳軟，連忙說：「你這猴子，我記得你住花果山水簾洞，怎麼今天到這兒來欺負我？難道真是我那老丈人請你來的？」悟空說：「你老丈人可沒去花果山請我，只是我改邪歸正，保護東土大唐的三藏法師去往西天拜佛求經，路過高老莊，聽說這事，特來抓你！」

※ 古代對豬的一種稱呼。

† 真武大帝又稱九天降魔祖師，全稱真武蕩魔大帝，是中國神話傳說中的北方之神，為道教神仙中赫赫有名的玉京尊神。現在湖北武當山供奉的主神就是真武大帝。明朝時期，應明成祖朱棣政治需要而加封號，在全國影響極大，所以民間傳說他是盤古之子，生有炎黃二帝，曾降世為伏羲，為龍身，天龍有八部，中華之祖龍。

⁑ 形容兇狠的樣子或形容疼痛難忍的樣子。

妖怪一聽，放下釘耙，行了個禮說：「麻煩你引見那取經人。」悟空不解，妖怪說：「觀音菩薩囑咐我在這裡等候取經人，保護他去西天拜佛求經，將功贖罪，還能得到正果。我在這裡等了好幾年都沒有消息。你既然是他的徒弟，為什麼不早說呢？上來就打我！」悟空聽了，將信將疑，說：「你可別使詐想脫身，如果是真的要保護唐僧，你將洞府燒了，我才帶你去見我師父。」妖怪果然一把火把洞府燒了。悟空拔了一根毫毛，變成一條三股麻繩，把妖怪綁了個結實，這才揪著他的耳朵，一路拉著他走。那妖怪疼得齜牙咧嘴，跟著悟空駕雲來到了高老莊。

悟空揪著妖怪的耳朵說：「你看看那廳堂上坐的是誰？他就是我師父。」高太公一看那妖怪被五花大綁，忙上前說：「長老真是好本事呀，這正是我家的女婿。」妖怪走到唐僧面前，雙膝跪下，背著手對唐僧磕頭，高聲說道：「師父，弟子失禮了，早知道師父住在我老丈人家，我早就出來迎接了，哪還會有這麼多誤會？」唐僧不解，問悟空說：「悟空，你怎麼讓他來拜我？」悟空這才放了那妖怪，說道：「呆子，你自己說！」妖怪把觀音菩薩的囑咐與唐僧細說了一遍。唐僧聽了非常高興，讓高太公取出一個香案，給菩薩上了一炷香，朝著南邊行禮說：「多謝菩薩的聖恩！」隨後讓悟空給那妖怪解了繩索。唐僧說：「你既然入了佛門，做了我的徒弟，我就給你起個法號。」妖怪說：「師父，菩薩當年給我摩頂受戒*時，給我起了法號，叫豬悟能。」唐僧笑著說：「好！好！你師兄叫悟空，你叫悟能，正合我法門中的宗派。」悟能說：「師父，我受菩薩戒行，斷了五葷三厭。今天見了師父，我是不是能開戒啦？」唐僧忙說：「不可！不可！你既然不吃五葷三厭，我再給你起個別名，叫八戒，如何？」那呆子歡歡喜喜地說：「謹遵師命。」

高太公見他那女婿改邪歸正，入了佛門，也是十分喜悅，命令家童安排宴席，酬謝唐僧師徒。吃完齋飯，老人拿出二百兩碎金銀和三件長衫，要送給三個長老，唐僧只拿了宴席上一些吃不了的乾果，帶著做乾糧。八戒在一旁不悅，忙湊上去說：「丈人哪，他們不要就算了，我昨天與師兄打鬥時，長衫被扯破了，鞋子也壞了，你送我一件袈裟，再給我雙新鞋子吧。」高太公聽了，也不敢不給他，派人買了一雙新鞋。

八戒換上新鞋、新衣，對高太公行了個禮，說道：「老丈人、丈母娘，我今天做和尚去了，你們好生看護我家娘子，萬一取經不成，我還還俗來當你女婿呀。」悟空一巴掌拍在八戒腦袋上，說：「呆子，不要胡說。」師徒三人遂收拾了行李，八戒挑著擔子，悟空走在前面引路。

＊出家為僧或尼所進行的儀式。

延伸小知識

五葷三厭是中國古代的「齋戒」飲食的禁忌，最早為道家、儒家所推崇，後被外來宗教引用。五葷：佛家以大蒜、小蒜、興渠、慈蔥、茖蔥為五葷，道家以韭、蒜、蕓薹、胡荽、薤為五葷。三厭：道教忌食的三種肉，即雁、狗、烏龜。

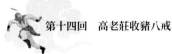

白白老師的
國學小教室

好吃懶做的豬八戒

豬八戒，又名豬剛鬣，法名豬悟能。原為天蓬元帥，掌管八萬兵馬，但因調戲嫦娥被貶凡間。豬八戒好吃懶做、貪睡、好色，在佛教代表三毒的「貪」。

然而，為什麼《西遊記》裡要書寫一個好吃懶做的豬八戒作為取經主要人物之一呢？豬八戒的偷懶和膽小，反而更貼近真實生活，他的形象反映人性普遍弱點，擁有多角度的複雜性格。

所以《西遊記》裡描寫的主角群們，不是高不可攀的英雄人物，而是具有普通人性的一面，他們更貼近生活、更貼近群眾，時常流露令人會心一笑的舉止性格。

第十五回　黃風嶺唐僧遇難

唐僧師徒三人風餐露宿*，披星戴月一直趕路，已是春去夏來。這日太陽落山，眾人趕了一天的路，又餓又渴，正好山路旁有一間村舍。唐僧說：「悟空，你去看看那人家，我們可否借宿一夜。」八戒趕忙附和說：「師父說得是，我老豬正餓得厲害，到人家家裡化些齋飯，有力氣也好挑擔子呀。」悟空罵說：「你這個戀家鬼！剛離了家幾天，就生抱怨。」八戒委屈地說：「猴哥，我老豬可比不上吃得少的人，自從跟了師父這些天，我就沒吃飽過！」唐僧聽了說：「悟能，你當不了出家人，還是回去吧。」八戒慌忙跪下說：「師父，您可別聽大師兄亂說呀，我老豬是個直腸子，肚子餓了就實話實說了。我受了菩薩的戒行，又蒙師父憐憫，情願保護師父西天取經，絕無反悔之意。」八戒搬出了菩薩，唐僧說：「既然這樣，你快起來吧。」

三人來到村舍前，一位老者閉著眼斜靠在竹床上，正在念佛，唐僧上前施禮，小聲說道：「施主，打擾了！」老者一骨碌跳起來，出門還禮說：「長老，失禮了，請問你們從哪裡來？到我這裡來有什麼事嗎？」老者突然看到悟空、八戒的模樣被嚇了一跳，聽說他們師徒三人是從東土大唐上西方取經，才放了心。老者說：「西天可去不得，你們還是去東天吧。」唐僧奇怪，問老者原因。原來往西三十里，有一座山

* 形容旅途或野外生活的艱苦。也說露宿風餐。

叫八百里黃風嶺，山裡有很多妖怪。悟空聽了說：「不怕！有老孫和我這師弟，管他是什麼妖怪，也都不敢惹我們。」

三人吃完齋飯，休息一晚，次日一早，師徒三人辭別了老人家繼續趕路。一行人走了不到半天，果然看到一座高山，山勢接天連地，怪石林立，看得人心驚膽戰。眾人放慢速度趕路，忽然一陣狂風大作，唐僧被風一吹，覺得心驚肉跳，說：「悟空，起風了！」八戒也嚇得一把扯住悟空，說：「師兄，風這麼大，我們趕快找個地方躲躲吧。」悟空笑著說：「你這呆子，風大點就要躲，要是遇到妖怪可怎麼辦呢？」說完使了個抓風之法，聞了聞，有些腥氣，說：「果然不是好風。」

剛說完，只見亂石中跳出一隻斑斕猛虎，唐僧嚇得魂飛魄散，從馬上跌落。八戒想要在師父面前顯示自己的本事，攔住悟空，丟了行李，拿起釘耙，朝那虎劈頭就砍。那老虎直挺挺地站起來，呼啦一聲，把一身虎皮剝下來，原來是個披著虎皮的妖怪。妖怪說：「慢著！我乃是黃風大王部下的前路虎先鋒，奉命巡邏，順便抓幾個路人回去下酒。你們是哪裡來的和尚，竟敢用兵器傷我？」八戒罵道：「你這個孽畜，不認識爺爺我？我們可不是過路的普通人，乃是東土大唐御弟唐僧的徒弟，去西天拜佛求經的，你趕緊讓路，不要驚擾了我師父，我就饒你性命。」那妖怪一聽，朝八戒臉上就抓過來。八戒連忙閃開，拿起釘耙掄過去。那妖怪手裡沒有兵器，轉身跑到山坡下的亂石叢中取出兩把赤銅刀，八戒隨後趕來，兩人就在坡前打了起來。

悟空把唐僧攙起來，說：「師父莫怕，在此歇息一下，我去幫幫八戒。」唐僧坐在那裡戰戰兢兢，念起了《多心經》。那妖怪一見悟空拿著金箍棒過來，知道抵擋不住，變成一隻猛虎，慌忙逃走了。悟空和八戒緊追不放，那妖怪使了個金蟬脫殼之計，把那虎皮蓋在一塊臥虎石上，然後化成一陣狂風抓了唐僧，回到了黃風洞。虎先鋒見了黃風怪高興地說道：「大王，我這次抓了個和尚，他自稱是東土大唐去西天取經的三藏法師，正好給您當下酒菜。」黃風怪說：「聽說唐僧手下有一個神通廣大的徒弟，名叫孫行者，這和尚先留著，等抓了他的徒弟再慢慢享用不遲。」

悟空和八戒舉起兵器盡力打向那老虎，卻震得手臂生疼。二人這才發現中了金蟬脫殼之計，回身去找師父，早已不見了唐僧身影，他們急得穿山越嶺，到處尋找。他們來到一處山崖邊，只見山崖下聳出一座洞府，陰森森的。悟空讓八戒找個地方藏好行李和白馬，暫時不要出來，自己拿著金箍棒來到洞前，只見那洞府門上寫著「黃風嶺黃風洞」。悟空站在洞門前罵道：「妖怪，趁早將我師父送出來，省得我掀了你的老窩，踏平你的洞府。」那黃風怪聽說過孫悟空的厲害，心裡有些害怕，虎先鋒主動請戰，帶著四五十個小妖怪出洞迎戰，不一會兒就被悟空打得狼狽而逃。虎先鋒往山谷裡逃，正好被藏在不遠處的八戒一耙打死。

那黃風怪沒有辦法，只好親自披掛上陣，來到洞口，只見孫悟空身材矮小、面黃肌瘦，頓時鬆了一口氣，大笑著說：「我以為孫悟空是怎樣一條打不倒的硬漢呢？原來是一個骷髏病鬼。」悟空也笑著說：「別看你外公我身形小，你要是敢往我頭上打上一下，立馬就能長三尺。」那妖怪不信，拿起鋼叉就朝悟空的頭打了過去，悟空的身體擺了兩下，果然長了三尺，那妖怪說：「你別在這裡耍把戲，有本事走過來，我們真刀真槍地比試比試。」說完，拿起鋼叉就往大聖胸口刺去。大聖不慌不忙，拿起金箍棒撥開那鋼叉，也照頭打過去。二人在那黃風洞口鬥了三十個回合，難分勝負。悟空拔下一把毫毛，變成百十個孫悟空，都是一個模樣，各拿一根鐵棒，把那妖怪圍在中間。那妖怪，也有本事，回頭對著地上吹了一口氣。忽然間，一陣狂風刮起，把那些毫毛變的小孫悟空刮得在空中亂轉。悟空獨自舉著棒子來打，那妖怪又對著悟空猛吹了一口黃風，悟空覺得眼睛刺痛難忍，只得敗下陣來。

八戒躲在不遠處的山坳裡，看見黃風大作，天地無光，不敢睜眼也不敢抬頭，正在想著不知道大師兄打贏那妖怪沒有，就聽到悟空的聲音，八戒連忙站起來，迎著悟空問：「猴哥，這風好大呀！那妖怪武藝如何？」悟空說：「跟我打個平手，只是這陣惡風，吹得我眼睛酸疼，不知道有沒有大夫能幫我治治眼睛。」八戒說：「猴哥呀，這荒山野嶺的，天色又晚，哪裡會有大夫！」

八戒把行李放在馬上，又扶悟空上了白馬，然後牽著馬循著山路下山。天色漸漸黑了下來，兩人正著急找住的地方，正走著就聽見前面傳來一陣狗叫聲。循著狗的叫聲找過去，看見一家農戶，八戒忙牽著馬上前敲門，開門的是一位六七十歲的老者。老者問：「你們是什麼人？」八戒說：「我們是東土大唐去往西天拜佛求經的和尚，天色已晚，想在您家借宿一晚。」老者說：「失禮，失禮，快請進吧。」老者還給了他們一些齋飯。悟空問：「請問附近有賣眼藥的嗎？」老者問：「你的眼睛怎麼了？」悟空把遇到黃風怪的事說了一遍，那老者聽了，大吃一驚，說：「那黃風怪的風最厲害，叫作『三昧神風』，颳風時天地昏暗，山崩石裂，要是普通人被那『三昧神風』刮到，肯定沒命了。看你只是迷了眼睛，肯定不是普通人。我們這裡沒有賣眼藥的，倒是我平常也有些遇風流淚的毛病，有人傳了我一個方子，叫作『三花九子膏』，能治一切眼病。長老不妨試試。」說完進屋拿來一個小罐子，給孫悟空的眼睛裡點了一些，囑咐他不要睜眼，安心睡覺，明早就好。

第二天一早，悟空醒來睜開眼睛，眼睛不疼了，而且感覺看得比平常更清楚，果然是好藥！轉身看看四周，哪還有什麼房屋，只有幾棵老槐樹，他們倆就睡在草地上，馬還拴在樹上，行李也在。八戒說：「這家人也真是，半夜搬家怎麼也不告訴我老豬一聲。」悟空笑著說：「呆子，不要亂講，看看那樹上貼的是什麼？」八戒撕下來一看，上面寫著四句話：「莊居非是俗人居，護法伽藍點化廬。妙藥與君醫眼痛，盡心降怪莫**躊躇**（ㄔㄡˊ ㄔㄨˊ）*。」悟空說：「那老者原來是護法伽藍，多虧他治好了俺老孫的眼睛。」悟空讓八戒在林子裡看好行李和白馬，自己再去黃風洞打探一下師父的消息。

悟空駕雲來到黃風洞洞口，只見大門緊閉，洞裡的妖怪還在睡覺呢。於是悟空搖身一變，變成一隻花腳蚊子，飛進了洞裡。那看門的小妖們正在睡覺，悟空飛到一個小妖的臉上叮了一口，那妖怪一下驚醒了，叫了聲：「媽呀，好大一隻蚊子呀！一口就叮了個大疙瘩。」睜開眼發現天已經亮了。洞裡的妖怪都陸續醒了，悟空一路飛到了後院，看到師父被綁在柱子上，正在流眼淚呢。悟空停在唐僧的光頭上，小聲說道：「師父！」唐僧聽出是悟空的聲音，卻不知道他在哪裡。悟空說：「師父，我在你頭上呢，你別著急，我一定會捉住妖怪，救你出去的。」

悟空又嚶嚶地飛到前面，看見那黃風怪正坐在上面，一個小妖**跌跌撞撞**†地上前稟報說：「大王，小的去巡山，一出門就撞見一個長嘴大耳朵的和尚坐在樹林裡，要不是我跑得快就要被他抓住了。可是沒看見那個毛臉和尚。」黃風怪說：「孫悟空不在，不是被風吹死了就是去搬救兵了。」眾妖怪聽了，心裡有些害怕，說：「大王，如果他去搬救兵了，找些什麼神兵神將來，我們怎麼辦？」黃風怪誇口說：「怕什麼？除了靈吉菩薩，誰能定得住我這黃風？」孫悟空躲在屋樑上，把這一切聽得清清楚楚，心裡暗笑一聲，抽身飛走，來到豬八戒身邊。

---

* 猶豫不決。

† 形容走路不穩。

二人正商量去哪裡找靈吉菩薩，路旁走過來一個老公公，悟空忙藏起金箍棒，上前詢問，老者用手指向南方說：「靈吉在正南邊，離這裡有兩千里路。那裡有座**小須彌山**＊。山中有個道場，就是菩薩講經的禪院了。」悟空回頭看路，那老公公卻化作一陣清風不見了。路旁留下一張柬帖，寫著：「上複齊天大聖聽：老人乃是李長庚。須彌山有飛龍杖，靈吉當年受佛兵。」原來這位老者就是太白金星，李長庚是他的名號。

悟空跳上筋斗雲，不一會兒就來到了須彌山。靈吉菩薩聽說了他的來意，說：「我奉了如來佛祖法令，在此地看管黃風怪。如來賜了我『定風丹』，一柄『飛龍寶杖』。當時我抓住那妖怪，饒了他的性命，放他歸山，囑咐他不許殺生造孽。不想他今天卻要加害你師父，是我的過錯呀。」隨即拿上飛龍寶杖，隨悟空來到了黃風山。靈吉菩薩對大聖說：「大聖，這妖怪怕我，我就在這雲層裡站著，你下去叫戰，讓他出來，我好施展法力。」悟空拿起金箍棒，不由分說地打門，竟把那門打破了，嘴裡還高聲叫著：「妖怪，快還我師父來！」那妖怪看悟空如此囂張，拿起自己的鋼叉就出來迎戰。鬥了沒幾個回合，那妖怪就想張口吹風，只見半空中，靈吉菩薩將飛龍寶杖丟下來，不知念了句什麼咒語，那寶杖變成一條八爪金龍，張開兩爪將妖怪一把抓住，提著頭將他撞向山崖邊，那妖怪現了原形，原來是一隻黃毛貂鼠。悟空上前舉棒就打，卻被靈吉菩薩攔住，說：「大聖，莫傷他性命，我還要帶他去見如來佛祖呢。他本是靈山腳下得道的老鼠，因為偷了琉璃盞裡的清油，怕金剛捉他，就逃到此處做了妖怪。如來看他罪不至死，特命我在此看管他，如今我要帶他去見如來，給他定罪。你快去救你的師父吧！」

＊古印度傳說中，人們所住的世界中心是一座大山，叫須彌山。

悟空謝過靈吉菩薩，回到樹林裡找到八戒，說了制服黃風怪的經過，二人高高興興來到洞內，把洞裡那一窩小妖精殺了個精光，去後院救出唐僧。唐僧聽說了被救的經過，感激不盡。師徒三人將洞裡的素食做齋飯吃了一些，上了大路繼續西行。

延伸小知識

伽藍

伽藍是僧伽藍摩的簡稱，漢語意思是「眾園」，就是僧眾居住的庭園，也是寺院的通稱。伽藍神是保佑寺廟的神。佛教說法裡有十八神保護伽藍，分別是美音菩薩、梵音菩薩、天鼓菩薩、廣目菩薩、妙眼菩薩等，他們統稱為伽藍聖眾菩薩。「十八伽藍」經常被供奉在寺廟中，用以保護進香的香客進出平安。伽藍原本是印度佛教里的神佛，後來慢慢傳入中國。

第十六回　流沙河收服沙僧

唐僧師徒三人過了黃風嶺，往西是一片平川。曆夏經秋，已經趕了多日的路。這天，師徒三人來到一條寬闊的大河前，濁浪翻湧，卻不見一艘船隻。唐僧驚呼道：「徒弟，這條河一眼望不到邊，又不見船，可怎麼過去呀？」悟空跳到空中手搭涼棚一瞧，也是心驚：「師父，這河足有八百里寬。俺老孫扭一下腰就過去了，師父你肉身凡胎，我們也沒法馱你過河，要想過河卻是難如登天。」三人正在發愁，掉轉馬頭準備另尋他路之時，發現岸邊立著一塊石碑，寫著「流沙河」三個大字，旁邊寫著四行小字：「八百流沙界，三千弱水深。鵝毛飄不起，蘆花定底沉。」

師徒們正在看碑文，突然聽得背後滾滾之聲，回頭一看，河面浪湧如山，波翻若嶺，從中鑽出一個相貌駭人的妖怪，一頭蓬鬆頭髮紅如火焰，藍靛（ㄉㄧㄢˋ）色的臉，脖子上掛著九個骷髏，手裡還拿著一柄寶杖。那妖怪像旋風一樣直奔唐僧而來。悟空慌忙抱起師父，飛登上不遠處的高岸，才得以脫身。八戒見妖怪來捉師父，放下擔子，拿起釘耙，朝妖怪打去。二人在流沙河岸大戰了二十多個回合，不分勝負。

悟空護著唐僧，看八戒與妖怪纏鬥多時也不見勝負，忍不住拿著金箍棒一個縱身跳到妖怪面前就是一棒。那妖怪冷不防地急忙轉身躲過，鑽入水裡去了。八戒氣得亂跳：「猴哥呀！誰讓你來的，再鬥上三五回合，那妖怪就被我擒住了。這下倒好，被你一嚇鑽進水裡不出來了。」悟空笑著說：「八戒，不瞞你說，自從降了黃風怪，俺老孫個把月沒有耍棍子了，見你和那妖怪戰得正酣，心裡發癢，所以忍不住動起手來，沒想到這妖怪這麼不經打。」二人只好回去找師父，唐僧見二人回來問道：「你們可曾捉住那妖怪？」悟空回答說：「那妖怪不經打，逃回水裡了。」唐僧說：「這妖怪住在河裡，一定熟悉水性，看來要過這流沙河是沒有希望了。」悟空說：「師父，你不要這麼悲觀，等我捉住妖怪讓他送你過河。」八戒附和說：「猴哥，我在這裡看護師父，你放心去捉那妖怪去吧。」悟空面露難色笑著說：「老孫雖然一身本事，但水裡的功夫比起賢弟你還是差了點。」豬八戒面露得意之色，說道：「老豬過去是天庭的天蓬元帥，掌管八萬水兵，對付那妖怪**綽綽有餘***，就怕那妖怪埋伏了七窩八代，人多勢眾，我要是打不過，被妖怪抓去了可怎麼辦？」悟空說：「你到水裡不要戀戰，將那妖怪引到岸上交給俺老孫就行。」八戒說：「那好，我可去了。」說完，脫了鞋子和青袍，拿著釘耙鑽入水裡。

那妖怪剛吃了敗仗，正坐在河底喘息，聽到有人入水，起身一看，原來是剛才交手的和尚。妖怪舉起寶杖就打，八戒舉起釘耙架住寶杖問：「你是哪裡來的妖怪，為什麼擋我們的路？」誰知那妖怪**出言不遜**†，惹惱了八戒，二人話不投機，從水底一直打到了水面。悟空看著二人在水上打鬥，他也不好出手。八戒突然虛晃一下，**佯裝**（ㄧㄤˊ ㄓㄨㄤ）**打敗，轉頭往岸上跑。那妖怪隨後追趕，就快到了岸邊。性急的悟空忍耐不住，拿著金箍棒就跳到河邊，朝妖怪劈頭就打。那妖怪見勢不妙，又鑽入河底。八戒眼瞅著妖怪又逃走了，嚷嚷道：「你這弼馬溫，就是猴急！等我再哄哄他引到岸邊你再打也不遲，這下不知要等到什麼時候妖怪才敢出來。」悟空也不耐煩地說：「你這呆子，不要吵了，我們先回去見師父吧。」

唐僧聽了二人說的交戰經過，也不知如何是好。悟空說：「師父別急，現在天色已晚，你和八戒在這裡等著，我去化些齋飯回來。」說完，駕著筋斗雲朝北飛去，不多久，悟空就帶著一缽素齋回來了。三人吃完齋飯，在岸上休息了一夜。第二天早上，悟空讓八戒再去水下引那妖怪，並保證自己再不性急了。八戒只得抖擻精神鑽入水裡。那妖怪剛剛睡醒，突然聽到水響，看見八戒拿起寶杖就打，八戒用釘耙擋住，說道：「你使的是個什麼破東西？」妖怪說：「你這廝好不識貨，我這杖可是件寶貝。你那破釘耙是用來鋤田幹活的吧？」兩人較起勁來，都使出了看家本領，又從水底打到了水面，直鬥得水浪翻滾，聲如霹靂，苦鬥了三十個回合還分不出勝負。八戒故技重施，拖著釘耙往岸上跑。這一次，妖怪沒有上當，腳踏波浪立在水上，八戒罵道：「妖怪！有本事你上岸，我們腳踏實地地打一仗。」妖怪罵道：「別想哄我，想引我上岸，那猴子肯定又來幫你。你下來，我們在水裡再打。」

妖怪正和八戒爭吵，悟空跳上半空，掄起金箍棒，來了一個餓鷹撲食。妖怪突然聽到頭頂風響，抬頭一看，竟是猴子，嚇得立刻鑽進了水底。八戒抱怨說：「我把吃奶的力氣都使盡了，也只是打了個平手。這下妖怪變得狡猾了，恐怕是引不出來了。」唐僧見兩個徒弟又沒有捉住妖怪，竟焦急地落下淚來，嘆道：「河這麼寬，又有妖怪攔路，恐怕是過不去了。」悟空忙安慰說：「師父不要煩惱。這妖怪躲在水底，我們拿他也沒辦法。老孫這就去南海一趟。」說完，跳上筋斗雲，朝南海飛去。

飛了有半個時辰，悟空來到普陀山。觀音菩薩正與捧珠龍女在寶蓮池賞花，悟空上前參拜，菩薩問他：「你不保唐僧取經，來我這裡有何事情？」悟空說：「菩薩，我們師徒三人一路西行，可憐我師父剛從黃風怪手裡死裡逃生，又在流沙河碰到一個妖怪。那妖怪武藝高強，攔著不讓我們過河，因此特來拜見

＊ 形容很寬裕，用不完。
† 指說話態度傲慢粗暴無禮，言語不客氣。
＊＊ 假裝。

菩薩，希望菩薩慈悲，幫我師父渡河。」菩薩回答說：「那流沙河的妖怪，原是天庭的捲簾大將，受我勸化，在那裡等你們師徒。如果你一開始就說你們是取經人，他早就歸順了。」悟空說：「可惜現在那妖怪躲在水裡不肯出來，這下可如何是好？」

菩薩將惠岸行者叫過來，又從袖子中取出一個紅葫蘆交給他，吩咐惠岸行者說：「你帶著這個葫蘆同大聖一起去流沙河，只要喊一聲『悟淨』，他自然會出來。他歸順了唐僧你再取下他脖子上九個骷髏穿在一處，將葫蘆放在當中，做成一隻船，渡唐僧師徒過河。」聽完菩薩吩咐，惠岸行者拿著紅葫蘆與大聖一道趕往流沙河。

豬八戒看惠岸行者來了，連忙引師父上前迎接。惠岸行者說：「這流沙河裡的妖怪原來是天庭的捲簾大將，受菩薩點化，在此等候取經之人。我現在就讓他出來。」惠岸行者拿著紅葫蘆跳到半空，來到流沙河面上，高聲喊道：「悟淨，取經人在此，你怎麼還不歸順！」那妖怪躲在水底，聽到「取經人」三字，忙跳出水來。看到是惠岸行者，那妖怪問道：「菩薩在什麼地方？」惠岸行者說：「菩薩差我來讓你拜唐僧為師，保護他西天取經。你把脖子上掛的骷髏交給我，我把它變作一隻船，好讓你師父渡河。」悟淨聽得有些糊塗，問道：「那取經人在哪兒？」惠岸行者指著東岸坐著的唐僧說：「那裡坐著的不就是嗎？」

悟淨看著八戒，說：「他與我鬥了兩日，沒有提到半點取經的事。」又看了一旁的悟空，說：「這人是他的幫手，好不厲害，西天我是不去了。」惠岸說：「那是豬八戒，這是孫行者。他們都是唐僧的徒弟，也都是受了菩薩的點化，不用害怕，我這就帶你去見唐僧。」悟淨聽了這話，收起自己的寶杖，整理一下衣服，跳上岸來，對著唐僧雙膝跪下，說道：「師父，弟子有眼無珠，不認得師父的尊容，多有衝撞，望師父恕罪。」唐僧問：「你可是誠心皈依佛門嗎？」悟淨說：「弟子蒙菩薩教化，以此河為姓，還給我起了法名，叫沙悟淨，哪還會不誠心皈依呢？」唐僧便叫悟空拿來戒刀，為他落了髮。悟淨剃了頭，又拜了唐僧，拜了孫悟空和八戒，分別稱他們為大師兄和二師兄。唐僧看他行禮的樣子真有些和尚的風度，於是又叫他沙和尚。惠岸行者拿來葫蘆，悟淨連忙取下脖子上的骷髏，按照菩薩的吩咐用繩子結成九宮，將葫蘆放在中間，果然就成了一個可以渡人過河的船。唐僧坐在上面，那船穩如輕舟，左右還有八戒和悟淨服侍，悟空牽著龍馬騰雲而過。不一會兒，師徒四人就過了河。惠岸行者收了葫蘆，只見那九個骷髏暫態化作九股陰風，消失不見了。唐僧謝了惠岸行者，又頂禮拜謝了菩薩，師徒四人結伴踏上西行之路。

西遊好奇問

你知道明代也有捲簾大將這一職位嗎？

沙僧曾是天庭的捲簾大將，在明代，確實設立過捲簾大將這一職位。能做捲簾大將的有兩種人，一種是軍功貴族，另一種是退休軍官。前者是隨太祖打天下的人，建國後也有職位，但是認為捲簾大將的職位更有榮譽感，所以選擇了捲簾大將這個職位。第二種是將軍到了退休的年齡了，做捲簾將軍，並不再帶兵。

白白老師的國學小教室

團隊中默默卻重要的角色

沙悟淨是取經團隊中最晚加入的成員，也是故事中容易被遺忘的一員。他不像孫悟空和豬八戒擁有更為高超的法術和能力，也不像孫悟空和豬八戒更為在意自己的需求，他僅僅是默默、靜靜地陪伴唐僧上路，所以在團隊中，好像沒有什麼存在感。

但沙悟淨在取經團隊中，其實占有很重要的意義，他厚道而溫和、沉靜而有禮，總能扮演調和眾人紛爭的角色，而且他不爭功，卻能默默付出，若取經路上少了他，孫悟空和豬八戒的糾紛會更難化開。

團體當中，不是每個人都能像孫悟空一樣擁有強大的能力，也不是每個人都像豬八戒在意自己的慾望或表現。沙悟淨默默付出，做好自己該做的事，帶給眾人牢牢的安全感，就是他最大的貢獻。

第十七回 四聖顯化試禪心

師徒四人一路西行，踏遍青山綠水，轉眼就到了深秋時節。這天天色暗了下來，唐僧問道：「徒弟們，如今天色已晚，我們要往哪裡歇息呢？」悟空道：「師父，你這話就說錯了。出家人風餐露宿，臥月眠霜，隨處是家。你不是多此一問嗎？」八戒說：「猴哥呀，你走路輕省*，哪裡管別人累贅†。自從過了流沙河，我老豬挑著重擔爬山越嶺，老受罪了。尋一個人家，吃頓飽飯，養養精神，師父說得在理。」悟空說：「呆子，抱怨就不要出家，既然做了和尚，就要經得起吃苦受難。」八戒不服氣，說：「這麼多的行李，老豬每天擔著，偏你做了師父的徒弟，拿我做長工。」唐僧三人聽八戒這話哈哈大笑，悟空笑道：「老孫只管師父安全，你與沙僧專管行李、馬匹。你要是偷懶，看老孫怎麼收拾你。」

八戒不敢再抱怨，看了看師父騎的白馬，說：「這馬高大肥壯，只馱了師父一個人，不如讓馬馱上幾件行李吧，也好減輕老豬的負擔。」悟空說：「這馬可不是一般的馬，他原本是西海龍王敖閏的三太子，只因觸犯天條，犯了死罪，多虧觀音菩薩救了他的性命，讓他在鷹愁澗等候師父，後變成一匹白馬馱師父西天取經。各人有自己的職責，你這呆子不要打他的主意。」沙僧聽了問道：「大師兄，白馬真是條龍嗎？」悟空說：「的確是龍。」八戒說：「我聽古人說，龍能噴雲吐霧，有翻江倒海的神通。怎麼龍馬走得這麼慢？」悟空說：「你要他走快也不難。」說完，大聖舉起金箍棒，那白馬看了以為要打他，忙撒開四蹄奔跑如電。唐僧勒緊韁繩也沒有用，直到他筋疲力盡**，馬才停下來。唐僧抬頭一看，遠處松蔭簇擁處露出幾間高大的房舍。

唐僧在馬上看了一會兒遠處的莊院，悟空他們才跟了上來。唐僧指著前方說：「你們看前方有一座莊院，我們正好去借宿一晚。」悟空抬頭觀看，見那莊院上空慶雲籠罩，心知是佛仙變出來的，卻不敢洩露天機，說：「好！好！好！我們去借宿一晚。」師徒四人來到莊院門前，唐僧下馬，定睛一看，只見門樓雕樑畫棟，氣勢非凡。八戒牽著馬笑著說：「看屋舍，這就是個富貴人家。」悟空準備進門，唐僧忙止住說：「不可，我們是出家人，不能擅闖民宅。我們等人出來，向人借宿才行。」師徒四人在門外等了一會兒，悟空性急，跳起身，趁唐僧不注意推開門往莊院裡偷看，只見正面有三間大廳，正要仔細看時，就聽有腳步聲。

一個半老不老的婦人走了出來，嬌聲問道：「是什麼人，擅闖我這寡婦的門？」悟空慌忙回答說：「小僧是東土大唐而來去往西天拜佛求經的和尚。我們一行四人，路過寶方，天色已晚，想向老菩薩借宿一晚。」婦人笑著說：「長老，其他三人在哪裡呢？快請他們進來吧。」八戒牽著馬，師徒四人進了莊院。八戒偷看婦人，只見她穿著華麗，氣質高貴。老婦人與師徒四人一一見過禮，屏風後面走出個女童，托著黃金盤、白玉盞，熱茶飄出芬芳的茶香，水果散發出誘人的果香。唐僧問道：「老菩薩，請問貴姓？此地是什麼地方？」婦人說：「這裡乃是西牛賀洲地界。我姓賈，夫家姓莫。有家資萬貫，良田千頃。前年丈夫不幸去世。我膝下無兒，只有三個女兒。我們母女四人想要招夫，你們四位倒是正好，不知長老意下如何？」

---

* 輕鬆，不費力。
† 負擔重。
** 形容非常疲勞，一點力氣也沒有了。

唐僧聽婦人如此說，裝聾作啞，閉上眼睛，不去回答。婦人又說：「我今年四十五歲。大女兒真真，今年二十歲；二女兒愛愛，今年十八歲；小女兒憐憐，今年十六歲。三人都不曾許配人家。她們都曾讀書識字，會些吟詩作對，想必配得上幾位長老。你們若是願意留下，豈不比去西天拜佛求經強？」唐僧仍然是默不作聲，一旁的八戒早已聽得心動，坐在椅子上，卻是心癢難撓，忍不住走上前扯了一下唐僧的衣袖，說：「師父，這家主人跟你說話，你怎麼裝聽不見呢，好歹，你給個話。」唐僧抬起頭，喝了一聲：「你這孽畜，我們是出家之人，豈能因富貴動心，貪戀美色，這成何體統！」

那婦人笑著說：「可憐，可憐。出家人有什麼好處？」唐僧說：「女菩薩，你在家享榮華富貴，有吃，有穿，兒女團圓，當然是好。但你不知出家人修行圓滿，而不被這身臭皮囊所累的好處。」婦人聽了唐僧的話大怒，說：「你這和尚如此無禮！我要不是看你從東土大唐那麼遠的地方來，早把你們轟出去了。我真心實意，想招你們為婿，你倒反用言語傷我。」唐僧見婦人發怒，支支吾吾，說：「悟空，要不你留在這裡？」悟空說：「我還得保護您西天取經，讓八戒留在這裡吧。」八戒說：「猴哥，你不要害我老豬。我們還是從長計議吧。」唐僧說：「你們兩個不肯，就讓悟淨留在這裡吧。」沙僧說：「師父，弟子蒙菩薩勸化，受了戒行，等候師父；自從師父收了我，又承師父教誨，寧死也要保護師父西天取經，絕不半途而廢*。」婦人見他們推辭，急忙轉身進入屏風後面，砰的一聲把腰門關上。師徒四人被撇(ㄆㄧㄝ)在外面，茶飯無人管，也沒有人出來搭理他們。八戒心裡有些後悔，埋怨道：「師父太不會辦事，把話說死了，你好歹先答應，哄她們讓我們先吃了齋飯，睡上一晚再說。這下可好，我們今晚得餓著肚子過一夜了。」沙僧說：「二師兄，要不你就留在她家做個女婿吧？」八戒扭捏地說：「咱們再商量商量。」悟空說：「還商量什麼？你要是肯，便讓師父與那婦人做個親家，你做個倒插門的女婿，這是兩全其美的好事呀。」八戒說：「那老豬不是才脫了俗又要還俗，才休了妻又要娶妻？」悟空笑著說：「呆子，你就在這家做個上門女婿吧，多給我們拜拜，在佛祖面前，我們不檢舉你就是。」八戒佯裝生氣，說：「胡說！胡說！你們都想留下，卻要俺老豬一個人出醜。如今茶水不見面，燈火無人管，我們熬一夜也就罷了，那馬明天還要馱人，你們在這裡坐著，等老豬去放馬。」說完，八戒就急忙牽著馬，走遠了去放馬。

悟空見八戒行色匆匆，便對悟淨說：「師弟，你陪師父在這裡坐一會兒，老孫跟去找八戒，看他去哪裡放馬。」說完，悟空變成一個紅蜻蜓，飛出莊院大門，朝八戒飛去。八戒拉著馬，也不放馬，吆喝著馬繞到了莊院的後門。老婦人正和三個女兒在後門外賞菊。她們看見八戒過來，三個女兒連忙躲進院子裡。那婦人問八戒：「小長老到哪裡去？」八戒忙丟下繩子，上前行了個禮，喊道：「娘！我是來放馬的。」那婦人餘氣未消，埋怨說：「你師父真不知好歹，在我家做個上門女婿難道不比他西天取經強嗎？」八戒賠笑道：「我師父是奉了大唐皇帝的旨意，不敢違抗君命。師父和師兄們不肯留下，我老豬也左右為難，只怕娘嫌我嘴長耳大。」那婦人說：「我不嫌棄，只怕我女兒嫌醜。」八戒一聽，忙解釋說：「娘，你告訴姐姐們，不要以貌取人。想我師父人才雖俊，其實不中用。我老豬樣貌雖醜，可是我力氣大，能幹活，還能呼風喚雨，家裡的大事小事，我樣樣手到擒來。」那婦人笑道：「既然這樣，你再去跟你師父商量商量，他要是同意，我就招了你做我的女婿。」八戒急忙說：「不用商量，他又不是我的親生父母，這門親我自己做主。」那婦人說：「也好，等我與女兒們說說。」說完就閃身進去了。

＊ 做事情沒有完成而終止。
† 丟開，拋棄，此處意為離開。

八戒又拉著馬往回走。悟空早已飛了回去，把剛才的事跟唐僧說了一遍，唐僧半信半疑。一會兒，八戒就拉著馬回來了。唐僧問：「你放馬怎麼這麼快就回來了？」八戒說：「沒什麼好草，沒地方放馬。」悟空笑著說：「沒處放馬，可有地方說媒嗎？」八戒心知剛才的事一定走漏了消息，低著頭，扭扭捏捏不再說話。這時，呀的一聲，大門開了，那婦人領著三個女兒走了出來，向師徒四人行禮。三個女兒個個窈窕動人，國色天香，猶如天仙下凡。唐僧連忙合掌低頭，大聖佯裝沒看見，沙和尚則轉過身去，只有八戒目不轉睛，意亂情迷，扭扭捏捏地低聲說道：「有勞姐姐們下凡，娘，快請姐姐們回去吧。」三個女兒走到屏風後面，出去了。那婦人問：「四位長老，你們剛才也看了我的女兒，誰願意留下來做我的上門女婿呀？」沙和尚說：「我們商量好了，就讓那個姓豬的留下。」八戒假模假樣地推辭說：「師弟，你不要陷害老豬，我們再從長計議。」悟空笑道：「還商量什麼，你剛才在後門不是已經把娘都認了嗎？就讓老孫做個保親，沙師弟做個媒人，我看今天就是個良辰吉日，你就做她們家的女婿吧。」八戒還假裝推辭，悟空上來一隻手揪著八戒的耳朵，一手拉著婦人的手說：「親家母，快帶你家的女婿進去吧。」那婦人拉著八戒就往裡走，並吩咐下人準備齋飯，招待唐僧師徒，又吩咐下人準備明早會親的宴席。

八戒跟著丈母娘，走進屋裡，一路磕磕撞撞，也不知道經過了多少間房，拐彎抹角，走了好一會兒，才來到內堂屋裡。那婦人說：「好女婿，這匆匆忙忙也沒有來得及布置，舉行個像樣的婚禮，這樣吧，你就給我磕幾個頭吧。」八戒忙說：「娘，您上座，等我給您磕頭，就當拜堂謝親了。」八戒說完就給婦人磕起頭來，等磕完頭問道：「娘，您準備把哪個姐姐許配給我呢？」婦人臉露為難之色，說道：「這正是我為難的地方，我把大女兒許配給你，就怕二女兒怪我；把二女兒許配給你，又怕小女兒怪我；把小女兒許配給你，又怕大女兒怪我。」八戒聽了，笑著說：「娘，既然這樣，您就把三個姐姐都許配給我吧，省得她們吵吵鬧鬧，傷了和氣。」婦人罵道：「豈有此理，你一個人想占我三個女兒不成！」想想又說：「這樣吧，我這裡有一塊手帕，你頂在頭上遮住臉，撞個天婚。我讓三個女兒從你的面前走過，你抓住哪個就把哪個許配給你。」八戒滿口答應，接過手帕就頂在頭上。婦人喊了聲：「真真、愛愛、憐憐，你們出來吧。」八戒只聽見環佩響亮，香氣撲鼻，有人不停地在自己面前走來走去。八戒亂抓亂撲，卻怎麼也撞不著。不是抱到柱子，就是撲到牆壁，頭都跑暈了，連人都沒碰著，卻摔得鼻青臉腫。八戒累得坐在地上，氣喘吁吁地說：「娘啊，三個姐姐乖滑*得很，我一個也抓不到，這可怎麼辦？」

那婦人揭了八戒頭上的手帕說：「女婿呀，不是我的女兒乖滑，她們互相謙讓，不肯招你。」八戒急了，說道：「娘啊，既然姐姐們不肯招我，您招了我吧？」那婦人一聽，甩手說：「真是好女婿，這麼沒大沒小，連丈母娘都要了！我三個女兒心靈手巧，每人織有一個珍珠嵌錦汗衫。你穿得上誰的，就把誰許配給你。」八戒一聽又來了精神，急忙說：「好！好！把三件都拿給我穿，如果都穿得上，就把三個姐姐都許配給我吧。」那婦人去房裡先取出一件，遞給八戒。八戒脫下青錦布直裰，把珍珠嵌錦汗衫換上，還沒來得及繫帶子，就一下摔倒在地。原來他是被幾條繩索緊緊綁住動彈不得。八戒疼痛難忍，在那裡大呼救命。此時，那老婦人和三個女兒早已不見了蹤影。

第二天天已經放亮，唐僧、悟空和沙僧三人正好睡醒。三人一看，莊院早已消失不見，幾個人正身處在一片松柏林中。唐僧慌忙喊悟空的名字，沙僧說：「大師兄，我們莫不是遇到鬼了？」悟空倒不驚慌，笑著答應道：「師父，您有何吩咐？」唐僧問：「悟空，我們怎麼會睡在這裡呢？」悟空回答說：「在這

＊敏銳。

松柏林裡睡了一夜也算快活，不知八戒在哪裡受罪呢。」唐僧問：「為什麼說八戒在受罪呢？」悟空笑道：「那婦人和她的三個女兒，不知是哪裡的菩薩變的，想是半夜去了，讓八戒一個人受罪。」三人環視一周，發現身後古柏上掛著一張柬帖，上面寫著：「黎山老母不思凡，南海菩薩請下山。普賢文殊皆是客，化成美女在林間。聖僧有德還無俗，八戒無禪更有凡。從此靜心須改過，若生怠慢路途難！」原來，那四個女子是黎山老母、觀音菩薩、普賢菩薩和文殊菩薩變的，想要試探一下師徒四人取經的決心。

三人正看著，忽然聽到樹林深處有人高喊：「師父哇，勒死我了，快救救我吧，下次我再也不敢了。」唐僧問：「悟空，那叫喊的是悟能嗎？」悟空說：「就是他，咱們走吧，別理他。」唐僧勸道：「八戒雖然心性愚頑，但只是一味蒙直，倒有把子力氣，看在觀音菩薩的面上，我們還是救救他吧，我想他下次也不敢再犯了。」於是師徒三人循聲而去，只見八戒被綁著掛在一棵大樹上。悟空上前笑著說：「好女婿呀！天都已經大亮，怎麼還不給你丈母娘請安？你家娘子呢？」八戒自知羞愧，咬牙忍著疼，不敢再喊。沙僧不忍心，放下行李，上前解開繩索把八戒救下來。八戒對著他們不停地磕頭，羞愧難當。悟空把那柬帖遞給八戒，八戒一看，更加慚愧，連忙說：「老豬以後再也不敢了，就是累斷骨頭，也要隨師父西去取經。」說罷，師徒四人繼續西行。

趣味小講堂

「倒插門」的來歷

人們把上門女婿俗稱為「倒插門」，這是舊時一種很普遍的社會現象。在舊時，男方「倒插門」到女方，要到女方家定居，改姓女方家姓氏，成為女方家的「兒子」，繼承女方家門第，生的孩子也隨女方家姓氏。那麼上門女婿為何稱為「倒插門」的男子呢？

原來古代的門旁邊都有個插門的門，是鎖門用的，從裡面打開。如果做門的師傅技術太差，把這個門門做反了，就會倒過來了，則是外面的人來開。如果木匠把門做成這樣就會遭到恥笑，是一件很丟人的事情。在過去，男方入贅到女方家也是件很丟人的事情，是常被人恥笑的，所以就用「倒插門」來隱喻。

現在則不同了，只要能夠做到孝敬雙方父母，相敬如賓，是「倒插門」還是「正插門」，都無所謂。

第十八回　五莊觀偷吃人參果

師徒四人趕路，走了幾天遇到一座高山。眾人一看，這山氣象非凡，宛如蓬萊仙島。唐僧以為到了這裡已經離西天不遠了。悟空說：「師父，這裡離西天還遠著呢。」沙僧說：「大師兄，這裡雖然不是雷音寺，但勝似仙境，一定住著一位大仙。」悟空笑著說：「不知道這叫什麼山，山上住著哪位神仙。我們快趕路，過去瞧瞧吧。」

原來這座山名叫萬壽山，山中有一座五莊觀。五莊觀裡的確住著一位神仙，道號鎮元子。那五莊觀裡還有一樣寶貝，乃是開天闢地時產生的一根靈根，又名「草還丹」「人參果」。三千年一開花，三千年一結果，再三千年才能成熟，最短的也要一萬年才能吃。這一萬年中也只結三十個果子，果子長得如剛出生的嬰孩，四肢五官俱全。凡人有緣聞一聞這人參果，就能活三百六十歲；吃上一個果子，能活四萬七千年。這一天，鎮元大仙接到元始天尊的請帖，邀他到上清天上彌羅宮中聽講「混元道果」。鎮元大仙帶著四十六個徒弟去上界聽講去了，只留下清風、明月兩個小童看家，臨走時囑咐他們說：「過幾日有個和尚路過，他是我的故人，你們要好好招待他，園中的果子可以打下兩個給他吃，切莫讓他手下人知道。」童子聽了，就問：「我們是道家，怎麼與那和尚相識？」鎮元大仙說：「那和尚是西方如來二徒弟金蟬子轉世。五百年前我與他在『蘭盆會』相識，他曾親自給我奉茶，他對我如此恭敬，我因此視他為故人。」說完，就上天去了。

唐僧師徒四人來到五莊觀，見山門左邊有一塊石碑，上面寫著「萬壽山福地，五莊觀洞天」。四人進了大門，只見二門上有一副對聯：「長生不老神仙府，與天同壽道人家。」悟空看了笑道：「這道士口氣不小，我老孫五百年前大鬧天宮時，在太上老君府也沒看到這樣的東西。」這時，清風、明月從二門裡急急忙忙走了出來，問明是唐僧師徒，就把四人請了進去。

唐僧師徒被引進大殿，只見正中間的牆上掛著「天地」二字。唐僧禮拜後問道：「你們五莊觀是西方仙界，為何不供養三清*、四帝、羅天諸宰，只供奉『天地』二字？」童子笑著說：「在天地上頭的還能受得起供奉，這下麵的還受不起我們的香火呢。三清是家師的朋友，四帝是家師的故人，九曜是家師的晚輩，元辰是家師的下賓。」悟空聽了大笑：「別人只說俺老孫會搗鬼，原來這道童也敢如此胡扯。」唐僧說：「你家師父呢？」童子說：「家師受元始天尊邀請，去上清天彌羅宮聽講混元道果去了，不在家。」唐僧見觀主不在，就吩咐了悟空去放馬，沙和尚守著行李，八戒取了米糧借灶做飯。

清風、明月告別唐僧，拿著金擊子，悄悄到人參園打了兩個人參果，趁悟空三人不在，讓唐僧吃了解渴。唐僧一看，說：「善哉！善哉！今年是個豐收年，怎麼你們觀裡還吃人呢？」明月說：「聖僧，這叫人參果，不是人，快吃一個解解渴吧。」唐僧連連擺手：「胡說！胡說！這明明是剛出生不滿三日的嬰孩，怎麼拿來當果子呢？」清風說：「這是樹上結的。」唐僧說：「樹上怎麼會結出人來？拿走！拿走！」兩個仙童百般勸說，唐僧就是不肯吃，於是他們拿回房裡分著吃了，一邊吃一邊笑唐僧不認得人參果是寶貝。

＊道教的三位至高神，指道教所尊的玉清、上清、太清，即玉清聖境無上開化首登盤古元始天尊、上清真境太衛玉晨道君靈寶天尊、太清境三教宗師混元皇帝太上老君道德天尊。

房間的隔壁是廚房，八戒在廚房做飯，聽到什麼人參果，饞得直流口水。又聽他們說什麼金擊子，拿丹盤，八戒就記在心裡，等悟空遛馬回來，他一把把悟空拉過來，說：「猴哥，你知道這觀裡有一件寶貝嗎？」悟空說：「什麼寶貝？」八戒神神祕祕地說：「這寶貝，說給你，你不曾見過，拿給你，你也不認得。」悟空說：「俺老孫五百年前尋訪仙道時，也曾雲遊四海，什麼寶貝沒見過？」八戒說：「猴哥，人參果你見過嗎？」悟空聽了也是一驚，說：「這個真不曾見過，只聽人說，人參果也叫草還丹，人吃了能夠延年益壽。這果子哪裡有？」八戒說：「他這觀裡就有，那兩個童子拿了兩個給師父吃，師父不認識不敢吃。那兩個童子不給咱們吃，倒自己偷吃了。猴哥，你去摘兩個吧，我們也嘗嘗。」

悟空毫不猶豫就答應了，正準備動身，八戒攔住說：「猴哥，我聽說要拿什麼金擊子去打人參果才行。」於是悟空使了個隱身法，趁隔壁的道童不在，溜進去偷了金擊子，朝後院去了。悟空走到人參園一看，只見正中間有棵參天大樹，枝葉繁茂，樹根處足有七八丈粗，向南的枝葉上，露出一個人參果，真像小孩一樣，手腳亂動，點頭晃腦。悟空看得喜滋滋的，不禁讚嘆說：「果然罕見，真是好東西呀！」悟空嗖的一下爬上樹，用金擊子敲下一個人參果，那果子掉到地上就不見了，他跳下樹怎麼也找不到。

悟空念口訣叫出土地神，質問道：「你不知俺老孫是天下有名的賊頭？我當年偷蟠桃、盜御酒、竊仙丹，也不曾有人敢與我分享，怎麼今日偷一個果子，你就偷了去？」土地神連忙解釋說：「大聖錯怪小神了，我怎麼敢偷這人參果呀？我就是想聞一聞也沒有這個福氣呀。大聖有所不知，這果子與五行相克，遇金而落，遇木而枯，遇水而化，遇火而焦，遇土而入。打果子時必須用金器，盤子上要用絲帕墊著才能放，吃的時候要用瓷器，清水化開才能吃。」大聖聽說人參果還有這般講究，知道錯怪了土地神，就放他回去了。這回他上樹打果子一手拿金擊子，一手用衣服接著，一下打了三個。

回到廚房，悟空讓八戒叫來沙僧，兄弟三人一人一個。八戒早就饞得流口水，把人參果一口囫圇吞下，看著悟空和沙僧還在細嚼慢嚥，說：「猴哥，老豬剛才吃得急了，也沒嘗出這果子什麼滋味，有核沒核。好哥哥，你好人做到底，再去弄幾個來，老豬我也像你們一樣細嚼慢嚥。」悟空說：「這東西可不比那米麵讓你吃個飽，能吃一個已經是造化了，你還不知足。」說完，不再理他，隔著窗戶把金擊子又丟回道童房裡。

兩個道童回到房間準備取茶給唐僧，聽到八戒在嚷嚷什麼人參果吃得不快活，要能再吃一個就好了，心裡一驚，再低頭一看，金擊子掉在地上。二人連忙來到人參果園查看，只見園門大開，數了好幾遍，樹上的果子確實少了。明月說：「師父開園，眾人分吃了兩個，剛才打了兩個給唐僧吃，還有二十六個，怎麼只剩下二十二個了？少了四個！肯定是唐僧的徒弟偷吃了。」兩個道童來到唐僧面前質問，唐僧感到莫名其妙，說道：「貧僧見那果子就害怕，絕不會偷吃。你們別急，我再問問我的徒弟，如果是他們吃了，教他們給你們賠禮就是了。」說完，叫悟空三人過來。

師父問話，悟空不敢隱瞞，承認偷了三個，兩個道童非說少了四個，又在那裡不依不饒地謾罵起來。他們越罵越凶，悟空恨得咬牙切齒，於是拔根毫毛變出個假行者，繼續在那裡挨罵，真行者拿著金箍棒來到人參果園，幾棒下去，人參果樹就被連根打倒了。兩個道童罵了半天，唐僧師徒也不吭聲，他二人恐怕錯怪了唐僧師徒，又去園中查看。一推開門，二人嚇得魂飛魄散，跌坐在地上。明月說：「我們想個辦法先捉住他們，等師父回來再說吧。」於是二人強打起精神，來到唐僧跟前，趁師徒四人在房裡用齋，悄悄把門鎖上。在門外罵道：「你們幾個禿賊，偷吃仙果，還推倒仙樹，等我師父回來懲治你們吧。」

唐僧生氣地說：「你這猴子，總是闖禍。你偷吃人家果子，被人家罵幾句也就算了，怎麼還推倒人家的果樹。這下連累我們，被鎖在這裡如何是好？」悟空說：「師父，等到那道童睡著了，我們連夜上路。」等到半夜，悟空使了個解鎖法，師徒四人牽馬挑擔偷偷出了五莊觀。悟空臨走時去道童房裡放了兩隻瞌睡蟲，能讓他們睡上一個月。於是師徒四人馬不停蹄，連夜趕路，一直走到天亮。唐僧走了一夜，實在太累，於是四人在樹林中休息，準備養養精神再走。

鎮元大仙開完會帶著眾徒弟回到觀中，看到觀門大開，進入觀中也不見清風、明月，來到他們房間，只見他們酣睡不醒，知道是有人做了手腳，連忙念咒語解了他們的瞌睡。兩個道童醒來看見師父，把事情原原本本說了一遍。鎮元大仙一聽，怒不可遏，帶那兩個童子去追唐僧。唐僧師徒雖然連夜趕路，也只走了一百多里路，兩個道童認出正在樹林裡休息的唐僧師徒。於是鎮元子變作一個道士來到樹下，行禮說：「長老是從哪裡來的，可曾路過萬壽山五莊觀？」唐僧吞吞吐吐，悟空連忙回答說：「不曾經過，我們一直在趕路，不曾看見什麼道觀。」鎮元大仙指著悟空罵道：「你這個潑猴，你推倒我的人參果樹，還敢抵賴，快還我人參果樹。」說完，跳到半空，將袍袖迎風展開，使出一招「**袖裡乾坤***」，把唐僧四人連同白龍馬和行李一起裝進了袖子裡。

回到觀裡，鎮元大仙讓人把唐僧四人綁在殿前的柱子上，又吩咐弟子拿來龍皮做的七星鞭，準備打唐僧為人參果樹出氣。悟空說：「偷果子的是我，吃果子的是我，推倒果樹的也是我，怎麼不先打我，倒打我師父？」鎮元大仙笑道：「這潑猴說得也有道理，那就先打他吧。」悟空變出兩條鐵腿，任道童拿著皮鞭抽打。打了三十下，鎮元大仙又說：「還該打唐僧，他訓教不嚴，放縱徒弟作惡。」悟空忙說：「我師父並不知道我們偷果子的事，就算有訓教不嚴之罪，我這當徒弟的也該替打，還是打我吧。」鎮元大仙說：「這潑猴雖然頑劣，卻還懂孝道，那還打他吧。」那道童又打了悟空三十鞭。這時，天已經快黑了，鎮元大仙吩咐收鞭，明天再打。

夜深人靜時分，悟空身子變小解了綁，然後幫其他人也解了繩索，又讓八戒砍了四棵柳樹，變成他們四人模樣，還用繩子綁在原地。師徒四人連夜逃出五莊觀。這一夜又是馬不停蹄，一直走到天亮。鎮元大仙起床吃了齋飯，吩咐徒弟拿來七星鞭，說：「今天該打唐三藏了。」道童掄著鞭子，對唐僧說：「今天輪到你了。」那柳樹變的唐僧也能說話，說：「打吧。」道童乒乒乒乓，打了三十鞭，又打了八戒、沙僧各三十鞭。打到悟空時，那四人突然變成了四棵柳樹，道童嚇得丟了七星鞭，回去稟報。鎮元大仙知道這是悟空使的法術，跳到空中，往西一望，果然看到唐僧四人正在趕路。他又使了一招「袖裡乾坤」，把他們四人連同馬匹行李一起帶回觀中，教人把大鍋抬出來，架上乾柴，燒出烈火。鎮元大仙說：「熬上一鍋油，燒滾了，先把這猴子下鍋炸一炸，為我人參果樹報仇。」悟空一聽，也不著急，四處查看，找到一頭石獅子，於是滾了過去，將石獅子變成自己的模樣，真身跳到空中，往下看熱鬧。

二十個道童才抬得起那石獅子變的孫悟空，往那鍋裡一扔，砰的一聲濺起好多油點，那些道童臉上都被燙了好幾個大泡。鍋底也砸破了。鎮元大仙大怒，吩咐弟子換口新鍋，要炸唐僧。悟空一聽，連忙現了真身，鎮元大仙一把抓住他，狠狠地說：「我知道你的本事，不過就算見了如來佛祖，也要還我人參果樹。」悟空笑著說：「你這人好小家子氣，原來只是要樹活，這有何難？」鎮元大仙說：「你要是能醫活我的果樹，我與你八拜為交，結為兄弟。」悟空說：「那好，你先放了我師父，好好伺候，俺老孫保管救活你的果樹。」於是鎮元大仙吩咐弟子解了唐僧等三人的綁，說：「我給你三天時間，過了三天你還不回來救活

＊乾指天，坤指地。

果樹，不要怪我拿你們師徒給我那人參果樹償命。」悟空點頭答應，告別了唐僧，朝東邊飛去。

悟空先去了蓬萊仙境，找了福、祿、壽三位神仙，沒有找到救樹的方法。於是又駕著筋斗雲去了方丈仙山找東華帝君，帝君也是**束手無策**＊。悟空最後沒辦法，只好來到南海找觀音菩薩。悟空見了觀音菩薩說：「弟子不識鎮元大仙，推倒了他的人參果樹，如今我師父被困在五莊觀裡了。」菩薩生氣地說：「你這潑猴，那鎮元子是地仙之祖，我都要讓他三分，那人參果樹更是他五莊觀裡的寶貝，你怎麼闖下這樣的大禍？也罷，我這玉淨瓶裡的甘露，能救活仙樹靈苗。我就跟你走一趟吧。」

菩薩手托玉淨瓶，隨悟空來到五莊觀。菩薩讓悟空把手伸開，用楊柳枝蘸出玉淨瓶中的甘露，在悟空手心裡畫了一道起死回生的符字，叫他放在樹根下。不一會兒，樹根下湧出一汪清泉。菩薩說：「那水不許犯五行，要用玉瓢舀出，把樹扶起來，從頭澆下。」悟空按照菩薩說的做，人參果樹果然又枝繁葉茂，不見的二十三個人參果，又長在了樹上。鎮元大仙看見人參果樹起死回生，十分高興，立刻命道童打下幾個，請菩薩、唐僧享用。唐僧吃了人參果，神清氣爽，體魄強健，好像脫胎換骨似的。等菩薩走了，鎮元子又吩咐弟子安排酒蔬，與悟空結為兄弟，真是不打不相識。

＊形容一點辦法也沒有。

趣味小講堂

人參果名字的由來

現實生活中的人參果並不是《西遊記》裡面憨態可掬的娃娃模樣，那不過是種植戶在果實生長時給它套了個模具，使其成長變形所致，而且那也不是真正的人參果，多為香瓜、梨之類的水果。真正的人參果原名為香瓜茄，學名為南美香瓜茄，原產南美洲，屬茄科類多年生雙子葉草本植物。果實成熟時果皮呈金黃色，有點像人的膚色；外形似人的心臟；有低醣、高蛋白和富含多種維生素、氨基酸以及微量元素的特點，具有較高的營養價值，故而得名人參果。

第十九回　大聖三打白骨精

鎮元子和悟空結了兄弟，頗為情投意合，唐僧等人一連住了五六日才繼續西行。這天，他們又路過一座高山。走到山中，唐僧感到又累又餓，可是此處前不著村後不著店，無處化齋。悟空跳到空中手搭涼棚，四處查看，只見四周荒無人煙。正發愁之際，看見正南方一座高山上有一片紅色。悟空大喜，飛了過去一瞧，果然有幾棵桃樹上結滿了熟透的桃子。

常言道：「山高必有怪，嶺峻卻生精。」確實，這山上果然有一個妖精，大聖騰雲去的時候，驚動了這個妖精。她踏著陰風站在雲端觀察，看見唐僧坐在地上，不禁大喜過望，說道：「造化！造化！聽說吃唐僧一塊肉能長生不老，今天竟讓我碰上了，真是福氣到了！」說完就想過去抓他。可再仔細一看，他身邊還有兩員大將，那妖精怕打鬥驚動了大聖，於是來到山坳裡搖身一變，變成個花容月貌的女子，左手提著一個青砂罐，右手提著一個綠瓷瓶，徑直朝唐僧而來。唐僧看這荒山野嶺突然走出一個人，忙讓八戒、沙僧去查看。

八戒拿上釘耙，搖搖擺擺跑近一看，竟是個女菩薩。分明是妖精盡在眼前，他也不認得。八戒問道：「女菩薩，你這是要去哪兒？你這手裡拎的是什麼呀？」那女子連聲答應說：「長老，我這青砂罐裡是香米飯，綠瓷瓶裡是炒麵筋，準備還願齋僧用的。」八戒一聽，樂顛樂顛地告訴唐僧。那女妖怪跟著八戒走了過來。唐僧問道：「女菩薩，你家在什麼地方，家裡有什麼人嗎？」女妖怪說：「師父，此山叫白虎嶺，正西面就是我家。父母念經好善，不久前招了個上門女婿，他正在北山坳裡鋤田。本來是要送飯給他，遇見你們，這飯就給你們吃吧。」唐僧說：「善哉！善哉！我那徒弟摘果子去了，一會兒就回來。女施主還是送給你丈夫吧。」八戒盯著這些齋飯，肚子更是餓得咕咕叫了，見師父推辭，他也顧不得面子，一把搶來罐子，就要動口。

大聖正好摘桃回來，他火眼金睛，一眼認出那女子是個妖精，放下桃子，拿起金箍棒劈頭就打，唐僧連忙拉住他。悟空說：「師父，她是個妖精，我要是來遲一步，你早就遭她毒手了。」說完，一棒就把妖怪打死了。那妖精使了解屍法，化作一陣青煙逃走了，留下一具假屍首躺在地上。唐僧一看，嚇得戰戰兢兢，怒道：「你這個猴子，屢次不聽為師勸告，無故傷人性命。」悟空忙解釋說：「師父你錯怪我了，你看這罐子裡是什麼？」沙僧攙著唐僧走近一看，那罐子裡哪是什麼香米飯、炒麵筋，而是些蠕動的蛆蟲和活蹦亂跳的青蛙、蛤蟆。八戒一看，在旁邊挑**唆**（ㄙㄨㄛ）：「師父，這女子明明是個農婦，怎麼會是妖精？大師兄一棒把她打死了，怕你念那緊箍咒，所以才使了個障眼法騙你呢。」唐僧本就半信半疑，八戒這一挑唆，當真念起了緊箍咒。悟空疼得滿地打滾，唐僧說：「出家人要時刻心存善心，你一路無故傷多人性命，縱是取得真經又有何用？你還是回去吧。」悟空說：「師父，俺老孫當初大鬧天宮被壓在五行山下，多虧師父搭救，若不保你西天取經，顯得我知恩不報，落得個千秋罵名。」唐僧說：「既然這樣，暫且再饒你一次，如果再犯，我就把緊箍咒念上二十遍。」悟空說：「師父念三十遍都行，我再也不敢了。」說完，悟空服侍唐僧上馬，把摘來的桃子給他充饑。那妖精站在雲端裡，恨得咬牙切齒，心想：「只聽說這孫悟空有些手段，果然名不虛傳。哼，我就不信鬥不過他。」那妖精按落陰雲來到前山坡下，又搖身一變，變成個年滿八旬的老婦人，手裡拄著一根彎頭竹杖，一步一聲哭著朝唐僧走去。八戒一看，大驚失色：「師父！不好了！那媽媽找女兒來了。」悟空說：「呆子，不要胡說，那女子不過十八歲，這老婦足有八十歲，怎麼會是她娘？肯定是假的，等我去看看。」

悟空一看，那老婦人果然又是那妖精變的，二話不說，舉棒就打。那妖精又化作青煙逃走，留下個假屍首在山路上。唐僧嚇得跌下馬，倒在路邊。二話不說，把緊箍咒足足念了二十遍。可憐悟空疼得在地上直打滾，求饒道：「師父別念了，別念了。有話好好說。」唐僧說：「還有什麼好說的？我如此勸化你，你還是無故傷人性命。」悟空解釋說：「師父，她們都是妖精啊。」唐僧不信：「你個猴子竟胡說，大白天哪來那麼多妖精，只是你無心向善編出來的，你還是趕快回去吧。」悟空想了想說：「師父要我回去也行，只是有一件事求師父答應。」八戒說：「師父，他要和你分行李呢。跟著你做了這幾年的和尚，回去怎麼能兩手空空？」悟空聽了八戒的話，氣得暴跳，罵道：「你這個夯(ㄏㄤ)貨看打。」唐僧說：「你要如何才肯回去？」悟空說：「師父，俺老孫五百年前在花果山也是一方英雄，降伏了七十二洞邪魔，手下有四萬七千小妖，這個金箍勒在頭上，回去難見故人，請師父念個鬆箍咒，讓我把這箍子拿下來，我就回去。」唐僧為難地說：「菩薩當時只教了我緊箍咒，沒教我什麼鬆箍咒哇。」悟空說：「那要是沒有鬆箍咒，師父還是帶我去西天取經吧。」唐僧無奈，只好說：「那你起來吧，再饒你一次，萬萬不能再行兇了。」悟空口上答應，忙起來扶唐僧上馬，繼續趕路。

那妖精逃到半空，琢磨道：「這猴子實在厲害，他們師徒再往西四十里，就不歸我管了。別的妖怪要是抓了唐僧，豈不是要嘲笑我？」那妖精再次按落陰雲來到山坡，又變成一位老頭兒，一手拄著拐杖，一手拿著佛珠，嘴裡還念著佛經。唐僧師徒一路行來，看見一個老頭兒，唐僧心裡一驚，悟空說：「老孫前去看看。」於是悟空將棒子藏在身後，到了人前，問道：「老頭兒，你這是要往哪裡去，怎麼走路還念經？」老頭兒回答：「長老哇，我一直居住在這裡，一生好善齋僧，膝下有一個女兒，招了個女婿，今早女兒送飯下田，想必是被老虎叼走了。老婆子前去尋找，到現在也沒回來，我是特地過來尋找她們的。」悟空笑著說：「你這妖精，變著法子來騙我師父，可是你瞞不過我。」悟空舉棒要打，又怕唐僧念咒，於是念動咒語將山神土地招來，讓他們做個見證，然後就當頭一棒，徹底將妖怪打死。那妖精斷了靈光，變成了一堆骷髏。

唐僧在馬上嚇得都說不出話來。八戒在一邊添油加醋說：「好個孫悟空，真是厲害，這才走了不到半天，就打死了三個人。」唐僧氣得又要念咒，悟空指著地上的骷髏說：「師父莫念，這個妖精被我打死現了原形，你看她脊椎上有一行字，叫『白骨夫人』。她是個僵屍妖精，專在這一帶害人的。」唐僧聽了，倒也相信了，可是八戒又在旁邊挑唆，說：「師父別信他的，他手重，一棒把人家打死了，怕你念咒，使個法術把屍體變成骷髏，掩人耳目呢。」唐僧又聽信了八戒的讒言，念起咒語來，邊念邊說：「好你個猴頭，一連打死三人，我做不了你師父，你還是回去吧。」悟空疼得跪在地上，說：「師父你錯怪我了，那真是妖精啊，我好心保護師父，你卻聽信那呆子的讒言，罷了罷了，我走就是了。只是怕我走了，沒人保護師父哇。」唐僧聽了，更加氣惱：「我就不信八戒、沙僧保護不了我。」說完，叫沙僧從包袱裡取出紙筆，寫下一紙貶書，遞給悟空，說：「有此書為證，我不再是你師父，你也不再是我徒弟了。」

悟空接過貶書，收進袖裡，依依不捨地對唐僧說：「師父，我跟你一場，又蒙菩薩指點，本想保你去西天取經，沒想到半途而廢，請師父受我一拜。」唐僧轉過身不理他，大聖拔下三根毫毛，又變出三個悟空，把唐僧四面圍住，給他下拜。悟空拜完唐僧，對沙僧說道：「三師弟，你是個好人，以後要防著八戒的花言巧語，仔細保護師父，要是有妖精抓走師父，你就跟妖精說我老孫是他的大徒弟。妖精知道我的手段，就不敢加害師父了。」唐僧聽了，沒好氣地說：「就算我被妖怪抓去了，也不會提你的名字，你回去吧。」悟空見唐僧不肯回心轉意，鐵了心趕他走，無可奈何地離開了。悟空跳上筋斗雲，直奔花果山水簾洞，路上忽然聽到水聲滔滔，原來是東海潮水發出的聲音，悟空見了，又想起了唐僧，竟忍不住傷心地落下淚來。在那裡停留了很久才離開。

悟空回到花果山，見花果山一片荒涼，沒有了往日的熱鬧景象，心中更加悲傷。原來當初悟空被抓上天庭，二郎神將花果山放火燒毀了。悟空正在感懷世事多變，草叢裡突然跳出七八個小猴，高聲叫著：「大聖爺爺，你總算回來了。」悟空問道：「你們怎麼不在外面玩耍，一個個躲起來？」一群猴抹著眼淚，傷心地說道：「自從大王被捉到天上，我們受那獵人之苦，時常提心吊膽，餓了就去坡上偷吃些青草，渴了就去山澗喝點泉水。除了被獵人捉去一半，大家走的走，逃的逃，只有一千多個了。」悟空聽了，更覺得淒慘。回到洞中，群猴及群妖拜見悟空並問道：「聽說大王保唐僧西天取經，怎麼又回來了？」悟空嘆了一口氣，說：「小的們，你們不知道，那唐僧不知好歹，我一路上為他降妖伏魔，前幾日我打死了一個妖精，他卻說我行兇作惡，不要我做他的徒弟了，還寫了貶書，把我趕了回來。」群猴聽了，鼓掌大笑，高興地說：「造化！造化！大王做什麼和尚？回來當我們的大王多好。快安排椰子酒，給大王接風。」

悟空倒不急著喝酒，詢問了獵人的情況，吩咐眾猴把山上的碎石堆到一起，又讓他們都藏進洞中。悟空到山頂上查看，不遠處鼓聲咚咚，鑼聲當當，有上千的獵人，帶著獵犬，拿著刀槍，蜂擁而來。悟空見此情形，心中大怒，往地上吹了一口氣，頓時狂風大作，把那堆碎石刮得漫天飛舞，那些獵人被亂舞的碎石打得頭破血流，慘死在山下。悟空把那獵人的旗子收來，重新做了一面彩旗，寫了「重修花果山，複整水簾洞，齊天大聖」十四個字，掛在洞外。悟空又去找龍王借了些甘霖仙水，讓花果山的草木重現生機。自此，悟空在花果山逍遙自在地做他的美猴王，帶著眾猴安居樂業。

延伸小知識

貶書

書的含義有很多，比如書籍、書信等。古代詩詞中經常用到「書」字，比如「峰火連三月、家書抵萬金」。文中唐僧給孫悟空寫的「貶書」，有斥責、說明事情原因、解除師徒關係的意思，同時也是一種證明，這個「貶書」和「證書」裡的「書」意義相近。

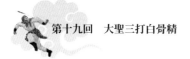

白白老師的國學小教室

白骨精的幻術

孫悟空三打白骨精是《西遊記》裡的名篇，也是戲曲和當代電影都喜歡翻演的主題。

儘管白骨精變身三次，都被孫悟空識破打死。白骨精是幻術、迷幻的象徵，她是白骨，明明已經死亡，卻執著於長生不死，作為無生命的白骨，卻可以化作妙齡美女接近唐三藏，兼具了生與死兩端的意涵。

《西遊記》中的妖魔具有神奇的本領，化幻的法術，但同時又有人性化的一面，這些妖魔雖是反派角色，卻也迷人獨特。

第二十回　寶象國唐僧成虎精

八戒、沙僧保護唐僧繼續西行，過了白虎嶺，三人來到一片林丘，柏翠松青，葛藤纏繞，著實難行。三人走了一會兒，唐僧覺得肚餓難耐。八戒自告奮勇去化齋，出了松林往西走了十多里，一戶人家都沒見到。八戒走得又餓又累，這才想到悟空的好處，念叨說：「當家才知柴米價，養子方曉父娘恩。」八戒怕回去太早，師父怪他沒去化齋，乾脆到草叢裡睡覺去了。

唐僧在松林裡等了半天，心裡不安，對沙僧說：「八戒去化齋，怎麼還不回來？」沙僧說：「二師兄一定是遇到了化齋的人家，怕是吃飽了才能回來呢。」唐僧嘆氣道：「倘若八戒貪吃，我們去哪裡找他？天色將晚，我們還是去找一個落腳的地方吧。」沙僧說：「師父，你在這裡坐著，我去找二師兄。」唐僧一個人坐在松林裡，覺得十分煩悶，於是在松林裡漫步，不知不覺竟然走錯路，抬頭一看，前方有一座寶塔，寶塔頂端閃爍著金光，彩氣騰騰。唐僧來到塔門下，只見門口掛著一個竹簾，唐僧掀起簾子走了進去，屋裡的石床上側臥著一個妖魔。這妖魔青靛色的臉，一張大口，長著白色獠牙，兩邊亂蓬蓬的胭脂色鬢毛，身上披著淡黃色的衣袍。唐僧被嚇得渾身酥麻，兩腿發軟，連忙轉身想走，卻哪裡逃得脫。一群小妖早已將唐僧五花大綁抬回了洞裡。

那妖怪看唐僧相貌堂堂，打扮不俗，就問他：「你是哪裡來的和尚，要到哪裡去？」唐僧戰戰兢兢地說：「我從東土大唐來，有兩個徒弟，是前往西天拜佛求經的。路過此地，不想驚動了大王，還請恕罪。」

那妖怪聽了哈哈大笑，說：「唐僧！果然是你！我正要吃你呢，你就送上門來！好！好！好！」說完，讓人把唐僧綁在柱子上，準備等他那兩個徒弟尋上門來，一起把他們吃了。

沙僧走了十餘里才找到八戒，等二人回來發現師父不在了，十分焦急，急忙四處尋找。看到遠處金光閃爍，就找了過去，原來是一座寶塔。二人來到塔門前，看門旁石板上寫了六個大字「碗子山波月洞」，才知道這是個妖怪洞府，不是什麼寶塔。八戒舉著釘耙上前叫門。那黃袍怪穿上披掛，出門來迎，問道：「你是哪兒來的和尚，怎麼在我門前吆喝？」八戒罵道：「我是你老爺，我師父唐三藏可在你府中？趁早送出來，省得我釘耙打進去，搗了你的洞府。」黃袍怪笑道：「你師父唐三藏正在洞府裡享用人肉包子，你們也進去吃點吧。」八戒聽到吃的，也不多想，抬腳就想進去。沙僧一把拉住他說：「二師兄，那妖怪在哄你呢，師父怎麼會吃人肉呢？」八戒這才醒悟過來，抄起釘耙就朝妖怪劈頭砍去。黃袍怪側身躲過，拿起鋼刀抵抗。兩人跳上雲頭，在空中廝殺。沙僧撇下行李和馬，也來幫忙。那黃袍怪本事了得，三人殺得雲霧繚繞，崖崩嶺炸，鬥了數十個回合，仍不分勝負。其實，莫說沙僧和八戒兩個，就是二十個和尚也鬥不過這黃袍怪，只因有護法的諸神暗中保護，才打個平手。

唐僧被綁在波月洞裡，也不知道八戒和沙僧此時在哪裡，不免悲泣起來。他正傷心煩惱時，忽然從洞裡走出來一個婦人，問道：「長老，你從哪裡來，為什麼會被綁在這裡？」唐僧聽了，抬眼偷偷打量了一下，見那婦人三十左右，於是回答說：「女菩薩，不必多問了，要殺要剮隨便你吧。」那婦人說：「長老莫怕，我不是吃人的妖怪。我家在離這裡三百里遠的寶象國，我是國王的三公主，乳名叫作百花羞。十三年前的八月十五，我正賞月遊玩時被那妖怪一陣狂風抓來，被迫與他做了十三年的夫妻，從此不能與父母相見。長老為何會被那妖怪捉住？」唐僧說：「我是從東土大唐到西天拜佛求經的和尚。」那婦人聽了，不禁喜笑顏開，說：「長老放心，你去西方需經過我們寶象國，煩請長老幫忙捎一封家書給我父王母后，讓他們想辦法來救我。我會讓那妖怪放你走的。」唐僧連連點頭。那婦人急忙寫好一封家書，然後放了唐僧，讓他在後門外的荊棘叢中躲起來，她去找黃袍怪求情。

那妖怪還在和八戒、沙僧廝殺，聽到公主叫他，忙按落雲頭，攙著公主問道：「夫人，有何吩咐？」公主道：「郎君，我剛才睡覺夢見一個金甲神人。」那妖怪又問：「什麼金甲神人？」公主說：「我在宮裡時曾許下一樁心願，若是招了個如意郎君，就奉仙拜佛。自從嫁給了你，到現在也沒有還了這個願，想必是那金甲神人來討願了。我聽說郎君抓了一個和尚，看在我的分上，饒了那個和尚吧。」黃袍怪是個妻管嚴，見愛妻這麼說忙答應道：「就照夫人說的辦。」黃袍怪收兵回了洞府。

八戒、沙僧聽到他們說的話，忙去後門找到師父，慌忙離開了那妖怪的波月洞。八戒、沙僧一路上互相埋怨，唐僧倒也不怪他們。三人風餐露宿，走了幾日果然到了寶象國。唐僧師徒三人來到朝門外，請求**覲見***國王。那寶象國國王聽人奏報有唐朝高僧求見，忙叫人宣了進來。唐僧倒換了通關文牒，說：「貧僧還有一份家書要交給陛下。」國王驚奇道：「有什麼家書要交給我？」唐僧將公主的書信交給寶象國國王，又將事情的來龍去脈說了一遍。那國王聽說了公主的情況，不禁老淚縱橫，請求唐僧施法救出公主，願意與他結拜兄弟，共用榮華。唐僧慌忙說：「貧僧只知念佛，不會降妖。我倒有兩個徒弟，一個叫豬悟能，一個叫沙悟淨，他們都有降妖伏魔的本事，只是長得醜陋，怕驚嚇了陛下。」國王說：「你既然收了他們當徒弟，我怎麼會怕呢？快宣他們進來吧。」八戒和沙僧進了殿，把國王和大臣們嚇得個個臉色大變。

*朝見君主或官職較高的人。

過了好一會兒，那國王問道：「豬長老、沙長老，你們哪一個會降妖伏魔？」那八戒故意逞能，上前說道：「老豬我原是天蓬元帥，降妖的手段多得很。」說完，他使出那三十六般變化，變大變小，把滿朝文武嚇得戰戰兢兢。國王看他果然有降妖的本事，非常高興，拿出親用的禦酒，為他送行。沙僧怕八戒不是那妖怪的對手，忙跟著八戒一起去降伏黃袍怪。

二人再次來到波月洞，八戒一耙就將洞門築出了個斗大的**窟窿**（ㄎㄨ ˙ㄌㄨㄥ）。黃袍怪聽說二人去而複返，出門質問道：「你們兩個和尚真是不知好歹，我放了你們師父，怎麼還來搗亂？」八戒罵道：「你這妖怪，將公主騙來，霸占為妻，我們奉了寶象國國王的旨意，特來擒你。」那妖怪聽了，更加生氣，咬著鋼牙，瞪著大眼，舉刀砍來。八戒、沙僧不是他的對手，鬥了八九個回合漸漸抵擋不住。那八戒欺軟怕硬，見鬥不過黃袍怪，謊稱自己**出恭***先逃走了，鑽進荊棘叢裡再不出來，沙僧措手不及，被妖怪抓進洞裡了。

那妖怪回洞裡想了又想，斷定是那三公主讓唐僧帶了書信回去，這兩個和尚才會又殺回來。頓時對公主起了殺念，一把抓起她與沙僧對質。那沙僧是個知恩圖報之人，公主救了他師父性命，他怎麼也不會說出真相，便謊稱唐僧在洞裡見過公主，到了寶象國又見到公主畫像，與那國王談起，才知道了事情的真相。那國王懇求他們救出公主，所以他們才會再闖波月洞。那妖怪聽他說得合情合理，連忙向公主賠罪。

黃袍怪靈機一動，決定趁這個機會去寶象國認親。公主卻不肯，怕他長相醜陋嚇到父王。那妖怪搖身一變，就變了個俊俏的美男子。黃袍怪告別夫人，跳上空中，不消片刻就到了寶象國。國王正與唐僧說話，聽說三**駙馬**†求見，心想必定是那妖怪，嚇得不知如何是好，卻又不敢不宣他上殿。那三駙馬俊美斯文，意氣風發，國王見了覺得是個人才，十分歡喜，不相信他是妖怪，問道：「駙馬，你家住在哪裡？什麼時候與公主成親的？怎麼今天才來認親呢？」那妖怪磕頭道：「父皇，我是城東碗子山波月莊人，十三年前我在山中打獵，看到一隻斑斕猛虎馱著一個女子上山，我一箭射傷猛虎，救了那女子的性命，我們情投意合，結為夫妻。後來才知道她是貴國的公主。公主說那老虎是我們的媒人，所以讓我放它一條生路。想不到，那老虎逃回山中，修煉成精，專門在那一帶害人。現在他又變成唐僧模樣，在這裡欺騙父皇。」國王不信，那妖怪讓人拿來一碗水，使了個「黑眼定身法」，念動咒語，將一口水朝唐僧噴去。可憐那唐僧，真的變成了一隻斑斕猛虎。國王見了魂飛魄散，滿朝文武都嚇得逃走了。只有幾個膽大的武將，拿起兵器過去一陣亂砍。幸好有護法諸神暗中保護，不然就是二十個唐僧，也早成肉醬了。後來，唐僧被人用鐵繩綁著，鎖在鐵籠裡。

國王大擺宴席，感謝駙馬救命之恩。酒足飯飽之後，那妖怪獨自進了銀安殿，又選了十八個宮娥舞女，唱歌跳舞，飲酒作樂。喝到半夜，酩酊之際現出了原形，嚇得宮女們四散逃命。外面的人都傳唐僧是虎精變的，在金亭館驛吃草料的白馬也聽到了消息。他心中暗想：「我師父分明是個好人，怎麼會成了虎精？肯定是被妖怪所害。」等到半夜，小白龍搖身一變，也變成一個宮女，體態輕盈，容貌嬌媚，萬般風情地走進宮殿，對妖怪道了聲萬福，拿起酒壺為妖怪斟酒，使個逼水法，那酒比杯高出許多也不漫出來。妖怪看她有這樣的本事，問道：「你會舞嗎？」小白龍說：「我不僅會舞，還會舞劍。」那妖怪頓時來了興致，取下腰間所佩的寶劍，讓她跳個劍舞助興。小白龍在妖怪面前舞得天花亂墜，那妖怪看得頭暈眼花。忽然，小白龍使劍朝妖怪直劈過來，黃袍怪側身躲過，抓起滿堂紅與小白龍打出了銀安殿。這個滿堂紅

＊大使。

†駙馬是中國古代帝王女婿的稱謂。又稱帝婿、主婿、國婿等。因駙馬都尉得名。

是用熟鐵打造的，加上柄有八九十斤呢。他們打鬥了一會兒，小白龍現了真身，跳上空中與黃袍怪廝殺起來。黃袍怪甚是兇悍，小白龍被他用滿堂紅打中後腿，急忙一頭鑽入水裡，逃過一命。黃袍怪也不追趕，回了銀安殿睡覺。

唐僧在寶象國遇難，性命不保，那豬八戒卻躲在草叢裡睡著了，直睡到半夜才醒。他一個人怕那妖怪，打算回寶象國搬些救兵再來救沙僧。等他回到館驛，哪裡都找不到唐僧，來到馬廄只看見白龍馬睡在那裡。白龍馬渾身溼漉漉的，後腿還有一處盤子大小的青痕。白龍馬忽然口吐人言，叫了聲「師兄」！八戒被嚇得跌了一跤，剛爬起來準備跑，卻被白龍馬咬住了衣服。白龍馬將師父被妖怪變成老虎的遭遇說了一遍，讓他去花果山水簾洞請大師兄回來。八戒不肯，說：「兄弟，你還是另請高明吧。那猴子和我有過節，我攛掇師父念緊箍咒，他要再看到我還不打死我呀，我請不了。」白龍馬說：「不會的，大師兄是個重情義的人，他要是知道師父有難，一定會來相救的。」

八戒極不情願地駕著祥雲往花果山飛去。這回算是唐僧命不該絕，八戒一路順風，撐起兩個耳朵勝似風帆，很快就過了東洋大海來到花果山。八戒找到水簾洞，大聖正在聚集群猴。八戒就混進猴群一起給大聖磕頭。大聖早已瞧見八戒，喝道：「後面那個亂拜的生人是誰？快捉拿過來！」八戒被群猴五花大綁帶到大聖面前，說道：「不是生人，是熟人。」悟空忍不住笑道：「八戒，原來是你。」悟空問道：「是不是你衝撞了師父，師父將你也貶了回來？」八戒不敢說出實情，只說師父想他，讓他回去。大聖心知肚明，一定是師父遇難了。在大聖的追問之下，八戒才說出唐僧在寶象國的遭遇。孫悟空問他：「呆子，你沒跟那妖怪說我齊天大聖是唐僧的大徒弟嗎？」八戒想了個激將法，就對悟空說：「不說你還好呢，一說你，那妖怪說他才不怕你，要是見了你，就剝了你的皮，抽了你的筋，還要把你剁碎了油煎呢。」大聖聽了，氣得抓耳撓腮，即刻與八戒駕雲來到碗子山波月洞，先救了沙僧，將公主藏了起來，自己變成公主的模樣，在洞裡等候黃袍怪。

黃袍怪在寶象國待了幾日，經過銀安殿那一夜之後，朝中上下都知道他是個妖怪，奈何不敢說破，於是國王藉口想公主心切，讓他回來接公主回宮，暫且打發他離開再想辦法。黃袍怪來到波月洞，哪料到孫悟空早就變成三公主的模樣在洞裡等他了。一見他來，悟空使勁把眼睛擠了擠，撲簌簌地流下兩行淚來，假裝哭道：「夫君，這些天不回來，是不是把我忘了？我這兩天老毛病又犯了，疼得我死去活來。」黃袍怪忙安慰說：「夫人不要擔心，我這裡有件寶貝，只要在你那心口上摸一摸，就不疼了。」說完，從口中吐出一顆**舍利子***，悟空一把奪過來，假意在心口摸了一下，就一口吞了下去。妖怪再一看，哪裡是什麼三公主哇，只有一個毛臉和尚。

黃袍怪知道上當了，立刻命人緊鎖大門，幾百個妖怪一起將悟空團團圍住。孫悟空變出三頭六臂，如入無人之境，把那些小妖怪打得一個不剩，只剩下黃袍怪獨自一人和他激戰。他們二人從洞內打到洞外，足足爭鬥了五六十個回合，仍然不分勝負。悟空心裡一動，使出高探馬和葉底偷桃，趁勢往妖怪頭上砍去，妖怪一個閃身，無影無蹤了。

* 舍利是梵語的音譯，在佛教中，僧人死後所遺留的頭髮、骨骼、骨灰等，均稱為舍利；在火化後，所產生的結晶體，則稱為舍利子或堅固子。

悟空遍尋不到妖怪的身影，知道必定不是凡間的妖怪，於是來到南天門，去找眾神仙興師問罪了。靈霄寶殿裡的眾天神聽說寶象國有個黃袍怪妖怪，都不知道是誰。玉帝讓天師查了很久，終於發現二十八宿的**奎星**（ㄎㄨㄟˊ）*下界了，時間正好是十三日。玉皇大帝命二十七宿收奎星上界。他們走出南天門，念動咒語，驚動了奎星。那黃袍怪被悟空打怕了，躲在一處山澗裡不敢出來，聽到天界召喚，才敢現身，同二十七宿上天庭領罪。玉皇大帝罰他去兜率宮給太上老君燒火，有功複職，無功再加罪。

悟空回到波月洞，救出公主，眾人一起回到寶象國。悟空向國王說了事情的經過。國王命人抬出鐵籠，解了鐵索。悟空看著變成老虎的唐僧，又好笑又難過，讓八戒拿水過來，也念動咒語，往假虎頭上噴了一口水，就把唐僧變回原來的樣子。唐僧定睛一看，原來是悟空，一把拉住他，說：「悟空！你怎麼來了？」沙僧把事情的經過跟唐僧說了一遍，唐僧感激不盡，說：「悟空，都是師父錯怪你了！」師徒二人又重修舊好，繼續往西天求經去了。

趣味小講堂

中國是創立「二十八宿」體系最早的國家之一

依據目前文獻所知，二十八宿的體系可以追溯到商周初期，在春秋戰國時期已經完備了。有關二十八宿及四象的記載，最早見於戰國初期。以文物考查的話，湖北隨州出土的戰國時期曾侯乙墓漆箱，四周按順時針寫著二十八宿名稱，是中國迄今發現的關於二十八宿全部名稱最早的文字記載，說明中國是世界上最早創立二十八宿體系的國家之一，表明在公元前五世紀初，中國就有了完整的二十八宿體系。

＊奎星，二十八宿之一的西方白虎宮的七宿之首，是主宰天下文運的大吉星。

白白老師的
國學小教室

富含人性的主角們

前一回描述唐三藏錯怪孫悟空，孫悟空三打白骨精，唐三藏卻以為孫悟空殺人，所以師徒產生嫌隙，孫悟空一氣之下回了水濂洞，繼續當他的猴子大王。

前一回故事中，我們看到了唐三藏的無知錯怪、孫悟空的氣憤、豬八戒的自私挑撥，《西遊記》的主角們，有著他們自身的缺點和弱點，也因為師徒之間無法同心，所以分道揚鑣。

但這回故事中，豬八戒在孫悟空不在時，得主動承擔更多責任；唐三藏為了保護公主，不願意透露真相，可見他的善良；孫悟空一得知唐三藏有難，就不計前嫌，立刻趕回去救師傅。我們也在這回故事裡，看見了主角們的良善特質。

《西遊記》裡的角色，擁有良善美好的特質，但他們同時也如同凡人，有著不完美的性格。他們會在取經路上起爭執，卻也能記掛初衷，回歸正道。正因如此，這些角色更貼近我們，令人覺得可親可愛。

追尋理念的同時，我們也容易因為私心忘記初衷、忘記團隊一開始的目標，但在遇到磨難時，要記得重拾初心和理念，才能走到最後。

第二十一回　平頂山悟空設計騙寶

唐僧師徒離開了寶象國，繼續西行。天氣轉暖，不知不覺又到了春光明媚的時節。師徒四人一邊走一邊欣賞沿途的春光。這天，四人又遇到一座高山。唐僧有些擔心，說：「這山如此險峻，想必又會有豺狼虎豹擋路。」悟空說：「師父不用擔心，天塌下來有俺老孫呢。」正說著，發現前面山坡上站著一個樵夫，看見唐僧他們過來，高聲叫道：「長老，慢行，我有一言奉勸。這山上有一夥妖怪，專門吃往來的行人呢！」唐僧聽了，嚇得魂飛魄散，急忙讓悟空上前打聽。樵夫對悟空說：「這山叫作平頂山，綿延六百里，山裡有個蓮花洞。洞裡有兩個大魔頭，十分神通廣大，他們還有五件寶貝。這些天他們專門捉往來的和尚，點名要吃唐僧肉呢！」樵夫說的這兩個大魔頭，其中一個叫金角大王，另一個叫銀角大王。悟空聽了，也沒當回事，回去和師父說：「師父，沒什麼大事，只有個把妖怪，有老孫在不用怕，我們繼續趕路吧。」眾人抬頭尋那樵夫時已不見蹤影。悟空用火眼金睛查看四周卻沒尋到，探頭望向天空，發現原來是日值功曹。

悟空心想：「要是把日值功曹的話如實告訴師父，師父肯定會擔心，還是先讓八戒去探個究竟，如果他打得過妖怪，那就算他立了一功，萬一被妖怪捉住，我再去救他，也好顯出我的本事。不過八戒人懶，師父又護短，我先給他設個套。」想到這裡，悟空對唐僧說：「師父，剛才那個報信的是日值功曹。他說這山裡的妖精兇狠，俺老孫一個人勢單力薄。」唐僧聽了說：「悟空，不是還有八戒、悟淨嗎？他們也有降妖伏魔的本領，讓他們做你的幫手。」悟空聽了心中暗喜，說道：「想要過此山，八戒要聽我的吩咐做兩件事。」八戒聽了，氣憤地說：「你這個弼馬溫，總是差遣我，我老豬才不幹呢！」唐僧說：「八戒，你先不要惱，聽聽你師兄要你做什麼。」悟空說：「一件是看著師父，一件是去巡山。」八戒想了想，覺得還是巡山容易，說不定還能偷個懶睡覺，要是看著師父，肯定免不了要去化齋，於是答應去巡山。八戒拿起釘耙，雄赳赳地去巡山了。

此時，在妖怪的洞裡，金角大王對銀角大王說：「兄弟，我聽說東土大唐有個唐僧要去西天取經，他帶著三個徒弟，最近會經過咱們這裡。我在天庭的時候，曾經聽說吃了唐僧肉能長生不老。」銀角大王一聽，立即要帶人去捉和尚。金角大王說：「兄弟，你不要性急，我記得他的模樣，曾經讓人畫了他們師徒四人的畫像，你拿著畫像，到附近巡山查看，要是有畫中人，就抓來，不要抓錯了人。」銀角大王拿著畫像，帶了三十名小妖，上山巡邏。

八戒巡山沒有多久，就碰上了銀角大王，那群妖怪看他長嘴大耳的，認出他是畫像上的豬八戒，幾十個小妖把他團團圍住，用繩子綁上，抬進洞裡去了。銀角大王很得意，剛一進洞就嚷嚷道：「大哥，捉住一個了。」金角大王以為他捉住了唐僧，連忙跑出來看，一看是豬八戒，失望地說：「賢弟呀，抓錯了，這個和尚沒用。」銀角大王說：「哥哥，這和尚雖然沒用，好歹也是和唐僧一起的，把他洗乾淨用鹽醃著，曬乾了做下酒菜呀。」幾個小妖把八戒抬進去，扔在水池裡。

金角大王說：「賢弟，既然捉到了豬八戒，想必唐僧就在附近，你再去巡山查看，把唐僧捉來。」銀角大王又帶了五十名小妖去巡山，正走著，只見祥雲縹緲，說：「都說好人頭上祥雲照頂，想必唐僧就在那裡。」不一會兒就見到唐僧遠遠地騎馬過來，悟空在前面舞著金箍棒開道，一路前進。銀角大王知道孫悟空的厲害，不禁感慨道：「早聽說孫悟空神通廣大，今日一見果然名不虛傳。」那些小妖說：「大王，你怎麼長他人志氣，滅自己威風呢？」銀角大王說：「你們看他那條鐵棒有萬夫不當之勇，看來要想吃唐僧肉，只能智取，不能硬來了。」

銀角大王讓小妖們先回洞裡，然後搖身一變，變成個老道士，在路上裝成跌斷腿的樣子，腳上還鮮血直流，嘴裡喊著：「救命！救命！」唐僧一向以慈悲為懷，一看是個受傷的道士，連忙請他上馬。那道士謊稱自己腿跌傷，不能騎馬。唐僧只好讓沙僧馱他，可那道士點名要悟空馱他。悟空早看出他是妖怪變的，也連連點頭答應，故意馱他走在唐僧後面，想趁機把他摔死。那妖怪看出悟空的心思，就使了一個移山倒海的法術，調來一座須彌山，悟空把頭一偏，那山壓在了左肩上，悟空笑著說：「我的兒，你使了什麼重身法來壓我呢？不過你倒壓正了呀，壓偏了老孫可受不了。」銀角大王又調來一座峨眉山，悟空又把頭一偏，那山壓在了右肩。悟空背著兩座山，倒走得更加快了。銀角大王心裡一驚，又調來一座泰山壓頂，悟空有些吃不消了，覺得力軟筋麻，步伐沉重。銀角大王趁機趕上唐僧，把唐僧和沙和尚都抓回洞裡去了。

金角大王看到唐僧被捉，又聽說孫悟空被三座大山壓住，寸步難移，非常高興，於是安排酒席，為銀角大王慶功。金角大王說：「賢弟真是好手段，只兩次就捉了三個和尚。不過那孫悟空雖然有山壓住，也最好想個辦法把他捉來才好。」銀角大王說：「大哥不必擔心，要捉住孫悟空，不用我們出馬，讓精細鬼、伶俐蟲帶上我的紫金紅葫蘆和你的羊脂玉淨瓶，把他裝來就行。」說完，銀角大王吩咐精細鬼、伶俐蟲：「你們拿著寶貝，找一個山頂，將寶貝底朝天，口朝地，叫一聲『孫行者』，他要是答應，就會被裝進瓶子裡，然後馬上貼上『太上老君急急如律令奉敕』的帖，一時三刻就化成膿水了。」兩個小妖帶上寶貝，歡歡喜喜地出門了。

悟空被壓在三座大山底下，驚動了當地的山神土地和五方揭諦，他們絲毫不敢怠慢，連忙出來叩見大聖，移開了三座大山。悟空正向他們興師問罪，卻看見遠處山谷裡霞光燦燦，問道：「山神土地，你們可知那發光的是什麼東西？」山神土地回道：「我們因在妖怪的洞府輪流當值，想必是那妖怪拿了寶貝要來降你。」悟空說：「這頓打我先記著，你們先回去吧，等俺老孫去捉拿那妖怪。」悟空說完，搖身一變，也變成個老道人，在路邊等著他們。不一會兒，那兩個小妖過來了，悟空把金箍棒伸開，兩個小妖沒注意，絆了一跤，回頭一看，是個老道士。兩個小妖問道：「你是哪裡來的道士，怎麼絆了我們一跤？」悟空撚著鬍鬚，裝模作樣地說：「我是蓬萊山來的。」小妖一聽，兩眼放光，問道：「那你是神仙嘍？」悟空故作正經，說：「我不是神仙，誰是神仙？」兩小妖偷偷嘀咕了一番，高高興興地上前說：「老神仙，我們有禮了。」悟空說：「好說，好說。你們從哪裡來，到哪裡去呀？」精細鬼、伶俐蟲兩個說他們帶了寶貝要去捉拿孫行者，拿出紅葫蘆和玉淨瓶給老神仙看，還誇讚兩個寶貝是如何厲害。悟空心中暗喜，卻不動聲色，伸手拔了根毫毛，變成一個一尺七寸長的大紫金紅葫蘆，從腰裡拿出來，說：「給你們看看我的寶貝。」伶俐蟲接過寶貝看了半天，說：「老神仙，你這寶貝大是大，但不中用啊。我們那兩個寶貝，每個能裝一千人呢。」悟空說：「你這裝人的有什麼稀奇，我這葫蘆連天都能裝。」兩個小妖說他吹牛，悟空也不多說，低頭念咒。悄悄請日遊神、夜遊神、五方揭諦上天啟奏玉皇大帝，請求幫忙裝天。玉皇大帝不知道如何裝天，哪吒三太子獻計說：「萬歲請降旨意，往北天門問真武借皂雕旗在南天門上一展，把日月星辰遮蔽，也就算裝了天了。」玉帝准奏，哪吒奉旨來到北天門，向真武祖師借來皂雕旗。

一會兒，悟空回頭對小妖說：「裝天吧。」說完，把個假葫蘆拋上去，哪吒三太子在南天門把那皂雕旗嘩啦啦展開，日月星辰都被遮住了。兩個小妖大驚失色，一起叫道：「怎麼才中午，天就黑了？」悟空說：「天被裝進我這葫蘆裡了，怎麼能不黑？」兩個小妖聽了，又是高興又是吃驚，趕忙讓悟空把天放出去。悟空又念個咒語，三太子收到信號，就把那旗收了起來。精細鬼、伶俐蟲嘀嘀咕咕了半天，跟悟空說：「老神仙，我們想跟你換寶貝。」悟空暗暗高興，問：「怎麼換？」小妖說：「我們想拿兩個裝

人的寶貝，換你一個裝天的寶貝。」悟空故作遲疑，說：「你們要用裝人的寶貝，換我這裝天的寶貝？罷了，今日相遇也是有緣，就跟你們換吧。」兩個小妖拿了裝天的葫蘆，你瞧瞧，我瞅瞅，看了一會兒，抬頭一看已不見老神仙。

延伸小知識

羊脂玉

羊脂玉是玉中的上品，玉家族中的貴婦人，極其珍貴。羊脂玉質地細膩，光澤溫潤，看起來就像凝結在一起的油脂。古語中的「白璧無瑕」說的就是羊脂玉。在白色的日光燈下觀看，羊脂白玉呈現的是純白半透明狀，同時帶有粉粉的霧感。

第二十二回 悟空智鬥金銀角

精細鬼決定也裝天試試，於是學著孫悟空的樣子，念動咒語，可是一點反應也沒有，又念了一通，天還是亮的，他們兩人才發現上當了。悟空在空中又吹了口仙氣，把那根毫毛收上身去。兩個小妖手裡空空，嚇得不知如何是好，無奈，只得回蓮花洞領罪。悟空變成一隻蒼蠅跟著他們。金角大王聽說兩件寶貝都被騙了，氣得暴跳如雷。銀角大王安慰說：「哥哥息怒。那孫行者變化多端，想必是被他逃脫騙了去。我們有五件寶貝，他拿走兩件，我這裡有七星劍與芭蕉扇，還有一條**幌**(ㄏㄨㄤˇ)金繩在壓龍山壓龍洞老母親那裡，我們派人請母親來吃唐僧肉，讓她帶上幌金繩來捉孫行者。」於是他們又另派兩個小妖去請老奶奶，一個叫巴山虎，一個叫倚海龍，吩咐他們路上一定要小心，不要讓孫行者騙了。

悟空在一旁聽得清清楚楚，附在巴山虎身上，一路跟著他們。快到壓龍洞時，悟空變回原形，一棒將兩個小妖打成肉餅。他拔根毫毛，變出個巴山虎，自己搖身一變，變成倚海龍的模樣。兩人去壓龍洞請老奶奶。老奶奶聽說要請她去吃唐僧肉，不禁大喜：「我的兩個兒好孝順。」老妖婆讓人抬出一頂香藤轎，帶上幌金繩，由兩個女妖怪抬著走。走到半路，悟空說：「走了這麼遠，我們在這裡歇歇吧。」兩個女妖停了轎子，看悟空坐在那裡吃餅子，忙圍了過來，不想被他一棒打死。那老妖婆聽到動靜，伸頭來看，也被悟空劈頭一棒，打死了。拖出轎子一看，原來是只成精的九尾狐狸。悟空把那幌金繩找出來，藏在袖子裡，又搖身一變，變成老妖婆的模樣。悟空拔了兩根毫毛，變成倚海龍、巴山虎，又拔了兩根毫毛，變成兩個女妖怪，抬著轎子來到蓮花洞。

金角大王和銀角大王聽說老母親來了，連忙出門來接。悟空下了轎子，也學那老妖婆嬌滴滴、扭扭捏捏的模樣。金角大王和銀角大王忙磕頭說：「給母親請安。」悟空彎下腰，扶了兩個妖魔起來，說：「我兒起來。」這時，被綁在柱子上的豬八戒哈哈笑了一聲，原來剛才悟空彎腰時露出了猴尾巴，被他看到了。悟空假模假樣地坐在中間問：「我兒，找我來有何事呀？」金角大王說：「這次我們抓了唐僧，請母親來吃唐僧肉。」悟空說：「我兒，唐僧的肉我倒不吃，聽說有個豬八戒的耳朵甚好，給我割下來下酒。」八戒一聽，氣憤地說：「你這遭瘟的，你還要吃我耳朵！」兩個魔頭一聽，覺得這事有**蹊蹺***，又有小妖慌忙來報，說巡山時看到了被打死的老奶奶。銀角大王一聽，不由分說，拿起七星寶劍朝悟空劈頭砍去。悟空身形一閃，逃走了。銀角大王穿上披掛，追出門去。

二人在空中鬥了三十個回合，悟空心想：「我已拿了他三件寶貝，還在這裡與他耽誤什麼工夫。」於是一手拿棒擋住他的寶劍，一手拿出幌金繩套住銀角大王的頭。原來悟空不知道使用這幌金繩是有方法的，綁東西時要念「緊繩咒」，鬆綁時要念「鬆繩咒」。銀角大王認出是自家寶貝，念了個「鬆繩咒」，就解了繩索。又一把向悟空拋去，悟空逃脫不及，被綁住了，正想使一招「瘦身法」，銀角大王念了「緊繩咒」，悟空被捆得越來越緊，逃脫不得。銀角大王在他身上找出了紅葫蘆和玉淨瓶，把悟空押回了蓮花洞，和八戒他們綁在一起。兩個魔頭在後堂喝酒慶功，悟空趁機把金箍棒變成一個**鋼銼**†，把幌金繩銼成兩段，逃了出來，拔根毫毛變個假人拴在那裡。他的真身變成了一個小妖怪，趁金角大王和銀角大王喝醉了，把幌金繩偷了出來。悟空得了一件寶貝，到了洞外高喊：「者行孫來了！」金角大王聽了，吃驚地說：「捉住個孫行者，怎麼又來了個者行孫？」銀角大王拿上紫金紅葫蘆，出門對悟空說：「我叫你一聲，你敢答應嗎？」悟空說：「你叫我千聲，我答應你萬聲。」銀角大王拿了寶貝跳到空中，底朝天，口朝地，叫道：「者行孫。」悟空想，反正他真名叫孫行者，就應了一聲，嗖地被吸進葫蘆裡去了。原來那寶貝不管真名假名，只要應了就會被裝進去。

悟空到了葫蘆裡，一片漆黑，頭頂不動，棒戳不動，嚴實得很。金角大王說：「賢弟真厲害。來，咱們先喝酒，等他化成水再打開看。」過了一會兒，悟空在裡面叫道：「哎呀！胳膊化了！」一會兒，又叫：「娘啊！腰骨都化了！」妖怪聽了，高興地說：「都化到腰了，看來化得差不多了，咱們揭開來看看。」悟空一聽，拔根毫毛變成半截身子在葫蘆底待著，真身化成一隻小蟲，爬在葫蘆口，銀角大王揭開葫蘆一看，悟空趁機飛出來，然後變成倚海龍的模樣，站在銀角大王旁邊。金角大王見還有半截身子，連忙蓋上蓋子，把葫蘆遞給身邊的倚海龍，繼續喝酒。悟空得了真葫蘆，藏進袖中，又變出個假葫蘆，遞給銀角大王。

悟空拿著真葫蘆，又到洞外叫喊：「行者孫來了！」金角大王一聽，說：「惹了猴子窩了，幌金繩拴著孫行者，葫蘆裡裝著者行孫，怎麼又來個行者孫？」銀角大王說：「怕什麼，我這葫蘆能裝一千人呢。等我出去看看，一起裝來。」銀角大王拿著葫蘆出門，對悟空說：「行者孫，我叫你一聲你敢答應嗎？」悟空說：「你叫我，我敢答應；我叫你一聲，你敢答應嗎？」銀角大王問：「我叫你，是我有個寶葫蘆，可以裝人，你叫我，你有什麼？」悟空說：「我也有個葫蘆。」說完，把那葫蘆從袖中拿出來，銀角大王

＊奇怪，可疑。

†一種金屬工具，有普通銼、特種銼和整形銼幾種。

一看，大驚失色，問：「你那葫蘆從哪裡來的，怎麼和我的一模一樣？」悟空哪裡知道來歷，於是反問：「你那葫蘆是從哪裡來的？」那銀角大王也不多想，老實交代說：「我這葫蘆是開天闢地時，昆侖山下一個仙藤上結的。」悟空聽了，哈哈大笑，說：「我這葫蘆，也是從仙藤上摘的。當時仙藤上結了兩個葫蘆，我這個是雄的，你那個是雌的。」銀角大王說：「不管雌雄，能裝人就是好寶貝。」說完，叫了聲「行者孫」，悟空連著應了八九聲，都沒被裝進去。銀角大王捶胸頓足，洩氣地說：「怎麼這麼個寶貝也怕公的？雌的見了雄的，就不敢裝了！」悟空笑著說：「該我了！銀角大王！」那妖怪不自覺地應了一聲，嗖的一下就被裝了進去。悟空拿著寶貝又來到蓮花洞。

金角大王聽說銀角大王被孫悟空裝進了葫蘆裡，放聲大哭，帶著一洞小妖，出來決鬥，悟空拔下一把毫毛，變出一堆孫悟空，把那些小妖都打死了。金角大王見大勢已去，慌忙逃走了。悟空回蓮花洞救出師父、八戒、沙僧，連忙趕路。原來那金角大王逃到了壓龍山壓龍洞聚齊了一群女妖，又來找悟空報仇。悟空讓八戒、沙僧保護好師父，使了金箍棒將一眾女妖打死，又拿出紫金紅葫蘆把金角大王也裝了進去，正要回去找師父，忽然聽見空中有人喊道：「悟空，還我寶貝來。」悟空抬頭一看，是太上老君，就問：「什麼寶貝？」太上老君說：「那兩個妖怪是我看爐的童子，只因偷了我的寶貝，下界為妖，今天被你捉住，也是一件功績。那紫金紅葫蘆是我盛仙丹的，羊脂玉淨瓶是我盛水的，七星寶劍是我降妖伏魔的兵器，芭蕉扇是我用來搧火的，繩子是我綁衣服的帶子。」悟空覺得這老君縱徒為妖，害得他好苦，不肯把東西交出來。太上老君答應回去定要好好處罰那兩個人，悟空這才將東西交了出來。老君拿回自己的五件寶貝，打開葫蘆和淨瓶的蓋子，倒出兩股仙氣，用手一指，將兩個妖怪又變回金銀兩個童子，帶著一起回兜率宮去了。告別了太上老君，師徒四人收拾好行李馬匹，繼續西行。

西遊好奇問

太上老君有多少個寶貝？

《西遊記》中哪位神仙擁有的寶貝最多？那無疑是太上老君。他到底有多少寶貝呢？仔細一數居然有九件之多，如意金箍棒、九齒釘耙、紫金紅葫蘆、羊脂玉淨瓶、幌金繩、七星劍、紫金鈴、芭蕉扇、金剛琢。這九件寶貝個個厲害非凡。紫金鈴是《西遊記》中太上老君送給觀音菩薩的法寶，是其在八卦爐鍛鍊而成，甚是厲害，晃一晃出火，晃兩晃生煙，晃三晃飛沙走石。

白白老師的國學小教室

靈變聰明的孫悟空

孫悟空智鬥金銀角大王的故事裡，孫悟空不單是法力無邊，還可以見到他的聰明機智。

多數小說裡設定的主角大多會是正義的一方，孫悟空當然也不例外，但小說裡的主角通常也得依循正義、良善的方式來除魔衛道，不過孫悟空在這方面就沒那麼死板拘束了。

孫悟空向妖魔吹牛起來的功夫也是很厲害的，透過浮誇的吹牛就能把金銀角大王的葫蘆給騙過來。我們可能會懷疑孫悟空這樣的手段，是否不符合誠實的原則？但是他最終的目標仍然是除魔衛道，並不是作惡，而且正因為孫悟空的靈變聰明，我們能看到一個靈動不羈、聰慧機智的主角形象，

他不是傳統的英雄形象，沒有英俊的外貌，也不遵循虛有其表的仁義道德，但他充滿勇氣、自由而靈動，能把作惡的妖魔騙得團團轉，令讀者忍不住捧腹大笑、嘖嘖讚嘆。

第二十三回　烏雞國救真國王

一天，師徒四人來到敕建寶林寺，在這裡借宿。寺裡的方丈為他們安排了齋飯。悟空他們吃完齋飯就回房休息了，唐僧一人在禪堂溫習經文。在昏暗的燈光下，他念一會兒《梁皇水懺》，看一會兒《孔雀真經》，一直看到三更時分，正準備把經書放回包裹裡回去睡覺，就聽見門窗外忽然刮起好大的一股陰風，燭光忽明忽暗。唐僧雖然心中驚怕，但是不知怎的感到非常困倦，就趴在桌上睡著了。

過了一會兒，唐僧隱約聽到有人叫「師父」，他抬頭一看，門外站著一個人，渾身上下水淋淋的，眼中含著淚水，不住地叫：「師父！師父！」唐僧有些害怕不敢再看，說道：「你是哪裡來的妖魔鬼怪，我是東土大唐來的和尚，手下有三個徒弟，都有降妖伏魔的本領，我勸你還是趁早走吧。」那人聽了，站定身體，說：「師父別怕，我不是妖魔鬼怪，請師父抬眼看看我是誰！」唐僧抬頭一看，那人頭戴一頂沖天冠，腰束一條碧玉帶，身穿一領飛龍舞鳳赭黃袍，足踏一雙雲頭繡口無憂履，手裡還拿著一柄列鬥羅星白玉圭*。唐僧大驚失色，高聲叫道：「你是哪朝陛下？快請坐！」說著連忙上前攙扶，手卻摸了個空。再看，那人還站在原地。唐僧問道：「陛下，你是哪裡的國王？半夜逃生至此，如果你有什麼話就跟貧僧說吧。」

---

*用作憑信的玉器，上尖下方。帝王、諸侯在舉行朝會、祭祀的典禮時拿的玉器。

那人不禁對唐僧哭訴說：「師父，距此四十里有個烏雞國，我便是烏雞國的國王。五年前，突然天干無雨，我天天沐浴齋戒[*]，焚香祈禱，也無濟於事。乾旱持續了三年，河流枯竭，寸草不生，百姓餓死了不少，還有很多人都逃難去了。一天，忽然來了一個自稱鐘南山的全真[†]道士，能呼風喚雨，點石成金。我請他登臺祈雨，果然頃刻間就下起了傾盆大雨，於是就與他結拜為兄弟，從此同吃同睡。兩年後的一天，我與那道士同游禦花園，走到八角琉璃井邊，不知他往井裡扔了什麼寶貝，井中發出萬道金光。他哄騙我到井邊觀看寶貝，趁我不注意一把將我推下井，還用石板蓋住井口，堆上些泥土，種了一棵芭蕉在上面。可憐我，因此做了個冤死鬼。」

唐僧一聽是鬼，嚇得雙腿酥軟，戰戰兢兢地問：「你既然死了三年，為何你的皇后和文武百官不尋找你？」那人說：「那道士害了我以後，變成我的模樣，奪了我的江山，霸占了我的妻兒。可憐太子，三年不准入宮，也不得與他母后相見。太子明日出城打獵，師父務必要與他相見，把我的話告訴他。」唐僧說：「你為何不去閻王那裡告他，卻來我這裡告狀？」那人哭著說：「那妖怪神通廣大，十代閻羅都是他的兄弟，我是申冤無門哪。師父有護法諸天神保護，我一個冤魂，怎麼敢找上門來，剛才是被夜遊神的一陣神風送進來的，他說我三年水災已滿，讓我來拜見師父，說你手下的大徒弟能降妖伏魔，幫我申冤。」唐僧說：「既然如此，我們必然幫你，還你清白。只是，你那太子不會輕易相信我們。」那人把手中拿的白玉圭放在臺階上，說：「那道士變成我的模樣，卻少了這件寶貝，他只好對人說是求雨的時候丟了。太子若是看到此圭，一定會認得的。」那冤魂說完，叩頭拜別，唐僧想送，不知怎麼跌了個跟頭，一下子驚醒過來，才發現原來是一場夢。

唐僧趕忙叫來悟空，和他說了剛才的怪夢。悟空推開門一看，臺階上果然有一柄白玉圭。悟空說：

「看來此事不假，那冤魂托夢給師父，是要我們幫他捉住妖怪。要救出真國王，首先要把太子引過來。」悟空跟唐僧他們如此這般說了一番，安排完畢後，天已經亮了。他跳到空中，遙望不遠處的烏雞國，忽然看見從那座城池的東門閃出一路人馬。悟空暗喜，心想領頭的肯定就是太子了。於是他變成一隻白兔，在太子馬前亂跑，太子一看連忙搭箭拉弓，一箭射了過來。悟空接住箭，裝作中箭的樣子，撒腿就跑。太子以為射中了白兔，獨自趕馬追來。不一會兒他就來到寶林寺門前。悟空現出真身，進了寶林寺，只把一支箭插在門檻上。

太子趕到山門前，不見白兔，卻只有一支箭插在門檻上，心裡覺得奇怪，決定進去看看。這時保駕的三千人馬也趕到了，簇擁著太子，慌得寺裡的眾僧連忙叩頭迎接，將其接入正殿。唐僧坐在正殿中央，也不行禮。太子大怒，喝道：「這個和尚無禮！把他給我捆起來。」眾將士上前要捆唐僧，可是護法神聽了悟空的吩咐，將唐僧保護了起來，他們都無法靠近。太子問道：「你是哪裡來的和尚，怎麼會有這種妖術？」唐僧上前施禮說：「貧僧是從東土大唐來，去西天拜佛求經的和尚，並不會什麼妖術。貧僧知道太子今日必定要來寶林寺，因此在此等候。」太子覺得奇怪，問道：「你怎麼知道我今天會來？」唐僧叫太子讓周圍的人都出去，才敢說出原因。於是太子讓周圍的人都出去，自己一個人留下。唐僧指指身邊的小紅盒子，說：「這紅盒裡有個寶貝，叫作立帝貨，能知一千五百年過去未來之事。」說完打開盒蓋，悟空

* 穿戴整潔，戒除嗜欲，以表示虔誠。

† 道教的一個派別，這裡指道士。

跳出來，呀呀亂走。太子不信，說：「這麼個小人，能知道什麼？」悟空把腰伸一伸，就長了有三尺四五寸，一直長到原來的大小，顯了神通，太子才有些相信。

太子問道：「立帝貨，老和尚說你能知過去未來之事，是真的嗎？」悟空說：「天下之事，過去未來沒有我不知道的。」接著悟空就把烏雞國國王托夢的事說了一遍，見太子將信將疑。悟空拿出白玉圭，說：「這白玉圭就是證物，你若還是不信，可以回去問問你的母后，看她與國王的感情比三年前如何，一問便知。」太子見了白玉圭，又聽悟空說得句句有理，聯想起這三年來發生的事情，心裡頓生疑雲。悟空害怕太子的手下走漏消息，因此讓他安排眾人在此等候，太子獨自一人上馬飛快地回宮找母后去了。

太子偷偷進入宮中，見母親正坐在那裡獨自流淚。母子二人已有三年不曾見面，太子安慰母親不要傷心，然後問了夫妻二人的感情，果然母后與父王這三年來感情大不如前。太子把悟空說的又跟母后說了一遍，還拿出白玉圭為證。皇后聽了，更加悲傷，說：「皇兒，我夜裡也夢見過你父皇，渾身水淋淋地站在我面前，說他被人害死了。我先前還不信，看來一切都是真的。」太子讓母親暫時保持鎮定，不要打草驚蛇，連忙又趕回寶林寺，請求悟空救他的父王。悟空答應了，又念了咒語，讓土地山神送些山禽野獸給太子，好讓他回去交差，不被妖怪懷疑。

到了晚上，悟空揪著八戒的大耳朵把他叫醒，跟他說烏雞國的妖怪有一件寶貝，怕明日與他爭鬥那寶貝不好對付，不如今夜就去偷了。八戒想了想說：「猴哥，這做賊的買賣俺老豬也做得，就是偷了寶貝你可不能跟老豬搶。」悟空心裡暗笑，答應說偷到了就歸他。八戒歡歡喜喜地跟著悟空去了。二人來到御花園，悟空找到那棵芭蕉樹，讓八戒移開芭蕉，又掀起青石板，下面果然是一口井，月光照得井下水波粼粼，八戒開心地笑道：「造化！那寶貝在井裡還放光呢！」於是迫不及待地抱著金箍棒就滑入井裡。那呆子往水深處走，來到了井龍王的水晶宮，跟井龍王說：「你這兒有什麼寶貝？我師兄讓我來找寶貝呢！」井龍王說：「寶貝倒是有一件，不過不便拿出來，還請天蓬元帥隨我去看看吧。」說完帶八戒來到一間院子。八戒興奮地上前一看，哪有什麼寶貝呀，就是個死國王，直挺挺躺在那裡。八戒扭頭就走，浮上水面。悟空讓他把那屍首馱上來，八戒不肯，悟空拿出金箍棒就要打，八戒只得下去把那國王的屍體馱上來。

二人帶著國王的屍體回到寶林寺，唐僧看那國王的容顏未變，像活人一樣，對悟空說：「悟空，你能把他救活嗎？」悟空回答說：「俺老孫雖然救不了他，但是太上老君的九轉還魂丹能夠救他。」於是悟空一個筋斗來到南天門，直奔兜率宮，向太上老君討了一粒金丹，又回到了寶林寺。悟空用水將金丹送進國王嘴裡，過了一會兒，只聽他肚裡呼呼亂響，可是身體仍然不能動彈，悟空又上前給他度了一口清氣，那烏雞國國王竟神奇地起死回生，翻身站起來，不住地磕頭感謝唐僧師徒。悟空把國王打扮成隨從的模樣，讓八戒分出一擔行李讓他挑著。

五人一起來到烏雞國皇宮，請求倒換關文。眾人隨唐僧來到金鑾殿，也不下跪，那假國王大怒道：「大膽和尚，你們從哪裡來？見了本王為什麼不下跪？」悟空說：「我們是東土大唐來的，前往西天拜佛取經。我大唐是天朝上國，你們這些小國該拜我們才是！」假國王更加氣憤，下令說：「來人，把這野和尚抓起來！」滿朝文武一擁而上。悟空用手一指，喝一聲：「定！」文武百官都定在原地，動彈不得。

悟空趁機把假國王害死真國王篡奪王位的經過說了一遍，滿朝官員雖然不得動彈，卻都聽得清楚，假國王見事情敗露，臉上紅一陣白一陣，伸手奪過一個鎮殿將軍腰間的寶劍，駕雲逃走了。悟空解了眾官員的定身法，踏上筋斗雲追了過去。悟空大喝一聲：「妖怪，哪裡逃！老孫來也！」妖怪回過頭，拿出寶劍，高聲罵道：「你個孫行者！我占別人的帝位，幹你何事？」悟空說：「你奪人王位，害人性命，看棒！」妖怪舉起寶劍相迎，兩人在空中好一頓廝殺。那妖怪哪裡是悟空的對手，卻又逃脫不了，於是又逃回金鑾殿，變成與唐僧一般模樣，並排站在大殿上。

悟空趕上來舉棒要打，那妖怪說：「徒弟莫打，是我！」舉棒要打另一個，也說：「徒弟莫打，是我！」悟空分辨不出，只好停手，在那裡急得抓耳撓腮。八戒笑著說：「師兄，有一個辦法，只是你要忍著疼，你讓他們念那緊箍咒，我和沙僧一人拉一個聽著，不會念的就是假的。」真唐僧果真就念起咒來，妖怪口裡只能胡亂哼。八戒說：「我這邊哼的就是妖怪了。」說著舉起釘耙要打。那妖怪縱身跳出大殿，踏著雲頭又逃走了。八戒、沙僧趕緊追了過去，悟空忍著頭疼，拿上金箍棒也追過去。三人圍住妖怪，悟空舉棒正要打，突然有人高聲叫道：「大聖，手下留情！」說話的是文殊菩薩，原來這妖怪是文殊菩薩的坐騎青毛獅子。

悟空見是文殊菩薩，不依不饒地說：「菩薩，你怎麼把坐騎丟了，讓他在這裡害人，該當何罪？」菩薩笑著說：「我這青毛獅子是奉佛旨來的。當初這烏雞國國王好善齋僧，佛祖讓我來度他歸西，做個金身羅漢。我便變作一個凡僧前來，可是他不知我是個好人，把我捆了丟入河中，浸了我三天三夜，多虧六甲金身救我出來。佛祖因此讓此怪來推他下井，浸他三年，以解我三日水災之恨。」悟空說：「你這菩薩，為了報私仇，卻不知道害了多少烏雞國的百姓啊！」菩薩說：「他也不曾害人，三年裡風調雨順，國泰民安。」悟空笑笑說：「既然如此，菩薩就把他領回去吧。要不是菩薩親自來，我可不饒他性命。」那妖怪現了原形，文殊菩薩騎在他身上，回五臺山去了。

悟空三人回到皇宮，把文殊菩薩收妖的事說了一遍。國王感激不已，要讓位給唐僧，唐僧哪裡肯受，只求早早倒換了關文，好去西天取經。國王只好與他們依依惜別。唐僧師徒又踏上了取經之路。

延伸小知識

會洗紅薯的猴子

猴子屬於靈長目，是聰明的動物。二十世紀五〇年代，日本曾有一群人每天在海邊給猴子投餵紅薯，但猴子吃著沾有泥土的紅薯既費勁又傷牙，怎麼辦呢？過了幾年，一隻名叫一默的雌猴靈機一動——用海水把紅薯洗乾淨之後再吃。這隻一歲半的小猴子後來將這種技巧教給了親人和朋友。短短五年後，島上八〇%的猴子都學會了洗紅薯這一技能。

白白老師的
國學小教室

烏雞國與哈姆雷特

烏雞國故事和西方的《哈姆雷特》有很多相似的地方。例如：烏雞國國王跟《哈姆雷特》的國王都是被兄弟害死、故事皆由國王的訴冤開始、國王都是在御花園被害死、皆為王子替自己的父親復仇。

烏雞國故事和《哈姆雷特》在情節的設計上有太多雷同的地方，或許二者的故事來自同一個故事源頭，東西方擁有同個故事源頭，其實不是少見的事情，抑或王子復仇記的故事，本就流傳在世界各地，有著類似的故事類型。

不過烏雞國故事本質上是喜劇，《哈姆雷特》則是悲劇，且二者的故事因應國家和民族的不同，故事的背景與文化也大相逕庭。

雖然我們難以追溯二者故事的源頭，但能在閱讀的過程中，對讀中西方文化的不同、細節的差異，感受不同文化的魅力，也是一件有趣的事。

第二十四回　火雲洞大戰紅孩兒

師徒四人離開烏雞國，走了半個多月，遇到一座高山擋路。這山遮天蔽日，唐僧騎在馬上看得心驚，只見那山坳裡有一朵紅雲，看似一團火，直冒到九霄之上。悟空也是一驚，忙牽住白龍馬，扶了唐僧下來，說：「不要走了，妖怪來了！」八戒慌忙拿起釘耙，沙僧也掄起寶杖，三人把唐僧護在中間。

那紅雲裡還真藏了個妖精，他數年前就曾聽說，東土有個唐僧要到西天取經，吃上一口唐僧肉能長生不老。他天天在這裡等候，今天終於碰上了。那妖怪在紅雲裡看得分明，唐僧被三個長相醜陋的徒弟護著，知道想吃唐僧肉不是件容易的事，於是計上心來。那妖精按落紅雲，在山坡搖身一變，變成一個七歲頑童，光著身子，用麻繩捆了手腳，倒掛在一棵樹上。

悟空看那紅雲散盡，火氣全無，心想可能是個過路的妖精，於是將唐僧扶上馬繼續趕路。眾人走到山坡，忽然聽到不遠處的樹林裡傳來小孩的呼救聲：「救命！救命！」唐僧問道：「徒弟們，你們聽是哪裡有人喊救命？」悟空知道唐僧心善，恐怕又要多管閒事，於是笑著說：「師父，我們趕我們的路，莫管閒事。」這一路行來，唐僧知道荒山野嶺多有妖怪，也就不再堅持了。眾人走了一里多路，那呼救聲又傳來了，一聲比一聲淒厲。孫悟空忙使了個移山縮地之法，師徒四人早已行過此山，到了下一個山頭。那妖怪左等右等不見唐僧身影，忙抖落繩索跳到半空，發現唐僧師徒早已走遠。

那妖怪又按落雲頭，離在唐僧師徒前方不到半里路的地方故技重施*。唐僧師徒四人正走著，又聽見有人喊：「師父救人哪！師父救人哪！」唐僧一看是個小孩被吊在樹上，忍不住又大發慈悲心，三人只好護著唐僧前去查看。唐僧問道：「你是誰家的孩子，怎麼會被吊在這裡？」那妖怪眼中含著淚說：「師父，我家就在山西邊的枯松澗，我父親姓紅，叫紅百萬，因家中有些錢財，三天前，一夥強盜搶了我家錢財，殺了我父親，搶了我母親，還把我吊在這裡。我在這裡吊了三天三夜，今日遇到師父，望師父大發慈悲，救救我吧。」唐僧聽他這麼一說，更加不忍心，連忙替他解了繩索，讓他上馬。可這妖精找了藉口不願騎馬，只肯讓悟空背。悟空背他走了幾步，心想：「我得找個機會把這妖精摔死。」妖怪早已料到，使了個重身法，變出千斤重的假身壓住悟空，真身跳到空中查看。悟空越背越重，氣得他把那假身往旁邊石頭上一摔，那屍體被摔得跟肉餅一樣。妖怪在空中氣得咬牙切齒，心想：「要不是我早有察覺，今天小命恐怕就丟在你手上了。」於是他一不做二不休，刮起一陣旋風，把唐僧擄走了。

悟空知道這風來得不尋常，果真發現唐僧早已不見。三人尋了六七十里路也沒找到唐僧。悟空心裡著急，縱身跳上山頭，大喝一聲「變」，變成三頭六臂，似當年大鬧天宮一般，三根金箍棒劈里啪啦，亂打一通。八戒以為悟空找不到師父，心裡著急，胡亂發洩。其實悟空是要找出本地的土地神和山神。不一會兒，一群窮神冒了出來，個個衣不蔽體，說：「大聖，山神、土地前來聽候差遣。」悟空問道：「這山叫什麼山，山上有多少妖精？」眾神說：「這山叫六百里鑽頭號山，山裡有一個妖怪，住在枯松澗火雲洞。那妖精神通廣大，大聖千萬要小心哪。」悟空問：「那是個什麼妖精？」眾神說：「說起來大聖和那妖怪還是親戚，他是牛魔王的兒子，羅剎女養的，曾在火焰山修行了三百年，煉成三昧真火†，乳名叫作紅孩兒，號稱聖嬰大王。牛魔王讓他來鎮守號山。」悟空聽了滿心歡喜，讓眾神回去了，回來對八戒、沙僧說：「師父這下沒事了，那妖怪是牛魔王的兒子，我與那牛魔王五百年前曾結拜了兄弟，論起輩分那妖怪還得叫我聲叔叔呢。」

三人往西走了一百多里才找到枯松澗火雲洞，看見一群小妖正在洞前掄槍舞劍，於是讓人進去通報，讓紅孩兒交出師父，敢說半個「不」字，就掀翻洞府。此時，那紅孩兒在洞裡把唐僧剝了衣服，沖洗乾淨，正要上蒸籠蒸呢，聽說孫悟空他們找來了，不慌不忙，讓幾個小妖推了五輛車出去，按金、木、水、火、土排好，這才拿過一杆火尖槍，腰間束一條錦繡戰裙，赤著腳出來迎戰，叫道：「什麼人敢在這裡吆喝？」悟空一看大笑說：「我的侄兒，快把唐僧還給我，免得傷了親情，還說我以大欺小。」紅孩兒聽了大怒道：「你這猴頭，胡言亂語，我與你有什麼親？誰是你侄兒？」

悟空說：「五百年前我與你父親結拜為兄弟時你還不知道在哪裡呢，論起輩分你該叫我一聲叔叔。」紅孩兒哪裡肯聽，舉起火尖槍就刺。一個罵「小畜生，不識禮數」，一個說「潑猴頭，不識時務」；一個橫舉金箍棒，一個直挺火尖槍。二人鬥了二十個回合，不分勝負。

八戒在旁邊看那妖怪只有招架之力，心想這妖怪容易收拾，不能讓猴哥一個人立了功，於是舉起九齒釘耙，朝妖怪劈頭砍去。紅孩兒不想八戒突然過來助陣，急忙拖槍敗下陣來。悟空和八戒追到火雲洞前，只見紅孩兒一隻手舉著火尖槍，站在那中間一輛小車上，一隻手捏著拳頭，往自家鼻子上捶了兩拳。八戒

* 指重新使用過去的伎倆、手法。

† 又名三昧神火，是中國古典文學中和道教文化中經常出現的詞語，一般認為「心者君火，亦稱神火也，其名曰上昧；腎者臣火，亦稱精火也，其名曰中昧；膀胱，即臍下氣海者，民火也，其名曰下昧」，此為三昧真火。

笑道：「這小妖怪好不害羞，他還想捶破鼻子，弄出點血來，告我們以大欺小呢！」那妖怪捶了兩拳，口念咒語，竟然從口裡、眼睛裡噴出三昧真火，鼻子裡冒出濃煙，那五輛戰車頓時騰起沖天火焰，整個火雲洞前煙火彌漫。八戒抵擋不住，落荒而逃。悟空念著避火訣，沖入火中找那妖怪，紅孩兒見悟空過來，又噴了幾口，火勢更加猛烈。悟空被煙火熏得看不見路，只能跳出火海。

悟空回到枯松澗邊的松樹林裡與沙僧會合，見到早已逃回的八戒，怒道：「你這呆子，全無兄弟之情。」沙僧說：「大師兄，你先別怪二師兄了。我聽二師兄說那妖怪好不厲害，會使三昧真火，我看我們不如以水克火。」悟空一聽，恍然大悟，駕上筋斗雲去東海搬救兵。東海龍王聽悟空說明來意，撞動鐵鼓金鐘，頃刻間，叫來其他三海龍王。四海龍王一起與悟空來到枯松澗上方，等候悟空號令。悟空又到火雲洞門前叫陣，那妖怪挺著火尖槍，又讓小妖推出五輛戰車，對悟空說：「你這猴頭，還來做什麼？你師父唐僧已經是我的下酒菜了。」悟空一聽，十分惱怒，舉起金箍棒劈頭就打。二人又是一頓廝殺，那妖怪心知鬥不過，於是虛晃一槍，捏著拳頭，又將鼻子捶了兩下，噴出火來。五輛戰車也隨之騰起火焰。悟空回頭大叫：「龍王！快下雨！」四海龍王聽到號令，一時間大雨傾盆而下。說來奇怪，那火遇了水倒像是火上澆油，燒得越來越大。悟空抵擋不住，捂著眼睛駕雲走了。原來龍王的雨只能澆滅凡火，卻澆不滅這三昧真火。

等八戒、沙僧找到悟空時，他躺在水邊，四肢蜷縮，渾身上下冷冰冰的。原來悟空一身煙火，想跳進水裡滅火，不料被冷水一激，更覺火氣攻心，三魂出竅。沙僧以為大師兄死了，傷心得直哭。八戒說：「別哭，這猴子裝死嚇我們呢，他既然有七十二般變化，就有七十二條性命，看我的。」說著讓沙僧拉住孫悟空的腳，把悟空推起來讓他盤膝坐定，幫他按摩揉擦。不一會兒，悟空果然醒了過來。兄弟三人商量，現在只能請觀音菩薩幫忙，可是悟空身體虛弱，不能騰雲，八戒就自告奮勇，去南海請觀音菩薩。誰知那妖怪正躲在雲裡尋找孫悟空，看見八戒往南去了，料定是去找觀音菩薩，於是變成觀音菩薩的模樣，在前方的壁岩上等著八戒。那呆子半路上遇見觀音菩薩，也不想是真是假，趕緊下拜，將唐僧在號山遇難的事說了一遍。妖怪說：「那火雲洞洞主絕不會故意傷人，一定是你們衝撞了他。也罷，你起來，隨我去見那洞主，我與你說個人情，你賠個禮，把你師父救出來吧。」八戒跟著假觀音菩薩，不一會兒就到了火雲洞洞口。假觀音菩薩說：「你跟我進去。」八戒剛一進洞，就被一群小妖捉住，裝進了口袋，被吊在柱子上。八戒這才知道上了妖怪的當，破口大罵道：「你這妖怪，要是敢吃我老豬，我保證讓你頭上長包，得瘟疫不得好死。」

悟空和沙僧等了一會兒，就見一陣腥風刮過。悟空心知不好，想必八戒是遇到那妖怪了，於是咬牙忍著疼，拄著金箍棒又來到洞口叫戰。一群小妖拿著刀槍沖出來，悟空不敢迎戰，拔根毫毛變成包袱丟在洞前。小妖們以為悟空被嚇跑了，看地上有個包袱就拿回洞裡去了。哪知悟空變成了一隻蒼蠅趴在包袱上，跟了進去。悟空一聽，八戒被裝在袋子裡哼哼唧唧，咒罵那妖怪。悟空暗想：「這呆子，果然在這裡受悶氣呢，我一定要抓住這妖怪，一雪前恥。」

不一會兒，紅孩兒叫來六個小妖，吩咐他們去請牛魔王來吃唐僧肉。悟空一聽，跟著六個小妖飛出洞外。離小妖有十數里遠近，悟空變成牛魔王的樣子，又拔下幾根毫毛，變出幾個隨從，裝成在林裡打獵的樣子。那幾個小妖看到牛魔王正坐在林子中間，連忙跪地磕頭說：「爺爺！聖嬰大王讓我們請老大王爺爺去吃唐僧肉。」悟空隨六個小妖來到火雲洞。

紅孩兒在洞裡聽到消息，心想：「父王來得怎麼這麼快！」隨即安排各路頭目，擺駕迎接。悟空邁開大步，走到寶座前，穩穩地坐下。紅孩兒跪下叩頭說：「孩兒給父王請安。今日我抓了唐僧，請父王過來

一起享用。」悟空故作吃驚地問：「我兒，可是那去西天取經的唐僧？」紅孩兒說：「正是。」悟空說：「他的大徒弟孫悟空神通廣大，這唐僧肉可吃不得呀！」紅孩兒不高興地說：「父王怎麼長他人志氣，滅自己威風？那猴子早被我的三昧真火燒得不敢露面，父王就放心地享用唐僧肉吧。」悟空一聽，只好說：「我兒真是好本事，不過你母親時常勸我做些善事，我已改吃素了，那唐僧還是放了吧。」紅孩兒頓起疑心，心想：「父王平日都吃人肉，怎麼突然吃起齋來了？」於是他走到門外，把那六個小妖叫來，問他們是從哪裡請來的老大王。幾個小妖說是在林中遇見的。那紅孩兒一聽，已經心裡有數，轉身回去故意問悟空自己的生日是什麼時候。悟空托詞說自己年老記不清了。紅孩兒喝道：「父王一向把我的生日掛在嘴邊，怎麼今天卻不知道？你一定是假冒的！」說完，掄槍就打。悟空用金箍棒架住，現出本相說：「我的兒，你怎麼能打老子呢？」那妖怪惱羞不已，悟空趁機跳到空中，駕雲去南海找觀音菩薩了。

觀音菩薩聽說紅孩兒竟敢假冒自己的模樣，非常生氣，隨悟空來到了火雲洞。菩薩用楊柳枝蘸著甘露在悟空的手心裡寫了一個「迷」字，對他說：「捏著拳頭，去那妖怪門前叫戰，將那妖怪引到我這裡，我自有辦法收了他。」悟空來到洞前叫戰，叫了兩次都沒人理他，悟空一氣之下把洞門砸了個窟窿。妖怪聽說，惱羞成怒，出來交戰。兩人鬥了幾個回合，悟空佯裝敗陣逃走，紅孩兒卻不追趕，悟空放開拳頭，紅

孩兒著了魔一樣，一路追來。不一會兒，二人來到觀音菩薩面前，觀音菩薩正坐在蓮臺上。悟空一晃，躲進觀音菩薩的神光影裡，妖怪找不到悟空，就質問觀音菩薩：「你是猴子請來的救兵嗎？」菩薩也不搭理他。那妖怪又問了一遍，菩薩還是不理。妖怪拿槍朝菩薩刺來，菩薩化道金光走了，只留下一個蓮臺。妖怪看菩薩丟下蓮臺逃走，以為菩薩不敢與他交戰，高興地跳上蓮臺，也學菩薩的樣子，盤腳坐在蓮臺上。

這時，菩薩說聲「退」，蓮臺上的花瓣都變成了鋒利的刀尖，刺得妖怪皮開血流，連聲求饒。菩薩問：「你可願意皈依佛門？」紅孩兒無計可施，只好表示願意皈依佛門。菩薩又說聲「退」，刀尖頓時就不見了。紅孩兒忙從蓮臺上跳了下來，又拿起長槍，朝菩薩刺來。菩薩不急不忙，從袖中取出一個金箍，叫聲「變」，變成五個箍，分別套在妖怪的頭頂、兩手和兩腳上。菩薩說聲「合」，紅孩兒的手便合在一起，任他怎麼使勁也分不開，只得叩頭下拜。菩薩說：「悟空，紅孩兒已經收了，只是他野心不改，我讓他一步一拜，拜到落伽山為止，你快去洞裡救你師父去吧。」說完帶著那妖怪，一起回到南海。

悟空拜謝了菩薩，去火雲洞裡救出師父和八戒，師徒四人又繼續西行。

趣味小講堂

西行路上到底有多少人保護唐僧？

護法諸天是二十四位天神，加上六丁六甲、五方揭諦、四值功曹、十八位護教伽藍，共計是六十三人。所以西遊一行人明有四人一馬，暗中卻有六十三人保護唐僧。

白白老師的國學小教室

紅孩兒的形象

紅孩兒是《西遊記》中大家耳熟能詳的妖魔，也是當代許多戲劇著意刻劃的角色。

他在火焰山修練三百年，修得三昧真火，有著高超的能力，令孫悟空難以對付，但是他的外型卻是個無害的孩童，具有形象上的反差。《西遊記》原著中的描述他：

「面如傅粉三分白，唇若塗朱一表才。鬢挽青雲欺靛染，眉分新月似刀裁。戰裙巧繡盤龍鳳，形比哪吒更富胎。雙手綽槍威凜冽，祥光護體出門來。哏聲響若春雷吼，暴眼明如掣電乖。要識此魔真姓氏，名揚千古喚紅孩。」

這段描述相當精彩細膩，紅孩兒膚白朱唇，眉宇間流露英氣，穿著的戰裙繡龍鳳，雙手拿槍，祥光護體。在《西遊記》眾妖魔中有著不凡形象。

第二十五回 龍太子霸占黑水河

離開火雲洞，唐僧師徒趕了一個多月的路，正在趕路之際，就聽見前方水聲震耳，唐僧問道：「徒弟們，前方水聲這麼大，恐怕是一條大河攔住了我們的去路。」悟空笑著說：「師父不要多慮，我們遇山翻山，遇水渡水，到了跟前，就會自有辦法。」眾人說話之際就見一條河擋路。眾人來到岸邊，唐僧下了馬站在岸邊望瞭望，嘆道：「徒弟們，這河水怎麼如此渾黑？」八戒一看河水黑不見底，覺得奇怪，就說：「是不是哪家在這河裡洗筆洗硯，把這河水染黑了。」悟空說：「八戒不要胡說，渡師父過河才是要緊事。」

八戒一聽悟空這麼說，為難道：「這河老豬不消一頓飯的工夫就過去了。」沙僧也說：「我不消片刻也就渡過河了。」唐僧問道：「你們三個哪個背我過河？」悟空讓八戒馱，八戒說：「不好馱，背凡人過河重若大山，背師父過河我老豬也得掉進河裡。」師徒四人正站在河邊想辦法，突然就見河中央劃過來一條小船。唐僧見有船，高興地說：「徒弟們，有船來了，讓他送我們過河吧。」沙僧大聲喊道：「搖船的，快過來。」船夫聽到喊聲，將船劃到岸邊，對唐僧說道：「師父，我這船小，你們人多，怎麼渡你們過河呢？」八戒說：「船家，你只管渡我和師父先過河，再過來渡馬和我沙師弟，我大師兄飛過去就行。」於是八戒扶著唐僧上了船，船夫撐開船向對岸劃去。

船行到河中，突然刮起一陣狂風，河面頓時波浪滔天，小船劇烈地搖晃，直接往河底沉去。這陣奇怪的大風，正是那船夫弄的，原來他是這黑水河中的妖怪，專門裝作船夫的模樣加害過河的人。悟空和沙僧在岸邊看見小船不見了蹤影，師父和八戒也不知所蹤，心知不好。悟空說：「這陣風來者不善，那個人不是什麼船夫，一定是個妖怪，師父和八戒一定是被妖怪捉去了。」沙僧說：「大師兄，你在岸邊看著行李。我去河裡會會那妖怪。」說完，沙僧掄起降妖寶杖，一頭紮進黑水河裡。

沙僧進入水中尋找妖怪的蹤跡，正在尋找的時候，就聽到有人說話，於是就躲在一旁偷偷觀看，只見不遠處有一座門樓，門上寫著八個大字：「衡陽峪黑水河神府。」沙僧正看時，突然聽那妖怪在裡面說話：「想我一直在黑水河上假扮船夫害人，今日終於功德圓滿了。這和尚據說是十世修行的好人，只要吃他一塊肉就能長生不老。小的們，快快準備好鐵蒸籠，將這兩個和尚給我蒸了。」小妖們歡呼雀躍，忙活起來了。沙僧聽妖怪要吃師父，忍不住心頭火起，揮起寶杖就往門上砸，大聲喊道：「妖怪，快放了我師父和師兄。」守門的小妖聽見喊聲，慌忙稟告妖怪說：「大王，不好了。外面來了個和尚正在叫罵。」

妖怪讓人取來披掛和竹節鋼鞭，領著一群小妖趕到門口喝道：「你是什麼人，敢在此放肆？」沙僧看到妖怪出來，罵道：「你這個不知好歹的妖怪，竟敢假扮船夫騙你爺爺，快把我師父和師兄放了，饒了你的性命。」妖怪冷笑了一聲，說道：「你這和尚不知死活！你師父是我捉了，正準備清蒸了吃呢。你這和尚若能在三回合之內打贏我，我就放了你師父。三回合之內打不贏我，我就連你一起蒸了。」沙僧一聽大怒，掄起寶杖就朝妖怪打過去，妖怪舉起鋼鞭招架。兩個人在黑水河底大戰了三十回合，不分勝負。

沙僧心想：「這妖怪倒有些本事，我一個恐怕難以取勝，不如將他引出水面，讓大師兄收拾他。」想到這裡，沙僧虛晃一杖，佯裝敗逃，往水面趕去。誰想，妖怪並沒有去追沙僧，而是在背後嘲笑說：「你這和尚趕緊逃吧，我還著急請我二舅爺來吃唐僧肉呢。」說完便返回河府了。

沙僧**氣急敗壞***地回到岸邊，說：「大師兄，這條河原來叫黑水河，我跟他鬥了半天，本想引他出來，不想那妖怪不曾追趕，說要回去吃師父呢，這可怎麼才好？」兩人正在愁眉不展，突然從河裡走出來一個老者。悟空一見這個老者，還以為他是那妖怪，老者慌忙解釋道：「大聖，我不是妖怪，我是這黑水河河神。幾年前，那妖怪趕著大潮來到黑水河，打死一大幫水族，霸占了我的河府。我去龍王那裡告他，才知道西海龍王是他母舅，抓不得。大聖，你一定要為小神申冤哪！」悟空說：「這麼說，那西海龍王也脫不了關係。我這就去西海找龍王算帳。」說完，悟空駕著筋斗雲往西海飛去。

悟空正在海面上飛行，就見一個黑魚精躍出水面，手裡拿著一個金色的書匣，悟空趕上前去，打死了黑魚精，揭開書匣一看，裡面是一張請帖。展開請帖一看，悟空笑道：「這下看老龍王怎麼抵賴。」悟空提著黑魚精的屍體，繼續朝龍宮趕去。探海的夜叉見悟空一路劈波斬浪朝龍宮而來，連忙跑到水晶宮向龍王稟報：「不好了，齊天大聖孫悟空來了。」西海龍王聽齊天大聖來了，慌忙整理衣冠前去迎接。

進了龍宮，悟空將死黑魚精一扔，然後一屁股坐在龍椅上。龍王連忙賠笑奉茶。悟空說：「我還沒喝你的茶，你倒要先喝俺老孫的酒了。」龍王不知緣故，忙賠笑說：「大聖，你這說的什麼話，小神不明白。」悟空笑著說：「黑水河裡你的好外甥準備吃我師父，還派了人送請帖請你去吃酒呢。」龍王看了看扔在地上的死魚，看完請帖，才明白事情的原委，嚇得魂飛魄散，慌忙說：「大聖饒命！那孽子本是我妹妹的第九個兒子。妹夫涇河龍王因改動降水時辰和點數，觸犯了天條，被天庭處斬，妹妹無處容身，便住在我這裡。前年舍妹不幸病逝，我覺得幾個妹妹的龍子已經成人，便各自給他們安排了地方和去處。這第九個龍子名叫**鼉**(ㄊㄨㄛˊ)龍，生性頑劣，我特意派他去黑水河修養心性。沒想到他為非作歹，竟敢抓大聖的師父。」

悟空說：「看在我們倆交情的分上，俺老孫暫且饒你一回，但是你那孽子抓了我師父，這事你得給我一個交代。」龍王謝過悟空，急忙找來摩昂龍太子，將事情原委說了一遍，讓他帶上五百精兵，去黑水河把鼉龍抓回來。龍王對悟空說：「大聖，你就安心在我這裡等消息，喝喝茶，吃些酒菜。」悟空說：「龍王，你不要說些不著邊際的玩笑話，我師父生死未卜，哪裡有工夫喝茶？」說完，悟空辭了龍王，帶著摩昂太子趕往黑水河。摩昂帶著五百蝦兵蟹將趕到黑水河府門前，喊道：「西海龍王太子摩昂來也。」妖怪疑惑，自言自語道：「二舅為什麼沒來，怎麼表兄來了？」正在琢磨，蝦兵來報：「大王，摩昂太子來了，還帶了五百蝦兵蟹將。」妖怪更加疑惑：「表兄來，帶幾個隨從就是，怎麼還帶了兵過來？看來太不識抬舉，讓我出去會會他。」於是妖怪讓小妖們取來兵器和披掛，出門迎接。

妖怪出來見了摩昂太子，笑著說：「表兄，表弟已經恭候多時，怎麼舅舅沒有過來？」摩昂太子說：「表弟，你好大膽子，聽說你抓了唐僧，你可知道他的徒弟非常厲害？」妖怪說：「他有個豬頭徒弟，已經被我抓了。還有一個黑臉徒弟，我和他交過手，也沒什麼厲害的。」摩昂喝道：「你這次是在太歲頭上動土，他的大徒弟齊天大聖可不好惹。當年他大鬧天宮，十萬天兵都拿不住他，你還吃他師父，你這次是惹下大禍了，快把唐僧和豬八戒送上岸，我到時給你求個情，饒你一命。」妖怪笑道：「表兄，你怎麼長他人志氣，滅自己威風？那孫悟空有多大本事？讓他來和我比試一番再說，我還怕他不成？」摩昂罵道：「你這孽畜，淨說大話。別說齊天大聖，你能打得過我再說。」妖怪毫不示弱地說：「好，今天我們就比個高低。」說完，揮起鋼鞭就打，摩昂急忙提起金鐧招架。兩人在河府門前一通惡鬥，打得正酣，摩昂故意露出破綻，妖怪不知有詐，被殺了個回馬槍，打中右臂，摔了個踉蹌。隨後，一幫蝦兵蟹將上前將妖怪五花

＊上氣不接下氣，狼狽不堪，形容十分慌張或惱怒。

大綁，押到岸上。

悟空見狀罵道：「你這妖怪，強占河府，在這黑水河上假扮船夫，不知害了多少人，還敢捉我師父，快將我師父交出來，我饒你不死。」妖怪說：「小鼉不知大聖厲害，多有得罪。你師父還綁在河府裡，你放了我，我這就放了唐僧。」一旁的沙僧說：「大師兄，別信這妖怪的話，放他回去不知道會耍什麼花招。我知道河府在什麼地方，我們一起去救師父吧。」悟空和沙僧到黑水河府救出了師父和八戒。回到岸邊，八戒一見妖怪，舉耙就要打，摩昂慌忙制止說：「天蓬元帥息怒，我帶他回去，我父王定不會輕饒了這孽畜。」於是摩昂告別唐僧師徒四人，押著妖怪回西海去了。

見妖怪被抓，老河神浮出水面，唐僧見了以為是妖怪，悟空說：「這是黑水河河神，不是妖怪。」老河神對眾人說：「多謝大聖幫我收回河府，就讓我送唐長老過河吧。」說完，念動咒語，轉眼間，那黑水河裡已經冒出一條大路來。師徒四人沿著大路過了黑水河，辭別黑水河河神，繼續西行。

西遊好奇問

孫悟空為什麼水下本領不行？

《西遊記》裡，孫悟空多次提到自己水下本領比不上八戒和沙僧，因為孫悟空下水的時候沒辦法用金箍棒打鬥。他和其他人的入水方式不同，他要麼是一隻手捏個避水訣，這樣就不能雙手舞動金箍棒；要麼就是變成魚蝦，同樣不能用金箍棒。

第二十六回 車遲國智鬥三魔

唐僧師徒迎風冒雪，披星戴月，辛苦趕路。轉眼又到早春，眾人在路上遊覽景色，緩慢而行，忽然聽到前方有千萬人在吶喊，聲音之大好像山崩一樣。唐僧心裡害怕，急忙回過頭問悟空。悟空跳到空中，看見遠方有座城池，城門外聚集了很多和尚，正在拉車，那吆喝聲正是他們齊聲喊出來的。悟空來到城上，看到那車子裡裝的都是些磚瓦土坯，那些和尚衣衫襤褸，顯得十分窘迫。悟空心中疑惑，又看見城門裡走出兩個年輕道士，那些和尚一見道士，一個個心驚膽戰，加倍用力。

悟空搖身一變，變成個雲遊四方的道士，找到兩個年輕道士打聽了一番。原來，這裡叫車遲國，二十年前，遭遇大旱，全城百姓都快餓死了。一天，忽然來了三個道長，叫作虎力大仙、鹿力大仙、羊力大仙，他們很快就求了場大雨，解除了車遲國的旱災。皇帝一高興，就封他們做了國師，全城的和尚則因為求雨不靈，只能為道士做苦力。悟空對兩個年輕道士說自己是來尋親的，走到五百個和尚中，和尚們一見到道士打扮的悟空，紛紛磕頭說：「爺爺，我等不曾偷懶。」悟空卻不動聲色，說道：「不要跪，我不是監工，是來尋親的。」五百個和尚聽說，一起圍了過來，恨不得自己就是他要找的親戚，好早日脫離苦海。悟空回去跟兩個道士說：「那五百個和尚都與我有親。你們放不放人？」道士說：「你怎麼有這麼多親戚？」悟空說：「一百個是我的左鄰，一百個是我的右鄰，一百個是我父親的親戚，一百個是我母親的親戚，一百個是我的朋友。你們放不放人？」兩個道士一聽，覺得這個道士一定得了瘋病，胡言亂語，只答應放一兩個。悟空二話不說，掏出金箍棒就把兩個道士打死了。悟空放那些和尚逃跑，和尚們卻不敢，擔心萬一被抓回來會罪上加罪。悟空拔了一把毫毛，每個和尚給一根，對他們說如果有人敢抓他們，只要喊一聲「齊天大聖」，就會有人來保護他們。那些和尚半信半疑地都逃跑了。

唐僧在路旁等了半天也不見悟空回來，就帶著八戒、沙僧朝城這裡趕來。悟空和十多個未散的和尚跟唐僧說了事情的經過，和尚們帶著唐僧師徒回到了城裡的智淵寺。原來這智淵寺是先王太祖禦造的，裡面供奉著先王太祖的神像，因此是城裡唯一沒被拆除的寺院。寺院裡的老和尚走出來，看到悟空趕忙下拜。原來那些和尚夜夜夢見悟空，太白金星常常托夢給他們，說只要悟空來了，眾人就有救了。眾僧連忙給唐僧他們安排齋飯，打掃房間。

半夜，悟空睡不著，聽到遠處有吹打聲，於是悄悄爬起來，跳到空中觀看，見正南方燈燭之光閃爍，降落雲頭仔細一看，原來有座三清觀，三個老道士披著法衣，領著眾人叩拜三清。悟空心想：「那三個老道士估計就是虎力大仙、鹿力大仙、羊力大仙了，看我怎麼戲弄他們一番。」於是悟空回到智淵寺，叫醒沙僧，說有座三清觀，殿上有很多供奉，可以去找些吃的。八戒一聽有好吃的，立刻就醒了，嚷嚷著要去。於是三人跳到空中一起來到三清觀。悟空念動咒語刮起一陣狂風，將殿上的花瓶燭臺刮倒在地，燈火也都熄滅了，眾道士嚇得心驚膽戰，虎力大仙說：「徒弟們先散吧，明天早起再多念些經文補上吧。」

等眾道士都散了，悟空帶著八戒、沙僧闖入三清觀，殿上供奉著三座神像，中間玉清是元始天尊，左邊是上清靈寶天尊，右邊是太清道德天尊。八戒看到那些供品，抓起來就要吃，悟空指著神像說：「呆子莫著急，我們要變成他們的模樣才吃得安穩呢！」那呆子聞著香噴噴的供品，急著要吃，於是將太上老君的神像推倒，變作太上老君的模樣開始胡吃海塞。悟空攔住八戒，讓他將神像藏到右手的一個小門裡，八戒很不情願地把三個神像都藏了起來。於是悟空變成元始天尊，沙僧變成靈寶天尊，三個人坐在殿上盡情享用供品。

說來也巧，有個小道士突然想起自己的手鈴丟在殿上，怕明天師父發現會挨罵，於是又爬起來到正殿上去找。三人聽得動靜，忙坐正了不動。小道士摸了半天摸到手鈴，剛要回去，腳下踩著個荔枝核，滑了一跤。八戒忍不住笑了一聲，那小道士嚇得跌跌撞撞，連忙去找師父。

三個老道提著燈到殿上察看，悟空他們在高處**正襟危坐**＊，不言不語，如泥塑金裝一般，任憑那些道士點著燈籠前後察看。羊力大仙說：「想是我們虔心敬意，在此晝夜誦經，驚動了天尊，三清爺爺聖駕降臨，享用了這些供品。我們何不趁此機會，求些聖水金丹？」於是三個老道披了法衣，叩拜道：「今蒙天尊駕臨，懇請天尊賜些聖水金丹。」兄弟三人用腹語討論了一番，決定戲弄一下他們，悟空忽然開口說：「看你們誠心禱告，就賜你們一些聖水，你們取器皿來吧。」三個老道一聽，不停地磕頭謝恩。不一會兒，就抬上來三個器皿，虎力大仙抬來一口大缸，鹿力大仙端來一個沙盆，羊力大仙拿來一個花瓶。悟空說：「你們在殿外等候，不可洩露了天機。」三個道士走出殿外，跪在門前等候。

悟空三人站起來，往三個器皿裡各撒了一泡尿。等他們整理好衣服又端坐在上面，悟空說：「你們進來領聖水吧。」三個老道進來磕頭謝恩之後，拿著各自的器皿，迫不及待地要嘗嘗那聖水。虎力大仙嘗了一口，努著嘴說：「不太好喝，有些膻味。」羊力大仙也嘗了一口，皺著眉說：「怎麼有些豬尿味？」悟空他們坐在上面，樂得哈哈大笑，現出了本相，說：「你們喝的哪裡是什麼聖水？你們喝的是我們的尿。」

＊理好衣襟端端正正地坐著，形容嚴肅或拘謹的樣子。

三個老道一聽，氣得抓起掃帚磚瓦，沒頭沒臉一陣亂打。三人跳到空中回去了，不敢驚動唐僧，又回到禪房睡覺去了。

第二天，師徒四人上朝請求倒換關文，那車遲國國王本來不待見和尚，但聽說唐僧是從東土大唐遠道而來，想必有些法力，就宣他們上殿來。說來也巧，那三個國師此時也上了殿，認出悟空三人，就把悟空在城外殺死兩個道士，以及昨晚的事說了一遍。皇帝大怒，要砍他們的頭。悟空死活不承認這些事是他們幹的，那昏君一時也奈何不得。正不知如何是好，忽然有官員來報，說門外有許多老百姓，因為春旱無雨，怕耽誤了莊稼生長，特來請國師降雨。

那國王說：「你們也聽到了，如果你們能比得過國師，求得一場雨，就放你們西去，否則就將你們就地正法。」於是悟空和虎力大仙來到高壇，比試求雨。虎力大仙首先上壇，說：「只看我的權杖為號：一聲權杖響風來，二聲響雲起，三聲響電閃雷鳴，四聲響雨至，五聲響雲散雨收。」說著，口念咒語，乒的一聲權杖響，果然刮起了風。悟空見那道士果然有些本事，就使了個脫身之計，趕到半空中，讓風婆婆捆住布風袋，只聽他的號令。悟空又找到推雲童子、布霧郎君、雷公電母、四海龍王，讓他們不要助那妖道，只聽他的號令，眾神紛紛聽命。

悟空回到原處，高聲叫道：「四聲權杖都響過了，也沒看到風雲雷雨，快快下來，該我師父了。」國王問是怎麼回事，虎力大仙只得搪塞說：「可能今天四個神仙都不在家。」悟空笑著說：「陛下，不是神仙不在家，是他的法術不靈。」說完，就拉著唐僧讓他上高臺祈雨。唐僧說：「我哪裡有求雨的本事呀。」悟空說：「包在俺老孫身上，師父只要念經就行。」唐僧只得登上高臺，盤腿坐下，默念《密多心經》。悟空聽師父念了一會兒，從耳中取出金箍棒，往空中一指，風婆婆見了，連忙扯開風口袋，只聽呼呼風起。悟空拿著棒子又一指，推雲童子、布霧郎君施法，陰雲湧起，天色立刻就暗了下來。悟空再一指，那雷公電母，放出電閃雷鳴，眾人都聽得心驚膽戰。悟空再次拿起金箍棒，往空中一指，四海龍王急忙降下大雨。下了一會兒，國王派人傳旨說：「雨夠了，雨夠了。」悟空聞言，又把棒子往上一指，霎時間，風停了，雨也不下了。國王看了滿心歡喜，滿朝文武也交口稱讚。

國王回到殿上，準備給唐僧倒換關文。三個國師不肯善罷甘休，虎力大仙提出要與唐僧比雲梯顯聖坐禪，要一百張桌子，五十張做一個禪臺，一張一張疊起去，不許手攀，也不能用梯，要駕雲上臺坐下，誰先動誰就輸了。唐僧坐禪坐上兩三年也沒關係，只是不能駕雲上去，於是悟空變成五色祥雲，把唐僧托上去。二人在臺上坐了多時也不分勝負，鹿力大仙在下面看得著急，就變出一個大臭蟲，彈到唐僧頭上。唐僧覺得又癢又疼，縮著頭，就著衣襟擦癢。悟空看師父神情不對，忙變成小蟲上去察看，見果然是那妖道做了手腳，於是連忙把臭蟲拿走，還替唐僧撓了會兒癢，唐僧不疼不癢了，又端坐不動。悟空飛到虎力大仙臉上，變成一條蜈蚣，往他鼻子裡咬了一口，那道士沒坐穩，一下跌下高臺，差點喪了性命。

鹿力大仙不服，要與和尚比隔板猜物。皇帝傳旨將一個紅漆櫃子抬到宮殿上，教娘娘在裡面放一件寶貝，讓唐僧和鹿力大仙分別猜裡面是什麼寶物。鹿力大仙說：「我先說，那裡面是一件宮衣，山河社稷襖，乾坤地理裙。」唐僧聽了悟空的話，然後說：「那櫃子裡是一口破鐘。」國王怒道：「你這和尚太過無禮，小瞧我國沒有寶貝嗎？」於是國王吩咐人打開櫃門一看，果然是一口破鐘。原來悟空早就變個小蟲進去把寶貝換成破鐘了。國王覺得奇怪，決定再猜一次，於是親自去禦花園摘了個仙桃放進櫃子。鹿力大仙胸有成竹，猜是一個仙桃。唐僧聽悟空的話，說：「櫃子裡是個桃核。」皇帝哈哈大笑，說：「櫃子裡明明就是我親手放的一個仙桃。唐僧你猜錯了。」於是吩咐手下將唐僧師徒抓起來。悟空說：「陛下，你先打開櫃子看看，這樣我們才服輸。」國王命人打開櫃子一看，果然是桃核，不由得心驚說：「國師不要比了，看來他們是有天神相助哇！」三個老道不服，虎力大仙讓自己的徒弟躲進櫃子，誰知悟空變成老道士的模樣鑽進櫃子，騙道童說為了贏唐僧要把他剃成光頭。眾人打開櫃子一看，果然是個和尚，還敲著**木魚**＊呢。唐僧師徒又贏了。

三個老道決定拿出看家本領，要跟唐僧比試砍頭能安上、剖腹能長上、油鍋能洗澡。皇帝下令讓和尚先砍頭。悟空走進法場，劊子手一刀砍下悟空的頭，還用腳踢了出去，那頭像西瓜一樣滾了三四十步遠，只聽悟空肚子裡叫聲「長」，脖子上嗖地就長出一顆頭來。輪到虎力大仙，劊子手一刀砍下去，也一腳踢出去三十多步，那妖怪叫道：「頭來。」悟空忙拔根毫毛變成一隻大黃狗，把那頭一口銜走，丟到河裡去了。虎力大仙連叫三聲，也不見長出頭來，當場斃命，原來是一隻無頭的黃毛虎。

鹿力大仙要為虎力大仙報仇，與悟空比試剖腹。悟空說最近吃多了，正好剖開肚皮洗洗腸胃。劊子手綁住他的手腳，把他的肚子剖開，悟空摸著肚皮，叫聲「長」，一下就長好了。鹿力大仙也大搖大擺地走到法場，劊子手剖開他的肚皮，悟空拔根毫毛變出一隻餓鷹，展開翅膀，嗖的一下就把他的**五臟六腑**†都叼走了，鹿力大仙也當場死了，原來是一隻白毛角鹿。

羊力大仙要為兄長們報仇，堅持要跟悟空比試下油鍋洗澡。悟空跳到滾燙的油鍋裡，就像玩水一樣。輪到羊力大仙時，他也脫了衣服，跳下油鍋，也輕鬆地洗起了澡。悟空伸手摸了一把，那油鍋的滾油都是冰冷的，心想一定有冷龍保護他。於是悟空讓北海龍王收走鍋裡的冷龍，油鍋立刻變得沸騰起來，羊力大仙掙扎不出，霎時間皮焦肉爛，原來是一隻羚羊。

悟空把三具屍體拿到殿上，國王一看，這才知道三個國師都是妖怪，於是赦免了全城的和尚，謝了唐僧師徒，把他們送出城去。

延伸小知識

歷史上真實的車遲國

歷史上的確有車遲國，實際名字叫車師國，是古代中亞東部西域城郭諸國之一。只不過這個國家跟《西遊記》當中所描述的有些差別，當年的車師國可是絲綢之路的重要商站，因此受到不少國家的重視。

※佛教法器。木制，刳木為魚形，中鑿空洞，叩之作聲。有兩種：一為直魚形；一為圓魚形。

†人體內臟器官的統稱。五臟，心、肝、脾、肺、腎；六腑，胃、大腸、小腸、三焦、膀胱、膽。

白白老師的
國學小教室

車遲國的寓意

車遲國三個國師都是妖怪，掌握國家權力，甚至排擠不同宗教的人士，這回故事其實很有現實寓意。

車遲國的三個妖怪是以道士的面目，打壓其他僧人，古今中外的歷史皆不乏宗教壓迫的事件，掌權的宗教打壓其他教派，將其他教派稱為異教徒，甚至加以殺戮迫害。

《西遊記》的思想融合了儒、釋、道的精神，兼容並蓄，內容與思想才能夠璀璨多彩。多元與兼容，才能讓文化發展，因此只要是良善、正道的宗教都該得到尊重，且應多元並立，讓人民不同的信仰可以得到心的歸屬。

第二十七回 通天河大戰金魚精

師徒四人不停地趕路，已是夏去秋來時節。這一日，師徒四人來到一條大河邊，河水波濤洶湧。八戒扔了一塊石頭下去，一聽水聲就知這河深不見底。悟空跳上雲頭查看，卻看不到對岸，看河邊立著塊石碑，上面刻著「通天河」三個大字，旁邊還有一行小字，寫著「徑過八百里，亙古少人行」。師徒正在為難之際，忽然聽到附近傳來鼓鈸的聲音。八戒說：「師父，想必是這周圍有人家，我們去化些齋飯吃吧，順便借個渡船，明日渡河。」於是師徒四人循聲而去，不遠處果然有一處村莊，有四五百戶人家。

四人來到路頭的一戶人家借宿，這家人剛做完齋事。唐僧師徒等在門外，見一老者出來，唐僧忙上前施禮。老者說：「你這和尚趕晚了，要是來得早，我這裡不僅管齋飯，而且有白米三升、白布一段、銅錢十文相送，你怎麼這時才來？」唐僧說：「我們不是來趕齋的，我們從東土大唐而來，路過此地，特來借宿一晚。」老者一聽他們是從東土大唐來的聖僧，便熱情地請他們進來。那屋子裡有一群僧人正在念經，見到悟空他們，都嚇得奪門而逃。三人哈哈大笑，被唐僧一頓呵斥。

老者忙讓下人準備了齋飯，唐僧師徒吃完齋飯與老者聊起天來。唐僧問老者剛才做的什麼齋事。老人不禁傷心地落下淚來，說：「剛才做的一場預修亡齋，是為兩個孩子提前做超度道場。」原來，這裡叫陳家莊，老人姓陳，叫陳澄，到了花甲*年紀才生下一女，名叫一秤金，今年八歲。男孩叫陳關保，是老人的弟弟陳清的孩子，今年七歲。通天河旁邊有座靈感大王廟，有一個靈感大王能保護一方風調雨順，可是那大王每年都要村民祭祀一次，不僅要豬羊等牲畜，還要吃一對童男童女，否則就要降下災禍。今年輪到老人家獻祭，所以只好做個預修亡齋，提前給他們超度。

悟空說：「俺老孫的買賣來了，你讓孩子出來給我瞅瞅，我自有辦法對付那妖怪。」老者忙吩咐下人把孩子抱出來，兩個孩子十分可愛。悟空讓八戒變成一秤金的模樣，自己搖身一變，變成陳關保的模樣，把那老者嚇得不輕。唐僧扶著老者說：「不用害怕，我這徒弟會些神通。」那老者磕頭拜道：「長老若是能救孩子，我願意送一千兩銀子，給你們做盤纏。」

正說時，獻祭的時間已經到了。陳家莊的人在外面已經敲鑼打鼓，燈火通明。悟空和八戒變成童男童女的模樣，分別坐在兩個紅漆丹盤裡，放在兩張桌上，老人吩咐四個僕人把兩張桌子還有一些豬羊牲畜送到了靈感大王廟。眾人燒香禱告一番就離開了。八戒見眾人散了，也嚷著要回去。忽然聽見廟外呼呼風響，悟空說：「呆子別說話，我來對付他。」頃刻間，廟門外進來一個妖怪，只見他戴著金甲金盔，腰纏紅色寶帶，眼如皎星，牙似鋸齒，猶如鎮寺的門神。妖怪問：「今年祭祀的是哪家？」悟空笑吟吟地說：「我們是陳清家的，我叫陳關保，她叫一秤金。」妖怪心想：「以前祭祀的小孩看到我就被嚇死了，這小男孩居然這麼膽大，還口齒伶俐。」於是他說：「按照規矩，我當先吃童男。」悟空說：「我既然是獻給大王的，不敢反抗，請大王享用吧。」妖怪一聽，反而不敢動手去捉悟空，就說：「你別頂嘴，我今年倒要先吃童女。」八戒一聽慌了神，忙說：「大王還是先吃童男吧，不要壞了規矩。」那妖怪伸手就要抓八戒，八戒嚇得現了本相，拿起釘耙就打。妖怪沒帶兵器，轉身就逃，只聽當的一聲，妖怪的金甲被打壞了。悟空也現出本相一看，原來地上有兩塊盤子大小的魚鱗。

妖怪跳到空中問：「你們是哪裡來的和尚，為什麼要破壞我的香火，壞我的名聲？」悟空說：「你這妖怪記住了，我們是東土大唐來的取經人，你趁早把吃的童男童女都還回來，你孫爺爺就饒你一命。」妖怪聽了，化成一陣狂風，鑽入通天河就不見了。悟空說：「別追了，這妖怪想是河中之物，我們明天再想法捉他，讓他送師父過河。」兩人回到廟裡，把那些豬羊牲畜都帶回陳家覆命。老人十分高興，趕緊讓人打掃廂房安排他們休息。

那妖怪回到水裡，垂頭喪氣地坐在宮中，一言不發。水族小妖們問：「大王每年享用祭品回來都是高高興興的，怎麼今天眉頭緊鎖？」那妖怪說：「今年撞到兩個對手，差點命都丟在他們手上。」水族小妖們又問：「那兩個人是什麼來頭？」妖怪說：「據說是東土大唐來的和尚。」水族中閃出一個斑衣鱖(ㄍㄨㄟˋ)婆笑著說：「大王好福氣，吃那唐僧肉可長生不老，要捉住他們也不難。」妖怪忙問：「你有什麼辦法？如果捉住唐僧，我與你結為兄妹，共同享用唐僧肉。」鱖婆說：「大王有呼風喚雨、翻江倒海的本事，不知可不可以降一場雪，將江面凍住？」妖怪說：「這有何難？」鱖婆說：「今天晚上大王可施法下一場大雪，將江面凍住，派幾個小妖變化成人，在江面上走動。那唐僧師徒取經心切，一定會踏冰渡河，到時我們可做手腳，將他們一網擒住。」那妖怪覺得這個辦法可行，於是半夜裡作法降了一場大雪，將通天河凍住了。

師徒四人在陳家休息，天還未亮都被凍醒了。穿了衣服開門一看，外面白茫茫一片，原來是下雪了。唐僧問老人怎麼秋天就下雪了，老人說這裡與東土不同，常常八月裡就有霜雪。唐僧聽了，覺得果然與東

＊指六十歲。中國古代曆法以六十年為一迴圈，一迴圈稱為一甲子，又因干支名號繁多且相互交錯，故稱花甲。

土風物不同。待到天色將晚，街上行人說：「好冷的天哪，把通天河都凍住了。八百里河面都凍得跟鏡面似的，河上還有人走呢！」唐僧聽了，就想上路。老者說：「今日已晚，等明天凍結實了，再走不遲。」於是唐僧師徒又休息了一晚，第二天一早，趕路心切的唐僧就讓徒弟們收拾好行李，騎上馬準備踏冰渡河。陳家老漢送他們師徒來到通天河邊，果然萬里冰封，河面上行人絡繹不絕。八戒說：「這河不知凍得結實不結實，我老豬先試試。」說完，舉起釘耙往冰面上用力一夯，只聽砰的一聲，那九齒釘耙只夯出九個白印子，手都震得生疼。八戒笑著說：「師父，咱們放心過河吧，我看這次連河底都凍結實了。」

唐僧聽了十分高興，騎著馬就往冰面上走，還沒走幾步，那馬蹄一滑，險些把唐僧摔下來。沙僧忙扶了唐僧下馬。八戒笑著說：「我去問陳家要點稻草來用。」那老者站在岸邊，聽得這話忙讓人取了稻草。八戒用稻草將馬蹄都裹住了，那馬在冰面上行走果然穩當了很多，又把自己的釘耙讓唐僧橫在馬背上，以防出現意外。師徒四人這才放心前進，馬不停蹄地走了一天一夜，餓了就吃些乾糧。突然，冰底下嘎嚓一陣巨響，河面裂出個大窟窿，原來那妖怪早就在冰下等候多時了，聽到馬蹄響，就使了個神通，讓冰面裂開。悟空早已跳到空中，可憐唐僧他們都落入了水中。

妖怪抓住了唐僧，歡歡喜喜回到洞府，高聲叫道：「鱖妹，我把唐僧抓來了。」又吩咐小怪們磨刀，準備吃唐僧肉。鱖婆說：「大王，這唐僧肉還不能吃，等待兩日，他的徒弟如果不來找他，再吃也不遲。」妖怪覺得有理，就把唐僧藏在宮後一個六尺長的石匣裡。

八戒、沙僧在水裡找不到師父，只好撈了行李讓白龍馬馱著，浮出水面。悟空問師父去哪裡了，八戒說：「師父恐怕讓妖怪抓走了。」於是兄弟三人又返回陳家莊，晾乾了衣服和行李。悟空知道肯定是那個靈感大王把師父抓走了，於是三人來到河邊準備下水去找師父。

悟空水性不好，就讓八戒馱著他下了水。三人在水下走了百餘里，抬頭看見前面有一座樓臺，寫著「水黿之第」四個大字。悟空讓八戒、沙僧先躲起來，他變成個長腳蝦婆，跳進門裡，看見妖怪坐在寶座上，旁邊坐著個斑衣鱖婆，下面站著兩排小將，正在商議吃唐僧肉。悟空跳到一個大肚蝦婆旁邊，問：「大姐，大王他們商量吃唐僧肉，那唐僧在哪裡呀？」大肚蝦婆說出了唐僧被囚之處。悟空找到宮後，果然看見一個石匣，唐僧正在裡面嚶嚶哭泣呢。悟空輕聲叫道：「師父別怕，老孫來了！等我捉住那妖怪，就救你出來！」

悟空出來找到八戒和沙僧，讓他們前去挑戰，如果擒住最好，打不過就將妖怪引出水。八戒闖到門前，高聲叫道：「妖怪，快送我師父出來！」妖怪聽唐僧的徒弟找上門來，忙穿上披掛，拿上兵器，率領百十個小妖出來。妖怪看見八戒說：「你這和尚，我認得你，上次我沒帶兵器，才讓你占了上風，我們戰三個回合，你若打得過我，就放你師父；打不過我，就連你一起吃了。」妖怪舉起九瓣銅錘，八戒拿起釘耙，沙僧帶著寶杖也來幫忙，三人在水底一陣好打，打了兩個時辰都不分勝負。八戒對沙僧使個眼色，二人佯裝打敗，拖著兵器跳出了水面。妖怪追出水面，悟空正在岸上等著他呢。二人打了不到三個回合，妖怪抵擋不住，逃入水裡，回到宮裡。眾小妖忙圍了過來，那鱖婆問道：「大王追趕那兩個和尚到了哪裡？」妖怪說：「那兩個和尚還有個毛臉雷公嘴的幫手，他使一根棒子，好不厲害，未戰三個回合，我就敗下陣來。」鱖婆一聽，打了個冷戰，說：「大王，多虧你命大，我曾聽東海龍王說起，那毛臉雷公嘴的和尚是孫悟空，五百年前他曾大鬧天宮，是惹不起的主。」那妖怪一聽也是後怕，於是任憑八戒、沙僧再怎麼叫戰也不出來了。眾人沒了辦法，悟空只好去南海找觀音菩薩幫忙。悟空來到南海，守山大神、木叉行者、善財童子等眾神見了悟空上前施禮，問道：「大聖怎麼今日有空到落伽山？」悟空說：「我有事要見菩薩。」眾神說菩薩不在，去了紫竹林，讓悟空稍等片刻。悟空等了很久不見菩薩，心中焦急，不顧眾神攔阻闖入紫竹林。菩薩正在那裡削竹呢，讓他在外面等候。悟空無奈，只能繼續等待。一會兒，菩薩提了一個紫竹籃走出來，說：「悟空，走吧，去搭救你師父。」二人乘雲來到通天河，菩薩解下一根束襖的絲帶，拴著籃子抛入河中，口裡念道：「死的去，活的住，死的去，活的住！」一連念了七遍，再提起籃子，那裡面有亮閃閃的一

尾金魚。原來這妖怪是蓮花池裡養大的金魚，每天聽經文，修煉成精。他使的那柄九瓣銅鎚是蓮花池裡的一枝荷花，被他煉成兵器。

菩薩帶著金魚精回南海去了，悟空他們下水消滅了一眾小妖救出唐僧。師徒四人站在河岸，正後悔沒讓菩薩幫忙過這通天河呢，忽然聽見河中有人喊道：「大聖，我送你們師徒過河吧。」眾人一看，只見河裡鑽出個老鼉，他說：「大聖，我是這通天河裡的老鼉，九年前那金魚精奪了我的府邸，將我趕了出來。多謝大聖收拾了那妖怪，幫我出了這口氣。我情願送你們過河。」唐僧師徒一聽喜不自勝，於是上了老鼉的背，不到一日就過了通天河。老鼉說：「萬望師父到西天替我問佛祖一聲，看我幾時能修得一個人身。」唐僧答應了，師徒四人找大路，繼續西行。

趣味小講堂

通天河在哪裡？

通天河是長江上遊一河段的名稱，河長八一三公里，通天河因出自世界屋脊青藏高原，地勢高峻而得名。傳說，《西遊記》中著名的「過渡曬經」的章節就發生在這裡。通天河天然落差九四〇公尺，平均流量每秒三七七立方公尺，多年平均年徑流量約一二四億立方公尺，河水清澈，水質優良，蘊藏量近三千萬千瓦。

第二十八回 青牛妖神奇的金剛圈

唐僧師徒過了通天河，一路西行。此時天寒地凍，四人冒著冰雪嚴寒，行進在高山峻嶺之中。這天，遠遠看見山坳中有一座高樓，唐僧高興地說：「悟空，今天我又餓又冷，那山坳裡有座高樓，看起來不是一戶人家，像是一座寺院，你去化些齋飯，我們吃了再趕路吧。」悟空看那高樓隱隱透著妖氣，對唐僧說：「師父，那裡有妖氣，去不得。你先下馬，就在這裡坐下等我，我去別處化些齋來。」悟空臨走時取出金箍棒，在地上畫了一道圈，請唐僧坐在中間，叮囑道：「八戒、沙師弟，你們要看好師父，老孫畫的這圈，強似那銅牆鐵壁，管他什麼虎豹狼蟲，妖魔鬼怪，都不敢靠近。切記，不要讓師父走出這個圈。」說完就駕雲去化齋了。

唐僧等了很久也不見悟空回來，就問八戒：「這猴子到哪裡化齋去了？」八戒笑著說：「誰知那猴子去哪裡了，卻讓我們在這裡坐牢。古人畫地為牢，他用棍子畫個圈，還說什麼強似銅牆鐵壁，我看真有妖怪來，我們都白白送給他吃了。」八戒肚餓難耐，就說：「師父，這裡既不避風，也不避雨，要我老豬說，不如我們繼續趕路，等大師兄回來了，自然會趕上我們的。」唐僧想了想，覺得八戒說得有道理，三人於是繼續趕路。走了一會兒就到了高樓，只見大門半開半掩，唐僧在門前找了個地方坐了下來。八戒急不可耐，說：「師父，你在這裡坐著，想必人家在烤火，我進去看看。」說著就撞了進去。裡面有三間大廳，一個人也沒有，轉過屏風，再往裡走，後面還有一座高樓，樓上窗戶有帳幔遮著，八戒以為有人在睡覺，也不把自己當外人，徑直就上樓了。掀開一看，八戒嚇了一跳，裡面的床上躺著一具白森森的骸骨。八戒直嘆晦氣，四處一看，只見帳幔後面有火光晃動，急忙過去查看，發現了三件棉背心，於是忙拿了回去。

唐僧不肯穿，八戒沒見過這麼好看的背心，抓過一件就往身上穿，沙僧也拿了一件穿在身上。二人剛繫上帶子，不知怎麼沒站穩，跌了一跤，雙手都被背心捆住了。唐僧慌忙上來要幫他們解開，可是怎麼也解不開。三人的吵鬧聲驚動了魔王。原來那高樓果然是妖怪變的，專門引誘來往的路人。妖怪命小妖們把唐僧三人捉進洞裡。妖怪坐在高臺上，問道：「你是哪裡來的和尚，怎麼這麼大膽，竟敢偷我的衣服？」唐僧抬頭一看，只見這妖怪長相兇惡，滿身青色皮毛，頭上一根獨角，舌頭能夠到鼻子，滿口黃牙，於是戰戰兢兢地回道：「貧僧是從東土大唐去往西天拜佛求經的。因為躲避風寒，所以誤闖了大王的居所，我那徒弟並不是故意要偷大王的衣服。」妖怪哈哈笑著說：「聽說吃了唐僧肉能長生不老，沒想到你自己送上門來了。等我抓住了孫悟空，把你們一起洗洗，蒸著吃。」

悟空化齋回來，不見唐僧他們，看那遠處的高樓所在地方都是些怪石，心知師父又遭了妖怪的毒手。悟空在那裡唉聲嘆氣，一個老翁拄著個龍頭拐杖，後面跟著個童子，走了過來。悟空上前問道：「老人家，請問這裡是什麼地方，可曾看見三個和尚？」老翁說：「這山叫金兜山，山裡有個金兜洞，洞裡住著個獨角兕（ㄙˋ）大王。我看見有三個和尚走錯了路，朝那妖怪的洞府去了，想必已經被妖怪吃了。你這和尚趕快逃命吧，去找那妖怪只是自尋死路。」大聖正準備去尋師父，那老翁、童子現出本相，原來是山神和土地。悟空讓他們收好齋飯，等救出了師父再回來取。

悟空跳到空中，在一處怪石嶙峋的山崖下發現了一扇石門。悟空按落雲頭，罵道：「妖怪，快送出我師父，否則俺老孫抽了你的筋，扒了你的皮。」獨角兕大王聽說孫悟空自己送上門來，心想自從天宮中逃出來，還不曾試試身手，今日叫那猴子吃些苦頭。於是他拿了鋼槍，帶著一群小妖出了洞，說：「你就是孫悟空嗎？你師父偷我衣服，被我逮到，正準備蒸著吃了。」悟空喝道：「我師父怎麼會偷你的東西，你不要在這裡胡說八道，吃老孫一棒。」說著掄棒就打，獨角兕大王也不甘示弱地拿起鋼槍就打，二人一來一往鬥了三十回合。獨角兕大王見悟空本領高強，那金箍棒更是在他手中使得出神入化，毫無破綻。獨角兕大王說：「果然有大鬧天宮的本事，不過你別高興得太早。」說完，從袖中取出一個亮閃閃的圈子，往空中一拋，叫聲「著」，就把金箍棒收走了。悟空赤手空拳，忙駕著筋斗雲逃走了。

悟空逃到金兜山后，在那裡生悶氣，心想：「那妖怪知道我曾大鬧天宮，想必不是凡間的妖怪，我先去天庭查查。」悟空一個筋斗來到南天門，直奔靈霄寶殿。悟空見了玉帝，將那妖怪如何把唐僧擄去，如何使了一件寶貝將自己的金箍棒套去說了一遍，讓玉帝查查是不是天庭哪個凶星思凡下界。玉帝忙降旨查諸天眾神的情況，查了半天，結果諸天眾神沒有思凡下界的，於是讓悟空挑幾員大將前去助陣捉拿妖怪。於是悟空帶著托塔天王和哪吒三太子以及雷公等眾神來到金兜山。眾人商議好，安排妥當，悟空和哪吒來到金兜洞前叫戰。那妖怪拿了鋼槍出來，哪吒見了搖身一變，變成三頭六臂，手拿六般兵器，分別是砍妖劍、斬妖刀、縛妖索、降魔杵、繡球、火輪兒，朝妖怪砍來；妖怪也變成三頭六臂，用三柄鋼槍迎擊。哪吒大叫一聲「變」，將六般兵器一變十、十變百，變出成千上萬，如驟雨冰雹，紛紛密密，朝妖怪打去。那妖怪不驚不慌，又從袖中取出那亮閃閃的圈子，往空中一拋，叫聲「著」，呼啦一下，六般兵器都被套走了。哪吒三太子丟了兵器，趕忙逃走了。

哪吒逃回對李天王說：「那妖怪果然神通廣大。」悟空笑道：「那妖怪的本事一般，只是他那個圈子，不知是什麼寶貝，非常厲害。」俗話說水火無情，眾人一商量，覺得只有水火套不住。悟空急忙又去南天門，到彤（ㄊㄨㄥˊ）華宮請火德星君來放火，想把那怪物連同圈子都燒成灰燼。火德星君連忙帶領手下，同悟空來到金兜山。這次，李天王親自與妖怪交戰，拿起寶刀朝妖怪砍去，妖怪挺起長槍相迎。二人在洞前一陣廝殺，只打得飛沙走石，天昏地暗。妖怪又從袖中取出圈子，李天王見了，連忙駕雲逃走。火德星君站在山頂，趁機傳令眾部，用火槍、火刀、火弓、火箭，一齊朝妖怪放火。那火將金兜洞周圍的山石燒得通紅，濃煙滾滾，妖怪見了，毫不恐懼，還是取出圈子往空中一拋，呼啦一聲，把火槍、火刀、火弓、火箭都套走了。火德星君一看沒了兵器，只好率眾逃回，與天王他們會合。

悟空見那妖怪不怕火，就猜他一定怕水，又去北天門，到烏浩宮請水德星君，準備往妖怪洞裡灌水，把那妖怪淹死。水德星君聽了，立即派黃河水伯神王隨悟空去金兜山捉妖。悟空見他空手就走，問道：「你不帶兵器，如何布水？」水伯從衣袖中取出一個白玉盂，說：「這一盂就是一條黃河水。」於是悟空忙領著黃河水伯神王來到金兜山。不等妖怪出來，水伯就把水往洞裡一倒。獨角兕大王連忙扔了長槍，取出圈子，撐住石門，那水流不往洞裡流，反而嘩啦啦地往外冒。慌得悟空急忙跳上筋斗雲，與水伯一起跳上山頂。常言說「覆水難收」，那水伯只會放水，不會收水，頃刻間水漫四野，濤聲震天。

悟空見水火都降不住妖怪，忍不住怒火中燒，掄拳來到妖怪門前。妖怪聞聲出來，厲聲問道：「你這猴子怎麼還敢來送命？」悟空說：「你這妖怪，吃你外公一拳。」妖怪笑著說：「你這核桃大的拳頭，還要與我比試，罷了，我就與你拳腳上一比高低。」兩人在洞前來了一場比試。一個長掌開闊，一個短拳緊湊，鬥了數十回合，打得十分精彩。李天王和眾神在山頂上高聲喝彩。悟空拔下一把毫毛，變出三五十個小猴，一擁而上，把那妖怪纏住，抱腿的抱腿，扯腰的扯腰，抓眼的抓眼。妖怪慌忙把圈子取出來，悟空和眾神一看，紛紛駕雲逃走了。妖怪把幾十個小猴套走，得勝回洞。

眾神見那妖怪實在難以對付，就提議讓悟空去偷了妖怪的寶貝。於是悟空搖身一變，變成一隻蒼蠅，從門縫鑽進洞裡，只見妖怪坐在高臺上正在喝酒吃肉。悟空又變成一個獾頭精，藏在小妖裡，慢慢靠近高臺，可是怎麼也找不到那寶貝。悟空又繞到高臺後面，看見他的金箍棒就靠在牆上，高興地拿過鐵棒，現了本相，一路打了出去。

眾神見悟空只偷回了金箍棒，於是又讓他前去偷寶。等到晚上，悟空變成一隻蟋蟀，從門縫裡鑽進去，看見那妖怪睡熟了，圈子就套在他的左胳膊上。悟空變成一隻跳蚤，爬到妖怪胳膊上咬了幾口，可那妖怪的寶貝始終套在胳膊上，悟空下不了手。悟空見偷不到寶貝，只好來到高臺後面，使個解鎖法，打開一看，裡面吊著火龍、火馬，被照得亮如白晝，東西兩邊靠著眾天神的兵器，門背後的一張石桌上有一個盤子，盛著一把猴毛，悟空大喜，拿了猴毛，叫聲「變」，變出了三五十個小猴子，將所有的兵器拿了回去，又讓火龍放了一把火，洞裡的小妖被燒死大半。

眾神拿回了各自的兵器，一個個精神抖擻，但是對如何對付那妖怪，眾神卻一籌莫展。悟空說：「如今俺老孫只得去西天問如來佛祖，讓他查一查這妖怪的來歷。」大聖駕上筋斗雲一會兒就到了靈山，將事情說了一遍，佛祖說：「我雖然知道那怪物的來歷，卻不能告訴你，以免那妖怪找上靈山搗亂。我讓十八羅漢取了十八粒金丹砂前去幫你捉妖吧。」悟空與十八羅漢來到金兜山，又去洞前叫戰。那妖怪剛一出門，十八羅漢忙取出金丹砂朝妖怪拋了下來，那妖怪被陷在金沙裡動彈不得，於是又拿出圈子，說聲「著」，金沙又全都不見了。妖怪得勝回府，悟空見又沒捉住妖怪不免氣餒。這時，降龍、伏虎羅漢對悟空說：「大聖，來的時候佛祖吩咐，如果金沙沒用，就讓你去太上老君的兜率宮走一趟，也許就可以將那妖怪一網成擒。」悟空聽了，趕緊駕著筋斗雲來到離恨天的兜率宮。

悟空來到兜率宮門前，剛要進去就被兩個童子攔下，說要進去通報。悟空不容分說，就要撞門進去，剛好太上老君走了出來。老君說道：「你這猴子，不保護唐僧西天取經，到我這裡幹什麼？」悟空說：「我路上遇到了一個妖怪，所以到你這裡查查。」說完，就闖了進去，那太上老君也不敢攔著，忙跟了過去。悟空一路查看，來到太上老君拴坐騎的地方，發現他的坐騎不見了，又一查丟了金剛琢。這下太上老君百口莫辯，立刻動身和悟空來到金兜山收妖。妖怪見主人來了，嚇得心驚膽戰，交了金剛琢，現出原形，原來是一頭青牛。

悟空救出了唐僧三人，又謝過了眾神，上了大路。那土地神、山神送來齋飯，四人吃了齋飯，告別二人，又踏上了取經之路。

延伸小知識

太上老君的坐騎原來不是牛

太上老君的坐騎在大家印象中是一頭青牛，其實他的坐騎不是牛，而是一種叫兕的瑞獸。它除了樣貌像牛之外，其實跟牛沒有一點關係。《山海經‧海內南經》記載：「兕……狀如牛，蒼黑，一角。」

第二十九回 女兒國師徒奇遇

冬去春來，這天，師徒四人來到一條河邊，水波清澈，遠處柳樹傍著幾戶人家。八戒高聲叫了幾聲，就看見一個婦人劃了渡船過來。眾人登上船，一會兒就靠了岸。唐僧見河水清澈，覺得口渴，就讓八戒用缽盂盛些水來解渴。唐僧喝了一小半，八戒把剩下的一大半一口氣喝幹了。師徒繼續趕路，不到半個時辰，唐僧在馬上呻吟道：「徒弟呀，我肚子痛！」八戒也叫道：「我肚子也痛！」沙僧說：「可能是喝了剛才冰涼的河水，鬧肚子。」兩個人疼痛難忍，用手一摸，裡面好像有肉塊，還會亂動呢。四人以為是鬧肚子，看見路旁有一戶賣酒的，一個老婆婆在門前織麻，悟空忙上前準備討要些熱湯，順便問問哪裡有賣藥的，買些藥治一下兩人的腹痛。

那婆婆一聽，哈哈大笑，讓他們先進來再說。於是悟空攙著唐僧，沙僧扶著八戒，兩個人挺著肚子，疼得直冒冷汗。到屋裡坐下後，悟空說：「婆婆，麻煩你給我師父和師弟燒些熱湯止止痛吧。」那婆婆也不燒湯，笑著說：「喝湯不管用，你師父和師弟是懷孕了。」原來這裡是西梁女兒國，這個國裡只有女人沒有男人。因此，國裡二十歲以上的女人如果想要生孩子就喝子母河的水，喝完就能懷孕，幾天以後就能生下孩子。唐僧和八戒聽了大驚失色，急得直跺腳，八戒嚷嚷道：「我老豬男兒身怎麼可能生孩子呀，讓我疼死算了。」唐僧忍著痛說：「悟空，你去買些墮胎藥吧，打了這胎兒。」婆婆說：「墮胎藥也不管用，離這裡正南三十里有座解陽山，山裡的聚仙庵裡面有一眼『落胎泉』，如果能喝一口泉水，就能解了胎氣。」

悟空聽了，拿起個大瓦罐，駕雲直奔落胎泉，取了一些落胎泉泉水給唐僧和八戒喝下，兩人的腹痛才消失了，肚子也恢復了原狀。

師徒四人吃了齋飯，休息了一晚，第二天一早又繼續上路了。眾人走了三四十里路，來到一座城池，唐僧說：「徒弟們，你們看這城門上寫著西梁女兒國，我們儘快面見國王倒換關牒，也好繼續趕路。」悟空三人點頭答應。說話之際，四人已經入城，只見滿街都是婦女。眾人見有男子來，忙圍了過來好奇地打量起來，唐僧師徒寸步難行。悟空說：「呆子，快露出你的長嘴和大耳朵，把這些女的嚇走。」於是八戒豎起一雙蒲扇耳，露出一張醜臉，把那些婦女嚇得跌跌撞撞，紛紛躲避。師徒四人這才得以繼續趕路。

四人趕了一陣路，來到一座府衙門外，門上寫著「迎陽驛」三個大字，門口站著一個女官，對唐僧師徒說：「你們幾個男子，不能擅自進入西梁女兒國，請到館驛登記姓名，我好奏報朝廷，才能放你們過去。」四人跟著女官進了館驛，向女驛丞*說明來意，並遞上通關文牒，請求照驗放行。於是女官安排四人在館驛休息，然後就往城中趕去。西梁女兒國女王聽說從東土大唐來了唐三藏等四個男子，高興地說：「我國自立朝以來，還沒有過男子。寡人昨夜夢見金屏生彩豔，玉鏡展光明，果然今日有喜事了。我願交出一國的財富和權勢，招那唐三藏為西梁國國王，我做皇后，生兒育女，永傳帝業。」滿朝文武一聽，都向女王道喜。女王命太師†等人為媒，趕去迎陽驛向唐僧求親。

唐僧師徒四人正在館驛用齋，只聽外面有人喊：「當朝太師駕到。」四人忙出去迎接。唐僧說：「貧僧是一個出家人，怎敢麻煩太師前來看望。」太師說：「我西梁女兒國沒有男人，女王特意派我來向御弟求親。只要你肯答應，她願將王位讓給你，你做國王，她做皇后。」聽說女王求親，唐僧直冒冷汗，不知如何回答。悟空卻替他答應下來。太師歡歡喜喜率眾人回去覆命。唐僧氣惱地說：「你這猴子，怎麼能擅自做主，讓我留在這裡成親，我死也不從。」悟空笑著說：「師父放心，老孫只是將計就計。如果不答應，別說倒換關文，只怕我們剛才就被抓起來打入大牢了。」唐僧聽了，還是覺得不妥，說：「那萬一我進宮去脫不了身怎麼辦？」悟空說：「師父，你先倒換好關文，然後和女王一起送我們三人出城，我到時使個定身法，咱們就能脫身了。」唐僧點頭稱是。

太師返回宮裡將唐僧答應的事一說，女王心花怒放，連忙安排大駕，要親自出宮迎接夫君。到了迎陽驛，女王見唐僧果然一表人才，氣宇軒昂，不禁一把抓住唐僧的袖子，嬌聲細語地說：「禦弟哥哥，請上龍車，和我同上金鑾寶殿舉行儀式，咱們好結為夫妻。」唐僧羞得面紅耳赤，不敢抬頭。悟空在一旁說：「師父不必害羞，請同師娘一起上車，快快倒換關文，我們三人還著急趕路呢。」唐僧無奈，只好和女王一起上了龍車。到了宮裡，八戒見到滿桌的山珍海味，也顧不上師父的叮囑，狼吞虎嚥，大吃一通。唐僧卻十分焦急，催促女王早早倒換關文讓他的徒弟們出城。女王忙命人取出禦印，在關文上用力一按，隨即把關文交給孫悟空。

悟空說：「陛下，既然關文已經倒換，我們三人就上路了，我師父就留在這裡與你成親，等我們取經回來。」女王十分高興。唐僧說：「女王陛下，我想送他們出城，這一路我還有些事要叮囑。」女王不知是計，於是與唐僧一起送悟空三人出城。到了城外，唐僧走下龍車，對女王拱手道：「陛下請回，讓貧僧和徒弟們取經去吧。」女王聽了大驚失色，扯住唐僧不讓他走。悟空正要使定身法定住她們，忽然聽到一陣

* 官名，掌管驛站中儀仗、車馬、迎送之事。
† 中國古代官職。又名太宰，掌邦治，為六卿之首。

風響，只見人群中閃出一個女子，呼的一下就把唐僧卷走了。悟空連忙跳到空中，手搭涼棚察看，只見那一陣陰風往西北飛去了，於是高喊：「師弟，快和我一起去救師父。」隨後，三人騰雲駕霧，朝著狂風方向一路猛追。那女兒國的君臣女輩，嚇得跪在地上磕頭。

悟空三人追到一座高山前，只見風停雲散，妖怪也不見了蹤影，正疑惑時，看見前方一扇石門，上面寫著「毒敵山琵琶洞」。八戒拿起釘耙就要上前砸門，悟空連忙制止他，自己變成蜜蜂進去打探情況。飛過兩扇石門，悟空看見洞中央有個花亭，那女妖怪正坐在裡面，旁邊還有幾個丫鬟伺候。不一會兒，兩個丫鬟端著兩盤點心趕過來說：「奶奶，點心準備好了，一盤是人肉餡的饃饃，一盤是紅豆餡的饃饃。」女妖怪笑著說：「你們把唐禦弟攙出來吧，讓我陪他吃些點心。」於是，幾個女僕走到後房把唐僧扶了出來。只見唐僧臉色煞白，戰戰兢兢。女妖怪說：「禦弟哥哥，我這裡雖然比不上西梁女王的皇宮，卻也清閒自在，正好念經拜佛。我與你做個夫妻，可不比西天取經舒服？」唐僧低頭不語。女妖怪繼續說道：「你在女兒國也沒吃什麼東西，我特意為你準備了兩盤點心，你是吃葷的，還是吃素的？」唐僧怕得罪了妖怪沒好果子吃，於是說：「貧僧吃素的吧。」悟空怕師父被迷了心性，忍不住現出本相，大喝一聲：「孽畜無禮，吃老孫一棒！」女妖怪見突然跳出個毛臉和尚，被嚇了一跳，忙口噴一道煙光把亭子罩住，又讓手下帶走唐僧，自己拿著一柄三股鋼叉，跳出花亭，罵道：「你這和尚，竟敢擅闖我洞府，吃老娘一叉！」

兩人從洞裡打到洞外，八戒和沙僧見了，拿起兵器上前幫忙，八戒嘴裡還叫著：「師兄靠後，讓我打這妖怪。」那女妖怪有些神通，拿著三股鋼叉與三人鬥了多時，漸感體力不支。於是女妖怪縱身一躍，飛到半空中使了個回馬槍，瞧准悟空的頭扎了一下，悟空頓覺疼痛難忍，敗陣而逃。八戒和沙僧見大師兄情況不對，忙丟下妖怪去找師兄。悟空跑到山后，捂著頭皮，坐在地上不停地喊疼。八戒說：「猴哥，你不是在老君的八卦爐中修煉過嗎，早已刀槍不入，怎麼現在被那妖怪弄成這樣？」悟空忍著疼說：「不知那妖怪使的什麼兵器，竟把我的頭弄破了，好疼啊。」兄弟三人在山坡上歇了一夜，準備第二天找妖怪算帳。那女妖怪得勝回洞，還要與唐僧做夫妻，以美色相誘，唐僧寧死不從，那女妖怪惱羞成怒，讓人把唐僧綁在了柱子上。

第二天一早，悟空將八戒搖醒，對沙僧說：「師弟，你留在這裡看好行李和馬，我和八戒去找那妖怪救出師父。」兩人到了琵琶洞，悟空又變成一隻蜜蜂，鑽了進去。女妖怪還在睡覺，悟空看到唐僧被綁在柱子上，落在他頭上，輕聲說道：「師父，我是悟空，你再忍耐一會兒，我這就去捉那妖怪，救你出去。」唐僧認得悟空的聲音，連忙說：「悟空，快救我出去。」這一喊，驚醒了女妖怪。女妖怪一個跟頭滾下床來，厲聲叫道：「好好的夫妻不做，取什麼經去？」悟空一慌，丟下唐僧，飛出洞外。悟空飛出洞，和八戒說了洞裡的情況。八戒氣急敗壞，拿起釘耙就去砸門，那石門呼啦啦地變成幾塊。女妖怪聞聲出洞，舉著鋼叉罵道：「哪個不知死活的敢砸我洞門？」看見八戒舉著釘耙，不由分說，舉起鋼叉就刺。二人打了幾個回合，女妖怪又往八戒嘴唇上扎了一下，八戒的嘴立刻腫得像饅頭一樣。八戒捂著嘴，叫苦連天地逃走了。

三人一籌莫展，不知如何對付那妖怪。正在這時，從山坡上走來一個老奶奶，左手提著一個青竹籃。悟空一看，那人頭頂上有祥光蓋頂，香霧繞身，連忙說道：「八戒、沙僧快看，是觀音菩薩來了。」三人磕頭跪拜。菩薩現了真身，踏著祥雲，說：「悟空，這女妖怪是只蠍子精，要想救你師父，你去東天門光明宮找昴（ㄇㄠˇ）日星官，他自有辦法幫你除妖。」悟空聽了菩薩的指示，駕雲來到東天門。昴日星官聽了，立刻同悟空來到山坡前，八戒還在那裡捂嘴叫喚，星官上前用手往他嘴唇上一摸，吹一口氣，就不疼了。

昴日星官讓悟空、八戒去琵琶洞把那妖怪引過來。於是兩人又來到洞前叫陣，八戒用釘耙把洞裡面的一層門也打破了，女妖怪氣得掄叉又來刺，二人把她引到山坡前，只見那星官立於坡上，現出本相，原來是一隻雙冠大公雞，昂著頭，有六七尺高。星官對女妖怪叫一聲，女妖怪聽到雞鳴，立刻現了原形，原來是個琵琶大小的蠍子精。星官再叫一聲，女妖怪渾身酥軟，最後竟被嚇死了。

悟空謝過昴日星官，將師父救了出來，然後一把火將琵琶洞燒了個一乾二淨。四人收拾好行李，繼續西行。

趣味小講堂

現實世界裡真的有子母河嗎？

雖然子母河是《西遊記》這部小說裡提到的河名，但現實世界裡確實有一條子母河，它位於新疆若羌縣米蘭鎮，若羌在文字改革以前寫作「婼羌」，帶個女字旁，和傳說中的女兒國有關係。史料記載，婼羌是一個以「婼」為首領的羌族人的部落，是一個女人當政的部落，其居住地就在今天的新疆巴音郭楞蒙古自治州若羌縣。

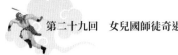

白白老師的國學小教室

女兒國

女兒國是一個很特別的地方，這裡只有女人，而且女人可以透過喝子母河的河水，自行繁衍後代。

中國封建社會裡，只有男性才能在朝廷和家庭中掌權，女性則要承擔三從四德的規範，但在女兒國裡，卻不同於一般的性別禮俗，女人可以承擔家國責任，且不需要依靠男人就能獨自生育，打破封建社會中以男人為主的現象。

女兒國在許多神話和小說中都有記載，真實的社會中也有不少國家和民族保留母系社會的狀態，至今也有許多部落保存母系社會。

《西遊記》裡的女兒國既現實又魔幻，是一個傳統封建禮教之外、遺世獨立的國度。

第三十回 真假猴王攪乾坤

唐僧師徒離開西梁女兒國，一路西行，轉眼到了夏季。這天，天色漸晚，卻不見一戶人家。八戒覺得餓了，要趕馬快走，悟空把金箍棒一晃，喝了一聲，白馬如飛似箭，馱著唐僧狂奔了二十多里路才漸漸放慢速度，悟空三人被遠遠落在後面。唐僧正驚魂未定，忽然聽到一棒鑼聲，只見路兩邊閃出一群強盜。強盜們手拿刀槍棍棒，攔路說道：「和尚！只要把身上的**盤纏***都留下，就饒你性命。」唐僧嚇得沒坐穩，跌下馬來。那夥強盜搜了一遍，見他沒錢，要搶他的衣服和白馬，唐僧沒辦法，說：「我徒弟馬上就來，他們身上有幾兩銀子。」於是那夥強盜把唐僧捆了，高高地吊在樹上。

悟空三人趕來，遠遠看見唐僧在樹上晃動，八戒笑著說：「你們看，師父真有閒情逸致，在樹上蕩秋千呢。」悟空喝道：「呆子，別胡說，師父是被吊在樹上呢。」說完跳到空中查看，認出是一夥強盜，於是他搖身一變，變成個小和尚，肩上背一個藍布包袱，走到樹下，正要去救唐僧，那夥強盜立刻圍了上來，說：「小和尚，你師父說你包裡有盤纏，趁早留下來，饒你們性命，如若不然，就送你歸西。」悟空說：「銀子在我包裡，你們放了我師父，我就給你們。」

強盜把唐僧放下來，唐僧騎上馬，又往原路狂奔。悟空忙叫道：「走錯路了！」說著就要追上去，那夥

*盤纏準確的含義是路費，可路費的形式五花八門。富人出門遠遊帶黃金白銀，窮人的盤纏則可能只是幾個餑餑或麵餅。

強盜攔住他說：「哪裡走？快把盤纏留下。」悟空罵道：「你們這幫不知死活的毛賊，敢搶你孫爺爺，別怪俺老孫無情。」一群強盜哪裡知道悟空的厲害，拿起棍子朝悟空頭上就打。悟空等他們打完，笑嘻嘻地說：「你們打累了，讓俺老孫也打一棒試試。」悟空輕輕一棒，就把強盜頭子打死了，嚇得一幫嘍囉四散逃命。

不久，唐僧、八戒和沙僧趕了過來，唐僧見悟空又打死了人，十分不忍，幫其入土為安，念經超度。師徒四人繼續西行，來到一戶人家。這戶人家住著一對老夫妻，老漢姓楊，有一不肖之子，淨幹些偷盜搶劫的營生。夫婦二人熱情接待了他們，安排他們住下。當天夜裡，老人的兒子帶著二三十個強盜回家睡覺，他們正是在半路打劫唐僧的強盜。他們一看見後院裡的白馬，就知道唐僧他們住在這裡。一個個磨刀磨槍，要為強盜頭子報仇。強盜們正在商量對策，不想被老漢聽到，他便偷偷地讓唐僧師徒從後門走了。強盜們來到後院，看人不見了，連夜追趕，一直追到天亮，總算看到了唐僧。悟空見這幫人手拿刀槍，是要行兇，於是掄起金箍棒，幾下就讓一大幫人都去見了閻王。唐僧見悟空又不聽教誨濫殺無辜，當即念起了緊箍咒。悟空疼得滿地打滾，不停地求饒：「師父莫念！師父莫念！」唐僧念了十餘遍緊箍咒，才停下來說：「你這猴子屢教不改，取經又有何用？你快回去吧，否則我再將那緊箍咒念上一百遍。」悟空疼痛難忍，無奈說道：「師父別念了！我走就是！」說完，一個筋斗，轉眼就不見了。

悟空飛了一陣子，本想回花果山，但是轉念一想，自己又被師父貶回去怕遭人恥笑，於是直奔南海去了。悟空一見菩薩，就訴起苦來，菩薩聽完他的訴苦，說：「你師父雖然不應該將你趕走，但是那些草寇畢竟是人，與那妖禽怪獸、鬼魅精魔不同，你不該將他們打死。」悟空聽了，默默站在蓮臺旁思量。菩薩端坐蓮臺，運心三界，慧眼遙望，說：「悟空，你師父馬上就會有難，不久就會有人來找你。你就在我這裡等消息吧。」悟空只好侍立在蓮臺旁，等候消息。

唐僧趕走了悟空，和八戒、沙僧又趕了幾十里路，覺得又餓又渴，於是讓八戒去化齋。過了半天，沙僧不見二師兄回來，對唐僧說：「師父，二師兄這麼久還沒回來，想是在哪裡偷懶呢，我先去打點水，給你解渴。」唐僧讓沙僧快去快回。沙僧走後，唐僧一個人正坐閉眼念佛，突然聽到有人叫他「師父」，睜開眼睛一看，悟空正跪在面前，雙手捧著一瓢水。悟空見師父睜開眼睛，笑著說：「師父，沒有老孫，你連水都喝不上吧！這瓢水你先喝了解渴吧，等我去給你化齋。」唐僧餘怒未消地說：「我渴死也不喝你的水，我也不是你師父，你走吧！」悟空聽了，大怒道：「你這個狠心的臭和尚，真是不知好歹。」說完拿起鐵棒將唐僧打昏在地，然後拿上包袱，駕著筋斗雲走了。

不一會兒，八戒、沙僧趕了回來，看見唐僧昏倒在路旁，慌得八戒要給唐僧收屍，並嚷著散夥回高老莊。沙僧連忙救醒師父，詢問情況。唐僧喝了幾口水，一邊嘆息一邊把悟空打他的事說了一遍。八戒說：「師父，老豬這就去找那猴子要回行李。」唐僧怕八戒口無遮攔得罪悟空，就讓沙僧去花果山找孫悟空要回行李。

沙僧駕起雲光，直奔東勝神洲，走了三天才來到花果山水簾洞。沙僧看到悟空正坐在高臺上，雙手扯著通關文牒，在那裡高聲地念。沙僧聽得奇怪，忍不住上前厲聲叫道：「大師兄，你不隨師父西天取經也就罷了，但你萬不該打傷師父，搶走行李。」悟空笑著說：「沒有那和尚，俺老孫也能去西天取經。」說完，吩咐手下牽出一匹白馬，請出一個唐三藏，跟著八戒和沙僧。沙僧一見大怒，拿起錫杖，把假沙僧劈頭打死，原來是一個猴精變的。悟空見沙僧不知好歹，命人捉拿沙僧。沙僧見人多勢眾，忙駕雲逃走，去南海找觀音菩薩去了。

到了南海，沙僧正要跟菩薩申訴，抬頭卻看到悟空站在旁邊，罵道：「你這臭猴子，為何要加害師父，搶我們的行李？」拿起錫杖就要打。悟空莫名其妙，菩薩讓他暫且息怒，把情況說明白。沙僧把事情的前因後果都說了一遍。菩薩說：「悟淨，不要錯怪好人，悟空在我這裡已經待了四天了，從沒離開過，怎麼會打傷唐僧，搶走行李呢？」菩薩讓悟空和沙僧一起去水簾洞看個究竟。

二人駕雲來到花果山，果然看到另一個一模一樣的孫悟空，正在與群猴飲酒作樂呢。悟空氣得拿著棒子上前罵道：「你是何方妖孽，竟敢變成俺老孫的模樣，還不快現出原形受死！」說完，掄起金箍棒就打。假悟空見了，拿起鐵棒相迎。兩個悟空，兩條鐵棒，這一場打鬥真是不分上下。一個是混元一氣的齊天大聖，一個是久煉成靈的天地精怪。兩個大聖從花果山一直打到南海落伽山。兩人一邊打一邊罵，早就驚動了菩薩。二人拉扯著來到菩薩面前，一個說「我是真的」，一個說「他是假的」。菩薩見他二人相貌完全一樣，看了半天，也分不出真假。菩薩找來木叉和善財童子，悄悄吩咐說：「你們一人拉住一個，等我暗念緊箍咒，那個頭疼的就是真的，不疼的就是假的。」菩薩念起緊箍咒，誰想兩個人一起喊疼，抱頭在地下打滾，嘴裡叫著：「莫念！莫念！」菩薩停下，他們又扯在一起，還是打鬥。菩薩無奈，只得讓他們到天庭去分辨。

二人嚷嚷著來到南天門，守門的四大天王見兩個大聖同時來到天庭，慌忙去將情況奏報玉帝。玉帝將二人召到靈霄寶殿，眾天神一看頓時傻了眼，也分不出真假。玉帝讓李天王拿來照妖鏡分辨真假，可是鏡中的二人都是孫悟空，玉皇大帝也分辨不出真假。二人嚷嚷著要去見師父。沙僧早已回去將事情和唐僧說了一遍。唐僧很後悔趕走悟空，才出了這樣的事。這時，只聽到半空中人聲喧嘩，原來是兩個悟空打過來了。兩個悟空來到唐僧面前，讓他分辨真假，八戒一看兩個人一模一樣，讓唐僧念緊箍咒，唐僧正要念，兩個悟空連忙說：「師父，別念了。你們分不出，那我們去閻王那裡分辨真假。」於是二人拉拉扯扯，一路打到森羅殿上。閻王命管生死簿的判官一一從頭查勘，並無假悟空的名字，再看毛蟲文簿，發現上面猴子的名目早被悟空大鬧地府時一筆勾除了。於是閻王對悟空說：「要想分辨清楚，還是得到雷音寺如來佛祖那裡才行。」

兩個悟空飛雲騰霧，一直打上西天，直嚷至大西天靈鷲（ㄐㄧㄡˋ）仙山雷音寶剎之外。四大菩薩、八大金剛、五百阿羅、三千揭諦等正在聽如來說法。眾金剛抵擋不住，兩個悟空一直打到佛祖面前。如來讓觀音分辨真假，觀音也分辨不出來。如來笑著說：「你們法力廣大，能洞悉世間萬事，卻不能遍識世間萬物哇。這世上有五仙，乃天、地、神、人、鬼；有五蟲，乃蠃、鱗、毛、羽、昆。這假的孫悟空非天非地非神非人非鬼，亦非蠃非鱗非毛非羽非昆。除此之外，還有四種猴類，不在上述十種之內。」菩薩又問：「敢問是哪四種猴？」如來說：「第一種是靈明石猴，第二種是赤尻（ㄎㄠ）*馬猴，第三種是通臂猿猴，第四種是六耳獼猴。這假悟空就是六耳獼猴。」假悟空見如來說破了他的本相，膽戰心驚，跳起來準備逃走。眾神一起把他圍在中間。如來將金缽扔了過去，正好蓋住假悟空。眾神上前揭開缽盂，只見果然是一個六耳獼猴。如來說：「悟空，假悟空已經抓住了，我自有處置。這場禍都是你們師徒不和造成的，你回去救了你師父，要一心一意保護他西天取經，不可再無故傷人性命。」於是如來讓觀音菩薩和悟空一起去見唐僧。

經過菩薩的勸說，悟空回到了唐僧的身邊，並囑咐二人不可再有嫌隙之心，兩人點頭稱是。八戒從花果山取回行李，師徒四人拜謝了菩薩，繼續踏上取經之路。

*屁股

白白老師的
國學小教室

真心和假心

真假美猴王的產生，源自唐僧和孫悟空起了嫌隙，師徒不再同心，唐僧任憑孫悟空離開，放走了心猿。

孫悟空是真心（赤誠之心）的象徵，六耳獼猴則是假心（虛妄知心、狂妄之心）的象徵，但二心又為一體，每個人身上都有一體兩面的心。孫悟空的離開讓六耳獼猴有了可趁之機，後來如來佛辨識出假心，化解此危機，師徒之間化解了彼此的嫌隙。

真假美猴王這一難，實際上是唐僧師徒心靈危機的體現，假的美猴王是師徒間的嫌隙，也是唐僧的不負責、孫悟空的狂妄造就，而他們願重歸舊好、同心一意再踏上取經之路，讓二心回歸一心。

每個人身上都有著真心和假心，當假心浮現時，唯有反求諸己，才能找回初衷的真心。

第三十一回 火焰山師徒受阻

師徒四人齊心協力趕赴西天，趕了一夏天的路，轉眼又至深秋時節。四人越往前走越覺得熱浪撲面，衣衫漸漸都被汗溼了。唐僧說：「現在已是三秋時節，天氣怎麼和夏天一樣熱？」八戒說：「聽說西天路上有個斯哈哩國，是日落之處，我們不是到了斯哈哩國吧？」悟空聽了，忍不住笑道：「呆子，斯哈哩國還早呢，以我們這樣的速度，估計再過幾十年都走不到。」兩人正在爭論，看見路旁有座莊院，紅瓦紅牆，紅門紅窗。唐僧讓悟空前去打探一下。

一位老者正拄著拐杖走了出來，猛一抬頭看見悟空，嚇了一跳，問：「你是哪裡來的怪人？」悟空說：「我是東土大唐來的和尚，到西方求取真經的，不知此地叫什麼，為什麼如此炎熱？」老者回答說：「這裡名叫**火焰山***，沒有春秋，一年四季都酷熱如夏。再往前六十多里，方圓八百里都是一片火焰，你們是過不去的。」悟空問：「這地方寸草不生，你們怎麼住在這裡？」老者說：「西南方有座翠雲山，山中有個芭蕉洞，洞裡的鐵扇仙有柄芭蕉扇。一扇熄火，二扇生風，三扇下雨，我們年年供奉鐵扇仙，向她借來芭蕉扇，才得以播種收割，否則寸草難生。」悟空暗自慶倖，謝過老者，一轉身就不見了。

悟空駕著筋斗雲，霎時就來到了翠雲山，正在尋找洞口，突然聽到山林裡樵夫伐木的聲音，於是上前詢問。樵夫笑著說：「這翠雲山是有個芭蕉洞，卻沒有什麼鐵扇仙，只有個鐵扇公主，又叫羅剎女，是牛魔王的妻子。」悟空一聽，真是冤家路窄，那羅剎女正是紅孩兒的母親。這次要找他母親借扇子，恐怕她不肯借！但是借不著扇子就過不了火焰山，如何去西方取經呢？沒辦法，悟空只好硬著頭皮向樵夫指點的方向找去。

悟空不一會兒就來到了芭蕉洞，那裡風光秀麗，十分幽靜。悟空上前敲門，叫道：「牛大哥，快開門！」一會兒開門出來個女童，問道：「你是什麼人，敲門有什麼事情？」悟空說：「我叫孫悟空，是牛魔王的好兄弟。我師父走到火焰山，特來向鐵扇公主借芭蕉扇一用。」女童把悟空的話轉告給了鐵扇公主，果然不出所料，鐵扇公主一聽到「孫悟空」的名字，咬牙切齒地說：「這個潑猴害我兒子，還敢來借芭蕉扇！」鐵扇公主說完立馬穿上披掛，拿上青鋒寶劍出了洞門。

悟空見鐵扇公主出來，說：「嫂嫂，老孫有禮了。」鐵扇公主喝道：「休要胡言亂語，哪個是你嫂嫂？你害得我們母子不能相見，倒還敢來認親？」悟空說：「嫂嫂要見紅孩兒，又有何難，只要把芭蕉扇借我，送我師父過了火焰山，我就到南海觀音菩薩那裡請他來見你，如何？」鐵扇公主聽了，說：「潑猴，你不要在這裡花言巧語，把頭伸過來讓我砍上幾劍，如果能忍住疼，我就借你扇子。」說完，舉劍就砍。悟空見狀，也不躲閃，任由她砍。鐵扇公主砍了一陣，見孫悟空毫髮未傷，見勢不妙，轉身要走，悟空哪裡肯放她走，舉棒就打。二人在翠雲山前相持半天，鐵扇公主見悟空難纏，料想鬥不過他，就取出芭蕉扇，一扇生風，把悟空扇得無影無蹤。

悟空飄飄蕩蕩，如風吹枯葉、水中落花，滾了一夜，一直到天亮才落在一座山上，雙手抱住一塊石頭

＊火焰山古稱赤石山，位於吐魯番盆地的北緣，古絲綢之路北道。火焰山，維吾爾語稱「土孜塔格」，意為「紅山」，唐朝時以其炎熱曾名為「火山」。

才停下來，仔細一看，原來是小須彌山。悟空找到靈吉菩薩說明緣由。菩薩笑說：「那芭蕉扇本是昆侖山後天地產生的一個靈寶。假如扇到人，要飄八萬四千里。我這裡離那火焰山有五萬多里，你有留雲定風的法術，才停在我這裡，要是普通人，還不知道飄到哪裡去呢！」菩薩說著從袖中取出一個錦袋，拿出一粒定風丹交給悟空，說：「你飄到我這裡也是緣分，吃了這粒定風丹，鐵扇公主的芭蕉扇也就奈何不了你了！」

悟空謝過菩薩，又回到了翠雲山，用力地敲了敲門，喊道：「嫂子開門，老孫來借芭蕉扇一用！」鐵扇公主見悟空這麼快就回來了，心中不禁有些害怕，急忙穿上披掛，拿上兵器，出門罵道：「你這潑猴，又來尋死？」說完，拿出芭蕉扇朝悟空扇了一下。悟空嵬然不動，笑吟吟地說：「任憑你怎麼扇，我若動一動，都不算是好漢。」鐵扇公主又扇了兩扇，悟空果然還是穩如泰山。鐵扇公主嚇得趕緊收了寶貝，跑回洞裡，將洞門緊緊關上了。

悟空見狀，變成個小蟲從門縫裡鑽進去。鐵扇公主與孫悟空鬥得口渴，正吩咐侍女上茶。悟空靈機一動，急忙飛到茶末下麵，鐵扇公主端起茶杯，一口就喝幹了。悟空順著茶水進入鐵扇公主的肚子裡，現了原形，叫道：「嫂嫂，快借我扇子！」鐵扇公主大驚失色，問道：「大門可關好了嗎？」侍女說：「關了！好像是在你身上叫呢！」悟空在她肚子裡蹬了一腳，鐵扇公主捂著肚子，疼得直叫喚，悟空又用頭頂了一下，鐵扇公主又疼得滿地打滾，冷汗直冒，只好求饒說：「孫叔叔饒命！我給你扇子，你快出來吧。」隨即吩咐侍女拿來一柄芭蕉扇。悟空在她喉嚨處看清確實是芭蕉扇，這才飛出來現了本相。悟空拿過扇子，高興地說：「謝謝嫂嫂，用完了我就還你！」說完，走出山洞，縱上雲頭回去了。

唐僧等人等了兩天，見悟空借到扇子回來，非常高興，於是拜謝了老者，向火焰山走去。走了四十多里，眾人難忍酷熱，悟空說：「師父請下馬，八戒你們也先別走，等我扇滅了火，我們再過山。」說完，悟空拿起芭蕉扇來到火焰山腳下，用力一扇，山上的火焰燒得更厲害了，悟空又扇了兩下，結果火焰躥出千丈，向四周蔓延。悟空連忙叫唐僧等人快跑，直退了二十多里才停下。悟空丟下扇子，懊惱地說：「俺被那鐵扇公主騙了，這扇子一定是假的。」唐僧聽了，愁眉不展，這火焰山是西行的必經之地，師徒幾人都想不出解決的辦法。正在危難之際，師徒四人聽見有人叫道：「大聖不須煩惱，先吃些齋飯再說。」

原來說話的是此處的土地神，他告訴悟空，這火焰山的火還是悟空五百年前大鬧天宮時，踢倒了太上老君的八卦爐，有些餘火落到此處才變成了火焰山。要想借到真扇子，得去找牛魔王，鐵扇公主見了牛魔王才會借扇子給他。牛魔王此時住在向南三千餘里的積雷山摩雲洞玉面公主那裡。悟空聽說，火速趕到摩雲洞。見到牛魔王，悟空把借芭蕉扇一事和牛魔王說了，那牛魔王因為紅孩兒一事見到孫悟空就如見了仇家，拿起混鐵棍劈頭就打。悟空舉棒相迎。兩人打了百十個回合，難分勝負。這時，聽到山峰上有人喊：「牛爺爺，大王有約，請及早赴宴。」牛魔王這才想起自己還要赴宴，就對悟空說：「猴子，改天再找你算帳。」說完，收了兵器，卸了盔甲，跨上辟水金睛獸走了。

悟空變成一隻飛蟲，跟著牛魔王來到一座深潭邊，此潭名叫亂石山碧波潭。悟空心想：「牛魔王在這裡喝酒，也不知道要喝到什麼時候，我不如偷了他的辟水金睛獸，變成牛魔王，去哄那羅剎女交出扇子。」想到這裡，悟空就解了辟水金睛獸的轡繩，變成牛魔王的樣子，徑直來到了芭蕉洞。鐵扇公主聽說丈夫回來了，連忙出門迎接，悟空假意與她喝酒敘舊，哄她說：「聽說近日孫悟空保護唐僧來到了火焰山，恐怕會來借寶扇，你一定要小心看管好，不要被他偷去了。」鐵扇公主涕淚漣漣地說：「大王，我差點就被那猴子害死了。」於是，鐵扇公主把孫悟空借扇之事說了一遍。悟空問：「那真扇子在哪兒？」鐵扇公主從口中吐出一柄杏葉大小的扇子，遞給悟空，笑著說：「放心，那猴子偷不走。」悟空拿著小扇子問：「這麼小小一把扇子，真能滅火焰山的火？」鐵扇公主喝得有些醉了，說：「大王離開了兩年，想必被那玉面公主迷惑得忘了我，怎麼連自家寶貝的祕密都忘了？只要用左手大指頭撚著那柄上第七縷紅絲，念一聲『呵吸嘻吹呼』，就能長到一丈二尺長，就算是八百里火焰也能熄滅。」悟空暗暗把口訣記在心裡，也把寶扇含在口中，把臉一抹，現出原形。那鐵扇公主一見是孫悟空，嚇得跌坐在地上。悟空拿著寶貝念出口訣出了芭蕉洞，扛著把大扇子回去了。牛魔王喝完酒，發現辟水金睛獸不見了，心想肯定是孫悟空偷走了，趕忙駕上祥雲，直奔翠雲山芭蕉洞。果然看見辟水金睛獸被拴在門外，又聽見鐵扇公主在裡面捶胸頓足，大呼小叫。鐵扇公主將孫悟空變成牛魔王的模樣騙取寶扇的事說了一遍，牛魔王聽了，氣急敗壞地說：「夫人，不要心急，等我趕上那猴子，奪回寶貝，然後教訓他一頓，給你出氣。」說著，拿起寶劍，追趕孫悟空去了。

牛魔王趕上孫悟空，看見他扛著扇子，於是搖身一變，變成豬八戒的模樣。牛魔王抄個近路，當面迎著悟空而來，叫道：「師兄，師父見你這麼長時間不回，讓我來迎你。」悟空拿著扇子得勝而歸，正在興頭上，也沒想那麼多，就高高興興地把扇子給他了。牛魔王一拿到扇子，現出本相，悟空這才知道上當了。二人在空中爭鬥起來。

不多時，真八戒和土地神一起趕來了，二人幫著悟空一起對付牛魔王。幾個人打得聲響震天，飛沙走石。真動起手來牛魔王不是孫悟空的對手，牛魔王漸漸招架不住，變成一隻天鵝，朝空中飛去。悟空見狀，連忙變成一隻蒼鷹，去捉牛魔王。最後，牛魔王只好現出原形，變成一隻千餘丈長，八百丈高的巨牛。悟空也不甘示弱，喊一聲「長」，隨即變得一萬多丈高。兩人在山間一番惡鬥，打得地動山搖。兩人的打鬥驚動了天神，托塔李天王、哪吒、巨靈神等神仙也趕了過來幫忙。牛魔王四處狂奔，去頂孫悟空。只見哪吒乘機取出風火輪掛在牛魔王的角上，吹動真火，把牛魔王燒得搖頭擺尾。托塔李天王趁機拿出照妖鏡，牛魔王再也變化不得，無處逃生，只得求饒，交出了芭蕉扇。

悟空拿了芭蕉扇趕回火焰山，扇了三下，果然將八百里火焰熄滅了。土地說：「大聖，你既然有心滅火，不如你連扇四十九下，這火焰山就再也不會著火了。」於是，悟空拿著芭蕉扇，連扇了四十九下，斷絕了火根。師徒四人收拾好行李，穿過火焰山，繼續西行。

西遊好奇問

火焰山為什麼是中國最熱的地方

火焰山古稱赤石山，位於吐魯番盆地的北部，古絲綢之路北道。火焰山，維谷爾語稱「土孜塔格」，意為「紅山」，唐朝時以其炎熱曾名為「火山」。火焰山是中國最熱的地方，夏季最高氣溫高達四七・八度，地表最高溫度高達七〇度以上，多年測得的絕對最高氣溫為四九・六度（一九七五年七月十三日）。而地表溫度能達到八三・三度，是名副其實的中國「熱極」。

第三十二回 金光寺佛寶重現

過了火焰山，天氣轉眼從秋天進入了冬天，越來越冷。一天，師徒四人來到一座壯麗的城池，城池四面有十幾個城門，四周城牆長達一百多里。奇怪的是這麼大一個城池，城門上卻沒有寫名字。四人準備進城找人打聽一下這是什麼地方，剛一進城，就看到十數個衣衫襤褸的和尚戴著枷鎖沿街乞討，被凍得瑟瑟發抖，看起來十分淒慘。

唐僧看了這群受苦的和尚，於心不忍，對悟空說：「為師看著這群和尚受苦心裡難受，俗話說『兔死狐悲，物傷其類』。你去問問他們怎麼了。」悟空走過去打探情況，和尚們哭著說：「我們是金光寺的和尚，落到如此境地都是被冤枉的。」悟空想要繼續問明原因，那些和尚卻躲躲閃閃不願意回答。於是悟空帶著一群和尚來到唐僧跟前，唐僧問道：「你們為什麼會戴著枷鎖，是犯了什麼法？」和尚們說：「長老，這裡我們不敢說，你們跟我們回金光寺吧，我們再把冤情告訴你們。」唐僧四人於是跟著這群和尚往金光寺趕去。

師徒四人來到金光寺，只見山門上寫著「敕建護國金光寺」幾個鎏金大字，進入山門，卻見裡面冷冷清清，到處掛著蜘蛛網，佛前的香爐落滿了灰塵，已經好長時間沒用了。唐僧看了心酸，忍不住眼含淚花。和尚們頂著枷鎖，推開正殿的大門，請唐僧等人進去。不一會兒，金光寺方丈出來迎接他們，問道：「幾位長老面貌非凡，是東土大唐來的高僧嗎？」悟空笑道：「你們這些和尚難道會算卦，怎麼知道我們就是東土大唐來的？」方丈說：「師父，我們不會算卦。昨夜我們都做了一個夢，說有個東土大唐來的聖僧，能救我們的命。」唐僧趕忙問他們有什麼冤屈。方丈說：「這裡是祭賽國，是西方大國，以前有月陀國、高昌國、西梁國和本缽國四國年年向我國朝貢。只因我們這金光寺的寶塔上有祥雲籠罩，每天晚上都會放出金光。三年前的一天夜裡下了一場血雨，寺裡的黃金寶塔上就再也沒有金光，鄰國也不再朝貢。朝臣們都說是我們寺裡的和尚偷了塔上的寶貝。國君就把寺裡的僧人全部抓了起來，嚴刑拷打，已經有不少和尚因此喪命了。萬望各位師父救救我們哪！」

唐僧聽了，不住嘆息，說：「放心吧，我的這幾個徒弟有些本事，一定會幫你們的。」又對悟空說：「我離開長安的時候發願，西天路上逢廟燒香，遇寺拜佛，見塔掃塔。眾僧都是因為這金光寶塔而蒙受不白之冤。你給我準備一把新掃帚，我一會兒要去掃塔，再查一查寶貝被偷的事情。」於是，悟空將那些和尚的鎖都解了。唐僧吃了齋飯，沐浴更衣後拿著笤（ㄊㄧㄠˊ）帚，就要去掃塔。天色已晚，悟空怕師父遇到危險，拿了一盞燈和一把笤帚陪唐僧一起去掃塔。師徒二人一層一層地掃，掃到第十層的時候，唐僧實在累得掃不動了。悟空說：「師父，您在這裡歇一歇，剩下的三層讓我老孫去掃吧。」唐僧擔心悟空不用心，叮囑他一層一層仔細清掃。

悟空開始一層層仔細清掃，掃到十二層時，就隱約聽到塔頂上有人說話，悟空心中疑惑，於是悄悄來到第十三層查看動靜。原來有兩個妖精在猜拳喝酒。悟空丟下笤帚拿出金箍棒喝道：「妖怪，原來寶塔上的寶貝是你們偷的！」兩個妖怪一看被人發現，準備逃跑，卻被悟空一把拿下，口裡直喊：「饒命！饒命！」悟空將兩個妖怪帶到唐僧面前審問。兩個妖怪戰戰兢兢，其中一個招供說：「我們是亂石山碧波潭萬聖龍王派來巡塔的，他叫奔波兒灞（ㄅㄚˋ），我叫灞波兒奔。他是鯰（ㄋㄧㄢˊ）魚怪，我是黑魚精。萬聖老龍有個女兒，叫萬聖公主，長得花容月貌。前幾年招了一個駙馬，叫九頭駙馬，神通廣大。前年在這城裡下了一陣血雨，偷了塔中的佛寶舍利子。公主又去天宮偷了王母娘娘的九葉靈芝草，養在潭底下。這兩天，聽說有個孫悟空要經過這裡，這人手段了得，一路上專找人麻煩，於是讓我們在這裡巡塔，隨時報告情況。」悟空冷笑了一聲說：「難怪牛魔王前日去碧波潭赴會，原來兩個人沆瀣一氣，專幹一些見不得人的勾當。」於是，悟空將兩個妖怪帶到眾僧跟前，將事情說了一遍，然後讓八戒與和尚們用鐵索將兩個妖怪鎖在塔下。

第二天早晨，唐僧穿上錦襴袈裟，拿著九錫環杖，進宮倒換關文。悟空提了兩個妖怪準備一起進宮。祭賽國國王聽說東土大唐來的高僧求見，忙讓人請進大殿。唐僧說：「貧僧來自南贍部洲東土大唐，去往西方取經，望陛下為貧僧倒換關文。」那國王換完關文，說：「你大唐果然能人多，寡人這裡的和尚就只會做賊！」於是，國王把那下血雨，佛光消失的事情說了一遍。唐僧笑道：「陛下，其實此事和金光寺的和尚無關。貧僧的徒弟昨晚已經抓住偷佛寶的妖怪了。」國王聽了大喜，立刻命錦衣衛去金光寺押妖怪前來審問。唐僧說：「陛下，貧僧的徒弟正押著兩個妖怪在殿外等候。」於是，國王讓人請悟空進殿。悟空將兩個妖怪押進大殿，國王看見悟空，嚇了一跳，又看看兩個妖怪，一個頭尖皮黑，尖嘴利牙；另一個滑皮大肚，巨口長須，問道：「你們是哪裡的妖怪，金光寺的寶貝是你們偷的嗎？快從實招來！」兩個妖怪把那萬聖龍王的事情又說了一遍。

祭賽國國王這才知道佛寶原來是被妖怪偷了，自己冤枉了金光寺的和尚，於是下令赦免金光寺所有的和尚，重修金光寺。國王又命人準備齋飯款待唐僧師徒四人，同時派人請八戒和沙僧進宮。宴席上，國王請唐僧幫忙找回佛寶，唐僧說：「陛下放心，貧僧的徒弟一定會捉住妖怪，奪回佛寶。」國王非常感謝唐僧師徒。吃完齋飯，悟空與八戒駕著祥雲，帶著兩個小妖來到亂石山碧波潭，把黑魚精割了耳朵，鯰魚怪割了下唇，扔在水裡，說：「快去報告那萬聖龍王，就說齊天大聖孫爺爺在此，讓他快把祭賽國金光塔上的佛寶送出來，否則我就搗了他的龍宮！」那兩個小妖聽了，趕緊遊回龍宮報告。

萬聖龍王正在和九頭駙馬喝酒，聽了奔波兒灞和灞波兒奔的報告，嚇得魂不附體，戰戰兢兢地對九頭怪說：「賢婿呀，別人還好對付，如果真是那孫猴子，這次怕是惹上大麻煩了！」九頭怪笑道：「岳父大人放心，小婿不怕那孫猴子，等我出去與他會會。」

九頭怪拿著一把月牙鏟，跳出水面，叫道：「誰是齊天大聖！快來受死！」悟空說：「老孫便是。」九頭怪冷笑道：「你不好好地取你的經，為何在這裡多管閒事？我偷他的寶貝關你什麼事？」悟空罵道：「你這妖怪，見到了你孫爺爺還敢狡辯。」九頭怪說：「既然如此，別怪我手下無情，傷了你的性命！」悟空大怒，罵道：「你這妖怪有什麼本事，敢這樣誇口？不要走，吃爺爺一棒！」那九頭怪也不害怕，用月牙鏟架住鐵棒，在那亂石山頭打了起來。兩人打了三十多個回合，不分勝負。豬八戒舉著釘耙，從妖精背後就要打下去，誰知那妖怪有九個頭，看得清清楚楚，躲過了八戒的釘耙。九頭怪漸漸招架不住，打個滾，騰空跳起，現出原形。八戒一看，那妖怪有九個頭，驚呼道：「猴哥，那妖怪怎麼長了九個頭！」大聖駕起祥雲，跳到空中舉起鐵棒照頭就打。九頭怪急忙往水裡飛去，與此同時從半腰裡伸出一個頭一口咬住八戒，把他拖入了碧波潭。

悟空見妖怪把八戒捉到水裡了，於是變成一隻螃蟹，進到那龍宮裡面。悟空從龍宮的蝦兵蟹將那裡打聽到了八戒的下落，就偷偷地爬過去找他。悟空救出八戒，讓他在龍宮外引出九頭怪，然後將他引到水上，自己再動手收服妖怪。於是八戒拿著釘耙在龍宮外罵罵咧咧，把個九頭怪和龍王引了出來。三人打作一團，八戒邊打邊跑，將兩人引出了水面。悟空正在潭邊等著，見狀一棒把老龍王打死。九頭怪見岳父被打死，收了龍王的屍體，又逃進了水潭。

悟空與八戒正商量如何設計再將九頭怪引出來，突然看到空中狂風滾滾，二郎神帶著梅山六兄弟正往他們這裡趕來。悟空心中暗喜，心想，今天正好遇到二郎神，不如請他們幫忙收服九頭怪。悟空曾被二郎神打敗過，有些不好意思見他，於是讓八戒前去迎接。八戒跳到空中攔住二郎神，把遇到那九頭怪的事情說了一遍。二郎神說：「今天天色將晚，不如明天再次求戰，一舉捉住九頭怪。」於是讓手下安排酒席，先和悟空、八戒喝酒，等待天亮之後擒拿妖怪。轉眼天就亮了。八戒幾壇酒下肚，喝得醉醺醺的，自告奮勇說：「讓我老豬下水去引那妖怪出來。」

八戒來到水下，見那群龍子龍孫正在為老龍王哭喪，就過去一耙打向那龍王屍體，嚇得那群龍子龍孫慌忙逃走去找九頭怪。九頭怪聽了大怒，拿著月牙鏟就殺了過來。八戒舉耙邊戰邊退，跳出水面。這岸上齊天大聖與二郎神、梅山六兄弟正等著呢。那九頭怪見勢不妙，現出原形，準備逃走。二郎神拿出金弓就射。九頭怪從半腰伸出一個頭要去咬二郎神，被二郎神的神犬一口咬掉。九頭怪見他們人多勢眾，不敢戀戰，忍著疼痛向北海逃去。八戒正要追趕，悟空攔住說：「窮寇莫追，料那妖怪少了幾個頭也是死路一條。」於是讓二郎神和梅山六兄弟在岸上守著，悟空與八戒下水去找那祭賽國金光塔的佛寶。

悟空變成那九頭怪的樣子找到萬聖公主準備騙取佛寶。進了龍宮，那萬聖公主說：「駙馬，怎麼這麼慌張？」悟空說：「外面有和尚追了進來，你快把寶貝拿給我藏好！」萬聖公主也不知道駙馬是悟空變的，急忙從後殿取出一個金匣子，遞給悟空說：「這裡裝著佛寶，你要小心藏好。」又取出一個白玉匣子說：「這是九葉靈芝。你先拿這寶貝去藏好，我去和那和尚鬥上幾回合，為我父王報仇。」悟空將兩個匣子收好，把臉一抹，現了本相，笑著說：「公主，你看我是誰？」公主一看眼前的人不是九頭怪，連忙就要去搶匣子，被八戒一耙打倒在地。悟空和八戒謝過二郎神和梅山六兄弟，帶著佛寶回到了祭賽國。

祭賽國國王正和唐僧在殿上說話，就聽那些金光寺的和尚報告悟空和八戒得勝回朝了。悟空把捉拿妖怪的細節都仔細說了一遍。國王聽說取回了佛寶，非常高興，然後叫人把舍利子放回第十三層塔頂，頓時佛寶再次射出霞光萬道。

國王感激不已，說：「要不是長老和三位高徒來到此地，恐怕這佛寶是找不回來了！」悟空說：「陛下，『金光』兩字不好，將寺名改作『伏龍寺』吧。」那國王立刻命人換了寺名，叫作「敕建護國伏龍寺」。國王又送唐僧師徒黃金寶玉為答謝，師徒們堅決不肯收下，繼續向西前進。

趣味小講堂

亂石山碧波潭的原型原來是大清池

據《大唐西域記》記載：「山行四百餘里至大清池。周千餘里，東西長，南北狹，四面負山，衆流交湊，色帶青黑，味兼鹹苦。洪濤浩汗，驚波汩淴。」「大清池」這個名字自此傳入中國，被認為是亂石山碧波潭的原型。大清池其實是現在的伊塞克湖，位於吉爾吉斯斯坦東北部天山山脈北麓。從高處俯瞰，伊塞克湖就像一塊碧玉嵌在山中，湖水清澈澄碧，終年不凍，有中亞明珠之稱。

第三十三回 假冒佛祖的黃眉怪

一天，師徒們正在趕路，忽然看到一座高山，高聳入雲。師徒四人沿著山路越過一座山嶺來到一個山坳，只見眼前一座樓臺，祥光萬丈，隱隱地聽到鐘鼓聲，原來是一座寺院。悟空說：「師父，前面的寺院很像雷音寺，只是祥光之中有些兇氣，不像是好地方，我們還是繞路走吧。」唐僧說：「既然是雷音寺，那豈不是到了靈山嗎？我們準備一下吧，準備拜佛求經。」悟空說：「師父，這不是雷音寺，我去過雷音寺，我們肯定還沒到呢。」

看是一座寺院，唐僧執意要去，於是策馬加鞭來到山門前，看見「雷音寺」三個大字，唐僧不免**喜出望外**＊，對悟空說：「你這猴子，這不就是雷音寺嗎？差點誤了取經大事！」悟空賠笑道：「師父別急，你再看看，這是小雷音寺。」唐僧抬頭一看，果然有四個字，寫著「小雷音寺」。唐僧說：「即使是小雷音寺，也有菩薩在裡面，我們還是進去拜一拜吧。」悟空無奈，三人只好跟著唐僧進了小雷音寺。

師徒四人穿過兩扇門，來到如來大殿，只見殿裡擺著五百羅漢、四金剛、八菩薩等眾神塑像。唐僧、八戒和沙僧見狀，連忙跪拜。悟空打量一周，早已知曉這些都是妖怪變的，只聽到蓮花臺座上有人高聲說道：「孫悟空，你見如來怎麼不拜？」悟空拿出鐵棒喝道：「你這妖怪竟敢變成如來的模樣，敗壞如來的聲譽！吃老孫一棒！」雙手掄棒打了過去。突然半空中叮噹一聲，撇下一副金鐃（ㄋㄠˊ），把行者整個裝在金鐃之中。唐僧、八戒、沙僧也被那些假菩薩團團圍住，一起捉了進去，用繩子綁了起來。

原來那蓮花座上裝佛祖的是個妖王，假菩薩都是些小妖怪變的。妖王現出原形，吩咐手下等三天三夜悟空化為膿水，然後就把唐僧等人蒸了吃。悟空被關在金鐃裡，黑洞洞的，卻不能出來，急得他拿著鐵棒亂打。於是悟空一下變得千百丈高，但金鐃也隨著他長大，不留一點縫隙。悟空又把身子變得如同芥菜籽一樣小，那金鐃也隨之變小，還是不見一點空隙。他又把鐵棒變成一根竿子，撐住金鐃，然後變出一個梅花頭五瓣鑽子，緊貼著金箍棒，鑽了幾百下，卻不能鑽開一點。悟空急了，念了一聲咒語，叫出了暗中保護唐僧的五方揭諦、六丁六甲等眾神，說：「你們快想想怎麼弄破這金鐃，讓我出去。」金頭揭諦於是駕雲來到南天門，跑到了靈霄寶殿，對玉帝啟奏此事。玉帝立刻命令二十八星宿前去解救。

眾星宿隨即來到小雷音寺，那時正好是二更時分，妖精們都已經睡覺了。悟空聽說來了救兵，欣喜不已，說道：「快打破這金鐃，放老孫出來！」眾星宿說：「這時候打破金鐃一定會驚動妖魔，讓我們用兵器鑿出一個洞，大聖可以順著洞出來。」他們使槍的使槍，使劍的使劍，使刀的使刀，使斧的使斧，忙到三更的時候，那金鐃還是紋絲不動。亢金龍說：「大聖啊，你別著急，你讓我用角尖兒拱進來，你順著有洞的地方出來吧。」然後亢金龍把身變小了，把角尖兒變得像個針尖一樣，順著合縫口伸了進去，然後叫了聲：「長！長！長！」角就長到碗來粗細。金鐃還是順著亢金龍的角，不露一絲縫隙。悟空摸著他的角叫道：「沒用，沒一點縫隙！你忍著些疼，帶我出去。」大聖變出一把鋼鑽，在他的角尖兒上鑽了一個洞，把身子變得像個芥菜籽，躲在那鑽眼裡，叫著：「好了，把角拿出去吧！」這星宿又費了九牛二虎之力，才拔出了角，累得倒在地上。

＊遇到出乎意料的喜事而特別高興。

悟空一出來，拿出鐵棒就把金鐃打個粉碎。這一下嚇得大小群妖都醒了過來。老妖王慌忙起來關緊了前門，出來迎戰。只見他蓬著頭，兩道粗粗的黃眉毛，鼻孔大張，四方形的嘴巴，手裡拿一根狼牙棒。悟空喝道：「你是個什麼妖怪，敢假裝成佛祖，設這個小雷音寺！」妖王說：「此處叫作小西天，我名叫黃眉老佛。我知道你有些本事，我們比試一番，如果你贏了，我就放你師徒西去；如果我贏了，就讓我去西天見如來取經，修得正果。」悟空勃然大怒，和黃眉怪打了起來，眾神站在半空中，隨時準備助戰。

兩人打了五十個回合，那邊有小妖們鳴鑼擂鼓，搖旗吶喊；這邊眾神各持器械，吆喝一聲，把那魔頭圍在中間。黃眉怪一點不怕，只見他解下腰間一個舊白布兜，往空中一拋，瞬間就把悟空和眾神全都裝了進去，得勝回洞。黃眉怪讓小妖們拿幾十條繩子，將布袋裡的人一個接一個拉出來，綁得結結實實。眾神像吃了迷藥一樣，全都沒了力氣，只能束手就擒。半夜，大聖忽然聽到哭聲，原來是唐僧在悔恨自己當時沒有聽悟空的話，害得眾人遇險。悟空使了個縮身術，鬆了繩子，然後悄悄地把前事告訴了師父，解救師父、八戒和眾神出來。剛出門，突然發現行李忘記帶出來，於是悟空讓眾神護著唐僧先走，自己回去拿行李。悟空變成一隻蝙蝠，飛到黃眉怪睡覺的地方，看到唐僧的袈裟被放在一邊，旁邊還擺著化緣的缽子等行李。悟空現了本相，就準備拿走，誰知道那些東西一下子散落在地上，驚醒了黃眉怪，他這才發現唐僧等人都已經逃走了。那妖精前前後後尋找到天亮，發現唐僧等人在山坡下。黃眉怪哈哈大笑，吹了一聲哨子，叫出四五千個大小妖精，和眾神在山坡上混戰起來。老妖怪見天色已晚，打個哨子，讓群妖各自小心，就要取出寶貝。悟空叫道：「不好！快走！」一個筋斗跳上九霄雲外。眾神、八戒、沙僧還沒反應過來，又被他裝在布袋裡。黃眉怪將唐僧、八戒、沙僧吊在房梁上，把眾神綁好關在地窖裡。

悟空在天上看到妖怪捉住了唐僧，一邊嘆氣一邊想：「我記得有個北方真武，又叫蕩魔天尊，他如今在南贍部洲武當山上，不如請他來搭救師父。」於是悟空駕起祥雲，來到南贍部洲武當山，去請那蕩魔天尊。武當山祥光瑞氣之間，祖師端坐在中間。悟空將唐僧在小雷音寺遇到妖怪的事情說了一遍。蕩魔天尊說：「既然大聖有事，我就讓龜、蛇二將和五大神龍助你去擒拿妖精，解救你師父。」行者拜謝了蕩魔天尊，領著龜、蛇、龍神回到小雷音寺，到山門外叫戰。那黃眉怪聽孫悟空搬了救兵又來叫戰，隨即取了披掛，走出山門迎戰。五條龍翻雲覆雨，龜、蛇二將一擁而上，悟空又使鐵棒在後相助。打了有半個時辰，那黃眉怪又解下了包袱。行者見了心驚，大叫道：「各位當心了！」那龍神和龜、蛇二將還沒來得及反應，就被收進了布袋裡。悟空翻了一個筋斗，總算逃過一劫。

大聖落下雲頭，不知不覺靠在山腳下睡著了。猛然聽見有人叫道：「大聖，快起來，去救你師父性命！」行者睜眼一看，原來是日值功曹，功曹慌忙施禮道：「大聖，唐僧被妖怪吊在梁上呢。萬望大聖趕快再去求救援。」行者發愁道：「我如今去哪裡搬救兵？」功曹笑道：「大聖別擔心，南贍部洲**盱眙**（ㄒㄩ　ㄧˊ）山有個大聖國師王菩薩，神通廣大，他手下有一個徒弟，叫作小張太子，還有四大神將。你如果請他來相助，定能成功。」行者心喜道：「你快去保護我師父，待老孫去請他。」

悟空縱起筋斗雲，直奔盱眙山。只見這大聖禪寺殿宇雄壯，有一座寶塔高聳入雲。那國師王菩薩早已在外迎接，隨即命四將和小張太子，一起駕雲去小雷音寺擒拿妖怪。那黃眉怪罵道：「你這猴子又搬來什麼救兵？」小張太子上前喝道：「你這妖精！不認得我？」小張太子提槍就向妖怪刺去。那妖精也不害怕，掄著狼牙棒左右抵擋。爭戰了很長時間，仍然不分勝負，那妖精又解下腰間的布袋。悟空又叫：「各位當心了！」太子等人不知「當心」的意思。那妖怪又把四大將和小張太子裝了進去。

悟空縱起筋斗雲，站在山坡上，正悵然不知如何是好的時候，忽然看見西南方有一朵彩雲墜地，隨後就下起了大雨。忽然，有人叫道：「悟空，認得我嗎？」悟空立刻上前一看，只見一個身軀肥胖，大耳朵的和尚沖著悟空微笑，原來是**彌勒佛**＊。悟空連忙說：「佛祖哪裡去？」彌勒佛說：「我是特地來收服這黃眉怪的。」悟空大喜。彌勒佛又說：「他是我那裡敲鐘的黃眉童兒。三月三日，我外出赴會，留他在家看守，他就把我幾件寶貝偷出來，下界成了妖怪。那布袋是我的『人種袋』，善收各種生物。」悟空一聽，說：「你個笑和尚，走失了童兒，讓他來害我師父！該算個家法不嚴之罪！」彌勒佛說：「一是我管教不嚴，二也是你師徒們災難未滿，讓我幫你收了那妖怪吧。」悟空問道：「你也沒個兵器，怎麼收服？」

彌勒佛笑道：「我在這山坡下設個瓜棚，你去和他交戰，只許敗不許勝，引他到這瓜田裡來。然後你變成個大西瓜，我想辦法讓他吃下去。你到了他肚子裡，他哪有不投降的道理？」彌勒佛又讓悟空伸手過去，在他掌上寫了一個「禁」字，讓他見到妖怪就顯出這個字，保管那妖怪跟來。悟空於是再次來到山門外，罵道：「妖怪，你孫爺爺又來了！快出來！」黃眉怪笑道：「那猴子沒人請了，自己來送命了。」忙帶了寶貝，拿著狼牙棒出來迎戰。悟空對著黃眉怪把「禁」字一展，那妖怪就一路跟著，果然將他引到了瓜田。悟空變成一個大西瓜。黃眉怪追了一路口乾舌燥，不見悟空的蹤影，卻看到一片瓜田。黃眉怪來到瓜田，叫道：「這是誰的西瓜？」彌勒佛變成一個種瓜老頭兒，回答道：「大王，瓜是小人的。」黃眉怪說：「摘個大西瓜給我解渴。」彌勒佛就把悟空變的西瓜遞了過去。妖怪張口就啃，悟空乘機一骨碌鑽進他的肚子，在裡面使勁鬧騰，疼得黃眉怪抱著肚子在地上打滾，不停地求饒。

這時彌勒佛現出本相，黃眉怪抬頭看見主人，嚇得跪倒在地，雙手揉著肚子，叫著：「主人饒命！再不敢了！」彌勒佛說：「悟空，看在我的面上，饒了他吧。」悟空恨那妖怪狠毒，在裡面左一拳，右一腳，不住翻騰。妖怪疼痛難忍，倒在地下。彌勒佛又說：「悟空，你饒了他吧。」悟空這才出來，現了本相，拿棒就要來打。彌勒佛趕緊把妖怪裝在袋裡，罵道：「金鐃哪裡去了？」妖怪哼哼道：「金鐃被孫悟空打破了。」那彌勒佛提著袋子和悟空回到小雷音寺，把金鐃碎片收在一起，吹口仙氣，立刻又變成一副金鐃，駕祥雲回極樂世界去了。

悟空打死了洞中的小妖，解救唐僧、八戒、沙僧和其他眾神，然後收拾好行李，放火燒了妖怪洞府，繼續向西趕路。

延伸小知識

鐃

鐃又稱為鉦或執鐘，是我國最早使用的青銅打擊樂器之一，其最初為軍中傳播號令之用，流行於商代晚期，周初沿用。商周的鐃不單用於軍旅，亦可用於祭祀和宴樂。

＊也稱彌勒尊佛，未來佛。在一些漢傳佛教的寺院裡，常見到袒胸露腹、笑容可掬（或大肚比丘）以布袋和尚為原型塑造的塑像。此在佛教作為表法教育，表示「量大福大」，提醒世人學會包容，學大肚能容，容天下難容之事；開口便笑，笑世間可笑之人。

第三十四回 獬豸洞悟空智鬥賽太歲

春去夏來，天氣漸漸熱了起來。這一天，師徒四人正頂著烈日趕路，就見前方有一座城池。唐僧勒馬問道：「徒弟們，那裡好像是一座城池。」悟空用火眼金睛一瞧，見城樓上掛著一面旗子，上面寫著三個大字：朱紫國。

不一會兒，師徒四人進入城中，看見到處人來人往，車水馬龍，真是一個太平盛世。轉過一個街角，看見一個驛館，門上寫著「會同館」*三字。館使歡歡喜喜地迎接唐僧師徒進來，並讓手下人打掃客房。唐僧詢問怎麼倒換關文，館使說：「今天是黃道吉日，我們皇上要上朝出黃榜，以一半的江山來招神醫。你要倒換關文，不如現在就去。要不不知道要等多久呢。」於是唐僧換了衣服進朝，打算馬上倒換關文。

唐僧走了之後，悟空和八戒一起出去買鹽，準備燒火做飯。走到鼓樓邊，聽見樓下人聲鼎沸，八戒就不肯走過去，怕人多嘴雜，欺負他長得醜陋，面對著牆根等悟空，不知不覺竟然睡著了。悟空一直擠到人群最裡面，看到原來是皇帝張榜尋求神醫。悟空一看滿心歡喜，說：「今天讓我老孫做個神醫玩玩。」他使了個隱身法，輕輕地上前揭了榜，又暗中鼓起一陣旋風，把榜文偷偷揣在八戒懷裡，自己先回會同館去了。

那樓下眾人看見有人在角落裡睡覺，懷裡還揣著榜文，官差就叫醒八戒問道：「你揭了榜文？」八戒一抬頭，嚇得幾個人跌倒在地上，幾個膽大的官差扯住八戒說：「你揭了招醫的黃榜，快跟我們回去醫治萬歲去！」八戒不知發生了什麼，低頭果然看到了一張黃榜，罵道：「又是那猴子害我！」於是對官差說：「這榜不是我揭的，是我師兄孫悟空揭的。我帶你們去找他！」八戒領著一群官差進了驛館，一把扯住悟空，對著官差說：「就是他揭了黃榜。」那群官差趕緊對悟空下拜，說要請悟空進宮為那國王治病。悟空聽了，笑著說：「既然如此，國王就要親自來迎接我。」官差們立刻進宮稟報。唐僧正在殿上與國王聊天，聽說悟空揭了黃榜，就說：「陛下，揭黃榜的是我的大徒弟，不敢陛下親自去請，我讓他進宮為陛下治病就是。」國王滿心歡喜地問道：「法師的高徒會醫術？」唐僧說：「貧僧三個頑徒都只會伏魔擒怪，捉虎降龍，不會醫術。」國王說：「法師不必謙虛，高徒必定有高明的醫術。」

官差傳了唐僧的話，讓悟空進宮。悟空來到宮裡，國王一看見悟空的樣貌嚇得不敢讓他診脈。悟空於是提出要為國王**懸絲診脈**†，於是從尾巴上拔了三根毫毛，變成三條絲線，讓太監繫在國王左手腕上，自己拿住線頭，仔細診視國王的脈象。不一會兒，悟空說：「陛下患的病症叫『雙鳥失群症』。」那國王聽了滿心歡喜，說：「確實是這個病！還望聖僧開藥。」

悟空回了會館，讓沙僧取一兩大黃，碾為細末；又讓八戒取一兩巴豆，去殼去膜，捶去油毒，碾為細末。這些都處理完畢後，悟空對八戒說：「你拿個小碗，去刮半碗鍋灰過來。」八戒就真的刮了半碗鍋灰過來。悟空又說：「八戒，你再去把我們的馬尿接半碗來。」八戒說：「你要這個幹嗎？」悟空說：「放到丸

※官署名，專門負責接待外國使者和少數民族首領的機構。

†指的是古代男女授受不親，因此就把絲線的一頭搭在女病人的手腕上，另一頭則由醫生掌握，醫生必須憑藉著從懸絲傳來的手感猜測、感覺脈象，診斷疾病。後來引申為沒有確實偵察過的臆測。

藥裡面。」沙僧笑道：「猴哥，馬尿怎麼能入藥？」悟空說：「我們的馬可不是凡馬，他本是西海龍王的太子，他的尿可以治病。」八戒於是取了半碗馬尿回來。三人把一堆粉末攪在一起，搓了三個大丸子，仔細收在一個小盒裡。第二天一早，悟空就把藥丸交給來取藥的官員，交代說：「這藥名叫『烏金丹』，要用無根水服下才行。」那官員問道：「什麼是無根之水？」悟空說：「無根水是從天上落下的雨水，待我老孫給你們求點雨吧。」於是，大聖念了咒，找來了東海龍王讓他打了兩個噴嚏，吐些口水，就下了一場雨。國王用無根之水服下了三顆藥丸，不一會兒就覺得肚子很痛，腹瀉了好幾次。

國王感覺身體頓時舒適了，也有了力氣，趕忙上殿拜謝長老，然後到驛館請悟空、八戒和沙僧進宮赴宴。席上，悟空問道：「陛下這病不知是什麼原因引起的？」國王嘆了一口氣，說：「三年前的端午節，朕與金聖宮娘娘在御花園賞花，忽然一陣風起，來了一個妖精，自稱是賽太歲，然後就把金聖宮娘娘擄走了。寡人因此受了驚恐，又日夜思念金聖宮娘娘，才得了這個病。」悟空問道：「那妖怪可曾再來過？」國王說：「每年來要幾次宮娥，說是服侍娘娘，最近應該又要來了。」正說著，就聽到有人來報，說妖怪又來了，要討宮娥。悟空一聽，來了精神，讓眾人稍等，讓他會會妖怪。妖怪不承想遇到對手，兵器也不曾帶，被悟空打個措手不及，狼狽而逃。

悟空一路追趕妖怪來到一座高山，按下雲頭，只見有個小妖，背著黃旗、文書，敲著鑼，健步如飛地走來。悟空搖身變成個道士，迎著小妖，問道：「長官，哪裡去？送的是什麼公文？」那小妖笑嘻嘻地還禮說：「我家大王讓我到朱紫國下戰書。」悟空問：「那朱紫國的娘娘果真漂亮嗎？」小妖道：「漂亮是漂亮，只是她渾身上下都長了毒刺，我家大王連她的手也不敢碰。」悟空問完，把那小妖定在原地，取下他腰間一個鑲金的牙牌，正面寫著「獬豸*洞」，反面寫著「有來有去」。悟空又駕雲折回朱紫國，把遇到小妖打探到的情況告訴了國王，國王聽了忍不住淚流傷感。悟空問道：「陛下，金聖宮娘娘有沒有留下什麼憑證？我好拿給她看。」國王止住淚說：「有一雙黃金寶串是她的心愛之物。」悟空接了寶串，重新駕上筋斗雲回去找那妖怪。到了獬豸洞，悟空變成「有來有去」的模樣，大搖大擺走過去。守門的小妖說：「有來有去，大王爺爺正在剝皮亭上等你回話呢。」悟空跟著小妖進洞，看見一座亭子中間坐著一個魔王。悟空見了，也不行禮，只是敲鑼。妖怪和他說話，他也不答應，上前拉住他，問道：「你怎麼到了家還敲，也不答話？」悟空把鑼往地下一扔，說：「我說我不去，你卻一定要我去。到了朱紫國，人人都叫著捉妖精，我差點被國王斬了。他說不久就要來和你交戰。」妖怪問：「他有多少人馬？」悟空說：「有千軍萬馬。」賽太歲聽了，笑道：「沒關係，千軍萬馬放把火就沒了。你快去見金聖宮娘娘，今早她聽見我發狠要打仗，就眼淚汪汪的。你去說那裡人馬驍勇，我不是對手，讓她寬心。」

悟空暗自高興，他七扭八拐，仿佛熟門熟路，不一會兒就來到了金聖宮娘娘的住處。那娘娘果然花容月貌，只是一直愁眉不展。見到「有來有去」，娘娘連忙問道：「你見到朱紫國國王了？」悟空說：「見到了，那君王還有幾句話讓我帶給娘娘。」悟空關上門，現了本相，說：「娘娘別怕，我是東土大唐往西天取經的和尚，是朱紫國國王讓我來救你的。」那娘娘聽了沉默不語。悟空取出寶串給娘娘看，娘娘看了東西，大哭道：「長老，長老救我！」悟空說：「娘娘放心，那妖怪有何本事？你告訴我，我好對付他。」於是，金聖宮娘娘將那妖怪的本事一五一十地告訴了孫悟空。原來那妖怪有三個金鈴，十分厲害。把三個

＊傳說中的神獸，俗稱獨角獸。體形類似麒麟，渾身長滿黑毛，富有靈性，剛正威猛，據說專吃貪官汙吏，被視為公正和勇敢的象徵。

鈴鐺晃一晃，能發火光、濃煙和黃沙。悟空問：「那鈴鐺放在哪裡？」娘娘說：「他每天都放在腰間，從不離身。」悟空說：「你想法子讓他把鈴鐺給你保管。」娘娘點點頭。

悟空又變回「有來有去」，跑到剝皮亭對妖怪說：「大王，娘娘有請。」妖怪歡喜不已，問：「今天怎麼娘娘如此友善？」悟空說：「只因我說那國王在國內另立了皇后，讓娘娘斷了念頭，所以她對大王改變了態度。」妖怪說：「還是你小子機靈。」妖怪來到後宮門口，金聖宮娘娘已經在門口迎接。娘娘請妖怪進去閒話家常，於是乘機說道：「想我在朱紫國時，凡有什麼寶物，國王都是交給我保管。我聽說你有三個鈴鐺，你怎麼不給我收著？」妖怪忙笑著賠禮說：「娘娘怪罪得是，寶物今日就給你收下。」說著，那妖怪就解下鈴鐺，用棉花塞了口，遞給娘娘說：「娘娘請小心收藏，千萬不能搖晃。」娘娘接過來，又說：「小的們，安排酒來，我與大王喝幾杯。」悟空偷偷摸摸走進房間，把三個金鈴鐺拿出來，溜出洞。他也不知好歹，就把棉花扯了，只聽見一聲響，金鈴裡冒出煙火黃沙，慌得悟空丟了金鈴鐺。這一下驚動了妖怪，妖怪趕了出來，氣憤地罵道：「哪個毛賊敢偷本大王的寶貝？下次抓到定要扒皮抽筋。」然後回洞裡，將洞門緊閉。

大聖變成個蒼蠅，再次飛入洞中。那妖怪回去見了金聖宮娘娘說：「不知哪個大膽毛賊偷了我的金鈴，幸好被我找了回來。」悟空就拔下一根毫毛，變成虱（ㄕ）子、虼蚤（ㄍㄜˋ ㄗㄠˇ）、臭蟲，扔到妖怪身上。那妖怪羞愧不已，不停地撓癢，結果捉出幾個蝨子來。娘娘見了，笑道：「大王，好久沒洗衣服了吧，讓我替你捉捉？」妖怪難為情地說：「在娘娘面前出醜了，我自己來抓，你把金鈴收好了，千萬不要再讓人偷了去。」說完，將金鈴解下遞給娘娘，娘娘把金鈴藏了起來。悟空又悄悄把金鈴偷了出來，又拔下一根毫毛，變出三個假的。悟空得了手，出了洞，現出本相，取出金箍棒，在門外高叫道：「賽太歲！還我金聖宮娘娘來！我是朱紫國請來的外公，來取金聖宮娘娘回國哩！」妖怪聽到小妖通報，就問娘娘：「你國內有人姓『外』嗎？」娘娘道：「沒有，百家姓上也沒有姓『外』的。」妖怪覺得奇怪，手拿一柄宣花斧，出門叫道：「哪個是朱紫國來的外公？」悟空答道：「外孫，你叫我？」妖怪知道上當，罵道：「你這小猴子，哪裡來的？」悟空答道：「我是齊天大聖孫悟空，保護唐僧西天取經。」妖怪笑道：「原來是大鬧天宮的弼馬溫哪，你取你的經，為何到這裡找死？」悟空大怒，掄棒就打了過來，那妖怪慌忙用宣花斧相迎。他兩個打了五十回合，不分勝負。那妖怪見行者手段高強，將斧架住他的鐵棒說：「猴子，我今天還沒吃早飯，等我吃了飯再和你打。」悟空知道他要去取鈴鐺，就故意放他進去。

妖怪進門就對娘娘說：「快將寶物拿來！讓我拿寶物出去燒這猴頭。」娘娘聽了十分猶豫，妖怪又催促她。娘娘無奈只得把三個鈴鐺遞給了他。妖怪出門，叫道：「猴子，看我搖搖鈴！」悟空笑道：「你有鈴，我就沒鈴？你會搖，我就不會搖？」妖怪問：「你有什麼鈴？拿出來我看。」悟空解下三個寶物，妖怪見了，心驚道：「奇怪了，怎麼和我的鈴一模一樣！你的鈴是哪裡來的？」悟空說：「外孫，你那鈴哪裡來的？」妖怪說：「我這鈴是太上老君的八卦爐裡煉成的。」悟空笑道：「老孫的也是，我的是雌的，你的是雄的。」妖怪說：「鈴哪裡有雌雄？能搖出寶來才是好的！」悟空說：「口說無憑，就讓你先搖。」那妖怪搖了半天，也不見動靜，一時慌了手腳，說：「這鈴想是**懼內**（ㄐㄩˋ ㄋㄟˋ）*，所以沒本事了。」悟空喝道：「等我也搖搖。」於是，一把攥了三個鈴一齊搖了起來，頓時紅火、青煙、黃沙一齊滾出，嚇得賽太歲魂飛魄散。

* 古時稱妻子為內人，丈夫懼怕妻子便叫懼內。

這時，半空中有人叫道：「悟空，我來了！」原來是觀音菩薩，正托著淨瓶。悟空連忙藏好鈴鐺，叩頭道：「菩薩你這是要去哪兒啊？」菩薩說：「我來收服這個妖怪，他是我的坐騎金毛犼（ㄏㄡˇ），因牧童打瞌睡，讓他咬斷鐵索逃走了，來替朱紫國國王消災呢。」悟空說：「這妖怪欺君騙後，與那國王生災，怎麼說是消災呢？」菩薩說：「這朱紫國國王還是東宮太子的時候極好打獵，一天正好遇到佛母孔雀大明王菩薩生下的一雌一雄兩個雀雛，他就射傷了雄孔雀，射死了雌孔雀。佛母於是讓他拆鳳三年，忍受離別之苦。」菩薩對那妖怪大喝了一聲：「孽畜！還不現出原形！」只見那妖怪打了個滾，現了原形，脖子裡卻少了三個鈴鐺。菩薩說：「悟空，把鈴鐺還給我。」悟空笑著說：「什麼鈴鐺？老孫不知道。」菩薩喝道：「你這賊猴！如果不是你偷了這鈴鐺，別說一個悟空，就是十個，也打不過他！」悟空笑道：「真沒看見。」菩薩說：「既然沒看見，那我念念『緊箍咒』。」悟空趕忙交出了鈴鐺。

孫大聖把獬豸洞內的小妖消滅乾淨，駕雲帶金聖宮娘娘回到了朱紫國。那國王看見了娘娘，就要來拉娘娘的手，一下被刺痛了，跌倒在地，直叫：「手疼！手疼！」正在眾人茫然的時候，忽然聽得那半空中有人叫大聖，原來是紫陽真人。話說三年前，就是他用一件舊蓑衣變成五彩霞衣，送給了娘娘。真人對娘娘輕輕一指，蓑衣就落在地上，他也騰空而去。

國王和君臣都懇求師徒四人多留幾天，無奈唐僧取經心切。於是，國王只好給他們倒換了關文，用龍輦（ㄋㄧㄢˇ）*送唐僧出城。師徒四人又踏上了西去之路。

第三十五回　盤絲洞戰蜘蛛精

離開朱紫國，唐僧師徒一路向西，翻山越嶺，從冬天走到了初春。眾人趕路之際，就見前方樹林掩著一座房屋，唐僧隨即翻身下馬，笑著說：「前方好像有一戶人家，這次為師去給你們化點齋飯。」悟空笑道：「哪裡能讓師父去化齋，還是我去吧。」沙僧說：「猴哥，你就讓師父去吧，況且這人家就在前方，想必不會有什麼危險。」於是，悟空三人在路邊休息，唐僧帶著缽盂前去化齋。

唐僧沿著小路，穿過一座石橋，看到橋邊一座茅屋，門前坐著四個青年女子，正在那裡做針線活，旁邊的亭子裡有三個女子在玩蹴鞠†。唐僧見都是女子，不敢上前，但是又怕化不到齋被徒弟們笑話，於是硬著頭皮走上前去，高聲說道：「女菩薩，貧僧有禮了，路過此地特來化些齋飯。」那些女子見突然來了一個俊俏的和尚，忙圍了過來，笑吟吟地說：「長老，快進屋坐坐。」唐僧見女子們如此樂善好施，心中大喜。跟著女子們向屋舍走的時候，唐僧這才注意到，這屋舍竟是建在懸崖峭壁之上，周圍沒有一戶鄰舍。其中一女子推開兩扇石門，唐僧進去只見屋裡都是石桌、石凳，陰森森的。唐僧心裡暗暗大驚，心想，

* 古代用人拉著走的車子，後多指天子或王室坐的車子。
† 蹴，用腳踢；鞠，是外包皮革、內實米糠的球。「蹴鞠」就是指古人以腳踢皮球的活動，類似今日的足球。據史料記載，早在戰國時期民間就流行娛樂性的蹴鞠遊戲，已有二千三百多年歷史，蹴鞠在唐宋時期最為繁榮。

這下怕是凶多吉少。眾女子笑吟吟地與唐僧攀談：「長老從什麼地方來？」唐僧回答說：「我從東土大唐來，去西天大雷音寺取經，路過寶地，想化點齋飯。」

「好！常言道，遠來的和尚好看經。」一個女子答道，「妹妹們，不可怠慢了大唐來的高僧，快準備齋飯。」於是三個女子繼續和唐僧攀談，另外四個就到廚房準備飯菜。原來那四人準備的飯菜是人油炒煉、人肉煎熬、熬得黑糊充當麵筋樣子和人腦煎作豆腐塊片。兩盤捧到石桌上放下，對唐僧說：「請長老用餐。」那長老聞著腥膻之味，不敢動筷，說：「貧僧是吃素的。」眾女子怒道：「敬酒不吃吃罰酒！」隨即將唐僧按住，用繩子捆住懸在房梁之上，這叫「仙人指路」。接著女子們脫去上衣，露出肚腹，從肚臍眼裡冒出鴨蛋粗細的絲繩，迸玉飛銀，將大門團團蓋住。

悟空三人在路邊苦等不見唐僧回來，孫悟空跳在樹上，往那屋舍處望去，只見一片光亮，慌得大叫：「不好，不好！師父又遭難了！」八戒、沙僧一齊看過去，都慌道：「師父遇到妖怪了！」孫悟空束一束虎皮裙，掣出金箍棒，兩三步跑到前邊，看見那絲繩纏了太厚，用手按了一按，有些黏軟粘人。於是念動咒語，喚出土地問明情況。原來這裡叫盤絲嶺，嶺下有個盤絲洞，洞裡有七個蜘蛛精。悟空問明情況，打發了土地，正在思量，就聽洞中有動靜，連忙變成蒼蠅，盯在路旁草梢上等待。只聽得裡面女子笑道：「姐姐，我們洗了澡，回來就把那和尚蒸了吃！」七個蜘蛛精鬧哄哄的，不一會兒就到了浴池。那浴池有五丈餘闊，十丈多長，內有四尺深淺，但見水底清澈。底下水似滾珠泛玉咕嘟嘟將冒上來，四面有六七個孔竅通流。悟空悄悄停在泉邊亭子裡的衣架上。

妖怪們一個個跳下水去，在水裡玩耍。悟空心想：「現在只要把鐵棒往池中一攪，就是滾湯潑老鼠，一窩都是死，只是壞了老孫的名頭。不如送她們一個絕後計，叫她們出不了水。」悟空於是搖身變成一隻餓鷹，把那衣架上搭的七套衣服，全部叼走到大路上，然後變回本相，告知八戒、沙僧前事。八戒一聽到是女妖精，立馬來了精神，說道：「依我看，先打殺了妖精，再去解救師父，這事包在老豬身上。」於是，他抖擻精神，歡天喜地地舉著釘耙，一路跑到那裡。八戒推開門看到七個女子蹲在水裡，正在亂罵那鷹。八戒忍不住笑道：「女菩薩，你們在這裡洗澡，我和尚也要洗洗。」女子大怒：「你這和尚，十分無禮！我們還是未嫁之人，你是個和尚，怎麼能一起洗澡？」八戒說：「天氣太熱，也讓我洗洗吧。」

呆子不容說，丟了釘耙，脫了皂錦直裰，「撲通」一聲地跳下水來，女怪一齊上前要打。八戒熟知水性，搖身變成鯰魚精。妖怪怎麼也摸不到魚，弄得筋疲力盡。八戒現了本相，喝道：「我是東土大唐取經的唐長老的徒弟，天蓬元帥悟能八戒。你們快放了我師父！」妖怪聞言魂飛魄散，連連求饒。呆子舉著釘耙，趕上前亂打。妖怪們大驚，紛紛作法，臍孔中冒出絲繩把八戒罩在當中。呆子一個倒栽蔥加一個嘴啃泥倒在地上，動彈不得。妖怪這才收了絲網，跑回洞內，讓「兒子們」看家，七個女妖精去師兄那裡搬救兵了。原來那七個女妖精都各有一個乾兒子，都是些螞蟻、蜜蜂、蜻蜓、牛虻等精怪。八戒跌得昏頭昏腦，忍著疼找回原路，與大聖、沙僧會合。三兄弟一起來到盤絲洞前，七個小妖怪正在洞口等著他們呢。八戒看到小妖舉耙就打，七個小妖見八戒十分兇猛，於是現出原形，飛到空中叫聲「變」，一個變十個，十個變百個，百個變千個，千個變萬個，無窮無盡，漫天都是蜜蜂、牛虻、蜻蜓等昆蟲。八戒一見慌道：「猴哥，想不到取經路上連蟲子都欺負人，這麼多蟲子如何是好？」悟空說：「沒事，沒事，我自有辦法。」說完，拔了一把毫毛，吹出去，就變成了黃鷹、麻鷹、魚鷹、大雕等飛禽，漫天的昆蟲死的死、逃的逃，悟空三人這才順利進入盤絲洞，救出唐僧，隨後放一把火燒了洞府，繼續向西趕路。

悟空扶持著唐僧，與八戒、沙僧奔上大路，一直往西趕路。師徒們走了大半天，忽然看見一處樓閣重重、巍峨壯觀的宮殿。四人走近了才看清楚，原來是一座道觀，門上寫著「黃花觀」三字。道觀東廊下坐著一個道士在那裡製作藥丸。這道士頭戴金冠，身穿皂色道服，腳踏雲頭履。那道士見到唐僧，立刻整理衣服，降階迎接，說：「失迎了，請裡面坐。」隨即吩咐道童倒茶。兩個道童走到裡間置辦茶點，誰知驚動了裡面幾個女妖。

這幾個女妖正是盤絲洞那七個女妖，她們與這道士是同門師兄妹，被大聖騙去衣服後就來到此處。七人正在裁剪衣服，見童子倒茶，隨口問道：「有什麼客人來了，這麼認真準備茶點？」小童說：「剛才從外面來了四個和尚，師父讓來倒茶。」

女妖一聽和尚，問道：「有沒有個白胖和尚？」

小童說：「有。」

女妖又問：「可有個長嘴大耳朵的？」小童回答：「有。」

女妖心裡明白了八分，說：「你快去遞茶吧，讓你師父過來一下，就說我們有要緊的事和他說。」

那道童將五杯茶端出去，那老道親手一杯杯遞給師徒四人。喝完茶，小童向道士耳語了幾句，道士便欠身離席。

道士走進內堂，七個女子一齊跪下，為首的女妖怪說：「師兄！請聽小妹一言！」道士忙攙起，問：「到底什麼事情？快點起來說。」那女妖怪說：「師兄我問你，前邊的客人是什麼人？」道士說：「他們是四個和尚。」

女妖又問：「是不是有一個又白又胖的，還有一個長嘴大耳的？」

道士心裡覺得奇怪，問道：「是有這兩個和尚，你怎麼知道？」女妖說：「那和尚是去西天取經的唐三藏，今天早上到我洞裡去化齋，聽說唐僧乃十世修行的好人，吃他一塊肉可長生不老，我們就將他捉了。結果被那個長嘴大耳朵的和尚攔在濯垢泉裡，先搶了衣服，又變成一條鯰魚，強行同我們一同洗澡。我們不同意，他又使一柄九齒釘耙，要傷我們的性命。如果不是我們有些手段，恐怕早就遭他毒手了。我們特來投靠兄長，望兄長為我們報仇！」那道士一聽立刻變了臉色，怒道：「這些和尚竟然這麼無禮！你們都放心，我定會為你們報仇！」

只見他進入內廂，取了梯子，轉到床後，爬上屋樑，拿下一個小皮箱，取出一包藥來。這藥是由山中百鳥糞熬了又熬，精心煉製而成，人吃了一點即可立刻見閻王！

道士說：「我這寶貝，凡人只要一粒就死，即使神仙也只要三粒。估計這些和尚也有些道行，需要三粒。」他隨即拿出十二個紅棗，將棗掐破摁上一粒，又將每個茶盅放上三粒紅棗。將兩粒無毒的黑棗放在一個茶盅裡，預備給自己喝。

那道士出來，笑著對唐僧等人客氣地說：「貧道剛才去後面吩咐小徒，為你們師徒安排一頓素齋，所以失陪。敢問老師父從哪裡來，到此有何貴幹？」唐僧回答說：「貧僧是從東土大唐到西天拜佛求經的和尚。」道士聽到後大喜，說：「小道不知老師父駕到，恕罪！恕罪！童兒，快去換茶來。」那童子將那五盅棗茶端出，道士將四盅有毒的紅棗茶端給師徒四人，自己拿了一盅黑棗茶。悟空眼尖，早看到那道士拿的是黑棗茶，說：「先生，我與你換一杯吧。」

道士答道：「不瞞長老，只因紅棗不夠，才找了兩個黑棗給自己，略表貧道恭敬之意。」

行者笑道：「我生性愛吃黑棗，你就和我換換吧。」三藏勸道：「悟空，這是道長的一片好意，你吃了吧。」

八戒又餓又渴，端了茶，將那三個紅棗和茶一股腦吞進肚子裡。唐僧和沙僧也都吃了。不一會兒，只見八戒臉色大變，沙僧滿眼流淚，唐僧口中吐沫，全都暈倒在地。悟空知道他們都中了毒，將茶盅往道士臉上一摔，罵道：「你這畜生！為什麼毒害我師父？」

道士惡狠狠地說：「你們是不是在盤絲洞化過齋？是不是在濯垢泉洗澡了？欺負我師妹們，我豈能饒了你們？」

悟空罵道：「原來你和那七個女妖精是一夥的！你不要跑，吃俺老孫一棒！」說著，從耳朵裡摸出金箍棒，晃到碗口粗細，劈頭就打了過去。那道士連忙取過寶劍抵擋。

裡面的女妖精聽到外面的打鬥之聲就一起擁了出來，肚臍孔裡咕嘟嘟蛛絲亂冒，要把悟空纏住。悟空見勢不妙，撞破蛛網跑了。悟空跳到半空，見那道觀都被蛛絲罩住。也不知那些妖怪是何來歷，悟空於是按落雲頭，念動咒語，叫出土地神問道：「那盤絲洞的妖怪是什麼來歷，老實交代，否則看打。」土地叩頭說：「大聖，那盤絲洞的妖精到此住了不到十年，是七個蜘蛛精，那些絲繩是蛛絲。」悟空說：「如果這樣，你就回去吧，老孫自有辦法對付她們。」

悟空又來到黃花觀外，捋下七十根毫毛，吹口仙氣，變出七十個小行者，又將金箍棒變成七十根雙角叉棒。每一個小行者拿一根，用叉棒攪絲繩，大概攪了有十餘斤，拖出裡面七個斗大的蜘蛛。悟空對七個蜘蛛精說：「趕緊讓你們師兄還我師父師弟，否則打死你們。」

蜘蛛精喊道：「師兄，快救我們的性命，你把唐僧三人還給他吧！」那道士從裡邊跑出來，說：「我要吃唐僧肉，救不了你們了。」孫悟空大怒，又將叉棒變成鐵棒，把七個蜘蛛精統統打死，然後來追趕道士。

道士見悟空打死了師妹，發狠舉劍來劈悟空。與悟空戰了五六十回合，道士漸漸手軟，只見那道士扔了寶劍，解開衣帶，脫了道袍。悟空笑著說：「打不過人，脫光了也沒用啊！」

誰知那道士兩脅下有一千隻眼，放著金光，把悟空團團圍住。悟空在那金光影裡亂轉，不能向前也不能退後，往上一跳，又撞到金光，往下用頭來撞，頭又撞得生疼。他暗自著急，心想：「晦氣！如今這頭也不頂用了！平時刀砍斧剁都不能傷到，今天怎麼卻被這金光撞得生疼？」悟空搖身變成個穿山甲，硬著頭，在地下鑽了有二十餘裡，出來現了本相，只覺渾身疼痛，想到師父還在妖怪手中，忍不住悲從中來。悟空正在傷心呢，突然聽到背後有人啼哭，便擦擦眼淚，回頭看過去。看見一個婦人身穿重孝，左手托一盞米飯，右手拿幾張冥紙，一步一聲哭著走來。悟空躬身問道：「女菩薩，你哭的是什麼人？」婦人哭道：「我丈夫前兩天與黃花觀觀主發生爭執，被他用毒茶毒死了。」悟空忍不住又落淚。那婦人有點生氣，問：「我哭我丈夫，你跟著哭什麼？」悟空哭著說：「我哭我師父，他今天也喝了那黃花觀主的毒茶，現在生死未蔔。」於是又將自己與那妖怪打鬥的經過說了一遍。那婦人說：「那道士是百眼魔君，又叫作多目怪。如果你能請到一位菩薩，定能破他的金光，降伏那妖怪。」悟空大喜，問道：「有勞女菩薩指點。」婦人說：「恐怕也只能報仇而已，不能救你師父了。」悟空問道：「為什麼？」婦人說：「服食那毒藥三日之內骨髓俱爛，所以來不及救你師父了。」悟空說：「我能騰雲駕霧，千里只要半日。」婦人說：「這裡往南有一座紫雲山，山中有個千花洞。洞裡有位**毗藍婆**（ㄆㄧˊ ㄌㄢˊ ㄆㄛˊ）＊，能降伏此怪。」接著用手指向南方。

行者回頭看的時候，那婦人早已經不見。悟空心知剛才的婦人一定是位菩薩，連忙拜謝。只見那半空中黎山老母微笑著說：「快去救你師父吧。」悟空駕起筋斗雲，片刻就來到紫雲山上，看見千花洞果然是一

＊守護誦持《法華經》的十位羅剎女之一，相傳她左手拿念珠，右手握風雲，極具神力。

片仙境。悟空歡歡喜喜走了進去，見一個頭戴錦帽、身穿金袍的女道姑坐在榻上。悟空行禮，說：「毗藍婆菩薩，老孫有禮了。」

毗藍婆菩薩合掌回禮：「大聖，失迎了，你這是從哪裡來？」

悟空說：「菩薩，你怎麼認識俺老孫？」毗藍婆菩薩笑著說：「大聖當年大鬧天宮，從此之後，你的大名誰人不知，誰人不曉哇？」悟空說：「正是好事不出門，壞事傳千里，俺老孫如今皈依佛門，菩薩你就不曉得了吧！」毗藍婆菩薩問：「大聖幾時皈依佛門了？恭喜！恭喜！」悟空說：「如今我保師父唐僧上西天取經，師父到了黃花觀喝了道士的毒茶，他的金光罩好生厲害。聽說菩薩能滅他的金光，特來請菩薩相助。」毗藍婆菩薩說：「那好，我就和你走一趟吧。」悟空說：「菩薩你要帶什麼兵器，俺老孫幫你拿著。」毗藍婆菩薩笑著說：「我有個繡花針，就能收服那妖怪。」悟空忍不住說：「早知是繡花針，要 擔我老孫也有。」毗藍婆菩薩說：「你那繡花針無非是鋼鐵金針，我這寶貝非鋼、非鐵、非金，是在我兒昴日星官眼裡煉成的。大聖，我們快去救你師父吧。」

悟空和毗藍婆菩薩片刻就到了黃花觀，只見金光豔豔。毗藍婆菩薩從衣領裡取出一個繡花針，輕輕往空中拋去，立刻響了一聲，就破了金光。悟空按下雲頭進了觀，見那道士躺在地上，合了眼，不能動彈。

悟空罵道：「你這怪物在這裡裝瞎子！」舉棒就要打。毗藍婆菩薩扯住說：「大聖莫打，快去看你師父去。」悟空找到唐僧三人，只見他們都躺在地上不停地吐痰吐沫哩。毗藍婆菩薩從袖中取出三粒解毒丹，悟空給他們每人餵了一丸。藥味入腹，他們就一齊嘔吐，吐出毒茶，總算沒有性命之憂了。唐僧、八戒、沙僧一會兒就都醒了過來。八戒問那道士在哪裡，發狠就要拿釘耙去打。毗藍婆菩薩勸住他，說：「天蓬元帥息怒，讓我收了他去給我看門。」上前用手一指，那倒在地上的道士就現出了原形，原來是一條七尺長的大蜈蚣精。毗藍婆菩薩用小指頭挑起蜈蚣，駕祥雲回千花洞去了。八戒驚嘆道：「這老媽媽好厲害，怎麼能降伏這怪物？」悟空笑著說：「她有個繡花針，是從她兒子昴日星官眼裡煉的。我想昴日星官是只公雞，這老媽媽一定是只母雞。雞最能降蜈蚣，所以能收服這妖怪。」唐僧一聽是位菩薩忙行禮拜謝。沙僧在觀裡找了一些米糧，做了一頓齋飯，師徒四人吃完齋飯，放了一把火，把那妖怪的道觀燒為灰燼，就繼續上路了。

白白老師的國學小教室

《西遊記》中的美麗女妖精

唐僧師徒的取經路上會遇到許多妖魔，其中有不少是能化作美麗女子的精怪，例如白骨精、蜘蛛精等。

這些精怪化作女子，便能跨界進入人類社會，透過美麗的化身吸引人類。而她們普遍想吃唐僧肉，藉此長生不老；或被唐僧的容貌吸引，想和唐僧成親。這些妖精都有其內在慾望，因此要化為女身吸引人類。

不被美麗的女妖精吸引，不被欲望所迷惑，也是修心的關鍵。《西遊記》中的美麗女妖精正是慾望的體現，唯有心意端正，方能修心，不被迷惑。

第三十六回

師徒路阻獅駝嶺

唐僧師徒四人放馬西行，轉眼已到了初秋時節。四人趕路之際，見前方出現一座直插雲霄的高山，三藏一看心裡七上八下，問悟空說：「這麼高的山，不知道有沒有過去的路哇？」悟空笑著回答說：「自古道『山高自有客行路，水深自有渡船人』，肯定會有路的。」於是眾人繼續趕路，走了數里，就聽見有人喊道：「幾位長老暫且停下腳步，這山上有一群妖魔，專吃人肉。你們不要往那山的方向去了。」唐僧一聽嚇了一身冷汗，看那山坡上站著個滿頭銀髮、仙風道骨的老者，忙讓悟空去問問情況。悟空於是變成個俊俏的小和尚徑直來到老者面前問這山裡有什麼妖怪。原來這山裡的妖怪非同尋常，四海龍王是他的朋友，八洞仙經常與他喝酒聊天，冥界閻王與他稱兄道弟，他要是去靈山，連五百羅漢都要出來迎接他。悟空一聽，覺得這老者故意說些誇大嚇人的話，於是告別老者回到唐僧身邊。

唐僧問：「悟空，你回來了，這山裡有些什麼妖怪？」悟空笑著說：「不打緊！不打緊！西天有幾個妖精，有俺老孫在師父您放心。」八戒說：「師父，如果說會變化多端、捉弄別人，三五個老豬也不如大師兄；如果說老實，就是一隊伍的大師兄也不如俺老豬。等老豬再去問問。」於是把個釘耙往腰間一束，直奔山坡，那老頭兒猛地看見八戒，嚇得一屁股坐在地上：「妖怪呀！你這和尚怎麼長了一張豬臉？」

八戒賠笑道：「醜雖醜，再看看就俊了。老爺爺，敢問此處是什麼山什麼洞，有什麼妖怪嗎？」老者戰戰兢兢地對八戒說：「此山叫八百里獅駝嶺，山裡有個獅駝洞，洞裡有三個神通廣大的魔頭。他們手下還有四萬七八千小妖，這群妖怪專在這裡吃人。」八戒一聽，慌得顧不得打招呼，直接跑了回來，喊道：「這裡滿山都是妖怪，我們趕緊各自逃命吧！」連忙把剛才老者的話說了一遍。

唐僧聽了也是心驚，一時沒了主意。悟空突然發現那報信的老者不見了，跳上高峰，縱雲趕上，原來那老者是太白金星。悟空回來，唐僧問道：「我們找個路繞過去吧。」悟空說：「這獅駝嶺八百里，恐怕是繞不過去。八戒、沙僧，你們保護好師父，俺老孫前去查探查探。」說完，駕著筋斗雲，跳上高峰查探妖怪的蹤跡。悟空正四處尋找時，只聽到山後面傳來一陣鈴聲，原來是個小妖，背著一杆令旗，腰間懸著鈴鐺，手裡敲著梆子，正在趕路。大聖搖身變成一隻蒼蠅，輕輕落在他的帽子上。那小妖在自言自語道：「我們巡山要謹慎提防孫行者，那孫行者變化多端，據說他經常變作蒼蠅！」悟空心想：「原來這三個魔頭早有準備！太白金星說這裡有三個魔頭，不知他們有多大的手段，等我從這個小妖口裡打探消息。」於是飛了起來，等小妖過去了，又變作個小妖，趕上前和那小妖打招呼。

小妖看他眼生，心生疑惑，問道：「你看起來面生，我怎麼沒見過你，你是哪裡的小妖？」悟空忙說：「我是燒火的，所以你沒有見過我。大王見我燒火燒得好，派我來巡山。」小妖說：「巡山的都有號牌，你有嗎？」悟空說：「我當然有。你先拿你的給我看看。」那小妖就掏出牌子，只見上面寫著「小鑽風」三個字。悟空將尾巴梢的小毫毛拔下一根，變出個「總鑽風」的牌子。小妖大驚，問道：「我們都叫小鑽風，你怎麼叫作總鑽風？」悟空說：「你有所不知，大王升我做總鑽風，就是讓我管你們這一班兄弟呢！」那小鑽風慌忙向悟空行禮。悟空笑著說：「大王要吃唐僧，只怕孫行者神通廣大，讓我當總鑽風，來檢查你們小鑽風裡可有冒牌的。」小鑽風忙回答說：「我是真的。」悟空說：「那我問你，我們大王有什麼本事？」小鑽風說：「我們大王青毛獅子怪神通廣大，曾一口吞了十萬天兵。那年王母娘娘設蟠桃大會邀請諸仙，他沒被邀請，大王就鬧上天去，那玉皇大帝就派了十萬天兵來降伏大王，大王張開大口，就如城門一般，嚇得眾天兵不敢上前，關了南天門，這就是一口曾吞十萬兵。」行者暗笑：「這妖怪還真能吹牛。」又問：「二大王有什麼本事？」小鑽風說：「二大王黃牙老象怪，身高三丈，臥蠶眉，丹鳳眼，美人聲，鼻似蛟龍。只要被他鼻子卷住，就是鐵背銅身，也會魂飛魄散！」悟空又問道：「那三大王又有什麼本事？」小鑽風說：「我們三大王名叫雲程萬里鵬。他隨身有一件寶貝，叫陰陽二氣瓶。如果把人裝在瓶中，一時三刻就化為膿水。大大王與二大王一直住在獅駝嶺獅駝洞。離這裡四百里有個獅駝國，五百年前三大王吃光了獅駝國的人，所以住在那獅駝城。」

大聖聞言心中不忍，一棒將小妖打死，變成他的模樣，徑直闖到獅駝洞口，只見洞口有數萬小妖在那裡舞槍弄劍。一群小妖攔住他問：「你巡山撞見孫行者了嗎？」悟空說：「撞見了。他手裡拿著一根碗粗的鐵棒，在山崖上磨棒子，說要來打妖精呢！」小妖們聽得心驚膽戰，魂飛魄散。悟空說：「那唐僧的肉也沒幾斤，也分不到我們，不值得去賣命，我們還不如散了呢。」小妖們覺得說得有理，霎時，八千妖怪都哄然散去。悟空進入妖洞，只見骷髏如嶺，骸骨成林。但第二層門卻和外面不同，左右有瑤草仙花，前後有喬松翠竹。三層門裡便是三個老妖的住處，只見上面坐著三個老妖，中間的是青毛獅子怪，左邊的是黃牙老象怪，右邊的是雲程萬里大鵬雕。

悟空大踏步徑直進門，喊道：「大王。」三個魔王笑呵呵地問道：「小鑽風，你去巡山，打聽到孫行者的下落了嗎？」悟空說：「我巡山時看見一個人，在崖上磨鐵棒，說要來打大王。」那青毛獅子怪嚇得渾身是汗，說：「兄弟們，我說別惹唐僧。他徒弟神通廣大，要打我們，這可怎麼辦？」趕緊叫小妖關了大門。悟空又說：「大王，他還說拿大大王剝皮，二大王剮骨，三大王抽筋。你們如果關門不出去，他就變成個蒼蠅，把我們都捉出去。」青毛獅子怪大驚：「兄弟們當心了！我這洞裡常年沒蒼蠅，如果有就是孫行者。」悟空暗笑，偷偷變出個蒼蠅，劈臉撞了青毛獅子怪一下。那青毛獅子怪慌道：「兄弟們！蒼蠅來了！」

驚得那大小群妖，一個個上前亂撲蒼蠅。悟空忍不住噗哧笑出聲來，這一笑卻露出了雷公臉。大鵬雕上前一把抓住悟空，喊道：「大哥，這不是小鑽風，他就是孫行者！一定是你殺了小鑽風，變成他的樣子來騙我們。」悟空說：「我是小鑽風，三大王認錯了。」青毛獅子怪問：「你有牌嗎？」悟空就拿出牌子。大鵬雕說：「大哥，他剛才笑了一聲，就露出個雷公嘴來。小的們，拿繩來！」三魔把悟空扳倒，揭起衣裳看到猴子的紅屁股。原來孫大聖有七十二般變化，如果變飛禽、走獸、花木、器皿、昆蟲之類，身子也一起變了；如果變人，卻只是頭臉變了，身子沒法變化。

青毛獅子怪大喜，說：「小的們，安排酒來，要給你三大王慶個頭功。捉住孫行者，唐僧鐵定吃得到了！」大鵬雕卻不急著喝酒，他讓小妖們抬出一隻二尺四寸高的瓶子，揭開蓋，嗖的一聲把悟空吸了進去。悟空進了瓶子，並沒發現異常，於是自言自語道：「這妖精徒有虛名，這瓶子也很一般！」還沒說完，突然滿瓶都是火焰。原來這瓶子不能聽到人話，如果不說話，就是一年也不會有什麼特別。大聖只好念著避火訣。過了半個時辰，突然周圍鑽出四十條蛇來，又有三條火龍纏在身上。悟空想變大把瓶子撐破，無奈那瓶就是撐不破。悟空心驚，一摸，發現孤拐*被火燒軟了，突然想起觀音菩薩當年賜過三根救命毫毛。他忍痛拔下，一根變成金剛鑽，一根變成竹片，一根變成綿繩，在瓶子裡鑽了一個洞逃了出來，

＊常指腳踝骨，腳腕兩旁突起的部分。

然後變成小蟲子停在青毛獅子怪頭上。

那青毛獅子怪正喝酒，猛然問道：「三弟，孫行者化了沒有？」大鵬雕笑道：「還沒到時辰呢。」青毛獅子怪讓小妖們把瓶子抬上來，小妖們一抬，發現瓶子輕了很多，忙報告了魔王。青毛獅子怪不信，拿起瓶子，揭蓋一看，不知什麼時候瓶子裡被鑽了個洞，孫悟空早已逃走，於是趕緊讓小妖們關上了洞門。

西遊好奇問

孫悟空為什麼會七十二般變化？

有人認為這個問題的答案很簡單——孫悟空跟菩提老祖學的。恭喜你，你只答對了一半。那麼為什麼是七十二變，而不是八十一變呢？宋人羅泌所撰的《路史》記載了上古以來的神話歷史。裡面有一首《麻姑仙人紫壇歌》：「女媧練得五萬氣，變化成行補天地。三十六變世應知，七十二化處其位。」西遊專家李天飛認為，孫悟空的七十二變和豬八戒的三十六變，都源自女媧。《山海經》《楚辭》的漢晉人注中，都有女媧「一日中七十變」的說法，此後才逐漸演化為「七十二變」。從這點就可以看出，《西遊記》的文化內涵是極其深厚的，表面是降妖除怪的取經故事，實則包含著紛繁複雜的神話、宗教與歷史密碼。

第三十七回　獅駝洞大戰三魔王

孫悟空現出本相，跳出洞外，回到唐僧身邊，將事情的經過說了一遍。唐僧說：「悟空你一人對付三個妖怪，寡不敵眾，不如讓八戒和沙僧幫你對付他們。」悟空說：「師父說得是，讓沙師弟留下來保護你，讓八戒和我一起去吧。」八戒一聽忙推託說：「我老豬又蠢又笨，也沒什麼本事，去了也幫不了大師兄。」悟空笑著說：「八戒，俗話說『放屁添風』，你跟著我去好歹能壯些士氣。」八戒見躲不過去，就說：「也罷，但是事先說好，大師兄你不能捉弄俺老豬。」於是抖擻精神，兩人一起來到獅駝洞。那青毛獅子怪和黃牙老象怪一聽孫悟空來找麻煩，一時不知如何是好，但是又怕丟了名聲，於是只好硬著頭皮出洞應戰。

青毛獅子怪出了洞，罵道：「大膽潑猴，我不去惹你，你為什麼跟我們過不去？」悟空笑道：「你要吃我師父，所以我就主動找上門來與你較量一下。」青毛獅子怪說：「我們一對一，不許別人幫忙。如果你讓我盡力在你頭上砍三刀，我就讓唐僧過去；如果你不敢，就快把唐僧送來給我下飯！」悟空笑著答應了。那青毛獅子怪抖擻威風，雙手舉刀，劈頭就砍。只聽喀嚓一聲，大聖連頭皮都沒被砍破。

青毛獅子怪舉刀又砍，悟空的頭被一下劈成兩半，變成了兩個悟空。妖怪慌了說道：「你有分身法，卻不會收身。如果你能再收身，我就讓你打一棍。」悟空收了分身，舉棒朝著青毛獅子怪的頭就打。二人廝殺了二十多個回合，不分輸贏。八戒見二人廝殺，於是舉起釘耙對著妖魔的臉劈了過去。青毛獅子怪見他來勢洶洶，晃一晃現了原形，張開獅子口要吞八戒，悟空見勢迎面鑽了進去。八戒則躲在草叢裡不敢出來，見那妖怪走了，才溜回去找唐僧。八戒哭哭啼啼地說：「大師兄被妖精一口吞下肚去了！」唐僧捶胸頓足，痛哭不已。八戒卻嚷著要分了行李散夥。

青毛獅子怪吞了悟空，得勝回洞。大鵬雕大驚道：「大哥呀，我應該早點告訴你，那孫行者不能吃！」青毛獅子怪說：「能吃！能吃！」大聖在肚裡說：「不怕他！快去給我端些鹽水，等我喝了把他吐出來，煎了下酒。」大聖已經在肚裡生了根，攔著喉嚨，吐得青毛獅子怪頭暈眼花，黃膽都破了。青毛獅子怪喘著粗氣說：「猴子，你不出來？」悟空說：「不出去！你這肚裡暖和，等我過了冬再出去。」青毛獅子怪說：「過冬！我一冬不吃飯，餓死你個弼馬溫！」大聖說：「我帶了個折疊鍋，將你這裡的肝腸肚肺都煮了！」

青毛獅子怪說：「把我那藥酒拿來，讓我把這個猴子毒死！」大聖卻變成個喇叭口，張在妖怪喉嚨之下，把那七八盅酒都接著喝了，在他肚裡撒起了酒瘋。疼得青毛獅子怪死去活來，滿地打滾。過了好久，才緩過氣來，求饒道：「大慈大悲齊天大聖菩薩！」悟空說：「兒子，叫孫外公吧。」青毛獅子怪懇求說：「外公！是我的不是！萬望大聖慈悲，饒了性命，我願送你師父過山。」悟空說：「妖怪，我饒你，你要怎麼送我師父過山？」青毛獅子怪說：「我兄弟三個抬一乘香藤轎，把你師父送過山。」悟空說：「那好，你張開口，我就出去。」

三魔悄悄地對老魔說：「大哥，等他出來時，你一口將他嚼碎，報這腹痛之仇。」悟空在裡面聽到，就把金箍棒伸出來，青毛獅子怪往下一咬，只聽呀嚓一聲，把門牙都迸碎了。悟空罵道：「我要饒你，你反咬我，我不出來，弄死你算了！」青毛獅子怪急了，怪罪大鵬雕，大鵬雕於是用激將法對孫悟空說：「孫行者，久聞你大名，想不到你居然是個無賴！你躲在別人肚子裡，算什麼好漢？」悟空說：「罷了！你張口吧，我出來與你一比高下！」

大聖卻留了個心眼，變出一條繩子拴著妖怪的心肝，打個活扣。這扣不扯沒事，扯緊就痛。大聖從妖怪的鼻子裡出來了，青毛獅子怪見他出來，揮刀就砍，這大聖一隻手使鐵棒相迎。黃牙老象怪和大鵬雕忙上前助陣，悟空見勢不妙，駕著筋斗雲走了。那青毛獅子怪忙跳到空中準備追趕，悟空用力將繩一扯，青毛獅子怪就從空中摔了下去，在山坡堅硬的黃土上摔出了一個二尺深的坑。黃牙老象怪和大鵬雕忙叩頭求饒說：「大聖慈悲，饒我大哥性命，我們願送唐僧過山！絕不敢打誑(ㄎㄨㄤˊ)語*。」大聖於是收了毫毛，三個妖怪吩咐小妖準備轎子，送唐僧過山。

大聖駕著筋斗雲趕了回去，遠遠看見唐僧在痛哭，八戒與沙僧在分行李，心想：「定是八戒對師父說我被妖精吃了，師父因此痛哭，八戒卻要散夥。」悟空趕緊落下雲頭叫道：「師父！」八戒說：「猴子顯魂了！」悟空一個巴掌打到八戒臉上，說：「你個呆子！」然後把之前的事情告訴了唐僧。

三個魔頭回到獅駝洞，卻又後悔送唐僧過山。黃牙老象怪隨即帶領三千小妖，來向孫悟空挑戰。悟空說：「一定是那黃牙老象怪不服氣。人家妖怪弟兄三個，這麼義氣。我們弟兄也是三個，八戒你就和黃牙老象怪較量一下。」八戒說：「怕他什麼！猴哥你在我腰間扣個繩子，做個救命索。要是打不過他，就把我扯回來。」

扣上了救命索，八戒這才放心去應戰。兩人打了七八個回合，八戒手軟，大叫：「師兄，不好了！快扯扯救命索！」卻被繩子絆了一跤，跌了個嘴啃地，被妖怪一鼻子卷住，擒回洞中。妖怪吩咐手下將八戒

*騙人的話。

泡在池塘裡浸著，準備用鹽醃了曬乾，等天陰下酒。悟空見八戒被抓，變成一隻蟲子飛進洞中，暗暗看著呆子。

悟空見小妖走了，現出本相，解開八戒身上的繩索，兩人索性一路打了出去。黃牙老象怪提槍迎戰，眼看招架不住，準備用象鼻來卷悟空。悟空把金箍棒變得又細又長，往他鼻孔裡一戳，打得黃牙老象怪連連求饒。悟空牽著妖怪的鼻子，就來找唐僧。見了唐僧，黃牙老象怪連忙跪下，求饒說：「唐老爺饒命，一定抬轎相送。」唐僧於是讓悟空放了他。

黃牙老象怪戰戰兢兢地回到獅駝洞，青毛獅子怪懼怕孫悟空的手段，尋思著送他們師徒過山。大鵬雕笑著說：「二位兄長，那和尚若要我們送，就給他來個調虎離山之計。」大鵬雕於是將計畫說給青毛獅子怪和黃牙老象怪，三人定下了計策，只等第二天送唐僧師徒過山。

三個魔頭果然按照約定送唐僧師徒過了獅駝嶺，一直送到了獅駝城。剛進城門，突然大鵬雕發難，劈頭來打悟空，青毛獅子怪舉鋼刀來砍八戒，黃牙老象怪持長槍與沙僧較量，戰成一團，混亂間唐僧被小妖擄走。

六人一直纏鬥到傍晚。八戒、沙僧被擒，大鵬雕現出本相，大聖見狀忙駕著筋斗雲想走。可是這大鵬雕的一翅就有九萬里，兩扇就趕上，大聖被他一把握在爪中，捉回城中。唐僧見三個徒弟都被抓住，心中悲傷不已。突然聽到青毛獅子怪說：「小的們，把那四個和尚蒸熟，兄弟們享用！」於是小妖們架火燒水，放上超大號的蒸籠，把八戒放在底下一格，沙僧放在二格。大聖被抬上三格，唐僧被抬上第四格。大聖變了一個假身留在蒸籠裡，自己則逃了出來，又念聲咒語把北海龍王叫了出來，讓龍王吹出一陣冷風，護住唐僧三人。等到三更時分，三個魔頭都睡著了，悟空掏出幾個瞌睡蟲，散在小妖臉上，沒過一會兒他們就打起盹來，一個個東倒西歪地睡著了。悟空立刻輕手輕腳，救出了師徒三人，就要往外面逃，誰知那三個魔頭十分警覺，發現唐僧等人逃脫馬上趕來捉人。

唐僧、八戒、沙僧被擒，大聖寡不敵眾，駕起筋斗雲跳到半空。師徒三人又被抓了回去。大鵬雕說：「我看不如把唐僧藏起來，然後放出謠言說唐僧已被我們吃了，讓那猴子死了救唐僧的心。」於是連夜把唐僧藏在亭子裡，滿城放出謠言。第二天，悟空變成小妖來到城裡打探，聽說師父被妖怪吃了，心中焦急，變成一個小妖混入內門，只見八戒被綁在殿前柱上，正哼哼著呢。悄悄走上前問師父的下落，沒想到八戒也說師父被妖怪吃了。沙僧也是這麼說的。悟空頓時失聲痛哭，萬念俱灰，心想：「師父命苦，被妖怪吃了，丟了性命。如今經也取不到了，乾脆去找如來把經書要來，也算是善果。要是不同意，乾脆摘下金箍，回花果山算了！」

大聖駕起筋斗雲，來到靈山拜見如來。大聖忍不住傷心流淚，說：「弟子保護唐僧，一路上他災難不斷。這次來到獅駝山，遇到三個魔頭把我師父捉去，連夜就吃了！弟子無奈，特地來參拜如來。望大慈大悲，摘下我這頭上金箍，放我回花果山去吧！」話沒說完，大聖已是**淚如泉湧**＊。如來安慰說：「悟空先別煩惱，那三個魔頭我知道是什麼來歷。」原來那青毛獅子怪和黃牙老象怪是文殊、普賢二位菩薩的坐騎。那大鵬雕和如來是親戚。這又是為什麼？說來話長，走獸以麒麟為長，飛禽以鳳凰為長。鳳凰又生了孔雀、大鵬。孔雀出生的時候吃人，如來在雪山頂上曾被孔雀吃進肚子裡，於是剖開孔雀脊背出來。本來如來是準備殺死孔雀，但諸佛認為，殺了孔雀就如同殺母，所以封孔雀為佛母孔雀大明王菩薩。大鵬與孔雀是一

＊眼淚像泉水一樣直往外湧，形容悲痛或害怕至極。

母所生，所以如來與大鵬成了親戚。於是如來與文殊、普賢菩薩同大聖一同下界，不久就來到獅駝國。如來對悟空說：「你去與妖怪交戰，許敗不許勝。」

大聖隨即進城大罵妖怪，惹得三個魔頭拿了兵器就趕了出來與大聖打了七八個回合，大聖假裝敗了逃走，三個魔頭不知是計，駕雲就追。大聖把三個魔頭引到如來面前，同時五百羅漢已把三人團團圍住。三人這才發現上了猴子的當，但後悔已經來不及了，文殊、普賢菩薩輕輕一念咒，青毛獅子怪和黃牙老象怪就在地上打滾，現出了原形。

大鵬雕卻不投降，他現出原形，展翅高飛，一翅膀就扇出九萬里，張開利爪就要來捉大聖。如來知道妖怪想與自己爭鬥，於是變成一塊鮮紅的血肉。妖怪揮爪來叼，被如來用手一指，困在了金光之內。大鵬雕只好皈依，大聖這才得知唐僧原來沒死。

悟空救了八戒、沙僧，一同去找師父。三人仔細尋找，發現在內院中有個錦香亭，裡面有一個鐵櫃，隱約傳來唐僧的哭聲。三人這才解救了師父，收拾出城，繼續向西前進。

第三十八回

小兒城擒妖救難

天氣漸漸涼了起來，師徒四人風餐露宿地不停趕路。這一天他們來到了一個叫小兒城的地方，進了城，只見大街上車水馬龍，十分繁華，然而奇特的是家家戶戶門口都放著一個鵝籠，鵝籠上罩著一塊布，不知道裡面裝的是什麼。

唐僧好奇，問道：「徒弟呀，此處為什麼人家都在門口放個鵝籠？」八戒笑著說：「難道今天是適合結婚訪友的黃道吉日，這些是準備送人的大禮嗎？」悟空說：「胡說！怎麼可能家家都要送禮呢！」悟空於是掀開一個鵝籠的罩布往裡一瞅，只見裡面坐著一個小男孩。一連看了八九家，都是小男孩。四人覺得此事非常奇怪，就順路走到了金亭驛館。唐僧高興地說：「徒弟們，我們先進這驛館吧。一來能問路，二來能餵馬，三來還可以投宿。」師徒四人欣然進入驛館。

不一會兒，驛丞就來迎接師徒四人，問：「長老從哪裡來？」唐僧回答說：「貧僧從東土大唐來，往西天取經。今到貴地，勞煩換檢關文，順便借宿一宿。」

驛丞隨即為四人準備了齋飯，唐僧問道：「貧僧有一事想請教，為什麼街坊人家門口都放著一個鵝籠，裡面卻都是孩子？」驛丞悄悄貼到唐僧耳邊，低聲說：「長老別管、別問、別理，也別說這事。明早趕緊上路吧。」悟空抓著驛丞非要問個明白，驛丞無奈，只好支開周圍的人，輕聲對唐僧說：「這件事得從頭說起。我國原叫比丘國，近來才改成了小兒城。三年前，有一個老道帶來一個十六歲的年輕美貌的女子，進貢給了當朝國王。陛下貪戀美色，留她在宮中，封為美後。國王如今身體一天不如一天，太醫也不能治療。那老道後來成為國丈，說有一個海外祕方，這個祕方要一千一百一十一個小男孩的心肝做藥引子。這些鵝籠裡的小男孩就是被選中的，於是民謠暗諷我國，叫作小兒城。」

唐僧聽了忍不住流淚，罵道：「昏君，昏君！怎麼能傷害這麼多小孩的性命！」

沙僧說：「師父不要傷心，想那國丈恐怕是個妖精，要吃人的心肝呢。」悟空說：「沙師弟說得有理。師父，明日老孫和你一起進宮。如果那國丈是妖精，我就降伏他，救那些孩子的性命。」唐僧聞言大喜。悟空又說：「讓我先施展法力，先把孩子們救走。」悟空走到門外，跳到半空，念動咒語叫出城隍、土地、四值功曹、六丁六甲與護教伽藍等眾神，吩咐說：「我路過比丘國，那國王與國丈要取小孩的心肝做藥引子，我師父不忍，老孫請各位顯顯神通，把這城中各街坊人家鵝籠裡的小孩，連籠帶出城，藏起來照顧好。待我滅了妖怪再來接他們。」於是，眾神各顯神通，把鵝籠藏到山林內各處。

第二天一早，唐僧穿上錦襴袈裟，手拿九環錫杖，帶好通關文牒就進了宮。悟空變成一個小蟲子，落在唐僧的帽子上。國王聽到前面朝官通報，便請唐僧進宮。只見那國王乾瘦羸弱，精神倦怠，動作遲鈍，言語散漫，拿著關文看了好久，才幫他們換好文牒。

這時，朝官突然奏道：「國丈爺爺來了。」國王急忙掙扎著下龍床，躬身去迎接，慌得唐僧忙起身站立。回頭觀看，只見一個老道人，趾高氣揚地走了過來。文武百官都跪倒迎接，國丈更是神氣非凡。那國丈到了寶殿前，也不行禮，也不和國王說話，國王於是開口說：「國丈今天來得較早哇。」唐僧也上前一步，對他施禮，說：「國丈大人，貧僧有禮了。」那國丈並不回禮，轉過頭問國王：「這和尚是哪裡來的？」

國王說：「東土大唐派到西天去取經的，今天來倒換關文。」國丈不以為然，說：「取經之路艱險異常，千辛萬苦去取經有什麼好的？」唐僧說：「自古西方是極樂勝境，怎麼不好？」那國王問：「朕看上古的書上說，僧是佛家弟子，僧佛之道能讓人長生不老嗎？」唐僧合掌回答說：「僧佛四大皆空，沒有煩惱牽絆，自然能長生不老。」那國丈聽唐僧這麼說，用手指著唐僧罵道：「你這和尚滿口胡言！打坐參禪，盡是些盲目修煉。哪裡會比道家更好，自古三教唯有道稱尊！」那國王聽了十分歡喜，滿朝官員也都喝彩。唐僧見人人都贊那道人，不禁羞愧難當。國王吩咐人安排齋飯招待師徒四人，唐僧謝恩動身離開

悟空飛到唐僧的耳邊說：「師父，這國丈是個妖怪，國王受了他的妖氣。你先去驛館等著齋飯，老孫在這裡打探一下那妖怪的消息。」於是，唐僧獨自出了朝門。悟空落在金鑾殿翡翠屏中，只見一武官啟奏，說：「我主，今夜突然一陣冷風將各家裝小孩的鵝籠都刮走了，孩子也不見了蹤影。」國王聽了又驚又惱，對國丈說：「天要滅朕哪！好不容易有國丈給寡人開了仙方，就等今天中午開刀取小孩的心肝做藥引子，怎麼就被風刮走了？」國丈笑著說：「陛下不必煩惱。這老天今天就給陛下送來了長生不老之藥呢。那到西天取經的和尚是個十世修行的高僧，比那些小孩的心肝做的藥更強萬倍，如果能得到他的心肝來煎湯，再加上我的仙藥，陛下定能長生不老。」那昏君深信不疑，對國丈說：「國丈幹嗎不早說？如果真有這麼奇效，剛才就不放他走了。」國丈說：「這有何難？等他吃了齋，要出城的時候，就傳旨讓各城門都緊閉，然後讓軍隊圍了驛館，把他抓起來。如果他同意獻出心肝，就厚葬他，給他修碑立廟；如果他不同意，就讓士兵取了他的心肝！」那昏君聽信國丈的話，立刻傳旨關了城門，又差羽林軍圍住金亭驛館。

悟空急忙飛回驛館，現了本相，對唐僧說：「師父，不好了！」那唐僧聽了悟空的一句話，嚇得倒在地上，話都說不出來了。八戒說：「有什麼禍事？猴哥你倒是慢慢說，瞧把師父嚇得！」悟空說：「那國丈要取師父的心肝做藥引，那昏君聽信讒言，已經派兵來包圍驛館了！」唐僧戰戰兢兢地爬起來，說：

「悟空，這可怎麼辦？」悟空說：「如今老孫有個辦法，就是師父當徒弟，徒弟當師父。」於是轉身叫八戒去和些泥來。八戒用釘耙挖了些土，又不敢到外面去取水，就撒了泡尿，和了一團臊泥。悟空無奈將泥做成個麵餅形狀，往自己臉上一放，留了個猴臉的模子，貼在唐僧臉上，吹口仙氣，叫聲「變」，唐僧就真的變成了個悟空的模樣，悟空就變成唐僧的樣子，兩個人互換了衣服。剛剛裝扮完畢，只聽見外面鑼鼓齊鳴，原來是羽林衛官領著三千兵馬把驛館包圍了，一個錦衣官走進來問：「東土大唐的唐僧在哪裡？我王有請。」八戒、沙僧左右護住假悟空。假唐僧進宮去了。

眾官一同在階下跪拜昏君，只有假唐僧站在殿上不磕頭，問道：「敢問陛下請貧僧有什麼事？」昏君笑著說：「朕有病久治不愈，還好得國丈賜藥方，只少一味引子，特向長老求藥引。」假唐僧說：「不知陛下問國丈要什麼東西做藥引。」昏君說：「特求長老的心肝。」假唐僧說：「不瞞陛下，和尚我不止一個心肝，你們要什麼樣的呢？」那國丈在旁邊說：「要你的黑心！」假唐僧解開衣服，切開胸膛，從裡面咕嘟嘟滾出一堆心來，嚇得昏君目瞪口呆。

悟空忍不住現出本相，大罵昏君：「我和尚家都是好心，只有這國丈是個黑心，等我替你取出來看看！」那國丈聽見，定睛一看，原來是大鬧天宮的孫悟空，就要逃走，悟空揮棒就打。那妖精與悟空苦戰二十回合，抵擋不住，於是化成一道寒光逃到後宮，帶著美后一起逃跑了。

這時，國王才知道國丈、美後都是妖怪，對著孫悟空連聲道謝。

悟空把前事告訴國王，真正的唐僧也被請到朝上。悟空向那國王詢問妖怪的來歷。國王告訴唐僧和悟空說：「三年前，那道人來到我國，說住在離城不遠的向南七十里的柳林坡清華莊。」於是眾人吃了齋飯，悟空、八戒騰雲駕霧，去柳林坡清華莊捉拿妖怪，嚇得那國王和文武官員，一個個朝空禮拜。

悟空、八戒來到國王所說的地方，找了很久就是沒找到什麼柳林坡清華莊，於是把土地叫了出來。悟空問道：「柳林坡有個清華莊在什麼地方？」土地說：「這裡有個清華洞，倒是沒有清華莊。大聖只要去南岸九叉頭一棵楊樹根下，左轉三轉，右轉三轉，用兩手齊撲樹上，連叫三聲開門，就能進入清華洞。」

大聖按照土地的指點，果然看見一棵參天的楊樹，按照土地指點的方法找到了妖怪的藏身之處，只見洞門上寫著四個大字：「清華仙府。」悟空讓八戒在洞外守著，他進洞捉妖。悟空來到洞府深處，只見那老怪懷裡摟著個美女，正在說比丘國的事：「三年的好機會，今日被那猴子給攪黃了！」悟空跑過去，掣棒高叫道：「什麼好機會？吃我一棒！」兩人在洞裡又是一番廝殺，打著打著就殺出洞門，正好撞見八戒。八戒見那妖精舉耙就打。那老怪本來已被悟空逼得無法招架，看到八戒更是心慌，於是又化為一道寒光，向東逃走了。

悟空、八戒緊追不捨。忽然聽到鸞鶴鳴叫，祥光縹緲，原來是南極仙翁。他把寒光罩住，說：「大聖慢來，天蓬休趕，老道在此施禮了。妖怪已經被我拿住，望饒他性命吧。」大聖說：「這妖怪與老弟有什麼關係？」壽星笑著說：「他是我的坐騎，不承想走失了，在此成精。」那怪隨即現了原形，原來是一隻白鹿。於是兩人告別了壽星，回到清華仙府，只見那美人戰戰兢兢，無處可逃，被八戒嚇得現了原形，原來是一個玉面狐狸。八戒舉起釘耙就打，將那妖精打死了。

二人得勝回到比丘國，國王欣喜不已，立即命人置辦齋飯招待師徒四人。忽然半空中一聲風響，路兩邊落下一千一百一十一個鵝籠，還有小孩的啼哭聲，原來是眾神送孩子們回來了。滿城民眾都焚香禱告，感激不盡。師徒四人休息了一段時間，又重新踏上了取經之路。

第三十九回 無底洞力戰鼠女

師徒四人離開比丘國匆忙趕路，轉眼冬去春來，一路上野花山樹美不勝收。走著走著，他們走入一片葛藤纏繞的黑松林。悟空拿著金箍棒在前開路，四人走了半天也沒走出林子。唐僧說：「悟空，咱們在此坐坐，讓馬歇歇，我肚子也有些餓了，你去化些齋來吧。」悟空騰起筋斗雲，到了半空，回頭觀看，忽然看見松林的南邊有一股子黑氣冒了出來，心想，那黑氣裡必定有妖怪，於是停在半空中，仔細觀察。

八戒、沙僧去餵馬找水，唐僧一人坐在林中，突然聽到隱約有人叫「救命」。唐僧大驚，心想，這深山老林中是什麼人在喊救命？於是走進深林，循著聲音傳來的方向去找，只見一棵大樹上綁著一個女子。唐僧走到女子面前，問道：「女施主，你怎麼被綁在這裡？」那女子見到唐僧找了過來，便淚如泉湧地哭著說：「師父，我家離這裡有二百多里。清明節的時候，父母、親戚等一家老小給先人掃墓，誰知跑出一夥強盜，嚇得眾人都逃命去了。我跑不動，被眾強盜抓到山裡，綁在這里。如今已經五天五夜了！望師父救我！」

唐僧耳根子軟，也不想這深山老林怎麼會有人呢？被綁五天五夜應該早就被山中猛獸給吃了，哪還能活到今天？於是唐僧叫道：「徒弟。」八戒、沙僧正在林中找水餵馬，聽師父叫喊忙跑了過來。唐僧說：「八戒，快解下那女施主，救她一命。」八戒不分好歹，就去解開繩子。

悟空在半空中，看見黑氣濃厚，立刻降下雲頭，看見八戒正亂解繩，走上前一把揪住八戒的耳朵，哭著說：「呆子，她是個妖怪，在這裡騙我們呢。」唐僧說：「你這潑猴，又來胡說！明明是個女子，你一定要說她是個妖怪！」悟空說：「師父你肉眼凡胎認不出妖怪，但俺老孫火眼金睛，所以能夠認出。」八戒噘著嘴說：「師父，這弼馬溫騙你！」唐僧聽悟空這麼一說，想想白骨精就不寒而慄，說：「也罷，悟空，我們還是趕路吧。」四人於是繼續前進，沒有理睬那妖怪。

那妖怪咬牙切齒，心裡罵道：「聽說孫悟空神通廣大，今日一見果然名不虛傳。沒想到被這猴子識破，攪黃了我的好事。唐僧心軟好騙，等我再喊兩聲救命試試。」那妖怪用一陣順風把幾句喊救命的話吹到唐僧耳中，說：「師父哇，你放著活人的性命不救，昧著良心怎麼去西天拜佛求經？」

唐僧又聽到叫聲，勒馬對悟空說：「那女子還在喊救命，我們回去救那女子下來吧。」悟空笑著說：「離開這麼遠，我和八戒、沙僧都沒聽見，就你聽到了？」唐僧說：「徒弟呀，古人雲：『勿以善小而不為，勿以惡小而為之*。』還是去救救她吧。」悟空不肯，唐僧就和八戒回去救那妖怪去了。妖怪心中暗喜，跟著唐僧等人出了松林。五人一起走了二三十里，天色將晚，正好來到一座寺院，山門上寫著「鎮海禪林寺」五個大字。這寺裡和尚的模樣和中原不同：頭戴高筒絨錦帽，耳朵上掛著銅圈，身上纏著紅色毛線袈裟，這是西方路上的喇嘛僧†。悟空等人也進到寺內，拴了馬，放下行李，那喇嘛安排寺內小喇嘛們

---

* 這是三國時劉備去世前給其子劉禪的遺詔中的話，原句為：「勿以惡小而為之，勿以善小而不為。唯賢唯德，能服於人。」目的是勸勉他要進德修業，有所作為。好事要從小事做起，積小成大，也可成大事；壞事也要從小事開始防範，否則積少成多，也會壞了大事。

† 喇嘛，意為上師、上人，為對藏傳佛教僧侶之尊稱。

為唐僧等人準備齋飯。寺內眾僧見有女子都暗暗偷看。吃完了飯不久，喇嘛為師徒四人和那女子安排了住處就各自休息了。

不想唐僧卻生了病，只好在寺裡多休息了幾天。整整三天三夜，悟空等人都沒有遠離唐僧的房間。這天早上，唐僧覺得好多了，想要喝水，於是悟空取了缽盂，到寺院後面廚房去取水。只看見那些和尚一個個眼睛通紅，哭哭啼啼。悟空問道：「你們為什麼啼哭？」眾僧說：「不知是哪裡來的妖怪，晚上去撞鐘打鼓的兩個小和尚，再沒看見他們回來。第二天早上派人去找，在後邊院子裡找到僧帽、僧鞋，兩個和尚的屍骨被丟在那裡，被妖怪吃了。這幾天已經死了六個和尚。」

悟空心裡有數，想是那妖怪出來害人，於是告訴喇嘛們晚上不要再出來，他自有辦法捉那妖怪。到了晚上，他把此事和唐僧說了，吩咐八戒、沙僧看守師父，自己變成一個小和尚，去廟裡撞鐘打鼓。等到一更時分，只聽見呼呼的一陣風響，抬頭看到一個美貌佳人。那女子上前就要來掐悟空，悟空也現出本相，掄起金箍棒劈頭就打。打了有幾十個回合，妖精自知不是對手，佯裝逃走，等到悟空快要追上的時候，卻把左腳上的繡花鞋脫了下來，變出一個分身與悟空打鬥，真身則化作清風到唐僧的房間，把唐僧擄走了。

悟空一棒打下去，只見是一隻繡花鞋，知道中了妖怪的計，連忙來看師父。聽說師父被妖怪抓走，就責怪八戒、沙僧二人沒看好師父，要打死他們。沙僧說：「自古道『打虎還得親兄弟，上陣須教父子兵』，大師兄你暫且饒了我們兩個，等明天我們三個去找妖怪救回師父。」悟空就暫且饒了兩人，第二天，交代喇嘛看好行李和白馬，三人回到黑松林。悟空找不到妖怪，掄起金箍棒亂打一氣——打出兩個老頭兒來，一個是山神，一個是土地。悟空問道：「山神、土地，你們怎麼和妖精結夥，把我師父抓走？快老實招供，否則討打！」二神慌了，說：「大聖錯怪我們了，那妖精不是這裡的，只是時常經過這裡。在向南一千里的陷空山，山中有個無底洞，妖精就藏在那裡。」三人於是急忙騰雲駕霧朝陷空山趕去。

三人一路駕雲向南，不久就看到一座險峻大山。悟空讓八戒先去打探打探。八戒降下雲頭來到一座山上，沿著一條山路前行，走了五六里，看見兩個女妖正在打水。八戒搖身變成個黑胖和尚，搖搖擺擺走到妖怪跟前，大聲說道：「奶奶，貧僧有禮了。」兩個女妖歡喜不已，說：「這個和尚倒有禮貌。」八戒問：「奶奶，你們打水幹嗎？」女妖回答說：「我家夫人今夜裡捉了一個和尚在洞內，晚間要成親哩。」

八戒聽了急忙往回跑，對著悟空、沙僧說：「快拿行李來，我們分了吧！剛才那兩個抬水的妖怪說，妖精要與師父成親了！」悟空罵道：「你這個呆子胡說八道，那妖精把師父困在洞裡，師父眼巴巴地望我們去救他，你卻說這樣的話！我們一起去救師父。」

悟空遠遠看著兩個女妖，忽然女妖不見了，於是悟空睜開火眼金睛，漫山遍野尋找，只見陡崖之前有一座**牌樓**＊，寫著「陷空山無底洞」。三人來到牌樓下，見一塊大石，正中間有缸口大的光溜溜的一個洞，想必就是入口。

悟空讓八戒下去救師父，八戒說：「我老豬身子笨重，如果踩不穩掉下去，不知道兩三年能不能夠掉到洞底。」於是悟空讓八戒和沙僧留在洞口守著，自己將身一縱，跳進洞裡。不久，悟空就覺得眼前一片光明，有一座牌樓，有風聲，有花草果樹，儼然一片世外桃源。於是變成個蒼蠅，輕輕地落在門樓上聽動靜。只見那妖精在洞中喜滋滋地叫道：「小的們，快擺素筵席。我與唐僧哥哥吃了筵席便成親。」悟空暗

＊與牌坊類似，一種有柱門形構築物，一般較高大。牌坊沒有「樓」的構造，即沒有斗拱和屋頂，而牌樓有屋頂。

笑，便展翅飛到裡邊看，發現唐僧被關在一間廂房內。悟空飛到唐僧的頭上，輕輕叫了一聲：「師父。」唐僧聽見聲音，叫道：「徒弟，快救我出去呀！」悟空說：「師父要成親了？」唐僧罵道：「你這猴子，我在此受苦，你卻還取笑我。」悟空笑著說：「放心，放心！那妖精如果敬你的酒，你就喝一杯。然後給她也敬一杯，我偷偷躲在酒裡，讓她把我喝到肚子裡。我就弄死那妖精，救你出去。」

師徒兩個暗暗商量好，那妖精正好開門，坐到唐僧身邊，挽著他一起去花園，花園裡已經擺好一桌酒席。妖精捧著金杯，斟滿美酒，遞給唐僧說：「長老哥哥，請喝一杯酒。」唐僧羞答答地接了酒，無奈地喝了，又斟滿一杯，遞給妖精。悟空乘機變成個小蟲子，輕輕地飛入酒裡。誰知妖精看到蟲子，用手把蟲子挑出酒杯扔了。悟空於是變成一隻餓鷹，揮爪掀翻桌席，弄得一片狼藉，飛上地面去找八戒、沙僧了。悟空把事情說了一遍，又說：「兄弟們，老孫這一去，一定要把師父救出來。」於是又進入洞中，還變成個小蟲子，叮在門樓上。

只見妖精正在發怒，唐僧戰戰兢兢。悟空於是輕輕落在師父頭上，說：「師父，後邊有個花園，你哄她去花園，走到桃樹邊，我變成個桃子你摘了讓她吃。」唐僧正要問如何找到他變的桃子，悟空早已不見。唐僧只好站起身，說：「娘子，坐了這一天，覺得心煩意亂，你帶我出去散散心吧。」妖精十分歡喜地說：「妙人哥哥，我陪你去花園走走吧。」進入園內，唐僧就帶著妖精散步，想找悟空變的桃子。唐僧找了好一會兒也沒找到，正走著，看到一個桃子又大又紅，三藏就伸手摘了下來，那妖精也摘了一個青桃遞給唐僧。唐僧將桃子遞給妖精，說：「娘子，這個紅桃你吃了吧，青的我吃。」妖精心中暗喜：「沒想到這和尚如此體貼，和我這般恩愛。」妖精張口要吃桃子，不料悟空十分性急，一個跟頭就鑽進妖精的肚子裡。

悟空在妖精的肚子裡喊道：「師父，老孫已經得手！」唐僧說：「徒弟方便著些。」妖精大驚失色地問：「你和哪個說話呢？」唐僧說：「和我徒弟孫悟空。」妖精驚慌地問：「孫悟空在哪裡？」唐僧說：「你剛才吃的紅桃子就是他。」妖精嚇得連連求饒。

悟空只怕師父心軟被妖精哄騙，於是拳打腳踢，疼得妖怪求饒說：「小的們，快把這和尚送出去，大聖饒我性命！」悟空在肚裡叫道：「要你自己送，我才饒你性命！」妖精掙扎著起來，把唐僧背在身上，一下子就來到洞外，八戒、沙僧立刻把師父扶到一邊。

悟空縱身從妖精嘴裡跳出來，舉起鐵棒就和妖精打了起來，一時打得難分難解。八戒、沙僧二人見他們打得激烈，於是丟下師父，一起前去幫忙。妖精見八戒、沙僧一起上陣，連忙回頭抽身將右腳上繡花鞋脫下變成自己，真身卻化作一陣清風逃走。路過洞門前的牌樓，妖精見唐僧一個人坐在那裡，又把唐僧捉回洞裡了。

這邊，八戒一釘耙把妖怪打落在地，結果卻變成一隻繡花鞋。悟空一看知道又中了妖怪的詭計，三人趕忙尋找師父，發現師父又不見了蹤影。悟空心中焦急不已，撇下八戒、沙僧再次進入洞中，找了半天也沒發現妖怪和師父的蹤跡，房屋傢俱也全部不見了。原來這無底洞有三百多里深，有無數地方能夠藏身，所以妖精這次擄了唐僧就連忙搬了家，悟空哪裡能夠找到？

悟空氣得捶胸頓足，忽然聞到香氣撲鼻，於是往香氣飄來的地方找去，只見一張紅木供桌上放著個鎦（ㄌㄧㄡˊ）金大香爐，供養著「尊父李天王之位」和「尊兄哪吒三太子位」兩個牌位。見此情形，悟空突然大笑起來，把兩個牌位拿了跳出無底洞。悟空見到了八戒、沙僧，便把牌位往地下一放，說：「你們看！這是那妖精家供養的。想是托塔李天王的女兒，哪吒三太子的妹妹，思凡下界當了妖怪，等老孫拿著這牌位，上天到玉帝前告個禦狀，讓天庭還我師父。」

悟空駕著筋斗雲徑直到南天門外，走到通明殿下，四大天師迎面行禮，問道：「大聖有何貴幹？」悟空說：「我要告兩個人的狀。」悟空來到靈霄寶殿，把牌位一放，眾人不解其故。於是悟空將那陷空山無底洞的事情說了一遍，玉帝於是宣太白金星領旨去尋托塔李天王，悟空也一同去了。

托塔李天王聽太白金星說悟空在玉帝面前告自己，氣得大發雷霆：「猴頭錯告我了！我小女兒今年才七歲，怎麼會下界做妖精呢？快把這猴子捆了！」說著命手下把悟空捆了起來。太白金星勸說：「李天王你不要衝動闖禍，只怕捆上容易，鬆了難。」天王哪聽勸告，拿起刀對著悟空劈頭就砍。三太子哪吒卻趕上前，用劍架住刀，說：「父王息怒。你有個女兒在下界。這妖精叫金鼻白毛老鼠精，三百年前偷吃了如來的香花寶燭，如來讓我父子前去捉拿。只因如來吩咐饒她性命，因此那妖精念我父子的恩情，拜父王為父，拜孩兒為兄，在下界設牌位供奉我們。」

天王聞言大驚，趕忙親手來給悟空鬆綁。誰知悟空開始耍無賴，說：「誰敢解開我！我要這樣綁著去見玉帝！」悟空只顧打滾耍賴，慌得李天王、三太子都無計可施，哀求太白金星解圍。太白金星說：「剛才天王不聽勸告。這猴子是有名的賴皮，我只能試著幫你說一說吧。」太白金星上前，說：「大聖，還是讓人給你鬆綁吧，在這磨蹭恐怕會耽誤了救你師父。」悟空猛地想起還有師父要救，這才同意解開繩子。李天王立刻點起本部天兵，陪悟空出了南天門外，一齊按下雲頭，來到陷空山。

悟空和三太子，領了兵將進入洞中，四處尋找妖怪的蹤跡。終於在東南處漆黑的一個角落發現了一個隱蔽的小洞，洞裡有一重小門，裡面有一間矮屋，妖精正帶著唐僧躲在裡面。見到哪吒三太子，那妖精忙磕頭求饒，現出本相，原來是一隻金鼻白毛鼠。李天王父子拿了妖怪，和師徒四人告別，回到天庭覆命。師徒四人重新團聚，繼續西行。

延伸小知識

牌位

牌位，又稱靈牌、靈位、神主、神位等，是指書寫逝者姓名、稱謂或書寫神仙、佛道、祖師、帝王的名號、封號、廟號等內容，以供人們祭奠的木牌。按照我國民間傳統習俗，在人逝世後，其家人都要先為其製作牌位，作為逝者靈魂離開肉體之後的安魂之所。牌位大小形制無定例，一般用木板製作，呈長方形，下設底座，便於立於桌案之上。

第四十回 滅法國計治昏君

師徒四人繼續西行，一路上芳草碧連天，山花鋪滿地。轉眼炎熱的夏天到了。一天，師徒四人頂著烈日艱辛地趕路，只見路旁柳蔭下，有一個孩子攙著一位老奶奶走了出來，老人對唐僧一行人喊道：「和尚，你們不要走了，向西去是條死路。」嚇得唐僧連忙下馬上前詢問：「老菩薩，古人雲：『海闊憑魚躍，天高任鳥飛*。』怎麼向西就沒路了呢？」老奶奶指著前方說：「向西五六里遠是滅法國。那滅法國國王討厭和尚，兩年前，那國王許願要殺一萬個和尚，這兩年陸陸續續殺了九千九百九十六個和尚了，還有四個就湊夠一萬了。你們去豈不是送死？」唐僧一聽大驚失色，問道：「老人家，多謝提醒。不知道還有沒有路可以繞過這滅法國？」老奶奶說：「沒有路可以繞過去，除非你們飛過去。」

悟空睜開火眼金睛，認出老奶奶原來是觀音菩薩，小孩就是善財童子，忙跪下磕頭說：「菩薩，弟子失迎！失迎！」那菩薩駕起祥雲回南海了，唐僧、八戒、沙僧也趕緊磕頭跪拜。悟空扶起唐僧說：「師父，菩薩已經走遠了。」八戒、沙僧發愁說：「猴哥，前面滅法國殺和尚，我們怎麼過去呢？」悟空說：「不用怕，那滅法國裡又沒有吃人的妖怪。我們暫且不能再往前走了，萬一被人認出來報告給滅法國國王，就麻煩了。你們在這裡等著，俺老孫去城裡打探一下。」說完，悟空跳到空中，手搭涼棚向那城裡望去。只見城中喜氣沖天，祥光蕩漾，悟空心中不解，這樣的好地方，為何要殺和尚呢？於是搖身一變，變成個飛蛾，在街上亂飛。天色將晚，他看見一戶人家門口掛著燈籠，覺得好奇，飛近了一看原來是一家販店，就飛了進去。悟空看見有八九個人吃了晚飯後，脫了衣服洗完腳便上床睡覺了。悟空於是心生一計，等那些人睡著了，偷了他們的衣服頭巾，趕緊走出了門。那店主有一個老婆，剛生了一個孩子。孩子還小，兩人照顧孩子直到深夜還沒有睡。兩人聽到動靜，店主慌忙來追趕，正好撞見悟空偷了衣服出門。悟空見被人發現，喊道：「我是齊天大聖降臨，特來此借一些衣服，明天就送還回來。」

月光皎潔，唐僧三人看見悟空駕著雲回來了非常高興，等悟空按落雲頭來到他們跟前，唐僧開口問道：「悟空，那滅法國過得去嗎？」悟空放下衣服，笑著說：「要過滅法國，不能做和尚，我們得喬裝打扮一下。」於是師徒四人挑挑揀揀，把那些衣服穿好，戴上頭巾，打扮成普通百姓的樣子，還取了俗人的名號：分別叫唐大官、孫二官、朱三官和沙四官，裝作賣馬的人進了城。四人牽著馬挑著擔，找到一家客棧住了下來。店主是一個寡婦，十分熱情，讓人將唐僧等人帶到樓上給他們找了一間客房。悟空拴好馬，見一個人點著燈準備上樓，忙攔住說：「今晚月光很亮，我們不用點燈。」一會兒，又有一個丫鬟端了飯菜準備端上樓去。悟空忙接過來，端進房裡。吃過齋飯，八戒、沙僧準備休息，唐僧在悟空耳邊悄悄地說：「樓上睡不安穩，萬一店主趁我們睡著的時候上來，發現我們是和尚，怎麼辦？」

悟空找到寡婦店主說：「這樓上睡不得，朱三官有風溼病，沙四官有漏肩風，唐大官怕亮，你再給我們找個睡覺的地方吧。」寡婦店主發愁，到哪裡給他們找地方呢？這寡婦有一個女兒，看見母親在唉聲嘆氣就上前問發生了什麼事。寡婦將事情說了一遍，女兒說：「母親，你不用發愁，你忘了我們家有一個大櫃子嗎，有四尺寬，七尺長，三尺高下，裡面可睡六七個人呢，正好給那幾個客人睡。」寡婦店主十分高

＊指大自然的廣闊無邊為魚躍鳥飛提供了寬廣的空間。比喻在廣闊的天地裡，人們可以自由地施展才能。

輿，忙讓人抬了大櫃子出來。櫃子太大，樓上不好放，悟空讓人將櫃子抬了出去，又讓人把白龍馬牽過來拴在櫃子旁邊。

師徒四人進入櫃子裡睡覺，可憐他們四個到了密不透風的櫃裡，天氣又熱又悶，都熱得摘了頭巾，脫了衣服，拿著僧帽一個勁地猛扇。悟空睡不著，看八戒睡得正香，想著逗他一逗，於是說：「我身上原來有五千兩，前天賣馬又賣了三千兩，如今有八千兩銀子了。」事有湊巧，這店裡劈柴燒水的夥計平日裡和附近的強盜有勾結，聽見悟空說身上有幾千兩銀子，打起了搶劫的主意。幾個夥計夜裡溜出去，聚集了二十多個同夥準備打劫。一群強盜沖進客棧，嚇得寡婦店主等人不敢出來。一群強盜見天井中放著一個大櫃子，櫃腳上拴著一匹白馬，就牽了白馬，又找來繩子棍子，將裝著師徒四人的大櫃子抬走了。

一群強盜抬著櫃子來到東門，殺了守城的官兵，大搖大擺地出了城。強盜鬧得動靜太大了，驚動了城裡的巡城總兵，於是巡城總兵官率領眾官兵拿著武器出城追趕這夥強盜。強盜們見官兵人多勢眾，嚇得丟了白馬，扔下櫃子落荒而逃。官兵將櫃子貼了封條，準備第二天送進宮。唐僧聽到外面動靜不敢出聲，又聽見官兵要將櫃子抬進皇宮就埋怨悟空說：「你這個猴頭，害死我們了！如今被鎖在櫃裡，明天見了國王，就會被處死！」悟空說：「明天進宮見了昏君老孫自有辦法，師父放心睡吧。」三更時分，悟空變成個小蟲子，從櫃子裡爬了出去，進入皇宮。只見國王正在熟睡，於是拔下一把毫毛變作數十個小行者和數十個剃頭刀，又變出一堆瞌睡蟲，讓皇宮裡的人都昏昏睡去。然後吩咐小行者各拿一把剃刀，去皇宮內院、五府六部、各衙門裡把所有人都剃成光頭。

第二天天還沒亮，皇宮內院的宮娥嬪妃們早早起來梳洗打扮，卻發現沒了頭髮；大小太監也都沒了頭髮，一個個驚慌失措。大家都跑去找國王，皇后被動靜驚醒後也發現沒了頭髮，連忙搖醒身邊睡著的國王，仔細一看，只見身邊睡著一個和尚，皇后忍不住大叫起來。那國王被皇后的尖叫聲驚醒了，看見皇后的光頭，嚇得連忙爬起來，問道：「皇后，你怎麼沒了頭髮？」皇后說：「陛下你怎麼也沒了頭髮？」國王摸摸頭，嚇得魂飛魄散，又見六院嬪妃、宮娥彩女、大小太監，一齊光著頭跪在地下。

眼看早朝時間到了，無奈，國王只好戴著帽子去上朝。誰知一上朝，文武百官都呈表啟奏，請國王寬恕他們的失儀之罪。國王好奇地問道：「你們一切如常，為什麼要**寡人**＊赦免你們的失儀之罪呢？」文武百官你看看我我看看你，於是一起摘下帽子，國王一看，文武百官都變成了光頭。一個帶頭的官員說：「陛下，不知是什麼原因，我們一夜之間頭髮都沒了。」國王嘆了一口氣，說道：「皇宮裡所有的人也是一夜之間都沒了頭髮。」君臣們覺得此事匪夷所思，大臣們說：「陛下，這恐怕就是我們殺了太多和尚，所以遭了報應。從今往後我們不要再殺和尚了。」這時候，巡城總兵官上殿，稟報截獲了賊贓，不知如何處理，特地呈到殿上請國王定奪。轉眼間，櫃子被抬到大殿上，唐僧不住地埋怨悟空：「這可怎麼辦？櫃子一打開，我們就會被問斬了。」悟空笑著說：「師父，我們不會被處死，恐怕一開櫃子，那國王就要拜師父為師呢！」

國王讓人打開櫃子，櫃門一打開，豬八戒早已忍不住跳了出來，嚇得文武官員心驚膽戰，張口結舌，接著悟空攙出唐僧，沙和尚搬出了行李。那國王一見櫃子裡是四個和尚，忙下了金鑾寶殿，與群臣一起向唐僧行禮，說：「聖僧是從哪裡來的？」唐僧說：「貧僧是奉東土大唐皇帝之命去西方拜佛求經的。」國王說：「原來是大唐高僧，你們為什麼要躲在櫃子裡呢？」唐僧說：「貧僧聽說你這滅法國見僧就殺，所以

＊寡德之人，意為「在道德方面做得不足的人」。是中國古代君主、諸侯王對自己的謙稱。

喬裝打扮成俗家人，因害怕被人識破，所以躲在這櫃子裡。」國王和滿朝文武都面露慚愧之色。

國王嘆氣說：「只因當年寡人做了一個噩夢，夢到和尚誹謗我，又奪了我的國家，才會產生殺僧的念頭。想不到昨晚就遭了報應，昨天晚上皇宮中所有人以及滿朝文武官員都沒了頭髮。寡人知道錯了，希望高僧能收我為徒。」八戒一聽，笑道：「陛下，你既然要拜我師父為師，有什麼見面禮呀？」國王說：「高僧如果願意收我為徒，寡人願意奉上宮中所有的寶貝。」悟空說：「陛下倒不必拜我師父為師，你只要為我們倒換了關文，送我們出城，就算你積了功德。」國王一聽，非常高興，為唐僧倒換了關文，又命人准備齋飯款待唐僧師徒。吃完齋飯，國王率領文武百官送唐僧師徒出城。臨別之際，國王讓唐僧改國名，悟空說：「你這滅『法國』的名字不錯，只是『滅』字不通，不如改成『欽法國』怎麼樣？保管你風調雨順，萬世太平。」國王聽了忙稱讚說：「好！好！」連連對著唐僧師徒謝恩，從此之後欽法國從上到下禮敬佛法。

趣味小講堂

中國歷史上的第一位漢族僧人

東漢白馬寺是中國第一座寺廟。那麼中國第一個本土和尚是誰呢？在漢、魏時代，官方是不准漢人出家的，當時佛教如同黃老學說一樣，只是在社會上層和知識分子中流傳和崇信，「沙門不入王者」，當時許多名人雖然對佛教痴迷，但也只能是居士、信徒而已。直到五胡亂華時代，後趙的石虎才廢止了不讓漢人出家的禁令，於是才有了完整意義上的中國佛教第一僧——朱士行。

開壇受戒後，中國才有了正式登臺受戒的僧人，朱士行即為最早的僧人。出家後的朱士行發現，由於釋迦牟尼涅槃已有七八百年，再加上中印語言不通，許多佛教典籍經過口傳翻譯、抄錄，錯漏、矛盾處很多，遂下決心親自到印度求取梵文原本，然後回國翻譯，以傳真經。朱士行不僅是我國佛教第一僧，也是西行取經的第一人，他比法顯早一四〇年，比玄奘早了四〇〇年。

第四十一回 連環洞戰花豹精

離開滅法國，走在路上，唐僧誇獎悟空說：「悟空，這次你不傷一人，讓我們脫險，真是大功一件。」沙僧說：「大師兄，你是怎麼讓滅法國的文武百官剃光頭的？」悟空將事情說了一遍，唐僧、八戒、沙僧聽了哈哈大笑。正開心的時候，前方又有一座高山擋路。唐僧勒馬，看山裡刮起一陣陰風，就緊張地說：「悟空，你看那山中似乎有妖怪！」悟空不禁笑著說：「師父，那妖怪聽俺老孫來了，怕早已捲鋪蓋溜了。」於是，悟空讓八戒、沙僧保護師父，跳上空中查看。

悟空循風飛去，果然看見在一個懸崖上坐著個豹子精。這豹子精全身斑紋，牙似鋼鑽，爪如玉鉤，正在吐霧噴風。悟空正要趁他不注意一棒子打死，但轉念一想：「如果老孫這麼一棒子打死那妖怪，傳出去只怕壞了老孫的名頭。我還是先回去，哄八戒過來收拾這妖怪。倘若八戒把這妖怪收拾了，就算他一功，倘若八戒打不過，到時俺老孫再出馬不遲。」

悟空落下雲頭，對唐僧說：「師父，前面不遠有個村莊，村裡的人家正在做菜蒸饅頭，那些霧氣正是人家蒸籠裡冒出來的熱氣。」八戒一聽前面有吃的，連忙走到唐僧跟前說：「師父，趕了這麼長的路您一定餓了，這次讓老豬去給您化齋吧。」唐僧說：「八戒難得你這麼勤快，那你快去快回，我們在這裡等你。」八戒大搖大擺地往山上走，悟空一把拉住八戒說：「呆子，你這副模樣，不怕嚇到別人？」八戒於是搖身一變，變成個矮胖和尚，手裡敲個木魚，口裡哼哼著走了。

那豹子精停了風霧，領著一幫小妖在路口上擺了一個圈子陣，等著來往行人。八戒看見妖怪準備躲起來，可是早已被小妖們發現了。一群小妖將八戒圍住，問八戒是幹什麼的。八戒慌忙說：「我是化齋的和尚。」一個小妖笑道：「你是化齋的，我們卻是吃人的。」說完，就要上來捆八戒。八戒一聽妖怪要吃自己，忙現出本相，拿出釘耙就打。一群小妖有的被打死，有的落荒而逃去報告妖王。

豹子精聽說一個和尚打死了幾個小妖，大怒道：「小的們，把我的鐵杵(ㄔㄨˇ)拿過來，讓我去會一會他。」八戒正往回跑時，不想被妖怪攔住。妖怪厲聲問道：「你是哪裡來的和尚？快點報上名來。」八戒壯著膽子說：「你豬爺爺是天蓬元帥下凡，保護唐僧取經的。」豹子精笑著說：「你是唐僧的徒弟豬八戒？聽說吃了唐僧肉可以長生不老，沒想到你們今天就送上門來了。」說完，掄起鐵杵就朝八戒打了過去。八戒舉起釘耙抵擋，兩人鬥了十幾個回合，八戒雖然和豹子精的本事差不多，但是時間長了，八戒就沒了氣力，漸漸落了下風。唐僧見八戒遲遲不回，擔心八戒出事就讓悟空去看看。悟空跳到空中，正看見八戒和那妖怪打得吃力。於是按落雲頭，大喊一聲：「八戒，老孫來也！」舉起棒子朝豹子精就是一頓猛打。豹子精不知道八戒有幫手，敗下陣來，狼狽地逃回了山洞。

八戒逃了回來，見了唐僧抱怨說：「師父！猴哥又捉弄我！前面哪裡有什麼蒸饅頭的人家，倒是有一群吃人的妖怪。要不是老豬我本事大，差點回不來了。」唐僧聽說有妖怪，就說：「悟空，前面有妖怪，要不我們繞道而行吧？」悟空在旁笑著說：「師父，山裡只有幾個狼蟲虎豹，有俺老孫在，保師父平安。」又對八戒說：「八戒，那些妖怪也不是你的對手，不如你在前面開路。」八戒尋思那妖怪的本事也一般，就同意在前面開路。

豹子精回到洞中，對著一群小妖說：「這下唐僧肉是吃不到了。沒想到他手下有這麼厲害的徒弟！」

話音剛落，旁邊走出來一個小妖，跪下說：「唐僧手下有三個徒弟，那豬八戒和沙和尚本事一般，只是那孫行者神通廣大，變化多端。我當初在獅駝嶺獅駝洞，那大王不知好歹要吃唐僧，結果被孫行者用一根金箍棒，打得落花流水。」豹子精聽了大驚失色。小妖又說：「小的逃命到此，蒙大王收留，封了個先鋒*。為了報答大王收留之恩，小的想了一計，保管大王能吃上那唐僧肉。此計叫作分瓣梅花計。選三個能變化的小妖，變成大王的樣子三處埋伏，分別引開孫悟空、豬八戒和沙和尚，大王再乘機捉了唐僧。」豹子精一聽果然是個妙計，馬上選了三個小妖，變成自己的模樣，拿上鐵杵，埋伏在路旁等候唐僧等人。

八戒在前引路，突然路旁樹林中跳出豹子精。八戒一瞧正是之前的妖怪，拿起釘耙趕上就亂打。那假豹子精一邊打一邊退，將八戒引到了遠處。唐僧三人不敢停留，忙往前趕路。走了一會兒，突然那草裡響了一聲，又跳出個豹子精。悟空急忙拿出鐵棒和那妖怪打了起來。假豹子精一邊打一邊將悟空引到山坡後。沙僧一手拿著寶杖一手牽著白馬，保護唐僧。突然山背後又有風響，跳出個豹子精。沙僧趕忙上前和妖怪打了起來。那真豹子精在半空中看得清楚，見悟空三人中計，趁機作法，一陣狂風將唐僧擄到洞中。

豹子精得勝回到洞中，小妖們嚷著就要把唐僧蒸了，吃唐僧肉。先鋒小妖說：「大王，唐僧現在還不能吃。那孫行者如果知道我們吃了他師父，找來讓我們還他師父，到時如何是好？」豹子精問：「你有何高見？」小妖說：「依我看，先把唐僧綁在後院樹上，如果他的徒弟不再上門尋找，我們再享用唐僧肉也不遲。」豹子精聽了覺得有理，就吩咐小妖們把唐僧綁在了後院的樹上。唐僧被綁在樹上正傷心時，突然聽見有人說話：「長老！」唐僧轉頭一看，只見另一棵樹上綁著一個中年男子，便問他是什麼人，怎麼也被

＊軍官名，指的是行軍或作戰時的先遣將領。

妖怪抓了綁在這裡。男子唉聲嘆氣說：「三天前我在山裡砍柴，撞見這群妖怪，被抓到綁在這裡，估計不久就會被妖怪吃了。我自幼喪父，可憐我那八十三歲的老母。如果我死了，誰來照顧她？」唐僧安慰他說：「施主，我有三個徒弟，他們本領高強，一定會來搭救我們出去的。」

悟空將假豹子精打死，急忙回來找師父，卻不見唐僧的蹤影，知道中了妖怪的圈套。過了一會兒，八戒和沙僧也趕了回來。悟空說：「我們中了妖怪的圈套，師父又被妖怪抓走了。」沙僧說：「大師兄，我們該怎麼辦？」悟空說：「這妖怪一定就在這山裡，沙師弟你在這裡看著白馬和行李，我和八戒四處找找。」兩人在山裡走了二十多里，才在一個懸崖下發現一座洞府，洞府石門緊閉，門上寫著「隱霧山折嶽連環洞」。八戒舉起釘耙就打，把石門打了個大窟窿，高喊：「妖怪！快送出我師父來，不然端了你的老窩！」

豹子精不想唐僧的徒弟這麼快就尋上門，與先鋒小妖一合計，想出一個主意。於是把一個柳樹根砍成人頭的樣子，噴上些人血，找來一個小妖讓他拿盤子端出去，並吩咐小妖如何說話，欺騙他們。那小妖拿盤子端出假唐僧的人頭說：「大聖爺爺，你師父被我家大王捉進洞來，洞裡小妖不識好歹，把你師父吃了，只剩了一個頭在這裡。」小妖說完話，放下盤子跑回了洞裡。

八戒一聽師父死了，坐在地上就哭。悟空說：「呆子，別哭了，這人頭是假的。」說完，用鐵棒將假人頭打成兩半，原來是個柳樹根。

躲在洞裡偷看的小妖慌忙跑去稟告豹子精。豹子精一時沒了主意，先鋒小妖說：「大王，我們這裡真人頭多的是，給他一個真的就是。」於是吩咐剛才的小妖揀了個新鮮的人頭，啃了頭皮，血淋淋地就扔了出去。那小妖戰戰兢兢地叫：「大聖爺爺，先前確實是個假人頭，這次真是你師父的人頭，我家大王本想留著，現在還給你們。」悟空看是個真人頭，放聲就哭，八戒也一齊放聲大哭。悟空止住哭說：「八戒別哭了，我們要打死那妖怪，為師父報仇！」

八戒也喊著要為師父報仇，舉起釘耙把石門打破，殺進洞去。豹子精見二人打進洞裡，忙拿了鐵杵迎戰。三人打了三十多個回合，豹子精招架不住，就讓數百小妖一擁而上。悟空見狀，拔下一把毫毛，變出數百個悟空，又變出幾百根金箍棒，打得一群小妖落荒而逃，各自逃生。那先鋒小妖沒來得及逃跑，就被打死，現了原形，原來是一頭狼。豹子精逃回洞中，忙吩咐小妖搬石塊挑土，把前門堵了，不敢再出門。悟空見妖怪躲進洞裡不出來，就讓八戒守在洞口，自己再去找找其他進洞的方法。悟空跳上半空，來到山后，發現一條溪流從洞裡流出，隨即搖身一變，變成一隻水老鼠，遊入洞裡。悟空進了洞，來到大廳，又變成一隻飛蟲，聽到小妖與豹子精的對話才知師父沒死，便四處尋找師父。悟空飛到後院，發現師父被綁在一棵樹上，於是飛上前說：「師父，你再忍耐一會兒，等我收拾了那妖怪就救你出去。」唐僧心中暗喜，忙小聲答應。

悟空於是再次回到大廳，看到豹子精正在和小妖們商量對策，於是拔了一把毫毛變成瞌睡蟲，往眾妖臉上一吹。妖怪們漸漸哈欠不斷，不一會兒都睡著了。悟空立刻先回到後院，幫師父解了繩索，又把那樵夫放了，一起走出了連環洞。

悟空將師父和樵夫安頓好，叫上八戒回到連環洞，將熟睡的豹子精捆了抬出洞外，然後一把火燒了連環洞。豹子精很快就醒了，看到悟空和八戒，正要掙脫逃跑，被八戒一耙打中豹頭，當場斃命，現出本相，原來這花豹精是一隻艾葉花皮豹子精。

樵夫千恩萬謝，一定要唐僧師徒到他家去。那樵夫老母見失蹤多日的兒子回到家，激動得老淚縱橫。樵夫扶著母親，將事情的經過說了一遍，母子二人對著師徒四人磕頭跪拜，感激不盡。唐僧忙扶起二人，不敢接受。母子二人忙準備飯菜，不一會兒唐僧師徒吃過齋飯，告別了樵夫母子，起程繼續向西前行。

西遊好奇問

花豹精是哪一種豹子？

花豹精在最後現了原形，原來是一隻艾葉花皮豹子精。艾葉豹，又稱雪豹。為什麼叫艾葉豹呢？李時珍所著《本草綱目》中說：「豹，遼東及西南諸山時有之。狀似虎而小，白面團頭，自惜其毛采。其紋如線者，曰金線豹，宜為裘。如艾葉者，曰艾葉豹，次之。又西域有金線豹，紋如金線。」原來是因為雪豹的花紋如艾葉，所以叫艾葉豹。

第四十二回 鳳仙郡悟空勸善求雨

唐僧師徒四人告別了樵夫母子，翻過隱霧山，趕了幾天太平路。一路上越走越荒涼，土地乾裂，寸草不生。一天，師徒四人又來到一座城池。唐僧問道：「悟空，你看前面那座城池，是不是天竺國？」悟空搖著手說：「不是，不是。西方極樂世界是一座大山，山上有一座大雷音寺。就算到了天竺國，也沒有到如來住的地方。天竺國離靈山還遠著呢。前面的城池一定是天竺外郡*，我們到前方找個人問問吧。」

四人趕到城裡，只見街衢（ㄑㄩˊ）冷落，行人稀少。唐僧四人來到集市口，看那裡站著幾個穿青袍的官差，於是上前問道：「施主，貧僧是從東土大唐到西天拜佛求經的和尚，路過寶地，這裡是什麼地方？」其中一個人回答說：「這裡是天竺國外郡，鳳仙郡。由於連年乾旱，郡侯差我們在此張榜，尋求能求雨的法師，拯救鳳仙郡百姓。」悟空說：「那你們的榜文貼在哪兒？」官差說：「榜文在這裡，還沒來得及貼呢。」悟空說：「快拿來我看看。」於是官差將榜文掛起來。悟空等人上前一看，見榜文上寫著：大天竺國鳳仙郡郡侯上官，因為連年乾旱，天地顆粒無收，百姓難以活命，為此貼出榜文，招求法師降雨救民。如果求雨成功，願以千金酬謝。悟空問：「郡侯上官是什麼意思？」官差說：「我們的郡侯複姓上官。」唐僧說：「徒弟們，你們哪個會求雨，為鳳仙郡求場雨，救救這裡的百姓？」悟空笑著說：「求雨不是什麼難事，這件

＊中國古代的行政區劃單位之一，比縣小，秦漢以後，郡比縣大。

事包在俺老孫身上。」

官差們一聽連忙報告了郡侯，郡侯正在燒香求雨，一聽求雨的法師找到了，急忙整理了衣服，怕準備轎子耽誤時間，就走路徑直朝集市口趕去。郡侯見到唐僧，當即跪拜說：「下官是鳳仙郡郡侯上官氏，聽說聖僧能夠求雨救民，求您大發慈悲，救救我鳳仙郡的百姓吧。」唐僧扶起郡侯說：「這裡不是說話的地方，等貧僧找到一座寺廟落腳再細談吧。」郡侯說：「聖僧跟我回府衙吧，在府衙給師父們安排乾淨的住處。」師徒四人挑擔牽馬，跟隨郡侯來到府衙。

郡侯命人準備了齋飯，八戒見滿桌的飯菜，放開肚皮狼吞虎嚥起來。吃過齋飯，唐僧問道：「郡侯，你們這裡幾年沒下雨了，為什麼如此乾旱？」郡侯一臉無奈，嘆了口氣說道：「聖僧，這裡已經三年沒下過一滴雨了，已經餓死了不少百姓。現在百姓們逃的逃，剩下的百姓不到一半。下官也是沒法，所以張榜求賢，幸好遇到師父這樣從東土大唐來的高僧。如果聖僧能夠求一場大雨，我願奉上千金酬謝。」悟空聽完，笑著說：「要是為了區區千金，半滴雨也不會給你求；如果說拯救一郡百姓，積累功德，俺老孫倒是可以送你一場大雨。」郡侯忙請悟空上座，並給悟空磕頭，感激地說：「感謝師父大恩大德。」悟空說：「請起請起，我這就讓龍王過來給你們下雨。」說完，他念動真言，一會兒就見東方烏雲滾滾，東海龍王乘著烏雲趕來。

悟空跳到空中，龍王見了大聖問道：「大聖叫小龍過來，有何吩咐？」悟空說：「龍王，老孫讓你趕來也沒什麼事。我師父路過鳳仙郡，這裡已經三年沒下雨了，我師父因此讓我給這裡求場雨。」東海龍王面露難色，說道：「大聖，小龍不敢私自做主，下雨必須有天庭的降旨才行。」悟空說：「這裡民不聊生＊，你卻推託不給下雨，討打。」東海龍王慌忙說道：「大聖息怒，小龍也沒隨身攜帶行雨神將。要不出樣，大聖去天庭求一道降雨的聖旨，小龍回東海點兵，再給鳳仙郡降雨不遲。」大聖一聽，笑著說：「好好，我這就去天庭走一趟。」

悟空駕著筋斗雲來到西天門外，護國天王領著天丁、力士迎上來問道：「大聖，取經的事完了嗎？」悟空說：「差不多了，走到天竺國界，有一外郡，名鳳仙郡。那裡三年不曾下雨，百姓艱苦，老孫特來見玉帝請旨降雨。」護國天王說：「大聖，那鳳仙郡不該下雨。我聽說那裡的郡侯撒潑†，冒犯了玉帝，所以玉帝讓人準備了一座麵山，一座米山，還有一把黃金大鎖，只有這三件事了斷了，才肯給鳳仙郡下雨。」悟空不知道玉帝這樣做是什麼意思，於是直接趕到通明殿找玉帝去了。

悟空來到通明殿外，邱弘濟、張道陵、葛仙翁、許旌陽四大天師迎上前問：「大聖到這裡有什麼事情？」悟空說：「俺老孫是為了給那鳳仙郡求雨。」四大天師說：「那裡不該下雨。」悟空說：「等見了玉帝，看老孫的人情何如。」葛仙翁說：「恐怕大聖沒有那麼大的面子。」許旌陽說：「不要亂談，我們這就帶他進去。」說完，四人引著悟空來到靈霄寶殿，四天師向玉帝啟奏孫悟空路過鳳仙郡欲求雨請旨一事。玉帝將事情說了一遍。原來三年前十二月二十五日，玉帝遊覽三界，來到鳳仙郡，看到祭天⁑的供品，正準備享用，不料鳳仙郡郡侯將供桌掀翻，供品散了一地，給雞狗吃了。於是玉帝便命人在披香殿準備了一座米山，一座麵山和一把黃金大鎖。只有雞把米山吃盡了，狗把麵山舔盡了，火把鎖烤斷了，才給鳳仙郡下雨。於是悟空跟著四大天師來到披香殿，見那米山有十丈高，麵山有二十丈高，一旁的鐵架子上掛著一

＊人民沒辦法生活

† 大哭大鬧，不講道理。

⁑ 祭祀天神，祭祀上天。

把黃金大鎖，下麵有一盞燃燒的油燈。悟空只好告別天師返回鳳仙郡府衙。

鳳仙郡郡侯正在焦急地等候，見悟空回來，忙迎上去問道：「師父，這雨什麼時候下呀？」悟空說：「只因你三年前十二月二十五日冒犯了玉帝，所以你這鳳仙郡才三年不下雨。」郡侯慌忙跪拜說：「三年前什麼事情得罪了玉帝，下官確實不知呀！」悟空說：「俺老孫給你提個醒。三年前你為什麼掀翻祭天的供桌？」郡侯回想了一下，老實交代說：「三年前十二月二十五日，下官在府衙內祭天，因為家中瑣事和夫人吵了起來，一怒之下才掀翻了供桌，並罵了幾句。不知怎麼得罪了玉帝？」悟空說：「那日玉帝巡遊三界，到了鳳仙郡，正準備享用供品，不料你掀翻了供桌，供品撒了一地讓雞狗吃了，於是玉帝這才生氣。」於是又將披香殿米山、麵山和黃金大鎖的事和眾人說了一遍，那郡侯一聽，坐地就哭。

八戒笑著說：「猴哥，這事好辦，我去把米山、麵山吃了，你再把鎖弄斷不就行了。」悟空說：「呆子別胡說，這件事恐怕沒那麼簡單。你吃完了，那玉帝再弄一座米山、麵山，那要吃到什麼時候？」唐僧在一旁問道：「悟空，那現在如何是好？」悟空說：「師父，解鈴還須繫鈴人，四大天師說只要郡侯知錯從善，鳳仙郡才有可能下雨。」郡侯一聽，止住哭說：「但憑師父指點，下官唯命是從。」悟空說：「你要是知錯從善，明天一早就開始念經拜佛，我還能在玉帝面前給你求求情。」郡侯不停磕頭，發誓願意皈依佛門。郡侯第二天就派人找來當地的和尚道士，在府衙裡設好道場，念經拜佛，拜神求告，並寫了悔罪文書，悔過罪責。三天后，又命令城裡各家各戶焚香拜佛拜神。悟空看了滿心歡喜，對八戒、沙僧說：「你們保護好師父，俺老孫再上天庭一趟。」說完，駕著筋斗雲上了天庭。

護國天王見大聖前來忙上前迎接，悟空說：「那郡侯已經知錯從善了。」說話的時候，就見直符使者捧著郡侯的悔罪文書經過，見悟空笑著說：「這是大聖勸善之功，這是鳳仙郡郡侯的悔罪文書，我將交給四大天師，再呈給玉帝。」護國天王說：「大聖，你不用見玉帝了，直接去九天應元府，準備點兵降雨吧。」悟空謝過護國天王和直符使者，徑直往九天應元府趕去。

雷門使者、糾錄典者、廉訪典者見悟空來到，忙稟報了天尊。天尊忙出來相迎，問道：「大聖來此有何吩咐？」悟空將鳳仙郡的事情說了一遍，天尊說：「我知道那鳳仙郡郡侯冒犯了玉帝，玉帝不降旨，我也不敢擅自降雨。」悟空笑著說：「那郡侯已知錯從善，直符使者已將他的悔罪文書呈交玉帝，所以老孫才來此借雷部官將相助降雨。」天尊於是命令鄧伯溫、辛漢臣、張元伯、陶元信四將和閃電娘娘跟隨悟空去鳳仙郡布雷，準備降雨。

鳳仙郡大小官員和百姓見晴空突然變得烏雲滾滾，雷閃雷鳴，知道即將有一場大雨，於是很多人焚香跪拜。玉帝見鳳仙郡的百姓誠心跪拜，於是讓四大天師看披香殿的米山、麵山還有黃金大鎖如何了。天師回報說：「陛下，麵山、米山都沒了，黃金大鎖也斷了。」玉帝於是命令風部、雲部、雨部去鳳仙郡於今日今時，降雨三尺零四十二點。東海龍王接到降雨的聖旨，帶上蝦兵蟹將連忙趕往鳳仙郡。不一會兒，鳳仙郡狂風大作，電閃雷鳴，大雨傾盆。百姓們在雨中歡呼跳躍，慶祝天降大雨。

悟空回到衙門，對唐僧說：「師父，這雨老孫已經求到了，一會兒雨停了，我們就上路吧。」那郡侯一聽，趕忙說：「師父，這場恩德鳳仙郡百姓不知道如何感謝，請多住幾日，下官設宴好好招待幾位，再為師父們建一座**生祠***，四時焚香祭拜。」八戒一聽高興地說：「師父，我們就多住幾日吧，這剛下過大雨，

* 祠是為紀念偉人名士而修建的供舍，相當於紀念堂。這點與廟有些相似，因此也常常把後人祭祀祖先的處所叫「祠堂」。

道路泥濘也不好趕路。」唐僧說：「多謝郡侯好意，取經之路遙遠，貧僧已耽擱了好幾年，也不敢多待，一兩日後我們就上路。」郡侯於是忙命人準備宴席，酬謝唐僧師徒四人。鳳仙郡百姓晝夜施工，建好了生祠，名曰「甘霖普濟寺」。郡侯和很多百姓將唐僧師徒四人送出城，四人告別眾人踏上了西去之路。

趣味小講堂

生祠原來是活人的紀念館

祠也就是祠堂，生祠就是為活著的人所立的「紀念館」，或設塑像畫像，或立姓名牌、立碑，像祀神那樣供奉。清代學者周壽昌考證，西元前一世紀的西漢昭，宣之際的「于公祠」是最早為生人設立的祀祠。

第四十三回　盤桓洞九頭獅子怪

師徒四人趕了數天的路，這天又來到一座城池。唐僧問：「悟空，你看前面有一座城池，不知道是什麼地方？」悟空等人都不知道是什麼地方。正走著，路上碰到一個老者，唐僧忙下馬上前問明這裡是什麼地方。原來這裡是天竺國玉華縣，城主是天竺皇室的宗室*，被封為玉華王。這玉華王禮敬僧道，愛民如子。四人於是謝過老者，走了一會兒就進了城。

城裡人聲鼎沸，大街上店鋪生意興隆。唐僧讓悟空等人不要放肆，以免嚇壞了行人。於是那八戒低了頭，沙僧掩著臉，只有悟空攙著師父，但是仍然讓街上的人看了出來。人們紛紛圍了上來，只聽有個人說：「我們這裡有降龍伏虎的高僧，從來沒見過降豬伏猴的和尚。」師徒四人只顧趕路，不一會兒便來到了玉華王府。唐僧說：「徒弟們，我要進去倒換關文，你們在旁邊的待客館等我。」

唐僧拿了關文來到王府前，那王子聽說是東土大唐來的得道高僧，立刻命人請唐僧上殿賜座，然後倒換了關文。王子問：「國師長老，你自東土大唐到此，走了多少路程？」唐僧說：「貧僧也不知道走了多少路程，只記得已經走了十四年了。」王子說：「這麼遙遠，想必師父一路受了不少苦。」於是吩咐下人準

＊皇族。

備素齋款待唐僧。唐僧說，自己有三個徒弟在待客館等候，只因相貌醜陋，沒敢進來。王子又讓人請三人進府用齋。

悟空就讓八戒牽馬，沙僧挑擔，一同進入玉華王府。那王子見三人相貌醜陋，心中也不免害怕。過殿進宮後，宮中的三個小王子，見父王面色難看，就問剛才怎麼了。王子說：「剛才有一個東土大唐來的和尚倒換關文，長得相貌堂堂，我留他吃齋，而他的三個徒弟卻相貌醜陋，像是妖怪。」那三個小王子天生喜歡練武，一身本事，說道：「一定是從哪裡來的妖怪，讓我們拿兵器出去看看！」老大拿一條齊眉棍，老二掄一把九齒耙，老三使一根烏油黑棒，三人雄赳赳*、氣昂昂地走出王府，吆喝道：「什麼取經的和尚！在哪裡？」典膳官說三人正在暴紗亭吃齋，於是三個小王子闖了進去，嚇得唐僧丟下飯碗。小王子看了眼說：「你還像個人，那三個醜的一定是妖怪！」八戒只管吃飯，悟空和沙僧站起來說：「我們雖然面貌醜陋，卻都是人。倒是你們三個從哪裡來，竟然滿口胡言。」站在一旁的典膳官說：「這三位小王子是我王的兒子，是小殿下†。」

八戒丟了碗，說：「小殿下，你們拿著兵器是要和我們打架嗎？」二王子雙手舞耙，就要打八戒。八戒笑嘻嘻地說：「你那耙只能做我這耙的孫子！」說著從腰間取出耙來，晃一晃，金光萬道，把二王子嚇得手軟腳麻，不敢上前。悟空見大王子拿一條齊眉棍，就從耳朵裡取出金箍棒，晃一晃有碗口粗細，向地下一搗，搗出個三尺深的坑，笑著說：「我把這棍子送給你吧！」大王子哪裡拿得動。三王子拿著烏油棒和沙僧較量，被沙僧用手擋開，接著拿出降妖寶杖。悟空等人教訓了三個小王子，就收了兵器。那三個小王子急忙回到宮裡，將事情對父王說了一遍，然後說：「父王！兒子們想要拜唐僧的徒弟為師，學習本領，保護城邦。」於是，父子四人來到驛館，見師徒四人正在收拾行李。老王就虔誠地請唐僧讓悟空三人收小王子為徒。師徒四人欣然同意。於是，三個小王子就把金箍棒、九齒釘耙、降妖寶杖放在兵器廠內，吩咐工匠們打造三個一模一樣的兵器。

悟空三人的兵器與一般兵器不同，會發出寶光。一天夜裡，這三件兵器發出的寶光驚動了離城三十里遠的豹頭山虎口洞的妖怪，這些妖怪趁工匠們休息的時候施法將這三件兵器偷走了。

第二天，師徒四人還在睡覺，突然聽到小王子們來報告，說悟空三人的兵器不見了。八戒一聽認定是鐵匠們偷了。悟空卻問道：「這周圍可有什麼妖怪？」王子說：「城北三十里有個豹頭山虎口洞，常聽人說那裡有妖怪。」悟空笑著說：「這下寶貝有著落了。」說完，悟空駕著筋斗雲眨眼就到了豹頭山。悟空正在四處尋找的時候，就聽見背後有人說話，回頭一看，原來是兩個狼頭精，悟空於是變成一個蝴蝶，悄悄跟著。只聽其中一個狼頭精說：「二哥，大王真是好運氣，昨晚得了三件兵器。明天要開釘耙會。」另一個說：「大王運氣好，我們也跟著沾光，明天好吃好喝，受用不盡呢。」兩個妖怪一邊說笑一邊趕路。悟空心中大喜，使了個定身法把兩個狼頭精定住了。只見他們腰間掛著兩個牌子，一個上寫著「刁鑽古怪」，一個上寫著「古怪刁鑽」。

大聖解了他們的牌子，回到玉華城，將事情說了一遍。於是悟空、八戒和沙僧商定了計策，準備一起去豹頭山。大聖變作古怪刁鑽，八戒變成刁鑽古怪，把兩個牌子繫在腰上；沙僧則打扮成一個商販，趕著

＊ 雄壯，有氣勢。

† 殿下是中國古代對皇后、皇太子、諸王的敬稱，次於對皇帝的敬稱「陛下」。也指現代社會用於對君主制國家王儲、親王、公主等的敬稱。

豬羊一起進了豹頭山。三人進入一處山坳裡，遇到一個小妖，左手夾著一個彩漆的匣子。大聖就問：「兄弟，你這是要去哪裡？」小妖回答說：「我去竹節山請老大王。」悟空討要請帖看看，小妖就從匣子裡拿出來給了大聖，打開一看，請帖上寫著：「拜請祖翁*九靈元聖老大人，明天屈尊來豹頭山一敘，共慶釘耙會。門下孫黃獅頓首。」大聖心想：「原來這妖怪是黃獅精，想必是金毛獅子成精。」於是把請帖還了小妖，三人朝虎口洞走去。

三人來到虎口洞，趕著豬羊進了洞。來到二層廳堂，只見正中間的桌子上放著一柄九齒釘耙，東邊靠著一條金箍棒，西邊靠著一條降妖寶杖。八戒見了，跑上去拿了自己的兵器，現出本相，劈臉就去打妖怪。大聖和沙僧也各拿兵器，三人一齊亂打。黃獅精聽到動靜，拿了兵器，高聲喝道：「你們是什麼人，敢變成我手下的小妖，騙我的寶貝？」大聖罵道：「你這個不要臉的妖怪，偷了我們的兵器倒說我們偷了你的寶貝。」說完，三人拿著兵器就與黃獅精打鬥起來。黃獅精打不過悟空三人，施計乘風而逃。三人也不追趕，把一群小妖盡數打死，燒了虎口洞，得勝回到玉華城。

那黃獅精逃到了東南方的竹節山。原來這竹節山上有一個九曲盤桓洞，洞中有個九靈元聖，是這黃獅精的祖師。黃獅精見到祖師爺，忙磕頭，哭著說：「今天突然冒出三個自稱東土大唐來的和尚，孫兒一個人打不過他們三個，讓他們奪走了三件兵器，望祖師爺爺為孫兒報仇！」老妖怪沉默了一會兒說：「原來是他們。孫兒，你不該惹他們！他們是唐僧的徒弟，其他兩個人倒也罷了，那毛臉雷公嘴的叫作孫行者，五百年前曾大鬧天宮，十萬天兵都不曾捉住他。也罷，等我和你去，將他們都捉來，替你出氣！」黃獅精連忙叩頭。

老妖怪帶上他洞中的猱獅、雪獅、狻猊、白澤、伏狸、摶象等諸孫，一起駕風來到豹頭山界，看見虎口洞已經被毀，於是一路趕到玉華城。不一會兒，玉華城狂風大作，黑雲壓城，嚇得城裡的老百姓都關了門，躲在家中。王子和唐僧等眾人正在暴紗亭吃早齋，見外面動靜不對，大聖讓王子關好城門，自己和八戒、沙僧出城查看。

悟空三人跳到半空，迎面碰見一群獅子，帶頭的正是黃獅精，中間是一隻九頭獅子。八戒一看是黃獅精，上前就罵：「你這偷東西的妖怪，去哪裡找了這麼一群雜毛獅子幫忙。」黃獅精咬牙切齒，舉起四明鏟就和八戒打了起來。與此同時，猱獅精掄著一根鐵**蒺藜**，雪獅精使一條三楞鐗，一起來打八戒。這邊沙僧見八戒被群毆，於是拿起降妖寶杖前去助陣，那狻猊精、白澤精、摶象和伏狸四精一起擁了上來。悟空忙使金箍棒降妖。七個獅子精，三個和尚，打作一團。八戒打不過這些獅子精，被獅子精捉住，狻猊、白澤兩個獅子則被悟空捉住。

老怪見悟空等人捉了自己兩個賢孫，於是駕著黑雲徑直來到玉華城上，晃一晃變出九個獅頭，張開九張大口把三藏、老王父子等眾人噙走，回到了竹節山九曲盤桓洞。大聖也不甘示弱，變出千百個小行者，一擁而上活捉了雪獅、猱獅、摶象和伏狸，把黃獅精打死了。此時天色已晚，大聖和沙僧回到玉華城，將捉來的妖怪關了起來。

第二天一早，大聖和沙僧駕雲來到竹節山，站在半空中，只見有一座洞府，洞門上刻了十個大字：「萬靈竹節山九曲盤桓洞。」二人按落雲頭來到洞外，小妖見了忙跑進洞，關了門報告老妖怪。那老妖怪不拿兵器，大踏步走了出來，晃一晃頭，九個頭一齊張開口，把大聖、沙僧捉回洞中，和唐僧等人綁在

＊祖父。

一起。老妖怪生氣地說：「小的們，拿荊條來給我打那個孫行者，給我那黃獅孫兒報仇。」大聖只覺得荊條打在身上是撓癢癢一般，唐僧等人在一旁看了一個個膽戰心驚。等老怪出夠了氣，吩咐小妖看好眾人，就休息去了。

夜裡，悟空趁小妖們睡著，悄悄解開身上的繩索，將小妖們打死。八戒著急了，忍不住大聲叫道：「猴哥！我的手腳都捆腫了，快來給我解繩子吧！」八戒這一喊驚動了老妖怪，大聖只好丟下眾人，打破洞門逃了出去。

悟空出了九曲盤桓洞，駕雲回到玉華城，土地、城隍等眾神早已在空中迎接。只見金頭揭諦、六甲六丁神將，押著土地跪在那裡，說：「大聖，我們將竹節山的土地押了過來，他知道那妖怪的來歷。」悟空聽了非常高興，那土地戰戰兢兢地說：「那妖怪

前年來到竹節山，九曲盤桓洞原是六獅的老窩，自從那九頭獅子來到這裡，他們就拜他為祖師。九頭獅子，號稱九靈元聖，要想降伏他，要到東極妙岩宮請他的主人才行。」

悟空想了一會兒，說：「東極妙岩宮的太乙救苦天尊，他的坐騎正是九頭獅子。」於是，大聖駕起筋斗雲，連夜前行。不久便來到了妙岩宮前，宮門前站著一個仙童，看見孫大聖就回去稟報：「爺爺，大鬧天宮的齊天大聖來了。」大聖把事情的經過對天尊細說了一遍，天尊立刻命仙童去獅子房查看，獅奴正在酣睡，而九頭獅子卻不見了。

天尊立刻叫醒獅奴，和大聖一同來到竹節山。天尊說：「大聖，你去引他出來吧，我好收服他。」悟空按落雲頭，拿著金箍棒站在洞外罵道：「妖怪，還我師父，還我師父！」那九靈元聖正睡得香呢，悟空見沒人答應，掄起鐵棒就往裡面打。那九靈元聖這才被驚醒，心中大怒，爬起來張開大口就咬。悟空見狀忙掉頭就走，妖怪罵道：「潑猴！哪裡走！」九靈元聖趕到崖前，太乙救苦天尊喝道：「元聖兒！我來了！」那九靈元聖見是主人來了，四腳伏地不斷磕頭，現出了原形。那獅奴一把握住他的項毛，用拳頭拼命打著，罵道：「你這畜生，你逃走為妖，倒害我受罪！」打得累了才停下來。太乙救苦天尊於是騎著九頭獅子告別了大聖回妙岩宮去了。

大聖進洞救了眾人，放火燒了妖洞。眾人回到玉華城。第二天，老王大排素宴，向唐僧師徒謝恩，又送四人出城。師徒四人再次踏上了西行之路。他們離靈山已經越來越近了。

西遊好奇問

你知道天竺國在哪裡嗎？

天竺國，是我國對古代印度的稱謂，漢朝的時候稱其為身毒（印度河梵文 Sindhu 的音譯），也有稱雲摩伽陀或雲婆羅門。天竺國的具體位置在蔥嶺之南，距離月氏東南數千里遠。天竺歷史上相繼出現了四大帝國：孔雀帝國、笈多帝國、德里蘇丹國和莫臥兒帝國。

第四十四回 悟空勇鬥犀牛精

唐僧師徒離開玉華城，走了五六天，來到一座慈雲寺。寺中和尚見來了四個怪和尚，忙上前施禮說：「幾位長老從何而來？」唐僧回禮說：「我們是從東土大唐來，奉命去往西天拜佛求經的。路過寶寺，想借宿一晚。」和尚說：「原來是東土大唐來的高僧，快請進來。我這就去稟報住持。」說完，帶著四人進了寺院。

慈雲寺住持聽說有大唐來的高僧，忙整理好衣服前來迎接。住持見了唐僧施禮說：「請問高僧法號？」唐僧說：「貧僧法號玄奘。」唐僧又問：「方丈，不知貴地是什麼地方？」住持說：「我們這裡是天竺國的金平府。」唐僧又問：「不知這裡離靈山還有多遠？」住持說：「那靈山貧僧也不曾去過，不知還有多遠。」正說話間，幾名僧人端上齋飯，住持說：「幾位高僧先用齋飯吧，過兩天就是元宵佳節*，你們可以在這裡多住幾天。金平府的元宵節非常熱鬧，眾位可不要錯過。」悟空、八戒、沙僧一聽這麼熱鬧，就讓師父多住幾天，等過了元宵節再走，唐僧於是答應在慈雲寺多住幾天。

到了正月十五元宵夜，八戒說：「師父，今晚我們進城裡看看金燈吧？」唐僧欣然同意。四人和慈雲寺的眾僧一起出來，只見一輪明月初升，與那滿街的燈交相輝映†。街上人擠著人，燈挨著燈，走了半天才走到金燈橋。原來這金燈橋上擺著三盞金燈，每個燈都有一口水缸那麼大，上面照著兩層用金絲編造的樓閣，裡面燃燒的燈油發出撲鼻的異香。唐僧覺得這油香很奇特，和尚說：「這油可不是普通的香油，而是酥合香油。每個缸裡盛著五百斤，三盞燈共要一千五百斤，能點三天。」悟空問：「這麼多油，怎麼三天就點完了？」和尚說：「今夜佛爺現身後，燈油就沒了。」八戒在旁笑道：「想是佛爺收了這些香油。」和尚說：「正是如此。滿城的人都說，佛祖收了香油，來年就會風調雨順、五穀豐登。」

正說著，突然刮起一陣大風，人們知道佛爺來了，於是連忙都跑回家了。那些和尚說：「唐長老，我們回去吧，佛爺降臨了。」唐僧說：「弟子是思佛念佛拜佛的人，如果真有佛爺降臨，正好在此拜拜。」眾和尚見唐僧不肯走，於是都跑回慈雲寺了。一會兒，風中果然出現三個佛身，慌得唐僧、八戒和沙僧立刻磕頭跪拜。悟空急忙拉起唐僧說：「師父，不要拜，那不是佛爺，恐怕是妖怪。」只見燈光昏暗，呼的一聲唐僧就被抱走了。

悟空急忙駕起筋斗雲追趕妖怪，一直往東北方向追過去，不一會兒來到一座大山跟前，不見了妖怪的蹤影。悟空在山裡四處尋找，見山下有四個人趕著三隻羊，用火眼金睛一看，原來是年、月、日、時四值功曹。悟空飛到四人跟前說：「我師父剛被三個妖怪抓走了，老孫追趕妖怪，卻在這裡跟丟了。你們知道那妖怪在什麼地方？」四值功曹說：「大聖，妖怪就在這青龍山，山上有個玄英洞，洞中有三個犀牛精，分別叫辟寒大王、辟暑大王、辟塵大王。三個妖怪愛吃酥合香油，一直在這裡假裝佛爺，哄金平府的人供奉酥合香油。知道你師父到此，就一起攝回洞中，要吃他呢。」

※元宵節，又稱上元節、小正月、元夕或燈節，是春節之後的第一個重要節日，正月是農曆的元月，古人稱夜為「宵」，所以把一年中第一個月圓之夜正月十五稱為元宵節。傳統習俗有出門賞月、燃燈放焰、喜猜燈謎、共吃元宵、拉兔子燈等。

†各種光亮、彩色等相互映照。

悟空告別了四值功曹，四處尋找玄英洞。轉過山來，只見一處山澗旁的山崖下有一洞府，洞門半開半掩，門旁石碑上寫著「青龍山玄英洞」六個大字。悟空上前喊道：「妖怪！快送我師父出來！」小妖聽到叫罵，趕忙向三個魔王稟報。

三個魔王正商量著怎麼吃唐僧肉，聽到悟空在洞外叫罵，忙取了披掛，帶著一群牛妖出洞迎戰。三個妖怪罵道：「你這猴子哪裡來的，竟敢在此撒野？」悟空罵道：「你們三個牛精，難道不知道你孫爺爺嗎？」妖怪笑道：「你是那大鬧天宮的孫悟空？我們以為是什麼大英雄，原來是一隻瘦猴子。」悟空大怒，罵道：「你個偷燈油的賊！快還我師父來！」說完，掄起金箍棒就打。三個妖怪忙拿起兵器上前圍攻。

四人兵器舞得**眼花繚亂**＊，只聽見兵器相碰的乒乓聲，打鬥了一百五十多個回合。辟塵大王乘機拔出身後的旗子一搖，轉眼間，一群牛頭怪就擁了過來，將悟空團團圍住，一陣刀砍斧剁。悟空眼見要招架不住，於是縱起筋斗雲，敗下陣來。三個妖怪也不來追趕，收兵回洞安排晚飯去了。

悟空飛回慈雲寺，把玄英洞一戰和八戒、沙僧說了一遍。三人商量了一會兒，擔心夜長夢多，師父會有危險，決定晚上再去妖洞看看。三個人駕雲趕到玄英洞，悟空讓八戒和沙僧在洞外躲起來，自己變成一個螢火蟲，飛進洞中。只見幾頭牛倒在地上，一個個呼聲如雷，都睡熟了，只是不知道那三個犀牛精睡在哪裡。悟空四處飛了一圈，突然聽到哭聲，急忙飛過去，看見唐僧正在啼哭。悟空現出本相，說：「師父，俺老孫這就救你出去。」說完，使了個解鎖法，就把唐僧的鎖鏈解開，領著唐僧準備出洞。正在這時，犀牛精醒了，叫醒小妖，讓他們巡邏查看。幾個小妖迎面就撞到他們。三個犀牛精聽見動靜，骨碌一聲爬起來，大叫：「捉住唐僧。」悟空只得扔下師父逃走。

三個犀牛精哈哈大笑，叫小妖們把前後門緊緊關閉，好好巡邏，以防孫悟空再來。守在洞口的八戒和沙僧見悟空出來，忙問：「大師兄，找到師父了嗎？」悟空說：「師父被綁在洞裡，我準備救師父出來，卻被三個犀牛精發現了。」沙僧說：「師父在裡面，那我們就打進洞裡救出師父。」八戒舉耙將洞門打碎，大聲罵道：「偷油賊！快送我師父出來！」

三個犀牛精惱怒不已，取了披掛就出來迎敵。悟空三人和三個犀牛精打得難分難解，打了大半夜，仍然不分輸贏。辟寒大王從混戰中閃身，叫道：「小的們，快來助陣！」轉眼間，一群小牛妖就圍了上來，將八戒和沙僧按倒在地，拖回洞裡去了。悟空見狀慌忙翻了個筋斗，逃走了。悟空想著犀牛精小妖眾多，不如上天搬些援兵。悟空駕著雲來到西天門外，遇見太白金星正和幾大天王說話。太白金星見大聖到來，忙上前問道：「大聖不保唐僧西天取經，上天來有什麼事情？」悟空將唐僧被那犀牛精擄去的經過說了一遍。太白金星說：「大聖，想要擒住那三個犀牛精，你得去找四木禽星。我這就去稟告玉帝，讓他們前去助你降妖。」悟空謝過太白金星，二人來到靈霄寶殿，將事情的原委稟報了玉帝。玉帝隨即降旨讓井木犴(ㄢˋ)、角木蛟、斗木獬(ㄒㄧㄝˋ)、奎木狼前去降妖。

四木禽星跟著悟空來到青龍山玄英洞，悟空說：「你們在這裡等著，我把他們引出來，你們就動手拿住他們，千萬別讓他們跑了。」說完，悟空跳到玄英洞前大罵：「妖怪，快出來，俺老孫又回來了。」三個犀牛精聞聲忙趕了出來，見四木禽星守在洞外，慌忙現出原形，準備逃走。小牛妖們也都四散奔逃，一時間到處都是牛，黃牛、水牛、犀牛等。悟空率井木犴、角木蛟緊追急趕三個犀牛精。斗木獬、奎木狼則來到

※眼睛看見複雜紛繁的東西而感到迷亂。

玄英洞將藏在洞裡的小妖們收拾乾淨，救出唐僧、八戒、沙僧，又放火將玄英洞燒成灰燼，然後送眾人回到慈雲寺。二人又急忙追趕悟空等人，一同捉拿妖怪。

悟空、井木犴、角木蛟追趕三個犀牛精一直到了西海。斗木獬、奎木狼趕到西海，只見井木犴、角木蛟在水底與那三個妖怪捨生忘死地苦鬥。悟空讓二人在海面上守著，自己前去幫忙。西海中探海的夜叉*遠遠看見犀牛精與天神打鬥，慌忙回龍宮稟告龍王。老龍王隨即喚太子摩昂點水兵，前來助陣。於是，那一海的龜鱉魚蝦都持著槍刀，一齊吶喊，擋住犀牛精，把那辟塵捉住，用鐵鉤子穿了鼻子，捆得嚴嚴實實。老龍王又命令蝦兵蟹將協助井木犴、角木蛟擒拿另外兩個。只見井木犴現出原身，按住辟寒正啃著吃呢。摩昂高叫道：「井宿！井宿！別咬死他，孫大聖要活的。」豈料那妖怪已經被咬斷了脖子。

孫悟空把剩下的辟塵、辟暑兩個犀牛精穿了鼻子，帶回金平府去。金平府的官員百姓們見到犀牛精都驚呆了，才知道原來一直收香油的不是佛爺，而是妖怪。唐僧師徒在慈雲寺住了一段時間，一寺眾僧捨不得他們走，不肯放他們西行。於是師徒四人趁天沒亮，悄悄收拾好行李，開了山門，向西繼續趕路了。

＊最早來源於古印度神話，是指一種半神的小神靈。

趣味小講堂

元宵節的來歷

傳說元宵節是漢文帝時為紀念「平呂」而設。漢高祖劉邦死後，呂后之子劉盈登基為漢惠帝。漢惠帝生性懦弱，優柔寡斷，大權漸漸落在呂后手中。漢惠帝死後呂后獨攬朝政，把劉氏天下變成了「呂氏天下」，朝中老臣、劉氏宗室深感憤慨，但都懼怕呂后殘暴而敢怒不敢言。

呂后病死後，諸呂惶惶不安，害怕遭到傷害和排擠，於是，在上將軍呂祿家中祕密集合，共謀作亂之事，以便徹底奪取劉氏江山。此事傳至劉氏宗室齊王劉襄耳中，劉襄為保劉氏江山，決定起兵討伐諸呂，隨後與開國老臣周勃、陳平取得聯繫，設計除了呂祿，「諸呂之亂」終於被徹底平定。

平亂之後，眾臣擁立劉邦的第二個兒子劉恒登基，是為漢文帝。漢文帝深感太平盛世來之不易，便把平息「諸呂之亂」的正月十五，定為與民同樂日，京城裡家家張燈結綵，以示慶祝。從此，正月十五便成了一個普天同慶的中國傳統節日——元宵節。

第四十五回 天竺國收玉兔精

師徒四人走了半個多月，遠遠看見一座高山。唐僧害怕地說：「徒弟，前面又遇高山，我們一定要小心了。」悟空笑著說：「這裡離靈山不遠了，應該不會有妖怪，師父放心吧。」眾人說話間已經走了幾個山崗，看見一座寺廟。唐僧說：「悟空，前面有一座寺廟，看起來有些年頭，不知道是哪個朝代留下來的。」悟空說：「那山門上寫著布金禪寺。」唐僧說：「布金禪寺，莫非到了舍衛國界！」八戒說：「跟了師父這幾年，頭一次我們不認識路，師父倒認得路。」

唐僧說：「我經常看佛經，佛經上說給孤獨長者向舍衛國太子買了一個祇樹給孤園，用來請如來講經。太子不賣，除非用黃金鋪滿整個園子。於是給孤獨長者就以黃金為磚，鋪滿了整個園子，才買了園子，請如來說法。我想這故事說的就是這兒吧。」八戒一聽有金磚，就說要去找金磚。眾人說說笑笑，一會兒就到了布金禪寺。

進入寺院，一位儀錶堂堂的禪僧走了出來，問明眾人來歷，於是安排齋飯招待四人。席間，眾人閒聊起寺廟的來歷，果然和唐僧說的一樣。吃完齋飯，天色已晚，清輝的月光灑滿寺院，顯得一片安詳寧靜，於是師徒四人在寺院裡漫步賞月。突然，一個小僧跑過來說寺院的老住持想見唐僧。唐僧看見小和尚的身後站著一位老僧，忙上前行禮。原來這位老僧已經一百零五歲了。老僧領著眾人來到給孤獨園，只見一片空地，殘存一些牆角。眾人看了一會兒，忽然從園子深處傳來女孩啼哭的聲音。唐僧疑惑地問道：「這是什麼人在哭？」老僧說：「這真是一件奇事。去年的今天，我正在禪房打坐，突然聽到一陣風響，然後聽到啼哭的聲音，到院子裡查看，只見一個美貌端正的少女。那女子說自己是天竺國公主，一天夜晚在月下賞花時被風刮到此地。於是我把她收養在這園子裡的一間空房裡，每日派人送飯。那女子夜裡時常因為思念父母而啼哭。我幾次進城化緣就順便打探公主的事，但是都沒有傳出公主失蹤的消息。幸好聖僧來此，能否去天竺國的時候查明此事？」唐僧和悟空暗暗記在心間。

第二天天還未亮，師徒四人就離開布金禪寺起程出發了，走了幾個時辰，中午時分才來到天竺國都城。唐僧等人進城之後，徑直進了驛館，驛丞連忙安排唐僧去皇宮倒換關文。

那天，天竺國的公主正在街上拋繡球，**撞天婚**＊招駙馬，唐僧對悟空說：「我的母親也是拋繡球遇上我的父親，才結為夫婦。想不到這裡也有這個風俗。」悟空說：「我們也去看看吧。」唐僧忙說：「不可！不可！」悟空說：「師父，看看無妨，何況還要為那布金禪寺僧人打探公主的事情。」唐僧聽了悟空的話，也留在那裡看拋繡球。誰知那繡球不偏不倚正好打中了唐僧的帽子，周圍的人紛紛大喊：「打到個和尚了！打到個和尚了！」宮女太監們忙下樓給唐僧磕頭賀喜，唐僧埋怨悟空說：「你這猴頭，又捉弄我。」悟空笑著說：「繡球打了你的頭，幹我何事？」唐僧急道：「悟空，這下該怎麼辦哪？」悟空說：「師父放心，如果公主想招你做駙馬，你就對國王說有事情吩咐徒弟，我們三個入朝，俺老孫自有辦法。」唐僧無奈，只好答應。

唐僧被眾宮娥太監簇擁到了樓下，公主下樓與唐僧一同回了皇宮。國王問道：「和尚從哪裡來？為何會被公主的繡球打到？」於是唐僧把前因後果講了一遍，並請求倒換關文，早日上路。國王說：「正所謂『**千里姻緣一線牽**†』，雖然朕也不想把公主嫁給和尚，卻不知道公主的意思怎麼樣？」公主說：「父王，俗話說嫁雞隨雞，**嫁狗隨狗**[⁂]，這是天定的緣分，女兒願招他為駙馬。」國王見公主喜歡，便高興地命令陰陽官挑選吉日，為公主舉辦婚禮。唐僧只是求國王能放他西去。國王怒道：「這和尚不通情理！朕招你做駙馬，為何還是只求念經，再囉唆推出去斬了！」唐僧嚇得魂不附體，只得求國王為徒弟們倒換關文。

悟空在彩樓下告別了唐僧，笑嘻嘻地回到驛館，告訴八戒、沙僧師父被招親的事情。八戒聽說，捶胸頓足，說：「早知道我去好了！要是那個繡球打著我老豬，那公主招了我，豈不是美死了！」悟空、沙僧聽了笑得前仰後合。這時，突然驛丞來訪，說來請聖僧駙馬的徒弟進宮。三人進宮見了國王，正在說話間，陰陽官上奏說四天后是吉日，國王大喜，讓人打掃御花園館閣樓亭，請駙馬和三個高徒安歇。

師徒四人在御花園休息，唐僧責怪悟空說：「你這猴子，偏要我去看什麼招親，害得我惹上這樣的事情！」悟空連忙賠著笑說：「師父，俺老孫這樣做也是為了鑒別公主真假。」唐僧說：「她現在一定要招我為駙馬，怎麼辦？」悟空說：「等婚禮那天，我先看看她是不是妖怪，如果是，就把她收服；如果不是，你就做駙馬吧。」唐僧聽了更加生氣。悟空見師父真的生氣了，慌忙解釋說：「如果不是妖怪，就救你出去，趕快上路。」

師徒四人在皇宮住了三四日，到了婚禮那天，光祿寺上奏婚禮已經安排好了。國王遂退入內宮，帶著公主出來參加婚禮。那公主對國王倒身下拜，說：「父王，這幾天聽說唐聖僧的三個徒弟長得十分醜惡，

＊ 舊時一種不加主觀選擇、聽天由命的擇偶成婚方式。

† 指婚姻是由月下老人暗中用紅線牽連而成。

⁂ 比喻女子出嫁後，不論丈夫好壞，都要隨從一輩子。

小女不敢見他們，請父王讓他們出城吧，省得驚嚇到內宮眾人。」國王隨即給悟空等三人倒換了關文，準備打發他們出城。唐僧見他們要走，慌得一把抓住悟空，咬牙切齒地說：「你們怎麼能丟下我一個人就走！」悟空捏著唐僧的手掌，使個眼色說：「等我們取了經，再回來看你。」唐僧不肯放手。國王又請駙馬上殿，送三個徒弟出城，唐僧只得放了手上殿。

三人出了朝門，回到驛館，悟空就拔了一根毫毛變成本相，和八戒、沙僧同在驛館內，真身跳在半空變成一隻蜜蜂，輕輕地飛入朝中，暗暗告訴唐僧不要著急害怕。只見唐僧隨著國王到了後宮，不一會兒，皇后嬪妃簇擁著公主出來。那公主頭頂上微露出一點妖氣，卻也不十分兇惡。行者急忙貼近唐僧耳朵說：「師父，公主是個假的。」悟空性急，見了妖怪就像見了仇人，忍不住大叫一聲，現出本相，趕上前揪住公主，罵道：「你這妖怪，為什麼在這裡假裝公主？」那女妖怪掙脫了悟空，把那些衣服首飾往地上一扔，露出原形，從花園的地裡刨出一條**碓**(ㄉㄨㄟˋ)**嘴**(ㄗㄨㄟˇ)*樣的短棍，對著悟空就打。悟空立刻用鐵棒相迎。他兩個在半空中打鬥，嚇得滿城百姓心慌，滿朝文武膽寒。那國王已經說不出話來了，只是呆呆地看著唐僧。唐僧扶著國王，說：「別怕！那公主是妖怪變的，讓我徒弟捉住她就知道真相了。」

那妖怪和大聖打了半日，不分勝敗。悟空把金箍棒往天上一扔，叫一聲：「變！」就變出千千萬萬根金箍棒，對著妖怪亂打。妖怪慌了手腳，便化作一道清風向天上逃走。悟空一直趕過去，快到西天門的時候，悟空大喊：「快擋住妖怪，不要放她走了！」於是守門的四大天王拿著兵器攔住妖怪。妖怪見自己已經無處可逃，無奈只能硬著頭皮和悟空繼續拼命苦鬥。大聖突然看見這妖怪的兵器一頭粗一頭細，像個搗藥的杵子，大叫一聲：「妖精！你拿的是什麼兵器？」妖怪惡狠狠地說：「我這是廣寒宮裡的搗藥杵，你還不投降！」悟空冷笑著說：「你既然住在**蟾**(ㄔㄢˊ)宮†，難道沒聽說過我老孫的手段嗎？還不快投降！」妖怪說：「我知道你是五百年前大鬧天宮的弼馬溫！」大聖最恨別人說他是「弼馬溫」，不由分說舉棒就打。又打了十數回，妖怪把身子晃一晃，化作金光萬道，徑奔正南敗走，大聖隨後追襲，忽至一座大山，妖怪按金光鑽入山洞不見了。悟空恐她隨身回國暗害唐僧，便返雲頭徑轉國內。

那國王正扯著唐僧求救，悟空回到皇宮把剛才打鬥的事情說給唐僧、國王。國王問道：「那我的真公主現在在什麼地方啊？」悟空說：「等我捉住假的，你那真的自然就回來了。」

大聖再次駕雲出發尋找妖怪，找了好久不見蹤影，於是把土地和山神叫出來審問。二神就帶路在山裡尋找，最後找到山頂上的一個石窟。悟空用鐵棒撥開洞口的石塊，見妖怪果然藏在裡面，悟空又持棒去打。悟空一棒比一棒兇狠，恨不得一下子就打死那妖怪。突然，悟空聽到天上傳來聲音，說：「大聖！手下留情！」原來是**太陰星君**[‡]。太陰星君說：「這妖怪是我廣寒宮裡搗藥的玉兔，她私自逃出宮來，大聖就饒了她吧。」大聖說：「看在太陰星君的面子當然放她，只是她陷害那天竺國公主，要騙我師父成親呢。」

太陰星君說：「大聖有所不知。那天竺國公主原是蟾宮中的素娥。十八年前，她曾打了玉兔一掌，然後思凡下界。這玉兔是為這一掌之仇，才逃出廣寒宮，把素娥拋在荒野的。其實也沒傷到你師父。還望恕她不死。」太陰星君輕輕一指那妖怪，玉兔就現出原形。大聖又請太陰星君帶著那玉兔來到天竺國，國王

---

* 舂米的杵。
† 指月亮。
‡ 中國道教神話中的月神，俗稱太陰娘娘、月姑等。中國民間一些傳說中，有時也把太陰星君與姮娥仙子合併為一個神，認為其是一位絕色美人。

等人這才見到假公主的本相。

國王見這假公主已經被捉住，於是開始掛念真公主的下落。唐僧說：「貧僧路過布金禪寺，寺內僧人收留了一個落難的女子，她自稱是天竺國公主。如今假公主已經被擒，想必布金禪寺的這個公主是真的。」國王又驚又喜，立刻擺駕出朝迎接公主回宮。

到了布金禪寺，住持就帶領國王等人來到收留公主的小屋。雖然她已經蓬頭垢面、衣冠不整，但國王與皇后一見那女子，還是立刻認出她就是公主，一把抱住說：「我苦命的孩子呀！你怎麼受了這麼大的折磨呀，太受罪了！」三人抱頭大哭。三人聊了一會兒，便讓公主沐浴更衣，隨即迎接公主回國。

國王、皇后等人對師徒四人感激不盡，一連許多天準備上好的齋飯款待，又拿出珠寶財物讓師徒四人挑選。唐僧每次都是分文不取。國王見師徒四人取經心切，只得安排他們上路，一路護送他們出了城，目送他們遠去。

第四十六回 寇員外起死回生

春盡夏來，唐僧師徒四人一路西行，走了半個月，又看見一座城池。眾人都不知道到了什麼地方，等進了城向人一打聽才明白。原來這座城池是銅臺府地靈縣。城中有個無人不知的寇員外*，只因他樂善好施，受人敬仰。師徒四人在當地人的指點下來到那寇員外家投宿。來到門前，見到寇員外家的虎坐門樓，門裡邊的影壁上掛著一個大牌，寫著「萬僧不阻」四個字。

那寇員外正在天井中散步，聽下人說外面來了四個奇怪的和尚，急忙出門迎接，見了八戒等人也不害怕，歡歡喜喜地將師徒四人請進門。這寇員外家裡設了佛堂，供奉著好多佛和菩薩，香火不斷，足見寇員外是個誠心禮佛的信徒。唐僧說：「貧僧是東土大唐到西天拜佛求經的，路過寶方，聽聞員外敬僧，所以特來拜見。」員外笑吟吟地說：「弟子賤名寇洪，今年六十四歲。從四十歲開始，許願要齋一萬名僧人，如今已經齋僧九千九百九十六位了，加上你們四位正好是一萬了，還望各位多住幾日。這裡離靈山不過八百里，等弟子功德圓滿，到時備轎送幾位去靈山。」三藏聽了也十分歡喜，答應多住幾日。

那寇員外的夫人，還有寇梁、寇棟兩個兒子，一家人都出來見唐僧等人，看見唐僧相貌堂堂都非常仰慕，但看見悟空三人的樣子，雖然知道是神仙下凡，卻難免感覺到恐懼。寇棟得知他們是從南贍部洲而來，說：「我從書裡看到，天下有四大部洲，我們這裡叫作西牛賀洲，還有個東勝神洲，不知道從南贍部洲到這裡有多遠，要走多少年月？」唐僧笑著說：「我這一路上時常遇到妖魔鬼怪，歷經萬苦千辛，幸虧我這三個徒弟保護跟隨。算算我們已經走了十四年，才來到此地呢。」員外聽了讚嘆不已。

不一會兒，齋飯已經準備好了，員外領著師徒四人來到齋堂。那些僕人們一碟接一碟地將各類點心和素菜端上桌。豬八戒在那裡也不和人說話，只顧一口一碗地拼命吃，真如流星趕月，風捲殘雲†。

過了六七天，寇員外請來二十四個本地的和尚，準備做一個圓滿道場。這場佛事一做就是三天三夜。唐僧心想已經住了近半月，佛事已了不如早點上路，便向員外辭行。員外說：「高僧如何這麼著急上路，難道是這幾天佛事冗忙**，對你們照顧不周？」

唐僧忙解釋說：「老員外一心向善，貧僧不知如何報答。只是當時大唐皇帝送我出關的時候問我幾年能夠回來，我說三年能回來。如今已經十四年了，如果回去也要十幾年，豈不是違背聖旨？老員外你讓貧僧去取經吧，等取經回來再多住幾天。」八戒忍不住高聲抱怨說：「師父你也太不近人情了，人家老員外這麼好客，又許下了齋僧的願望。我們住個一年也沒關係。」唐僧大怒：「你這夯貨，只知道吃！你們要留在這裡，那明天我自己上路。」悟空見師父真的生氣了，上前揪著八戒的耳朵就罵。八戒也不敢再說話，氣呼呼地站在一邊。員外見他師徒們鬧了矛盾，賠笑說：「高僧別急，等明天我送你們起程。」

正說著，寇員外的夫人出來說：「唐長老，你住了半月，這功德算是我家員外的，我也要為師父們準備些親手做的衣服，算是我的功德，還請幾位再住半個月。」唐僧本想推辭，這時員外的兩個兒子出來

---

* 原指正員以外的官員，後來只要肯花銀子，地主和商人都可以捐一個員外官職來做，故富豪皆稱員外。
† 大風把殘雲卷走。比喻把殘存的東西一掃而光。
** 繁忙。

說：「四位師父的到來真是**蓬屋生輝**＊。聽說公修公得，婆修婆得，不修不得。家父家母誠心齋僧禮佛，還請師父們成全。」三藏不為所動，仍然執意要走。八戒又說：「我們住一個月，了了他們母子心願吧。」悟空和沙僧在旁邊忍不住偷笑。唐僧說：「你笑什麼？」就要念緊箍咒，慌得悟空連忙跪下求饒。員外見唐僧去意已決，再也不敢挽留，答應第二天送他們離開。

第二天，寇員外請了鄰裡親戚，安排了餞行的筵宴，吹吹打打送唐僧師徒四人，送出十多里路。唐僧感激不盡地說：「如果到靈山見了佛祖，貧僧一定要向佛祖說員外齋僧的功德，回來時再登門拜謝！」然後師徒四人和員外告別，繼續趕路。走了四五十里，天色將晚，又見天色陰沉，是要下雨，看見路旁幾間破敗房舍，還有一個倒塌的**牌坊**†上寫著「華光行院」四個字，師徒四人進去收拾了一塊地方，暫且躲雨休息。

銅臺府地靈縣城內有夥殺人搶劫的強盜，正聚在一起，商量著去哪裡打劫。其中一個說：「今天送那唐朝和尚出城的寇員外家財萬貫，不如趁今晚下雨，街上無人時咱們動手！」到了晚上，一夥強盜帶著短刀、悶棍、麻繩，冒雨打開寇家大門，惡狠狠地殺了進去。寇氏夫妻嚇得一個躲在床底，一個躲在門後，寇梁、寇棟和僕人們一起四散逃命。強盜們翻箱倒櫃，四處搜尋，把金銀珠寶、首飾衣裳等值錢的東西都洗劫一空。寇員外氣不過，走出門來與眾強盜理論，那夥強盜不由分說，把寇員外一腳踢翻在地，可憐老員外頓時氣絕身亡。

寇家沒來得及逃命的僕人見賊都走了才從躲藏的地方出來，看見老員外已死，都放聲大哭。寇梁、寇棟見盜賊走了才回來，見父親被賊所殺，也都悲痛萬分。那寇員外的妻子恨唐僧不受她的齋供，又是因為花錢送唐僧才惹出這場災禍，就想陷害他們四個人，於是告訴兩個兒子說：「我躲在床下，看得清清楚楚，點火的是唐僧，持刀的是豬八戒，搶走金銀的是沙和尚，打死你爸的是那孫行者。」兩個兒子聞言大驚，寫了狀紙就去銅臺府告他們四人。那銅臺府的刺史接了狀紙，就派出官差去捉拿唐僧師徒四人。

那夥強盜搶了無數財寶，怕官府捉拿，連夜向西走了六十里，躲在一處山坳裡分贓。唐僧師徒四人第二天向西走了二十多里，正好遇到那夥強盜在分贓物。看到唐僧，強盜又起了歹心，說：「這些和尚在寇家待了這麼久，一定有不少盤纏，我們不如去搶了他們的盤纏和白馬。」於是拿了兵器，恐嚇他們留下買路錢。悟空笑著說：「師父別怕，讓老孫去問一問。」

大聖上前，叉著手說：「你們這夥人是做什麼的？」強盜頭越發蠻橫地說道：「你小子不要命了，我是你大王爺爺！快留下買路錢來，再放你過去！」悟空笑著說：「大王！如果要買路錢，只管問我要，我就是管賬的，你把那三個放過去，我將盤纏都送給你。」強盜頭說：「你這和尚倒挺老實，既然如此，我們就放那三個過去。」悟空回頭使了個眼色，等唐僧三人向西走遠了。悟空念個咒語，使了個定身法，大叫一聲：「定！」那群強盜頓時直定定地站住了，不能說話不能動。悟空然後叫回師父、八戒和沙僧，把強盜們捆好了，解了他們的定身法，一個個審問起來。

悟空問：「你們這群不知死活的強盜，一共有多少人？做了幾年買賣？搶了多少東西？」強盜們求饒說：「老爺饒命！我們原先也是老實本分的人，只因為吃酒賭錢，把家業都揮霍光了，只好出來當強盜，

＊ 蓬屋指窮苦人家，意思是使寒門增添光輝，多用作賓客來到家裡，或接受對方贈送的可以張掛的字畫等物時的客套話。
† 封建社會為表彰功勳、科第、德政以及忠孝節義所立的建築物，也有一些宮觀寺廟以牌坊作為山門，還有的用來標明地名。

打劫為生。因為銅臺府的寇員外家十分有錢，昨天就去打劫了他家。萬望長老慈悲，我們願交出財物，請饒了我們的性命吧！」唐僧吃了一驚，慌忙說：「悟空，寇老員外是善良的人，怎能遇上這樣的災禍？我們應該把財物護送回他家。」悟空就和八戒、沙僧拿了贓物，放了那夥強盜，準備將財物送還員外。

他們還沒走出幾步路，就遇到城裡的官差。官差看見他們拿著贓物，不由分說，一擁而上，把師徒四人捆了起來。四人被押到了衙門裡。唐僧慌忙把事情的原委說給那刺史聽，刺史卻不肯相信他，說：「你這禿賊，有贓物在這裡，你還敢狡辯。給我用刑！」悟空心想：「雖然師父命中有這一難，但也不能讓他吃太大的苦。」於是開口說：「大人，昨夜打劫寇家的是我，殺人的也是我，要打就打我吧。」

官兵們過來給悟空用刑，把腦箍套在行者頭上，反反覆覆地綳斷了好幾根，卻不見悟空喊疼。刺史無奈只好把他們四人放入大牢。看守的牢頭貪財，就拿走了他們的包袱，見到包袱裡有一件袈裟和各國關文，就說：「哎呀，這和尚不是強盜，是正經取經的高僧，等明天要稟報老爺。」

半夜，行者變成一個小蟲子，從房檐瓦縫裡飛出，來到寇家。看到堂屋裡放著棺材，擺著香燭供品，一群人在那裡哭喪。悟空就在那棺材上咳嗽了一聲，嚇得眾人跑的跑、磕頭的磕頭。寇夫人膽大，說：「老頭子，你活了？」悟空學著寇員外的聲音說：「我沒有活，閻王派鬼差押我回來和你們說話。我問你，你什麼時候看到唐僧點火，孫悟空打死我的？因為你說謊陷害無辜，他們被抓了起來。你快去解救他們，否則閻王降罪，我寇家將永無寧日。」寇夫人聽了後悔不已，連連點頭答應。

悟空於是飛回衙門，來到刺史休息的房間。看到牆上有一幅畫，畫的是一個騎馬的官員，畫上寫著：「**伯考***蕫公乾一。」悟空於是進入畫中，說：「賢侄，你一向為官清廉，怎麼昨日竟如此糊塗，冤枉唐僧。城隍、土地告訴了閻王，閻王特地派人押我前來告訴你抓住真凶，趕快放了唐僧等人。」刺史聽了，連忙磕頭答應。

刺史連忙升堂審問案情，正在這時，寇氏兄弟又在門口叫喊。二人就把取消官司的狀紙遞上。刺史怒道：「你怎麼今日又來取消官司？」兄弟二人於是把昨天晚上寇員外顯靈的事情說了一遍。刺史聯想到剛剛發生在自己身上的事，心想看來真的是冤枉他們了。隨即命令官吏們放了師徒四人。唐僧大喜，連忙感謝刺史為他們平反，悟空卻不依不饒，嚷著要追究寇家誣告的責任。悟空說：「誰說是我們行兇的？讓我老孫把那死了的員外叫起來，看看到底是誰殺了他。」

悟空一個筋斗雲，來到陰曹地府，直接闖到森羅殿。見了閻羅王，悟空說：「銅臺府地靈縣寇洪的魂是誰收了？快點把他給我叫來。」閻王心驚膽戰地回答道：「寇洪是個大善人，我沒有派黑白無常去勾他的魂，他是自己來的。如今在地藏王那裡。」悟空又去找地藏王菩薩。菩薩說：「寇洪陽壽本來已盡，我念他是個齋僧敬佛的善士，打算讓他做個掌管文簿的案長，既然大聖要人，我就送他十二年陽壽，讓他跟大聖回去。」

＊對已故伯父的稱呼。

悟空謝過地藏菩薩，立刻帶著寇洪的鬼魂回到了寇家，讓那寇老頭兒活了過來。寇員外自己爬出棺材，對唐僧等四人磕頭拜謝，說：「寇洪死在強盜的手裡，多虧師父到陰曹地府救我，感激不盡！」又把自己的妻子叫來，說：「你怎麼敢誣賴好人？」寇夫人嚇得連連磕頭，向唐僧等人謝罪。

寇員外又讓人安排筵宴，向唐僧等人賠罪。唐僧取經心切，堅決不肯再做停留，辭別了寇家人，繼續向西趕路。

延伸小知識

刺史的設置源於御史。秦每郡設御史，任監察之職，稱監察院御史（監察御史）。漢初省，旋複置。文帝以御史多失職，命丞相另派人員出刺各地，不常置。武帝元封初，廢諸郡監察御史。繼之，分全國為十三部（州），各置部刺史一人，後通再刺史。刺史制度在西漢中後期得到進一步發展，對維護皇權、澄清吏治、促使昭宣中興局面的形成起著積極的作用。

第四十七回　見佛祖取得真經

唐僧四人離開地靈縣，又走了六七天，突然看見前方樓閣聳立，靈宮寶闕，熠熠生輝。三藏感嘆道：「悟空，前方竟然有這樣一個好地方！」悟空笑著說：「師父，你在那假靈山假佛祖處一定要下拜，今日到了這西方極樂世界，怎不磕頭下拜了？」唐僧一聽到了靈山，急忙下馬，已到了樓閣的門前。

只見一個道童站在門前，問道：「是東土大唐來的取經人嗎？」唐僧急忙整理袈裟行禮。悟空抬頭一看，說：「師父，這是靈山腳下玉真觀的金頂大仙，他是來接我們的。」金頂大仙笑著說：「聖僧今年才到，十年前觀音菩薩讓我在此等候，說你們兩三年就到，我年年等候，沒想到你們今年才來到這裡。」說完，金頂大仙就領著唐僧四人入觀。唐僧師徒在玉真觀吃過齋飯，各自沐浴更衣，見天色已晚，便在觀裡住了下來。

第二天清晨，唐僧披上錦襴袈裟，戴了毗盧帽，手持錫杖，去跟金頂大仙告別。金頂大仙說：「你們稍等，我送你們去，給你們指路。」大聖笑著說：「不必送了，老孫認得路。」金頂大仙說：「你認得是雲路，聖僧應當腳踏實地，一步一步走到靈山才是。」於是金頂大仙帶著四人來到觀後，指著不遠處的一座高山說：「聖僧，前面那座祥光萬丈的山就是靈鷲（ㄐㄧㄡˋ）峰，佛祖就在那裡。」說完，金頂大仙辭別眾人回玉真觀了。

唐僧師徒走了五六里路，來到一條湍急的河流前，望瞭望四周，也沒找到渡船。這時，四人看見遠處有一座獨木橋，走近一看，發現這座橋名叫淩雲渡。一根木頭又細又滑，唐僧看了不免膽戰心驚。眾人發愁之際，就聽見河上有人喊：「上船，上船。」眾人回頭一看，一個人正撐著一條船劃了過來。眾人大喜，可是船到眼前一看，卻是一條無底船。

悟空火眼金睛，認出是接引佛祖，說：「師父，他的船雖然沒有底，不過倒也平穩，我們快快上船吧。」唐僧還在猶豫，悟空架著唐僧的胳膊，把他往船上一推，唐僧沒踩穩，跌到水裡，被撐船人扶了起來。船撐開的時候，只見河邊有一個死屍。悟空笑著說：「師父，那個原來就是你。」撐船的人也說：「恭喜，恭喜！」過了河，四人辭別接引佛祖，一個個步伐輕快，徑直往靈山雷音寺趕去。只見沿途青松翠柏成行，到處都是優婆、善士。四人來到雷音寺山門之外，只見八大金剛在門前相迎。金剛說：「聖僧在這裡稍等，我們這就去稟告佛祖。」聽說唐僧到了雷音寺，佛祖十分高興，將八菩薩、八金剛、五百羅漢、三千揭諦等全部召來，分列站在兩邊，然後才宣唐僧師徒進大雄寶殿。唐僧四人來到大雄寶殿，磕頭下跪，將通關文牒交給如來。唐僧說：「弟子玄奘奉東土大唐皇帝旨意，特來拜求真經，希望我佛慈悲，賜我真經，讓弟子早日回國。」如來隨即叫來阿儺、迦葉，讓他們帶著唐僧師徒去藏經閣，從三十五部三藏經裡挑幾卷給他們。

兩位尊者奉命將唐僧四人帶到藏經閣。阿儺問道：「聖僧從東土大唐而來，有沒有帶什麼**人事**＊，我好傳經給你們？」唐僧為難道：「我遠道而來，沒有準備什麼人事，還望見諒。」阿儺、迦葉不高興地說：「空著手就想取得真經，你是想讓我們餓死吧。」悟空說：「師父，既然他們不肯給我們經書，那我們就

＊饋贈的禮物。

去見如來，讓他親自給我們真經書。」兩人一聽，說：「算了，這次就把經書給你們。」兩人默默進去為他們挑選經書。不一會兒，唐僧就讓八戒與沙僧挑著經書，拜謝了如來、菩薩，出了山門。

藏經閣的燃燈古佛知道阿儺、迦葉將無字經傳給了唐僧，悄悄對旁邊的白雄尊者說：「你去將唐僧的無字經書奪回來，讓他們重新回來找如來討取真經吧。」師徒四人正在趕路，突然聽到一聲巨響，半空中伸下一隻手，把白馬馱的經書都搶走了。悟空急忙駕雲追趕。白雄尊者看行者追得緊，怕他的棍子不長眼，於是把經包扔了下去，經書落得滿地都是。

唐僧等人見經書落下，連忙撿起地上散落的經書。沙僧接住了幾卷散經，打開一看，才發現經書一個字都沒有。唐僧翻了另外一些經書，果然沒有經文，哀嘆說：「我們東土人真的是沒福！這種無字的空本，又有什麼用？」悟空說：「不用說了！一定是那兩個尊者欺負我們沒給人事，於是就給了我們無字的經書，我這就回去找如來算帳。」

四人又一起回到靈山，一路徑直來到雷音大雄殿上。悟空嚷道：「如來！我們師徒四人經歷了千辛萬苦才來到靈山，但是那阿儺、迦葉貪財，要什麼人事！我師父沒錢，他就欺負我們，給的是無字經書！還望如來給個說法。」佛祖笑道：「你先別嚷，阿儺、迦葉也沒錯。經書本來是不能白白傳給你們的，有點人事他們也好傳經給你們。這經剛寫成的時候，有比丘把經書給舍衛國趙長者家誦讀了一遍，保佑他家生者安全、亡者超脫，只要了他三斗三升米粒黃金。我還說他賣賤了。你們空手來取經，所以傳了白本的無字經。我再給你們傳有字真經吧。」於是又命阿儺、迦葉領唐僧師徒去藏經閣傳有字真經。

阿儺、迦葉再次進入藏經閣，又向唐僧要人事。唐僧無奈，只得說：「當年大唐皇帝送我出來，曾經送了一個紫金缽盂，這次蒙二位尊者傳經，請收下吧。」阿儺接了，只是微笑。迦葉這才進閣為他們傳經。師徒四人這次也不敢大意，一卷一卷仔細翻看著，還好這次都是有字真經，一共有五千零四十八卷。四人把經書收好，都馱在馬上，剩下的還裝了一擔，由八戒挑著，再次上殿叩拜謝恩。如來命八大金剛駕起祥雲送他們回東土。

唐僧師徒走後，五方揭諦、四值功曹、六丁六甲、護教伽藍找到觀音菩薩，將唐僧西天取經的災難簿交給了菩薩。菩薩看完說：「佛門中九九歸真，唐僧師徒如今只受了八十難，還少一難。」於是，菩薩連忙命眾神趕上八大金剛，暗中將菩薩的意思說了一遍。八大金剛於是卷起一陣狂風，把他們師徒四人，連馬帶經一起甩到地上。

眾人摔在地上，忙起身收拾經書。八戒抱怨說：「都說凡人會**作弊**＊，原來連佛前的金剛也會作弊。他們本應該送我們到東土，怎麼半路上就把我們扔下了？」正說著，就聽得前面有水聲，唐僧說：「我們這是到了什麼地方？」悟空說：「我在天上看到這裡應該是通天河。」說完，就聽到有人喊：「唐聖僧，唐聖僧！這裡來，這裡來！」四人抬頭一看，原來是通天河裡的老鱉。老鱉在岸邊探著頭說：「聖僧，我等了你這幾年，你怎麼才回來？」唐僧與八戒、沙僧都歡喜不盡，於是眾人牽著馬上了鱉背渡河，那老鱉蹬開四足，踏開水面就像走平地，向東岸慢慢遊過去。快到東岸的時候，老鱉說：「聖僧，我當年曾托你問如來，我還有多久能修得人身，你問了嗎？」唐僧忘了這個事情，一時不知如何回答，老龜知道是沒有幫他問，於是把身體一晃，鑽入水中，害得師徒四人連馬帶經書都落入水中。

＊用欺騙的手法做違背制度或規定的事情。

唐僧已經得了道，所以並沒有被水淹到。師徒四人安全無事地回到岸上，但是經書已經都被打溼浸透了。第二天，太陽高照，四人把經書一本本打開放在石頭上晾曬。有幾個打魚人路過河邊，有人認得他們，回去路上正好遇到陳澄，告訴了他唐僧等人回來的事情。陳澄就帶著幾個佃農，找到唐僧四人，跪拜著苦苦懇請他們去陳家莊住幾日。

唐僧經不住他們的苦苦哀求，只好收拾經卷，沒想到把經卷撕破了幾頁，粘在了曬經石上。唐僧懊悔不已。悟空笑著說：「師父，不要沮喪了，天地本來不全，經書不全正是應了天地不全的奧妙，不是人力所能及的。」

到了陳家莊，陳家人都出來拜見唐僧師徒四人，然後給他們準備茶飯。吃完齋飯，陳澄就說：「為了報答眾位師父，我們建了一座救生寺，請各位長老去看看吧。」陳澄帶路，唐僧四人來到救生寺，寺裡供奉著他們四人的像，看起來活靈活現，栩栩如生。陳澄說：「自從建了這救生寺，我們這裡年年風調雨順，全憑各位長老的保佑。」唐僧聽了欣喜不已，又替他念了一卷《寶常經》。

夜裡，唐僧悄悄地說：「悟空，這裡的人都知道我們得道成佛了。古人云，真人不露相，露相不真人。不如早點走吧。」悟空點頭。於是四人悄悄開門，出了陳家莊。只聽得半空中八大金剛叫道：「聖僧，還是讓幾位小仙送你們回東土大唐吧。之前的事情是菩薩吩咐，讓你們滿了九九八十一難，還請原諒。」唐僧師徒再次踏上祥雲，向東而去。一天的工夫就到了長安城。

貞觀十三年，唐僧出關取經，唐太宗就命工部修建了一座望經樓，每年都要到此等候唐僧取經回來。這一天，唐太宗正在城樓上，突然看到西邊天上飄來一朵祥雲，轉眼就到了頭頂。八大金剛說：「聖僧，長安城到了，你們將真經交給唐王，我們再次等你們一同回西天向佛祖交旨。」唐僧師徒四人這才按落雲頭，來到望經樓上，拜見太宗，將西天取經一路上的經歷細說一遍，然後將通關文牒呈上。唐太宗見了唐僧非常高興，又見悟空等人，相貌奇特，誇讚了一番，帶著眾人回了皇宮，設宴招待。

第二天清晨，唐太宗找到唐僧，讓他為滿朝文武講經。唐僧說：「真經需要找一個潔淨佛地才能念誦。」一旁的大學士蕭瑀說：「陛下，長安城中的大雁塔是個清淨佛地，不如讓聖僧去那裡講經吧。」於是眾人來到大雁塔，唐僧為滿朝文武念誦大乘佛經。正念著，八大金剛突然現身說：「唐三藏，時間已到，跟我們去西天走一趟向佛祖交旨吧。」

於是唐僧四人告別唐太宗，隨八大金剛回到了靈山。佛祖見了唐僧四人說：「唐三藏，你原來是我的二徒弟，名叫金蟬子，因為不聽教導，輕慢佛法，因此將你貶到東土，現在你誠心向佛，取得真經，功德圓滿，封你為**旃**（ㄓㄢ）檀功德佛。」唐僧施禮謝恩。如來又對悟空說：「悟空，你一路保護唐僧西天取經，降妖伏魔，善始善終，忠貞不貳，特封你為鬥戰勝佛。」如來對八戒說：「豬悟能，你本是天蓬元帥，保唐僧取經，雖有玩心，凡情未**泯**（ㄇㄧㄣˇ）*，但保護唐僧有功，封你為淨壇使者。」八戒一聽不大高興，就說：「我師父、師兄都成佛了，怎麼就封我一個什麼淨壇使者？」如來笑道：「這淨壇使者，享用四大部洲的祭佛供品，是個美差。」八戒一聽，暗自高興，連忙謝了佛祖。如來又對沙僧說：「沙悟淨，你原是捲簾大將，一路保護唐僧，任勞任怨，封你為金身羅漢。」又對小白龍說：「你是西海龍王的兒子，皈依佛門，一路馱唐僧西天取經，功勞不小，封你為八部天龍馬。」唐僧師徒連忙拜謝佛祖。

五方揭諦將白龍馬牽到化龍池，只見白馬瞬間變成了一隻四爪金龍。唐僧四人讚嘆不已。悟空找到觀音菩薩說：「菩薩，今日我師父功德圓滿，您就把我這頭上的金箍摘了吧。」菩薩笑著說：「當初這金箍是為了讓你能夠一心保護唐僧西天取經，如今取得真經，金箍自然就沒了。」悟空用手摸了摸自己的頭，發現金箍真的不見了，連忙向菩薩謝恩。

旃檀功德佛、鬥戰勝佛、淨壇使者、金身羅漢，唐僧師徒四人終於修成正果，小白龍也修成了正果，師徒四人的西天取經之行，終於畫上了圓滿的句號。

＊消除，泯滅。

白白老師的國學小教室

取經成正果

《西遊記》描述唐僧師徒四人取經中降妖除魔的過程，最終成功取得西經。

「魔」在梵文中指擾亂、障礙，在佛教的觀點中，指涉所有妨礙修行的障礙。《西遊記》裡的降妖除魔，不僅僅是除掉外在的妖魔，也是克服內心的心魔，最終體驗正道。

《西遊記》不僅是一部神魔小說，有趣味的情節、鮮明的角色，同時是一部富含修心寓意的書。我們可以從有趣的角度看待故事情節，也可從嚴肅的角度看待《西遊記》的思想，不同的切入點，可以看到《西遊記》不同的面貌，這也正是《西遊記》繽紛多彩的魅力所在。

故事館 故事館系列 053

經典文學之旅系列：西遊記

少年读经典：西游记

作者	吳承恩
編著	劉敬余
審訂	白白老師
封面設計	李岱玲
內文排版	李岱玲
企劃編輯	王瀅晴
主編	陳如翎
行銷企劃	林思廷
出版二部總編輯	林俊安

出版發行	采實文化事業股份有限公司
業務發行	張世明・林踏欣・林坤蓉・王貞玉
國際版權	劉靜茹
印務採購	曾玉霞・莊玉鳳
會計行政	李韶婉・許俽瑀・張婕莛
法律顧問	第一國際法律事務所 余淑杏律師
電子信箱	acme@acmebook.com.tw
采實官網	http://www.acmebook.com.tw
采實臉書	http://www.facebook.com/acmebook01

ISBN	978-626-349-725-2
定價	450元
初版一刷	2024年7月
劃撥帳號	50148859
劃撥戶名	采實文化事業股份有限公司

104台北市中山區南京東路二段95號9樓
電話：(02)2511-9798
傳真：(02)2571-3298

國家圖書館出版品預行編目(CIP)資料

經典文學之旅系列：西遊記 / 吳承恩著. -- 初版.
-- 臺北市：采實文化事業股份有限公司, 2024.07
368面；17x23公分. -- (故事館系列；53)
ISBN 978-626-349-725-2(平裝)

857.47 113008202

文化部部版臺陸字第113137號至第113140號，許可期間自113年5月16日起至117年3月30日止。

采實出版集團 ACME PUBLISHING GROUP

故事館

故事館